*Land der Väter
und Verräter*

Maxim Biller

Land der Väter und Verräter

Erzählungen

Kiepenheuer & Witsch

2. Auflage 1994
© 1994 by Verlag Kiepenheuer & Witsch, Köln
Alle Rechte vorbehalten. Kein Teil des Werkes darf in irgendeiner Form
(durch Fotografie, Mikrofilm oder ein anderes Verfahren) ohne schriftliche
Genehmigung des Verlages reproduziert oder unter Verwendung elektro-
nischer Systeme verarbeitet, vervielfältigt oder verbreitet werden.
Umschlaggestaltung Lo Breier
Umschlagfoto Maxim Biller
Satz Fotosatz Froitzheim, Bonn
Druck und Bindearbeiten Bercker Graphische Betriebe, Kevelaer
ISBN 3-462-02356-X

Meiner Schwester Jelena

Inhalt

Gib einer Sache einen Namen,
und sie wird geschehen

Ein trauriger Sohn für Pollok

Milan Holub hatte das Leben meines Vaters zerstört, und als mir eines Tages ein Verlag sein neues Buch zur Beurteilung schickte, beschloß ich, Rache zu nehmen. Seit ich denken konnte, war ich mit Holubs Namen vertraut, zu Hause wurde über ihn so oft wie über einen Verwandten und so wütend wie über Hitler gesprochen. Darum verband ich von früh an mit ihm, den ich nie getroffen hatte, nur Abscheu und Haß. Er war mein ganz persönlicher Haman und Titus, eine Figur, so groß und allgegenwärtig wie aus einem Geschichtsbuch, und hätte mich je einer gefragt, warum Vater und Mutter und auch ich niemals miteinander glücklich wurden, hätte ich mit meiner Antwort keine Sekunde gezögert. Milan Holub, hätte ich gesagt, Milan Holub, der Philosoph und Schriftsteller, war es, an dem Vater als junger Mann zerbrach. Alles andere, was danach in seinem Leben geschah, war nur noch der dunkle, langanhaltende Epilog zu jener Szene, die sich damals, 1949, in der tschechoslowakischen Botschaft in Moskau abgespielt hatte, als Holub – so wurde es bei uns erzählt – seinen besten Freund, meinen Vater, mit ein paar schnellen, beiläufigen Sätzen um die Zukunft brachte.

Die Szene in der Botschaft habe ich mir von klein auf ganz genau vorgestellt, immer und immer wieder: Ich sah Holub an einem übergroßen, schwarzen Schreibtisch, auf dem kein Blatt Papier, kein Schreibzeug, keine einzige Akte lag. Ich sah einen langen Schatten, der ihn und den Tisch von hinten überzog, so daß einzig die Gestalt meines Vaters von einem schwachen, gräulichen Tageslicht bedeckt war. Ich sah

Holub auf einem hohen schwarzen Stuhl, dessen Rükkenlehne fast bis zur Decke reichte, ich sah einen Hocker, auf dem mein Vater seine Zeit absaß, und dann sah ich auch, wie Holub plötzlich mit dem Handrücken eine Staubspur von der Tischplatte wischte und das vernichtende Verdikt über seinen Freund sprach. Doch obwohl ich Holubs Foto von ungezählten Buchumschlägen und Zeitungsseiten kannte, obwohl ich mit seinem festen, selbstbewußten mährischen Bauerngesicht genau vertraut war, dachte ich es mir in all den Jahren ganz anders, als eine wabernde, fast durchsichtige Maske, deren Züge ständig wechselten, und so erschien mir der Schriftsteller mal als Feliks Dserschinskij, mal als Reinhard Heydrich, und ab und zu einfach nur als ein wuchtiger, braungefleckter Rottweilerhund.

Holub war, wie Vater auch, Aktivist der ersten Stunde gewesen. Er zog mit der aufgewühlten Menge durch die Straßen Prags, im Putschfebruar 1948, er feierte bei den Maiumzügen tanzend und klatschend den neuen sozialistischen Menschen, er besang in seinen *Teplitzer Elegien* Stalin und Gottwald, er war Dichter und Volkserzieher und Politkommissar – und tauchte dann, kein halbes Menschenleben später, in zweiter Reihe hinter Forman, Mňačko und Kohout, als einer der Kulturhelden des Prager Frühlings wieder auf, kein Kommunist mehr, aber noch immer von den Freiheitsideen der Linken beseelt. Und nun erst, so schilderte er es selbst in *Ich, Böhmen und die Welt,* in seiner Autobiographie, deren tschechisches Manuskript ausgerechnet ich zur Begutachtung bekommen hatte – nun erst kamen die besten Jahre seines Lebens, »diese drei, vier herrlichen und befreienden Jahre«, in denen einer wie er erleben durfte, daß das, was ein Intellektueller sich ausdenkt und erträumt, manchmal eben doch bei den einfachen Menschen Sehnsüchte zu wecken vermag. Als dann die Russen einmarschierten, konnte und wollte er deshalb nicht wieder kehrt machen, und so wurde die *Charta 77* zu seiner neuen Partei. Er unterschrieb Petitionen, er verfaßte Briefe an Gustav Husák, er schlug sich mit den Männern vom Innenministerium herum und mit den Fragen unwissender westlicher Journalisten, die ihn zu dieser Zeit regelmäßig in seiner Wohnung am Moldauufer, vor diesem schmalen Panoramafenster mit Hradschinblick filmten und fotografierten. Doch schließlich wurde der Druck zu groß, die Geheimpolizisten drehten ihm den Strom ab, das Wasser, sie lasen seine Post und kappten seine Telefonleitungen. Sie saßen Tag und Nacht in ihren kleinen Autos vor seinem Haus, und als eines Abends Holubs Dackel Pepa mit durchgeschnittenem Hals im Türrahmen hing, beschloß der Schriftsteller, das Land zu verlassen.

Es war ein sehr stiller, ergreifender Ton, den Holub in *Ich, Böhmen und die Welt* wählte, um zu schildern, wie er den toten Dackel entdeckte, »an die Tür genagelt und blutüberströmt wie Jesus«, und wie er ausgerechnet in diesem Moment plötzlich begriff, daß alles umsonst war und daß die Tränen, die er um seinen Dackel vergoß, zugleich die Tränen des Abschieds von der Heimat und somit von seiner ganzen Geschichte waren. »Das Leben, glaube ich, ist eine große Sau«, lautete der letzte Satz des Pepa-Kapitels, ein Satz, den ich nicht mehr vergessen konnte. Aber ich vergaß ebensowenig, daß einer wie Holub immer schon viel zu gewandt und klug gewesen war, um länger als nötig sentimental zu sein, zu egoistisch, um sich vom eigenen Leid ergreifen und zerbrechen zu lassen, so wie Vater es getan hatte.

Im Westen, in seinem dritten Leben, kam Holub schnell wieder auf die Beine, schon bald bezog er am Münchener Prinzregentenplatz eine prachtvolle Wohnung, noch geräumiger und aufwendiger eingerichtet als die in Prag, und so sah man ihn von nun an auf Fotos nicht mehr vor dem düsteren, dunklen Hradschin stehen, er hatte jetzt den Silberturm der Hypo-Bank im Rücken. Er stand da, die Arme über der Brust gekreuzt, den Blick herausfordernd in die Kamera gerichtet, und alles war so, als sei er immer schon auf dieser Terrasse, in dieser Stadt, in diesem Land gewesen, als sei er genau hier, über den Dächern Münchens, auf dem richtigen Fleck.

Ja, es lief wirklich gut für den Philosophen und Schriftsteller Milan Holub, es lief für ihn, um genau zu sein, tausendmal besser als für meine Familie, denn das Exil schien ihn, im Gegensatz zu uns, nur zu befeuern. Seine Bücher kamen in schneller Folge neu heraus, man sah ihn im Fernsehen, seine Essays wurden ins Deutsche übersetzt und erschienen in kleinen, aber angesehenen Literaturzeitschriften, und der Ruf, der seiner angekündigten und immer wieder verschobenen autobiographischen Abrechnung mit dem kommunistischen Jahrhundert voranging, war zwar alles andere als weltumspannend, hallte aber dennoch durch manch eine Rezension eines anderen posthistorischen Buchs. Es schien auf eine beinah unverdächtige Weise nichts dabei zu sein, wie schnell sich Milan Holub in der Fremde zurechtfand, Aufträge, Ehrungen und Freunde flossen ihm ganz automatisch zu, und der Respekt, der ihm entgegengebracht wurde, hatte nicht einmal etwas Verlogenes. Er war »der glücklichste Emigrant aller Zeiten, Thomas Mann und Imelda Marcos vielleicht ausgenommen« – so hatte es Holub selbst in *Ich, Böhmen und die Welt* formuliert, in seiner autobiographischen Abrechnung mit dem kommunistischen Jahrhundert, die eines Tages dann doch noch fertig geworden war und die ich nun also, als einer der ersten, in meinen Händen hielt.

Das Buch war mir natürlich egal gewesen, es ging mir um etwas ganz anderes, doch die scheinbar aufrichtige, selbstironische Haltung, mit der Holub sein Leben erzählte, zog sogar mich anfangs in ihren Bann. Erst beim zweiten Lesen bemerkte ich erleichtert, daß an dieser Attitüde nichts stimmte, daß Holubs Ehrlichkeit bloß Täuschung war, eine rhetorische Waffe, mit der er jeder möglichen Kritik die Spitze nahm. Einwänden, die gegen ihn, gegen sein früheres Denken und Wirken hätten aufkommen können, begegnete er von vornherein, indem er sie selbst einfach aussprach, und das wurde immer wieder besonders da deutlich, wo er laut, demonstrativ, fast selbstzerstörerisch zugab, einst ein verbrecherischer, pubertärer Dummkopf gewesen zu sein, in jener dunklen Zeit, als er seine »Poeme für Stalin, Gottwald und all die andern Massenmörder« verfaßte. Nein, die *Teplitzer Elegien* verschwieg Milan Holub nicht, und auch sonst berichtete er von all seinen Vergehen und Irrtümern, die bekannt waren. Was aber 1949 in Moskau, in der dunkelroten Botschaftsvilla an der Malaja Nikitzkaja, zwischen ihm und Vater vorgefallen war, das erwähnte er nicht.

Damals studierten die beiden gemeinsam an der Historischen Fakultät der Lomonossow-Universität. Sie schliefen im Studentenwohnheim in einem Zimmer, sie spielten im Sommer zusammen Fußball und im Winter Eishockey, sie machten denselben Mädchen den Hof, sie lasen dieselben Bücher – manchmal sogar gleichzeitig, indem sie sich kapitelweise abwechselten –, sie belegten dieselben Kurse und verehrten dieselben Professoren, und die kameradschaftliche Konkurrenz, die zwischen ihnen herrschte, war immer nur Ansporn für sie, aber niemals ein Grund für Haß und Intrige. So, jedenfalls, hatte es Vater empfunden, vielleicht sogar zu Recht, doch eines Tages machte er den Fehler, mit Holub, dem Goj, über Stalins Haß auf die Juden zu sprechen. Politik war bis dahin zwischen den beiden kein Thema gewesen, obwohl – oder vielleicht gerade weil – Holub, das Wunderkind, damals kein einfacher Student war, sondern zugleich auch dritter und mit Abstand jüngster Kulturattaché an der Prager Botschaft in Moskau. Es war ein seltsames Gespräch, das sie in der Institutskantine über den großen Stalin führten, Vater redete anfangs ganz leise, während Holub schwieg und schwitzte und mit den Fingern auf die Tischkante klopfte, und als Vater die Stimme hob, plötzlich alle Vorsicht vergessend, stand sein bester Freund stumm auf und lief hinaus. Schon am nächsten Tag schrieb Holub seinen Bericht, und so kam Vater vors Studententribunal, Holub ließ ihn in einem kleinen Schauprozeß von den Kommilitonen aburteilen, er sorgte dafür, daß Vater von der Universität relegiert und aus dem Komsomol ausgeschlossen wurde. Als für Vater schon alles verloren zu sein schien, wurde er von Holub in die Botschaft bestellt. Es sollte die letzte Begegnung der beiden Freunde werden, es gab keinen Streit, aber auch keine Versöhnung, Vater gab sich Mühe, er redete von Reue, er murmelte zaghaft von den Gefahren des Kosmopolitismus, denen er erlegen war, er versprach Besserung und eine umfangreiche Selbstkritik. Holub schwieg auch jetzt wieder, er schwitzte und klopfte mit den Fingern auf die Tischplatte, und bevor er ohne Gruß hinausging, sagte er doch noch etwas, er nannte Vater einen Verräter und Abtrünnigen, den man in Zukunft sehr genau in den Augen behalten werde, und nachdem er Vater die Ausweisungspapiere überreicht hatte, erklärte er, er sei ab nun nicht mehr sein Freund. Wie ein Rottweiler sah er dabei vielleicht nicht aus, aber wie Feliks Dserschinskij bestimmt.

2.

»Eine unangenehme Sache, Herr Holub, ich weiß«, sagte ich. Wir hatten uns bei ihm verabredet, in seiner riesigen Dachwohnung am Prinzregentenplatz, von der aus man heute Aussicht auf die ganze Stadt hatte, auf das halbe bayerische Land dahinter und die blauen Felsen der Alpen dazu. Wir saßen im Arbeitszimmer, in tiefen, braunen Schriftsteller-

Ledersesseln, es gab Cognac und Zigaretten, durch die offene Terrassentür wehte die heiße, nach Abgasen riechende Sommerluft herein, und auf Holubs leerem, aufgeräumten Schreibtisch, den ich zu Anfang kaum eine Sekunde aus den Augen ließ, lag das von mir abgelehnte Manuskript von *Ich, Böhmen und die Welt,* das er bestimmt nur deshalb dort hingelegt hatte, um mich während unseres Treffens daran zu erinnern, was für ein Schurke ich war.

Holubs Arbeitszimmer befand sich am Ende eines langen Flurs, der am Wohnungseingang sehr weit und großzügig geschnitten war, sich nach einigen Schritten aber stark verjüngte. Dann kamen ein paar Stufen, man bog um die Ecke, der Weg wand und schlängelte sich erneut, bis man endgültig nicht mehr wußte, wo man war. Überhaupt ging hier alles durcheinander, mal kam man sich wie in einem Penthouse vor und dann wieder wie in einer Burg, dunkle, verliesartige Mansardenräume wechselten sich mit riesigen Hallen ab, deren überraschend hohe Wände unter einem terracotafarbenen, venezianischen Verputz lagen. Es gab bunte Popart-Sessel und schwere Biedermeiersofas, überall hingen Bilder und Zeichnungen, in jedem Winkel standen Skulpturen und mit frischen Blumen gefüllte Vasen. Im Arbeitszimmer, in einer alten Juweliervitrine, waren mehrere gerahmte Fotografien ausgestellt, die Milan Holub in den entscheidenden Phasen seines Lebens zeigten, man sah ihn – immer etwas aufgeregt, immer ein wenig unterwürfig – im Gespräch mit Pavel Kohout und Emil Zátopek, mit Dubček, Yves Montand und Jorge Semprun, und auf einem der Bilder saß Holub mit Philip Roth und Kundera im *Carnegie's Deli* und aß Pastrami.

Der Milan Holub, der mich in seinem Kabinett empfing, hatte natürlich keinerlei Ähnlichkeit mit dem Gespenst aus meinen Botschaftsphantasien – aber mit dem umtriebigen, kraftstrotzenden Literatur-Impressario aus der Fotosammlung auch nicht. Sein Blick war matt, seine Stimme stumpf, und die gelbe Haut, die sein erstaunlich kleines Bauerngesicht – ein richtiges Zwetschgengesicht! – überspannte, kam mir wie die Haut eines Greises vor, der sich allmählich in ein Kind zurückzuverwandeln beginnt. Statt mich zu beschimpfen oder zu beleidigen, saß Holub nun tonlos und unsicher da, seine Mimik war starr, seine Gesten und Bewegungen schienen übervorsichtig und ängstlich, und je länger ich ihn betrachtete, desto mehr fand ich, daß er kein ebenbürtiger Gegner für mich war. Allein seine großen, mit Pigmentflecken übersäten Hände schienen noch voller Leben zu sein, er knetete sie ständig, er verkantete die Finger und ließ immer wieder seine Gelenke knacken. Manchmal fuhr er sich ganz plötzlich durch das noch volle, halblang geschnittene weiße Haar, und wenn er dann den Blick hob, entdeckte ich in seinen Augen, zumindest für diesen kurzen Moment, die Anmutung von Überlegenheit und Kraft.

»Wie lange haben Sie an Ihrem Buch gearbeitet?« sagte ich.

»Fünf Jahre«, erwiderte er.

»Das tut mir leid.«

»Es war eine gute Zeit. Vielleicht meine beste.«

»Vielleicht Ihre beste?«

»Sie sind, entschuldigen Sie, womöglich zu jung, um das zu verstehen. *Jste přece skoro ještě dítě.*«

Wir sprachen Deutsch miteinander, das Holub inzwischen offenbar ganz gut beherrschte, ab und zu streute er jedoch ein tschechisches Wort, einen tschechischen Satz ein, so als wolle er prüfen, ob ich seine Muttersprache auch wirklich verstand.

»*Rozumíte?*« sagte er.

»*Ano a ne.*«

»*No nevadí.* In Ordnung«, fuhr er leise, zurückhaltend fort, und ich überlegte, ob der Ton, den er nun anschlug, ernst oder möglicherweise doch ironisch war. »Jedenfalls freue ich mich auf die nächsten fünf Jahre, die bestimmt genauso gut werden oder vielleicht sogar noch besser. Ich freue mich auf diese fünf Jahre, in denen ich alles neu schreiben will. Oder muß. Nicht wahr?«

Er hat die Kröte tatsächlich geschluckt, dachte ich, und im nächsten Augenblick fragte ich mich aber, was Holubs Trick war, ich fragte mich, in welche Falle er mich lockte, denn es konnte doch einfach nicht sein, daß mein Plan derart perfekt aufgegangen war. Als mich vier Wochen zuvor sein aufgeregter Verleger angerufen hatte, mit der Bitte, ich möge so schnell wie möglich das tschechische, noch nicht übersetzte Manuskript der endlich fertiggestellten Holub-Memoiren lesen und beurteilen, war ich mir meiner Sache sicherer gewesen als jetzt. Ich hatte sofort – noch während des Gesprächs, noch während ich mich darüber freute, daß ich endlich wieder einen Auftrag bekam – siegesgewiß beschlossen, dem Schriftsteller auf eine sehr dialektische, sehr historische Art eine Lehre zu erteilen, und so schrieb ich dann später in meinem Gutachten, Milan Holubs tausendseitige Autobiographie *Ich, Böhmen und die Welt* sei vollkommen mißlungen, gleichwohl sie ästhetisch und inhaltlich das Potential zu einem der wichtigsten Werke der europäischen Nachkriegsliteratur habe, weshalb es mir, wie ich zum Schluß von falschem Holubianer-Pathos getränkt erklärte, immens wichtig scheine, dieses Buch durch eine Revision, durch ein komplettes Umschreiben zu retten, damit es eines Tages den ihm gebührenden Rang einnehmen könne. Das war natürlich völliger Unsinn gewesen, ich fand Holubs Autobiographie weder groß noch mißlungen, sie war ein ganz gewöhnliches verlogenes Buch wie Tausende anderer auch, am besten noch in jenen Passagen, wo er – wie zum Beispiel im Pepa-Kapitel – besonders raffiniert und heuchlerisch zu Werke ging. Daß sich der Verlag trotzdem von meiner Beurteilung blenden ließ, daß der verzweifelte Holub

mich nun zu sich gebeten hatte – das alles schien der beste
Beweis dafür zu sein, daß ich alles richtig gemacht hatte.
Aber was war der Trick?

»Ich will die Wahrheit wissen«, sagte Holub plötzlich. Er
erhob sich aus dem Sessel, das heißt, er preßte die Hände und
die Unterarme gegen die Seitenlehnen, worauf sich sein
Körper quälend langsam nach oben zu schieben begann.
Holub drohte mehrmals zurückzurutschen, und als er endlich sicher stand, lächelte er zufrieden, um sich, gegen die
Vitrine mit den Fotos gelehnt, eine Weile von der Anstrengung auszuruhen. Schließlich ging er langsam zum Schreibtisch vor, er nahm sein Manuskript in beide Hände, und bevor er wieder in den Sessel versank, knallte er den hohen
Stapel rüde auf den Glastisch zwischen uns. »Die Wahrheit
bitte«, sagte er. »Was habe ich falsch gemacht?«

Nichts weiter, dachte ich, Sie haben nur meinen Vater vernichtet. Aber ich sagte: »Sie haben ein großes Buch ver-
schenkt!«

»Und wie?«

»Sie haben groß gedacht – und klein geschrieben.«

»Mein Gott . . .«

»Ihre Erinnerungen hätten der Roman einer Epoche werden
können . . .«

»Aber?«

»Die Perspektive stimmt nicht«, log ich. »Sie sind zu nah an
sich selbst dran, zu weit weg von den großen Ereignissen. Sie
reflektieren zu viel und zu hermetisch, sie erzählen zu wenig,
und wer nicht dabei war, wer nicht wie Sie vierzig Jahre
Kommunismus und Verzweiflung in der Tschechoslowakei
erlebt hat, macht als Leser nicht mit, geschweige denn, daß er
die metaphorische Kraft Ihrer Ideen und Erfahrungen begreift.«

Ich faselte und faselte, aber Holub hörte mir ernsthaft zu, er
machte sich sogar Notizen, während ich sprach, der Füller –

von seinen langen braunen Fingern geführt – flog in einem rasenden Tempo übers Papier, und als ich fertig war, sah er auf und sagte unsicher: »Und Sie waren dabei ...«

»Ist das eine Frage?« erwiderte ich.

»Ja.«

»Nein, ich war eben nicht dabei, nicht als Erwachsener jedenfalls. Trotzdem kann ich mich an so vieles erinnern, an Dinge, die Sie nicht erzählen wollen.«

»Welche Dinge denn?«

»Dinge, von denen ich zu Hause hörte«, sagte ich herausfordernd. »Oder die ich selbst erlebt habe!«

»Ich verstehe wirklich nicht, was Sie meinen.«

Ich zögerte. Schließlich sagte ich: »Ich meine ... zum Beispiel ... den Tag, als Ludvík Svoboda zum Präsidenten gewählt wurde. Wir spielten in unserer Straße Fußball, während die Erwachsenen vor den Fernsehern saßen, und plötzlich rauschte aus allen Fenstern ein donnernder Applaus, er rauschte durchs ganze Land, und ich wußte, daß die Guten gesiegt hatten. Dieser herrliche Sommertag kommt bei Ihnen gar nicht vor, Herr Holub – statt dessen beschreiben Sie minutiös jede einzelne Sitzung des Schriftstellerverbands oder ermüden den Leser mit seitenlangen Analysen des Treffens von Dubček und Breschnew im Zug an der russischen Grenze ...«

»Wollen Sie mir etwa sagen, was ich zu schreiben habe?« unterbrach mich Holub. Plötzlich war er wieder da, sein halbernster, halbironischer Tonfall von vorhin, den ich nicht einzuordnen wußte.

»Ich habe nur gesagt«, gab ich trotzig zurück, »was Sie nicht geschrieben haben!«

»Sie sind ...«, setzte er an, aber dann ging ihm plötzlich die Luft aus. Er begann zu husten, und der Husten schüttelte für einen unangenehm langen Augenblick seinen alten, papierleichten Körper. »Sie sind ... Entschuldigen Sie ... Sie sind, scheint mir, ein kluger junger Mann, und ich habe das, was Sie mir vorwerfen, beim Schreiben natürlich selbst oft gedacht. *Nejsem přece úplně senilní.*« Er zog ein benutztes Papiertaschentuch aus seiner Jacke und hielt es sich über den Mund. Er hustete erneut, aber nicht mehr so stark, seine Rede war jetzt gut zu verstehen und sein Ton wieder ganz eindeutig. »Ich hätte wohl besser auf mein inneres Kontrollsystem achten sollen«, sagte er, »aber manchmal reißt die eigene Begeisterung einen einfach mit fort, Herr Pollok.« Er hatte meinen Namen langsam und betont ausgesprochen, und nun blickte er mich aus seinem winzigen Zwetschgengesicht heraus scharf an, er tupfte sich mit dem Taschentuch über die Mundwinkel und die Lippen, und als wäre er aus einem langen Schlaf erwacht, sagte er auf einmal ganz fest: »Wenn Sie über damals so viel wissen – was wissen Sie dann über mich?«

Ich preßte die Hände gegen das riesige Cognacglas, ich blickte an Holub vorbei und sah durch das hohe Terrassenfenster in den tiefen Fönhimmel. Ich wollte jetzt nicht antworten, ich hatte keine Lust mehr, immer und immer wieder über ihn nachdenken zu müssen, ich wollte lieber an Vater denken, an meinen Vater, an diesen schweigsamen, sturen Mann, der, seit ich mich erinnern konnte, niemals von sich gesprochen hatte, weshalb er mir, solange er bei uns war, immer wie dieser ältere Herr aus einem russischen Roman vorkam, der in einer kommunalen Gemeinschaftswohnung am Ende eines langen Flurs sein eigenes Leben lebt. Nein, Vater selbst hat mir natürlich nie von seinem unrühmlichen Moskauer Ende erzählt, und er hat sich ebenfalls darüber ausgeschwiegen, wie es weitergegangen war – wie er also gleich am Tag nach seinem Rauswurf nach Prag zurückmußte, wo ihn bereits der Marschbefehl zum politischen Strafbataillon der Armee erwartete. Die nächsten fünf Jahre verbrachte er dann in den Urangruben von Jáchymov, im

Westen Böhmens, und dort hatte er eine ähnlich sinnvolle und erschöpfende Tätigkeit zu verrichten gehabt wie die Heloten von Sparta oder die Gespenster von Birkenau. Ich weiß nicht, ob er damals noch Hoffnung besaß, ich habe nie erfahren, ob er im Arbeitslager – vielleicht während er gerade das giftige Urangestein aufs Förderband schaufelte oder in zehn Metern Tiefe Sprengladungen anbrachte – davon träumte, eines Tages an die Universität zurückgehen zu dürfen, um doch noch ein berühmter Historiker zu werden, so wie er es sich einst gewünscht hatte. Wahrscheinlich wußte er ganz genau, daß alles aus war, und möglicherweise, doch das glaube ich nicht wirklich, wußte er da auch schon, daß später ein ruhmloser Filmschreiber aus ihm werden würde, fast immer ohne Arbeit, dafür aber ständig voller großer Pläne, ein Tagträumer und Künstlerdarsteller, der außer sich selbst keinen andern je wichtig genommen hat – sonst hätte er doch wohl mit Mama und mir in diesen drei Jahrzehnten mehr als fünf Sätze gewechselt.

Ich weiß, ich übertreibe schon wieder, aber ich weiß auch, daß Vater wirklich etwas von diesem großen Schweiger vom andern Ende des Flurs gehabt hat, und so war es dann immer Mama gewesen, die in München, wenn wir ab und zu samstags oder sonntags beim Mittagessen zusammensaßen, ins Erzählen kam, so herausfordernd und bestimmt, als wolle sie dafür sorgen, daß ich, ihr einziger Sohn, der seit unserer Flucht aus Prag keinen Verwandten mehr gesehen hatte, statt dessen aber die sich häufenden Zerwürfnisse zwischen ihr und Vater um so intensiver mitbekam, daß ich also niemals vergaß, daß wir, allen Launen des Schicksals zum Trotz, eine Familie waren und nicht bloß ein zufällig zusammengewürfeltes Trio. Mama erzählte bei diesen beschwörenden Küchensitzungen, die in Wahrheit ohnehin nichts mehr retten konnten, ein ums andere Mal Vaters Moskauer Passion, und sie erzählte oft auch von der Nacht, als sie ihn, Jahre später, im

Prager Filmklub kennengelernt hatte, wo er sie wagemutig vor einer wild betrunkenen Männermeute in Sicherheit brachte, um ihr hinterher, das erste und einzige Mal, seine Geschichte anzuvertrauen. Vater unterbrach Mamas Erzählungen jedesmal, aber nie energisch genug, er erklärte mit einem kalten Klang in der leisen Stimme: »Ich will darüber nicht sprechen!«, doch dann, als Mutter fertig war, als sie den rituell wiederkehrenden Schlußsatz »Und darum wurde dein Vater so eigentümlich und stark« ausgesprochen hatte, sagte er – als eine Art Refrain, Klage und Tusch – ganz mild: »Milan hat sich bei mir bis heute nicht einmal entschuldigt!«

Holubs Entschuldigung – um sie also, so kam es mir immer vor, wenn in unserer Küche die Rede auf Moskau und Jáchymov kam, war es Vater in all den Jahren viel mehr gegangen als um das ihm angetane Unrecht. Und so merkwürdig und falsch mir das schien, ich konnte es mir dennoch erklären: Mein Vater pflegt, wie jeder gute Jude, das Beleidigtsein als eine besonders kostbare Tugend, und wer, wie er, auf jüdische Art beleidigt ist, der will seinen Beleidiger nicht wirklich hassen, vergessen, ignorieren, der will nur eins: daß das Böse rückgängig gemacht, daß es durch eine Entschuldigung wieder ausgelöscht wird. Vielleicht hat diese bescheidene, geduldige Haltung damit zu tun, daß die überpragmatischen Juden immer nur den einen einzigen Wunsch haben, die Erde möge sich bloß weiterdrehen, damit sich der Rest dann schon irgendwie findet. Vielleicht rührt sie auch daher, daß sie den Antisemitismus als eine derart absurde, abstrakte Kategorie betrachten, daß ihnen allein Worte als trostreich erscheinen. Vielleicht aber, um wieder auf Vater selbst zurückzukommen, war es vor allem so, daß er irgendwann begriffen hatte, daß er damals selbst der gleiche wutentbrannte Menschheitserretter mit Parteibuch gewesen war wie Holub, sein bester Freund, weshalb er bei einer andern Gelegenheit nicht anders gehandelt hätte.

3.

»Was wissen Sie über mich, Herr Pollok?« wiederholte
Holub seine Frage, doch ich antwortete nicht, ich dachte an
meinen Vater, den ich so lange nicht mehr gesehen hatte, den
ich noch liebe, aber nicht mehr mag, weil er uns im siebten
Jahr der Emigration verließ, sieben Jahre nach unserer gemeinsamen Flucht aus Prag, den ich einfach vergessen will,
weil er wegging, um mit einer Deutschen in einem deutschen
Vorort eine deutsche Familie zu gründen und einen deutschen Sohn zu zeugen, meinen Halbbruder David, den ich
nicht kenne, den ich niemals gesehen habe und niemals sehen
will.
»Ist Ihnen nicht gut, junger Mann?« sagte Holub, und ich
glaube, er lächelte.
Ich sah in seine dunkelblauen, fast violetten Augen, mir
fiel auf, wie nah sie beieinanderstanden, und ich entdeckte
nun auch, daß der messerscharfe Nasenflügel, der sich
zwischen ihnen erhob, mit winzigen Narben und braunen
Flecken übersät war. Ich schüttelte den Kopf, dann schob
ich meinen Oberkörper, mit dem ich in der Zwischenzeit
ganz tief in den Sessel hineingerutscht war, ein Stück nach
oben, ich stützte mich mit beiden Ellbogen an den Seitenlehnen ab, bemüht, eine anständige Sitzposition zu er-
langen, und das sah bestimmt genauso hilflos aus wie vorhin bei ihm, dem Greis. »Es ist alles in Ordnung«, sagte
ich erschöpft, ich warf ihm einen ausdruckslosen Blick zu
und schwieg wieder.
»Erzählen Sie mir doch etwas von sich«, sagte der Schriftsteller. »Ich habe vom Verlag gehört, Sie schreiben auch.«
»Ja.«
»Ist denn schon etwas erschienen?«
»Nein.«
»Ihr Deutsch ist aber sehr gut.«

»Meine Freunde in Israel sagen, ich klinge wie ein Wehrmachts-Offizier.«

»Die müssen es natürlich wissen.«

»Wir hätten damals nach Amerika gehen sollen.«

»Dort hätten Sie es auch nicht leichter gehabt.«

»Vielleicht ja doch.«

»Machen Sie sich nichts daraus«, sagte Holub. »Am Ende gewinnt man immer. Das wichtigste sind Freunde und Familie.«

»Ja.«

»Sind Sie verheiratet?«

Ich bewegte leicht den Kopf, so leicht, daß ich selbst nicht genau wußte, ob ich ihn geschüttelt oder ob ich genickt hatte.

»Kinder?«

»Nein.«

»Ich habe auch keine Kinder.« Er überlegte eine Weile, und dann sagte er vorsichtig: »Kinder behindern einen beim Schreiben nur. *Miluju děti, ale musím být sám.*«

Hatte er das wirklich gesagt? Meine Wut war plötzlich unermeßlich. »Ach wissen Sie, Herr Holub«, fuhr ich ihn an, und ich spürte, wie meine Kräfte nun in Sekundenschnelle wiederkehrten, »den Roman haben Sie schließlich ganz allein nicht hingekriegt.«

Er zuckte zusammen, sagte aber: »Das stimmt.«

»Na ja – immerhin wissen wir, woran es lag.«

»Ich weiß es nicht.«

»Sie waren von der ersten Seite an der Favorit, Herr Holub, darüber haben wir doch gerade gesprochen. Sie waren eingebildet wie ein großer Boxer oder Tennisspieler, Sie fühlten sich zu sicher, und diese Überheblichkeit hat dazu geführt, daß Sie einfach nicht mehr gewinnen konnten.«

»Ja, könnte sein.«

»Sie haben geschrieben, wie Sie gelebt haben – zu selbstgewiß.«

Holub zögerte mit einer Antwort, und ich überlegte, ob er mich jetzt gleich hinauswerfen würde. »Woher wollen Sie das wissen?« sagte er dann.

»Als Schriftsteller weiß man alles über die andern.«

»Das leuchtet mir ein, junger Mann.«

»Es leuchtet Ihnen ein?«

»Ja.«

»Und leuchtet Ihnen auch ein«, sagte ich laut, »wie schrecklich dumm und opportunistisch es von Ihnen ist, mir das alles zu glauben? Und wie typisch das für Sie ist, Sie Arschloch?«

Er schwieg, und während er schwieg, fragte ich mich, ob ich gerade der glücklichste Mensch der Welt war, und als ich dann sah, daß seine Beine zitterten, als ich sah, wie er plötzlich ganz abwesend seine jugendlichen Hände zu drücken und pressen begann, um sie kurz darauf aus nächster Nähe zu mustern und schließlich unter seine zitternden Oberschenkel zu schieben, da wußte ich, ich war es tatsächlich: der glücklichste Mensch der Welt.

»Herrgott, Pollok«, stieß Holub aus, und obwohl er versuchte, mich anzuschreien, brachte er nur ein fades, albernes Krächzen zustande, »jetzt sagen Sie mir endlich, was Sie über mich wissen!«

»Daß Sie ein Verräter sind«, erwiderte ich mild und kühl, »ein widerlicher Verräter. Und daß Sie verlogenes gojisches Schwein meinen Vater und Ihren besten Freund an Ihr mieses gojisches Kreuz genagelt haben.«

»Ihren Vater, Pollok?«

»Meinen Vater. Aber was spielt es für eine Rolle, wer er für mich ist. Nennen wir ihn einfach nur Itzig, Sie verfluchter alter Stalinist, Sie mährischer Bauern- und Hurensohn!«

»Den Namen«, sagte Holub, und seine hohe alte Stimme klang nun wieder klar, die Knie zitterten nicht mehr, und die Hände lagen plötzlich ganz ruhig auf seinem Schoß. »Ich will den Namen Ihres Vaters wissen.«

»Sie haben ihn vergessen?«

»Den Namen!«

»Wie wäre es mit . . . Pepa?«

»So hieß mein Hund.«

»Immerhin hatten Sie in Ihrem Geschwür von Buch, in Ihrer Metastase von Memoiren für *seine* Geschichte eine Menge Platz gehabt.«

»Den Namen!«

»Pavel Pollok«, sagte ich schließlich, und eine heiße Welle schoß durch meine Wirbelsäule bis hoch hinauf zum Gehirn. »Pavel heißt mein Vater, und Sie haben ihn fertiggemacht.«

»Pavel Pollok?«

»Ja.«

»Pavel, mein Pavlíček?«

»Er kommt in Ihrem Buch gar nicht vor . . .«

»Mein Freund und Feind, mein Kamerad und Ankläger?«

Ich nickte.

»Der stolzeste Jude Osteuropas?« rief Holub laut und höhnisch aus, er lachte so heftig, daß er wieder zu husten begann, und die Mischung aus Röcheln und Kichern, dieses scharfe, ständig brechende Geräusch, das seiner Kehle entstieg, während sich sein schmaler, leichter Körper schüttelte, war mir so unangenehm, daß ich kurz dachte, ich müßte mir die Ohren zuhalten. »Ja, ich erinnere mich an ihn«, sagte Holub ruhig, nachdem er sich wieder gefangen hatte. Er fuhr sich durch die weiße Beethovenmähne, er strich selbstgefällig über seine rotglänzenden Greisenwangen und ließ die Hände dann langsam auf das Manuskript von *Ich, Böhmen und die Welt* sinken, das nun vor ihm auf dem niedrigen Glastisch lag. Nachdem er mit den Fingern an der oberen Kante des Manuskripts wie an einem Stoß Karten entlanggefahren war, spielte er eine Weile mit dem Gummiband, das den Stapel zusammenhielt, er zog es mehrmals hoch und ließ es wieder zurückschnellen, und endlich riß er es mit einer plötzlichen, für ihn viel zu heftigen Bewegung durch. »Ich soll meinen Pavlíček hier einfach nicht erwähnt haben?« sagte er. *»Že jsem prej na něho fakt zapomněl?«* Und dann begann er in seinem Manuskript zu blättern, sein Blick raste über die Seiten, es schien, als suche er darin tatsächlich nach dem Namen meines Vaters, er arbeitete sich wütend durch den Stapel, ohne aufzuschauen, ohne mit mir zu sprechen, er lupfte ein Blatt, warf einen flüchtigen Blick darauf, zerknüllte es, schob es vom Tisch, griff nach dem nächsten, kontrollierte und zerriß es und hatte längst wieder ein neues in der Hand. Das alles ging sehr schnell, unwahrscheinlich schnell, Holub hatte sich dabei aus seinem Sessel hochgekämpft, er beugte sich mühsam über den Glastisch, er murmelte abwechselnd auf deutsch und auf tschechisch »Pavel, wo bist du? *Pavlíčku, kde jsi?«,* er lachte und setzte für einen Augenblick eine besonnene Miene auf. Dann wieder verzog er zornig das gelbe Gesicht, und während immer mehr zerknüllte Seiten seines Romans den Boden um mich herum bedeckten, während der Stapel vor Holub immer niedriger wurde, bis er schließlich ganz verschwand, während sich Holubs Arbeitszimmer also allmählich in eine Art Gummizelle verwandelte, überlegte ich, ob ich tatsächlich noch immer der glücklichste Mensch der Welt war.

»Also nein«, sagte Holub, »Sie haben wirklich recht, ich kann Ihren Vater hier einfach nicht finden.« Er redete auf einmal so übertrieben langsam und monoton, als habe er mich die ganze Zeit mit seiner Verrücktennummer nur auf den Arm nehmen wollen, und plötzlich sah er mir tief in die Augen, und er sagte ernst und abgeklärt: »Sie hätten nicht mit mir anfangen sollen, Herr Pollok. Sie wären besser zu Hause geblieben.« Und dann sagte er noch etwas, aber das hörte ich nicht mehr, ich betrachtete ihn wie einen Fisch im Aquarium, ich sah seine dunklen Augen, ich sah die schmale Nase, ich sah die weißen Krümel in seinen Mundwinkeln, und es war alles nur noch ein Rauschen und Summen.

4.

Meine Eltern haben sich im Prager Filmklub bei der Premiere von Ján Kadárs erstem Film kennengelernt, bei einer Party, die nach einem eher ruhigen, langweiligen Beginn erst ganz spät in eine Art Orgie umschlug – Orgie deshalb, weil irgendwann doch noch alle Männer unter den Tischen lagen, während die Frauen, die jungen Frauen, darauf tanzten. Schließlich begannen sich die Mädchen auch noch auszuziehen, die Männer kamen schnell wieder zur Besinnung, sie standen im Kreis um sie herum, sie johlten und klatschten, und die größte Aufmerksamkeit zog dieses schmale, schwarzhaarige Ding mit den großen Brüsten und dem klugen Lächeln auf sich, das sich so wild und selbstvergessen bewegte wie ein kleines Kind, das endlich einmal mit den Erwachsenen tanzen darf. Als die Kindfrau dann langsam ihren Büstenhalter öffnete, als die Träger bereits von ihren Schultern gerutscht waren und sie, von den Zuschauern bejubelt, den BH nur noch mit den Händen über ihren Brüsten hielt, erhob sich wie in Trance ein letzter Betrunkener aus seinem Alkoholschlaf, ein kleiner, zarter Junge mit olivfarbenem, ernsten Zigeunergesicht, er stand auf, wankte auf die kleine Tänzerin zu, zerrte sie vom Tisch herunter und trug sie, als wären sie Braut und Bräutigam, aus dem Filmklub hinaus.

In dieser Nacht, so hat es Mutter später immer erzählt, wurde ich gezeugt, gleich in dieser ersten Nacht also, in der sich meine Eltern ineinander verliebten, in der sie zum ersten Mal miteinander schliefen, in der sie sich von der selbstsüchtigen Freude über das plötzlich gefundene Glück so sehr fortreißen ließen, daß keiner von ihnen beiden darüber nachdachte, wer der andere überhaupt war. Diese Nacht bedeutete den Beginn einer langen Kette von Verleumdungen und Mißverständnissen, und vielleicht wäre später wirklich alles ganz anders gekommen, hätten sich Vater und Mutter in jenen gottverdammten zwölf Stunden nicht wie Königskinder gefühlt, wenn sie kurz innegehalten und sich gefragt hätten, ob Wunder denn tatsächlich möglich sind. Es blieb, natürlich, von diesem ersten Hochgefühl zunächst noch einiges übrig, der Haß und das Schweigen fraßen sich nur langsam zwischen sie, und es gibt eine Menge Fotos aus den frühen Jahren, auf denen meine Eltern wie ein aufgekratztes *Nouvelle-Vague*-Pärchen aussehen, wobei ich mich vor allem an ein Bild erinnere, das sie in einem Café in Marienbad zeigt, ein Bild, das man ziemlich lange ansehen muß, bis man sich wirklich sicher ist, daß die beiden da nicht Jean-Luc Godard und Anna Karina aus Paris sind, sondern Pavel und Lula Pollok aus Prag. Vater hat millimeterkurze Haare, er ist unrasiert, er blinzelt über den oberen Rand einer schweren schwarzen Sonnenbrille in die Kamera, während Mutter, eine Perle in ihrem weißen, engen Kleid mit dem üppigen Spät-Fünfziger-Dekolleté, ihn von der Seite ernst und verliebt anblickt.

Es gab bestimmt mehr als diesen einen goldenen Augenblick in der Ehe meiner Eltern, zumindest solange wir in der Tschechoslowakei lebten – alles war leicht, fast unernst, Mutter schrieb noch nicht, sie war eine junge Schauspielerin mit kleinen Rollen und einer großen Zukunft, während Vater ohne Säuernis um seinen Durchbruch kämpfte. Hatte er nach seiner Entlassung aus der Armee zuerst mit Skripts für öde Wissenschaftssendungen des staatlichen Rundfunks Geld verdienen müssen, schien es plötzlich nurmehr eine Frage der Zeit zu sein, wann er, als einer aus der jungen Prager Filmclique, sein erstes Drehbuch für einen abendfüllenden Film schreiben würde. Ein paar Monate lang zog Vater mit seinen neuen Freunden Nacht für Nacht um die Häuser, sie gingen ins Theater *Na zábradlí*, sie aßen beim einzigen Chinesen der Stadt und betranken sich hinterher im *Bystrica*, und eines Abends kam er dann endlich mit Miloš Forman ins Gespräch. Der Film, den sie zusammen machten – bis heute Vaters einzige wichtige Arbeit –, wurde in Karlsbad mit dem Großen Preis ausgezeichnet, und zur Feier fuhren meine Eltern, ohne mich, das erste Mal in ihrem Leben nach Frankreich.

An die Prager Jahre – die besten, die meine Eltern miteinander gehabt hatten – kann ich mich selbst natürlich wenig erinnern, aber ich weiß noch, wie ich damals schon, als Kind, über bestimmte Blicke, Gesten und Bemerkungen erschrak, und ich weiß auch, wie ich mir dann jedesmal vorstellte, Vater und Mutter könnten gar nichts dafür und seien nur für einen kurzen Moment von bösen Geistern besessen. Heute vermag ich nicht genau zu sagen, in wem es mehr gespukt hatte, wer von den beiden stärker unter seinen Leidenschaften gelitten hat. Vater, sein Leben lang verbittert über den Parteiausschluß, wütend über das geraubte Studium, entkräftet von den fünf Jahren in Jáchymov, war zwar in jener Zeit nicht weniger einsilbig und egoistisch als sonst, doch die Aufbruchstimmung, die das Land plötzlich erfaßt hatte, riß ihn wie alle andern kurz mit. Die kollektive Fortsetzung des Sozialismus mit menschlichen Mitteln war eine große, nationale Angelegenheit, niemand wurde ausgeschlossen, weder ein Opfer wie er noch ein Bösewicht wie Milan Holub, alle Tschechen und Slowaken empfanden ein paar Monate, Jahre lang eine fast zärtliche Gemeinsamkeit, und so gesehen war der Prager Frühling für Vater eine ganz gute Kur gegen seine Einsamkeit. Erst nach dem russischen Einmarsch begriff er, als einer von vielen, wie banal die Illusion gewesen war, in der er gelebt hatte. Wenn man so will, war für ihn die Okkupation die Wiederholung dessen gewesen, was ihm selbst schon einmal ganz persönlich angetan worden war, damals, 1949, in Moskau. Das alte Trauma kehrte zurück, das Schweigen und der Groll, doch diesmal war niemand mehr da, der ihm hätte helfen können, denn Mutter hatte nun ihre eigenen Probleme und Gespenster. Daß sie in Barrandov und an den Prager Theatern keine Arbeit mehr bekam, war das eine. Daß sie Gedichte zu schreiben begann, das andere. Plötzlich hatte sich ihre Zärtlichkeit, ihre Wärme in etwas Neues verwandelt, sie war mal manisch gut gelaunt, mal tief frustriert, ihre Stimmungen überkamen sie wie Naturkatastrophen, und das Tragische war, daß sie jedesmal so radikal von ihr Besitz ergriffen, daß Mama dann tagelang wie eine Schlafwandlerin durchs Leben ging. Die Depressionen trieben sie an den Patience-Tisch oder zu ihren Gedichten, die Euphorien aber hinaus auf die Straße, zu Freunden oder in Lokale, wo sie manchmal vier, fünf Stunden lang ganz allein eine Gesellschaft unterhielt, plappernd und lachend und grimassierend. Wollte sie einen ihrer Gute-Laune-Anfälle zu Hause ausleben, drehte sie das Radio laut auf, sie tanzte allein im Wohnzimmer oder redete, wenn keine passende Musik kam, Vater und manchmal sogar auch mich einfach nieder, allein mit sich selbst, ohne Sinn oder Gehör für den andern.

Am liebsten tanzte Mama zu dieser wüsten slowakischen Volksmusik, in der sich Zimbal, Geige und das Seufzen des Sängers immer wahre Wehmutsschlachten liefern, und als wir dann später nach München kamen, als wir in die Wohnung am Petuelring einzogen, kaufte sie, noch bevor wir ein einziges Möbelstück besaßen, einen Plattenspieler, sie holte aus ihrem Koffer ein paar alte *Supraphon*-Platten heraus, legte eine auf und begann selbstverliebt, selbstvergessen zu tanzen, sie schnippte mit den Fingern, sie rief »Juchej!« und »Joj!«, sie war aufgelöst vor Glück, und ich weiß wirklich

nicht, ob Vater sie in diesem Augenblick genauso entzük-
kend und liebenswürdig fand wie damals im Filmklub ... So
also begann das erste Kapitel der Emigration, im Frühling
1970, und es endete sieben Jahre später, irgendwann an einem
späten Nachmittag, als die Möbelpacker Vaters Sachen aus
der Wohnung hinaustrugen. Vater war ein paar Wochen
vorher ausgezogen, während der Ferien, als ich in England
einen Sprachkurs machte, und nun stand ich in seinem leeren
Arbeitszimmer, und an der Stelle, wo früher der Schreibtisch
gewesen war, senkten sich ein paar staubige Spätsommer-
strahlen schräg in den Raum und tanzten über dem zerkratzten Parkett.
Nein, die Polloks haben im Exil wahrlich keine gute Figur
gemacht – wir waren in der Fremde einander noch fremder
geworden, die Familienwohnung war nicht mehr der Ort
aller Gemeinsamkeit, sondern allein der neutrale Boden,
wohin sich jeder zurückzog, um darüber nachzusinnen, wie
gräßlich es dort draußen, in diesem Deutschland der Deutschen, war. Statt miteinander zu reden, statt zu streiten, statt
sich wütend die Meinung zu sagen, lebten wir – von Vater
angesteckt – in München zusehends stummer und unauf-
merksamer nebeneinander. Wie sehr habe ich mir später gewünscht, Mutter hätte Vater ein einziges Mal für seine wehleidige Zurückgezogenheit lauthals beschimpft! Und wie
sehr hätte ich es geliebt, wenn Vater ihr wiederum wut-
schnaubend ihre tyrannischen Stimmungen vorgehalten
hätte! In Wahrheit aber kümmerte sich jeder um sich selbst,
ich saß tagelang in meinem Zimmer, las Thomas Mann und
hörte das Köln-Konzert von Keith Jarrett, Vater büffelte
Deutsch, arbeitete manchmal beim BR als Aufnahmeleiter
und träumte von seinem nächsten Forman-Film, und Mutter,
die im Westen Theater und Kino endgültig aufgegeben hatte,
verlegte sich darauf, in kleinen Emigrantenzeitschriften ihre
Gedichte zu veröffentlichen und melodramatische Briefe an

wildfremde Menschen zu schreiben, an Antonín Liehm in
Paris oder an Škvorecký in Toronto etwa, die sie anflehte, ihr
bei der Suche nach einem ausländischen Verlag unbedingt zu
helfen, sie würde sich sonst etwas antun.

An Milan Holub wandte sich Mutter, nachdem auch er aus
Prag ausgereist war, natürlich nicht, das war das mindeste,
was sie für Vater, für den Herrn vom andern Ende des Flurs,
tun konnte, und überhaupt – so dachte ich oft – war die Sache mit Holub in der Emigration das einzige Glied, das uns
noch verband. Wenn wir, was am Ende immer seltener geschah, in unserer Küche zusammensaßen und über ihn sprachen, war sofort alles andere vergessen, wir vertieften uns
jedesmal von neuem in Vaters Holub-Geschichte wie religiöse Juden an Pessach in die Haggada, und obwohl Mutter
die Moskauer Geschehnisse nüchtern, fast ohne Kommentar,
erzählte, kam es mir trotzdem so vor, daß sie und Vater davon überzeugt waren, es wäre für sie beide alles soviel leichter gewesen, hätte sich diese Tragödie in der tschechoslowakischen Botschaft niemals abgespielt, denn dann wäre
Vater wohl ein ganz anderer geworden und er hätte sie und
mich ganz anders geliebt. Daß Vater am Ende unserer Kü-
chengespräche immer so traurig von Holubs ausgebliebener
Entschuldigung sprach, war für mich jedenfalls Beweis genug, daß er dem Schriftsteller tatsächlich für alles, was in
seinem Leben passiert war, die Schuld gab, und so mußte ich
dann dabei oft an jenen Satz denken, mit dem die Juden seit
über dreitausend Jahren ihre Geschichte beschwören, an
diese so ambivalente Formel, die ihnen als Testament und
Prophezeiung gilt. »Wir waren Sklaven in Ägypten«, sagen
sie, und nichts anderes sagte Vater auf seine Art auch, wenn
er zum hundertsten Mal erklärte, Holub habe sich bei ihm
nicht einmal entschuldigt.

Wie mächtig und einigend kann die Kraft der Geschichte
wohl sein? Unser gemeinsamer Haß gegen Milan Holub

war jedenfalls nicht stark genug, eines Tages gab Vater mir und Mutter dann doch noch den Laufpaß, er nahm seine Kleider, Möbel und Bücher mit, er ließ uns die Familienfotos und seine Lebensversicherung, er zog ans andere Ende der Stadt zu seiner neuen Frau, die genauso still war wie er, er zog weit weg von uns in den hellen, reichen Süden Münchens, und nun saß er also in Solln, in dieser weißen Wirtschaftwundervilla an seinem Schreibtisch und mühte sich dort mit seinen Drehbüchern ab, die keiner verfilmen wollte. Jedesmal, wenn ich seitdem an ihn denken mußte, wütend über seinen Verrat und voller Bewunderung für die Kraft, mit der er sich Deutsch beigebracht hatte, um bei aller Aussichtslosigkeit weiterschreiben zu können, jedesmal, wenn ich vor meinem inneren Auge diesen kleinen, dunklen Mann sah, wie er verbissen auf den Bildschirm seines Computers starrt, immer noch derselbe Egoist und Don Quichotte wie früher, erinnerte ich mich daran, wie ich früher einmal, um ihn endlich aus der Reserve zu locken, furchtbar grob und eingebildet zu ihm sagte: »Mama und ich sind ein Fleisch und Blut – aber du bleibst für sie auf immer ein Fremder.« Worauf er ein für ihn vollkommen ungewohntes Lächeln auf seine Lippen zauberte und mir sanft über die Stirn strich.

5.

»Sie sind schuld«, sagte ich zu Holub, »Sie allein.« Das Rauschen und Summen ließ langsam wieder nach, und ich fühlte mich so kräftig und ausgeruht, als hätte ich zehn Stunden geschlafen. »Sie sind schuld«, wiederholte ich, »ja, Sie sind schuld.« Ich liebte diesen Satz, ich war schrecklich froh, daß ich ihn endlich gefunden und ausgesprochen hatte, und dann – als sei nun alles zu Ende, das Drama vorbei – beugte ich mich vor und begann, aus Höflichkeit und ohne mir etwas dabei zu denken, die verstreuten Manuskriptblätter vom Boden aufzusammeln.

»Lassen Sie das«, sagte Holub. »fassen Sie bloß nichts an!« Seine Stimme hatte an Kraft gewonnen, sein Blick war scharf und genau, und auch sein schmächtiger Körper hatte mit einem Mal alles Senile verloren. Der Alte stand, die kleine, harte Brust steif vorgestreckt, hinter seinem Schreibtisch, er zog eine Schublade auf und nahm einen grauen Plastik-Ordner heraus. »Jetzt lassen Sie das doch endlich«, sagte er, »dort unten werden Sie Ihren Vater nicht finden.« Aber ich achtete nicht auf ihn, und erst nachdem sich Holub wieder in seinen Sessel gesetzt hatte, begann ich – noch immer auf dem Boden herumkriechend – mir seiner Worte bewußt zu werden, und plötzlich ließ ich alle Blätter wieder fallen, ich nahm ebenfalls Platz, Holub füllte unsere Gläser mit Cognac auf, er schob mit der Handkante die Zigarettenschachtel zu mir herüber, schließlich öffnete er den Ordner und sagte: »Hier haben wir unseren Pavlíček, Herr Pollok, hier ist das Jüdlein-Kapitel, an dem ich so lange schrieb und das ich dann doch nicht in mein Buch aufgenommen habe, und wenn Sie noch einmal Arschloch zu mir sagen, dann schmeiße ich Sie raus.«

»Arschloch«, sagte ich, »Arschloch, Arschloch, Arschloch.« Ich stand auf und ging zur Tür.

»Ich weiß«, rief mir Holub hinterher, »daß Sie sowieso bleiben werden.«

Ich drehte mich nach ihm um, wir schauten uns an, und während sich unsere Blicke kreuzten, machte ich ein paar langsame, tastende Schritte zurück, es zog mich durch den ganzen Raum, an Holub vorbei, und an der offenen Balkontür blieb ich dann stehen. Jetzt erst löste ich von Holub den Blick, ich sah hinaus, ich sah über die Stadt zu den blauen Hügeln der Alpen, sie schimmerten in der heißen italienischen Luft, ich roch Sand und Oleander und Meer, und ich dachte, wenn das hier endlich vorbei ist, nehme ich meine Badesachen und setze mich in Terracina an den Strand.

»Ich bin schuld?« sagte Holub.

»Ja.«

»Woran? Sagen Sie es! Oder schweigen Sie lieber ganz, es wäre ohnehin am besten für Sie.«

Was sollte ich bloß tun? Sollte ich erklären, wegen Ihnen, Holub, lebt Vater nicht mehr bei uns, wegen Ihnen ist Mutter absonderlich geworden, und aus mir haben Sie einen apathischen, jähzornigen Trauerkloß gemacht?

»Sie sind«, begann ich schließlich, »Sie sind . . . schuld daran, daß wir Prag überhaupt verlassen mußten . . . Ja, ganz genau. Denn Typen wie Sie haben dem Land gleich zweimal Unglück gebracht. Sie und die andern waren zuerst so dumm, unter Gottwald Stalinismus mit Kommunismus zu verwechseln, und zwanzig Jahre später waren Sie noch viel dümmer, als Sie mit Dubček eine sozialistische Demokratie errichten wollten, viel zu naiv, um zu verstehen, daß Zar Breschnew so was niemals zulassen würde . . . Ich hasse Idealisten«, fuhr ich ihn an, und ein herrliches Triumphgefühl stieg kurz in mir auf.

»Warum gehen Sie nicht einfach wieder zurück?«, sagte er ungerührt. »Es hat sich doch alles zum Guten gewendet.«

»Zu spät.«

»Sie haben sich in Deutschland prächtig eingelebt, nicht wahr?«

»Ja, ganz genau«, log ich. »Und außerdem – wenn ich daran denke, daß schon wieder dieselbe Clique wie '48 und '68 in der Burg sitzt, wird mir nur übel.«

»Ihnen wird übel?«

»Ja, verdammt. Es sind schließlich Leute wie Sie, die jetzt auch noch die Republik spalten!«

Holub drehte den Kopf zur Seite, und dann sagte er, ohne

mich anzusehen, streng und vorwurfsvoll: »Sie reden so, als hätte ich Ihr ganzes Leben vernichtet und –«

»Nicht mein Leben«, unterbrach ich ihn erschrocken, »aber das meines Vaters.«

Er sah mich jäh wieder an. »Jetzt sagen Sie endlich, was Sie wissen!« rief er. »*Tak už to řekněte!*«

Ich atmete durch, einmal, zweimal, aber ich blieb stumm, Holub schwieg auch, und so schwiegen wir beide, und plötzlich sagte ich ganz leise: »Sie haben Papa in Moskau verraten ...«

Nein, er zuckte nicht zusammen. Er schnaubte nicht vor Wut, und er sprang mir auch nicht an die Kehle. Er nickte einfach nur, er nickte und nickte, und dabei schürzte er nachdenklich die Lippen.

»Sie haben meinen Vater auf dem Gewissen«, sagte ich, »und er hat sich von Ihrem Verrat nie mehr erholt. Das Leben ist seitdem für ihn nur noch ein Traum – und die Menschen Traumfiguren, durch die man einfach hindurchgreifen kann. Er glaubt niemandem mehr, nur sich selbst, im Beruf und auch sonst, und hätte er nicht nach dem Lager meine Mutter kennengelernt, dann wäre nicht einmal dieser stumme Phantast aus ihm geworden, sondern einfach nur ein abgewrackter Versager.« Ich wußte genau, daß ich über Dinge redete, die ich noch nie mit jemandem besprochen hatte, es war völlig verrückt und ganz logisch zugleich, daß ausgerechnet Milan Holub mein Zuhörer war. »Sie haben sich«, sagte ich plötzlich selbstbewußt, »bei Vater noch nicht mal entschuldigt!«

Holub hörte auf zu nicken. »Wann, sagten Sie, hat Ihr Vater Ihre Mutter kennengelernt?«

»Wieso wollen Sie das so genau wissen?«

»Antworten Sie!«

»Ende der fünfziger Jahre, glaube ich. Aber das spielt doch gar keine Rolle.«

»Und wo?«

»In Prag natürlich«, sagte ich, und dann fügte ich, eher gnädig und geduldig als zornig, hinzu: »Jetzt lassen Sie mich doch damit in Ruhe. Sie sind ein Schuft, das wissen Sie, und Sie kommen in die Hölle.«

»Kommen Juden auch in die Hölle?«

»Nur wenn sie sich mit den falschen Gojim einlassen.«

»*Jasně*. Sonst nicht?«

»Niemals, Herr Holub. Die Erde ist für uns bereits fürchterlich genug. Da hat Gott später mit uns ein Einsehen.«

Er bewegte den Kopf, als würde er etwas ganz genau abwägen, dann sagte er: »Möchten Sie sich nicht wieder setzen?«

»Nein.«

»Sicher nicht?«

»Was soll denn das?« fuhr ich ihn an, ich machte einen ängstlichen Schritt auf die Terrasse hinaus, ich sog den Wind ein, der in kühlen und heißen Stößen abwechselnd um mein Gesicht strich, ich dachte wieder an den langen Strand von Terracina, ich dachte an junge Frauen mit dunklen Hüften, an Eisverkäufer und deutsche Touristen, und ich dachte auch an die rauhen, breiten Steine, auf die man im Seichten tritt, bevor man ins Meer rausschwimmt.

»Ihre Eltern, Pollok, haben Sie angelogen«, sagte er. »Ihre Eltern kennen sich, seit sie Kinder waren, und sie überlebten gemeinsam den Krieg. Ich habe« – er stutzte für einen Moment – »ich habe, falls es Sie interessiert, darüber alles in meinem Jüdlein-Kapitel geschrieben, und natürlich habe ich darin auch erwähnt, daß die beiden einen Freund hatten, der Milan hieß, ein einfacher mährischer Bauernjunge, aber bestimmt kein Hurensohn.«

»Doch! Ein Hurensohn!« stieß ich aus, und Holubs kleines altes Gesicht zog sich zusammen, die Stirn, die Wangen und das Kinn waren mit unzähligen Falten übersät, aber plötzlich straffte sich die Haut wieder, er lächelte und sagte: »Wollen Sie meine Geschichte hören oder nicht?« Und jetzt nickte ich, worauf er den Kopf senkte, er blätterte in seinem Ordner eine Seite um, doch dann legte er ihn wieder weg und sah mich traurig an.

6.

Zuerst erzählte Holub von dem Bauernhof seines Vaters in der Nähe von Ostrau. Er sprach von tiefen, endlosen Wäldern, in denen ein Kind allein vor Angst verging, mit anderen zusammen aber glücklich und aufgeregt war über so viel Düsternis und Abgeschiedenheit. Er beschrieb mir den Geruch von gemähtem Gras, der sich im Altweibersommer über den Feldern erhob, er redete über das teuflische Rot der Mohnblumen und über den süßlichen Geschmack der Weizenkörner, die man aus den Ähren herauspulte und ganz langsam zerkaute. Er sprach von Schlachtfesten und dampfenden Innereien, von klugen Schweinen und verwöhnten Katzen, von Kühen, Ziegen und einem alten Schäferhund, und dann aber, übergangslos, redete er vom Krieg, den man in der Einöde von Lanovo lange Zeit nicht gespürt hatte, weil man von ihm einfach nichts wissen wollte, so lange, bis Holubs Vater eines Tages zwei fremde Kinder aus der Stadt mitbrachte, einen halbwüchsigen, hübschen Jungen, dessen olivfarbenes Gesicht mit Flaum übersät war, und ein aufgedrehtes, unentwegt kicherndes und plapperndes Mädchen mit blauschwarzen Haaren und dem Ansatz einer Brust. Der Junge hieß Chaim Pollok, das Mädchen Zelda Rubinstein, sie nannten sich Pavel und Lula, er stammte aus Brno, sie aus Prag, und bei der katholischen Untergrund-Organisation, die sie gerettet hatte, wußte niemand, was mit ihren Eltern geschehen war.
Das Mädchen und der Sohn des Bauern verliebten sich gleich

am ersten Morgen ineinander – sie stand hinter ihm am Brunnen, als er sich wusch, und dann wusch sie sich und er sah ihr zu. Obwohl Milan älter war als Lula, war er sich seiner Zuneigung am Anfang genausowenig bewußt wie sie. Dem stillen, zornigen Pavel fiel jedoch schnell auf, wie aufmerksam die beiden miteinander sprachen, wie erschrocken sie sich immer ansahen, und Milan und Lula begriffen erst im nachhinein den Ernst und die Niederträchtigkeit der Bemerkungen, die er ab und zu in ihrer Gegenwart aus heiterem Himmel machte. »Wer so viel lacht, wird daran noch ersticken«, murmelte Pavel einmal am Weiher von Lanovo still vor sich hin, während Milan und Lula einen ganzen Nachmittag lang kreischend und johlend versuchten, sich gegenseitig ins Wasser zu stoßen. Er lag am Ufer, das Gesicht hinter einem seiner Jirásek-Bücher versteckt, und als sie dann schließlich direkt vor ihm auftauchten, sich über ihn beugten und wild die nassen Köpfe schüttelten, um ihn vollzuspritzen, wurde er richtig wütend. »Eines Tages werdet Ihr daran ersticken«, sagte er laut und böse, ohne sie anzuschauen, und dann fügte er hinzu: »Glück macht dumm.« Doch Milan und Lula nahmen Pavels Anfälle nie allzu ernst, sie wußten nicht, warum er in Wahrheit so bitter war, sie dachten, er meine, die Zeit sei eben nicht danach, ein ausgelassener, fröhlicher Jugendlicher zu sein, aber sie schämten sich trotzdem ihrer Fröhlichkeit nicht, und obwohl sie darüber nicht sprachen, war beiden klar, daß man mit Pavel Geduld haben mußte.

Pavel liebte Lula auch, doch im Gegensatz zu Milan wußte er es. Er wollte um sie kämpfen, aber er hatte keine Ahnung wie, und obwohl er noch nie ein Mädchen geküßt, geschweige denn überall gestreichelt hatte, dachte er ständig daran, wie es wäre mit Lula zu schlafen, und manchmal, wenn sie wieder einmal mit Milan allein durch die Wälder zog, kroch Pavel in ihren Unterschlupf unter dem Austrags-

hof zurück, er zog sich nackt aus, legte sich in Lulas Bett, mit
dem Bauch nach unten, und während er ihr Kissen zärtelte
und küßte, als wäre es ihr Gesicht, rieb er seinen Körper so
lange an der Matratze, bis es ihm kam. Irgendwann begann
sich Lula über die Flecken in ihrem Bett zu wundern, sie
fragte sich, ob nicht vielleicht die Katzen in ihrer Abwesenheit darin spielten und hineinmachten, und so schlich sie eines nachmittags, als Milan mit seinem Vater in die Stadt gefahren war, an ihr »Nazischreckversteck«, wie sie es nannte,
leise heran, sie kam lautlos die kleine Leiter hinunter, und als
sie dieses Kratzen und Keuchen und Matratzenknirschen
hörte, war sie sich sicher, sie habe die verfluchten Viecher
endlich erwischt. Da aber sah sie schon Pavels nackte Schultern, sie sah seinen schmalen braunen Rücken, sie sah seinen
weißen Po, und weil sie so leise gewesen war, machte er immer weiter und weiter, er zuckte mit den Armen, er wand
den Oberkörper, sein kleiner Hintern ging in schnellen, ab-
gehackten Bewegungen auf und ab, und schließlich winselte
der Junge, er seufzte auf, als hätte er sich verschluckt, seine
Glieder vibrierten sekundenlang wie nach einem Stromschlag, und danach wurde er ganz still. Von diesem Moment
an liebte Lula auch Pavel, aber sie liebte ihn anders als den
Sohn des Bauern, nicht so naiv und platonisch, nicht so unbewußt, sie wollte Pavlíček haben, sie wollte ihn einmal genau dann in den Armen halten, wenn ihn dieser Stromschlag
traf, und so kletterte sie, ohne ein Wort zu sagen, wieder still
hinauf. Dachte sie später daran, wie schön Pavel an jenem
Nachmittag in ihrem Bett gebebt hatte, war sie genauso
glücklich und aufgekratzt, wie man es in ihrem Alter sonst
immer ist, wenn man mit jemandem das erste Mal geschlafen
hat, ohne daß es eine Enttäuschung war.
Drei Wochen später küßte Milan Lula bei einem ihrer Spaziergänge auf die Wange und auf die Stirn, er küßte sie, obwohl er diese furchtbare Angst und Sorge gehabt hatte, sie

könnte ihn zurückstoßen, als sie ihm dann aber ihren Mund so erfahren hinhielt, lief er davon. In derselben Nacht kroch Lula zu Pavlíček ins Bett, sie hatte sich vorher ausgezogen, sie liebte es nackt zu sein, sie liebte ihren eigenen nackten Körper, und als Pavel mit ihr schlief, als ihn der Stromschlag traf, achtete sie ständig nur darauf, wie seine Haut die ihre berührte. Am meisten mochte sie den allerersten Moment, als er sich auf sie legte und sie den Druck seines Bauchs auf dem ihren spürte. Von diesem Tag und von dieser Nacht an hatte Lula zwei Männer, einen »Herzensfreund«, wie sie Milan nannte, und einen Geliebten, ihren Pavlíček, und es geschah nun oft, daß sie einen ganzen Nachmittag mit Milan in den Wäldern verbrachte, wo sie Händchen hielten und über Lulas Gedichte sprachen, und nachts kletterte Lula dann zu Pavel unter die Decke und berührte seinen Bauch.

Es war ein sehr erwachsenes, vernünftiges Spiel, das die drei von Lanovo miteinander spielten, und eine Weile ging alles gut, sehr gut sogar, denn Pavel war nicht mehr so bärbeißig wie vorher, und das machte alle sehr glücklich. Sie waren ein verrücktes, ausgelassenes Trio, und wenn nicht die Liebe ihr Thema war, wenn nicht Lula gerade mit einem der beiden Jungen allein die Zeit verbrachte, machten sie zu dritt Unsinn miteinander, sie lachten über Witze, die sie selbst erfanden, sie schwammen um die Wette, sie schrieben sich Briefe, sie flochten aus den Ästen der Trauerweiden Ruten und jagten einander damit, sie ärgerten Milans Vater, indem sie seine Geräte versteckten oder Salz in seine Zuckerdose füllten, und einmal, als sie zwei Hennen mit roter Farbe angemalt hatten, lagen sie, während die Tiere verzweifelt im Kreis herumliefen, auf dem Boden vor Lachen, und als sie dann von Milans Vater eine geschmiert bekamen, übermannte sie sofort ein zweiter Lachanfall.

In dieser Zeit entdeckten Milan und Pavel ihr gemeinsames

Interesse für die Hussiten. Pavel, der außer ein paar wenigen Kleidungsstücken alle seine Bücher von Alois Jirásek auf den Bauernhof mitgebracht hatte, verehrte Jan Žižka, den einäugigen tschechischen Freiheitskämpfer, und so erzählte er Milan von den Schlachten, die Žižkas Hussitenheer gegen den gemeinen deutschen Kaiser Siegmund gewonnen hatte, er erzählte ihm von Tábor, der Stadt, die die Hussiten errichtet hatten, um dort in Frieden und Freiheit zu leben, und natürlich sprach er auch viel vom Konstanzer Konzil, bei dem Jan Hus verraten und verbrannt worden war. Milan hörte Pavel immer gespannt zu, und eines Tages stand er plötzlich auf, er ging hinaus, und als er wiederkam, das Hemd und die Hose voll mit Ruß und Staub, hielt er einen Stapel alter Bücher in den Armen, und er sagte zu Pavel: »Das hier müßte dich doch viel mehr als unsere Hussiten interessieren.«

Niemand in Milans Familie wußte, woher die Bücher kamen, sie hatten immer schon auf dem Dachboden in einem versteckten Regal gelegen. Die meisten von ihnen waren auf hebräisch, weshalb Pavel, der nie eine jüdische Schule besucht hatte, mit ihnen gar nichts anfangen konnte. Die wenigen tschechischen nahm er sich aber sofort vor, und so waren die Hussiten bald vergessen, denn nun versenkte sich Pavlíček, dem seine verschollenen Eltern einst in Erinnerung an seinen polnisch-chassidischen Großvater den Namen Chaim gegeben hatten, zum ersten Mal in seinem Leben in die Geschichte von Juda und Israel, er las von König Salomo und seinem genialen Nachfolger David, er versetzte sich in die Zeit des Babylonischen Exils, er baute mit den Juden den Zweiten Tempel, er kämpfte an Juda Makkabis Seite gegen die Assyrer, und er ließ sein Leben mit den Helden von Massada. Pavel teilte seine jüdischen Abenteuer mit Milan, zumindest tat er es eine Weile, er berichtete ihm von jedem Ereignis aus der Geschichte seines Volkes, das ihm wichtig

und ergreifend genug erschien, doch dann begann er allmählich wieder genauso störrisch und harsch zu werden wie
zu Beginn des Lanover Exils. Das hatte nicht etwa damit zu
tun, daß er plötzlich müde geworden wäre zu erzählen oder
daß er an Milans Interesse für seine Geschichten gezweifelt
hätte, nein, es war ganz einfach so, daß Pavel eines Tages
beschlossen hatte, Lula gehöre ganz allein ihm. »Was geht
dich Bar-Kochbas Todesmut an?« fertigte er Milan ab, als der
mit ihm über den letzten jüdischen Aufstand gegen die Rö-
mer reden wollte, genauso begeistert von dieser verzweifelten, sinnlosen Tat wie Pavel selbst. »Du bist eben kein
Jude«, sagte Pavel streng, und er sagte das zu Milan zum ersten Mal. »Du bist kein Jude wie ich – und wie Lula, und
deshalb kannst du überhaupt nicht verstehen, was es heißt,
ständig mit allen Ärger zu haben, ohne zu wissen, warum.«
Was konnte Milan darauf erwidern? Hätte er sagen sollen,
daß seine Familie wegen Pavel und Lula ihr Leben riskierte?
Oder hätte er ausrufen sollen, daß auch er Lula liebte, genauso wie Pavel, und daß es in Wahrheit nicht darum ging,
wer Jude war und wer nicht, sondern nur, wen Lula wollte?
Milan schwieg, und in diesem Moment hatte der Kampf der
beiden um das Mädchen begonnen, und die Regeln des erwachsenen, ernsten Spiels, das die drei so lange miteinander
zufrieden gespielt hatten, galten nicht mehr...
Es war ein komischer, ferner Krieg für das aufgedrehte Trio
von Lanovo, und nur ein einziges Mal in den ganzen vier
Jahren, in denen sich Chaim Pollok und Zelda Rubinstein
bei den Holubs versteckten, kamen die Deutschen. Das war
im Frühjahr 1945 gewesen, und die vier abgewrackten, zer-
schundenen Gestalten, die im Morgengrauen ihren Ge-
ländewagen auf dem Hof abstellten, waren weder auf der
Suche nach Juden noch nach Partisanen, sie wollten nur etwas zu essen, sie waren bestimmt, aber nicht unhöflich, und
als sie gegen Mittag wieder abfuhren, entschuldigte sich einer

von ihnen, ein hagerer, blonder Mann, leise bei Milans Vater für die Not, die sein Volk über das schöne mährische Land gebracht hatte.

Zwei Monate später waren wieder Soldaten da, sie trugen sehr schöne hellbraune Uniformen, sie sprachen Tschechisch und Slowakisch, und fast alle waren sie Juden. Sie gehörten zur Nachhut der berühmten Truppe von General Ludvík Svoboda, der in Moskau aus Emigranten ein tschechoslowakisches Korps zusammengestellt hatte, das gemeinsam mit der Roten Armee die Heimat Svobodas befreien sollte, und wie mutig sie waren, erkannten Milan, Lula und Pavel an ihrem Ernst und an ihrer Ergebenheit. Die Jugendlichen waren von Svobodas Männern begeistert, sie hielten sich ständig in ihrer Nähe auf, sie boten ihnen Milch und Brot, Kuchen und Wein an, sie kochten heißes Wasser für sie, damit sie sich rasieren und baden konnten, und jedesmal, wenn einer der Soldaten ausgeruht und aufmerksam genug schien, mußte er ihre endlosen Fragen beantworten. Sie wollten wirklich alles wissen – über den genauen Verlauf des Kriegs und seine Schlachten, über Stalin und Churchill, über die mutigen Menschen von Leningrad und über das Geheimnis der Ausdauer des russischen Volks. Sie fragten die Soldaten nach ihren Familien aus, nach ihren Kindern und Großeltern, sie wollten von ihnen wissen, woher sie den Mut genommen hatten, mit der Waffe gegen die Deutschen zu kämpfen, statt wie alle andern Juden in die Gettos und Lager der Nazis gewandert zu sein, und da die meisten von ihnen Studenten und Akademiker waren, mußten sie Lula und Pavel, die seit Jahren keinen Schulunterricht mehr gehabt hatten, von ihren Fächern erzählen, sie hielten ihnen Vorträge in Geographie und Mathematik, in Literatur und Archäologie und vor allem natürlich in Geschichte. Einer der Soldaten, selbst ein halber Junge noch, den seine Kameraden Šaul Uljanovič von der Kleinseite nannten, weil er die Heroen der

Komintern genauso verehrte wie die Richter und Könige des Tanach, dieser Šaul Uljanovič saß eine ganze Nacht lang mit Pavel allein am Feuer, und während Lula auf ihren jungen Liebhaber wartete, ließ der sich von dem Soldaten die Geschichte der kommunistischen Bewegung erzählen, ihre Siege und Erfolge. Alles, was Pavel hörte, schrieb er sich auf, er notierte wichtige Jahreszahlen, Beschlüsse, die Namen der Helden und der Feinde der Komintern, und je länger er Šaul zuhörte, desto klarer wurde ihm, daß ein solches Ungeheuer wie Hitler nur aus der ungebrochenen, ehrlichen Kraft der Lehren von Marx und Engels und Stalin heraus niedergerungen werden konnte.

In jener Nacht geschah dann noch etwas Merkwürdiges. Es war schon bestimmt vier Uhr morgens, als die beiden andern Soldaten, die mit Šaul und Pavel draußen gesessen und ihrem Kameraden grinsend zugehört hatten, plötzlich eine Gitarre und eine winzige Ziehharmonika rausholten und zu spielen begannen. Sie spielten düstere russische Lieder, fröhliche tschechische, langsame jüdische und schnelle slowakische, und dann kam Milans Vater aus dem Haus, im Schlafanzug, er trug sein Zimbal hinaus, und er setzte sich auf einen Baumstumpf und ließ die Klöppel über die Saiten so zart und sanft fliegen, daß man dachte, es würden sich jeden Moment Schmetterlinge aus dem Instrument entpuppen und in den schwarzen Himmel fliegen, Schmetterlinge mit fluoreszierenden Flügeln und hellen, langen Fühlern. Sofort war der ganze Hof auf den Beinen, man sang und jauchzte, und natürlich hätten alle Soldaten am liebsten mit Lula getanzt, aber sie ließ sich nur von Milan und Pavel bitten, und jedesmal, wenn sie sich an einen der beiden Jungen schmiegte, sagte Šaul Uljanovič zu seinem Offizier: »So verrückt macht sie die, so verrückt ...«

Gleich nach Sonnenaufgang dann packten die Soldaten ihre Waffen und den Proviant schnell zusammen und luden alles ein, sie hatten sich zu lange von der Lanover Idylle bezaubern lassen, sie mußten weiter, nach Westen, nach Prag. Als sie schon in ihren Wagen saßen, um Abschied zu nehmen, entdeckten Milan und Lula ihren Freund Pavlíček neben Šaul auf dem Beifahrersitz. Zuerst hielten sie es für einen Scherz, dann dachten sie, Pavel wolle vielleicht seinem neuen Freund noch ganz schnell eine letzte wichtige Frage stellen, aber als sich die Kolonne schließlich in Bewegung setzte, rührte sich Pavel nicht von seinem Platz, auf seinen Knien lag der Koffer, mit dem er damals nach Lanovo gekommen war, und er zog ein Taschentuch hervor, er winkte damit, er beugte sich ganz tief aus dem Fenster und rief: »Ich gehe nach Prag! Ich werde Kommunist!« Dann blickte er in Lulas Augen und schrie ganz laut: »Ich hole dich nach, Liebling, damit du mich jede Nacht in den Schlaf wiegen kannst.« Und während Lula lächelte, und während auch Milan für sich beschloß, nach Prag zu gehen, um Kommunist und Lulas Liebhaber zu werden, hörten beide von der Ferne das Gelächter der Soldaten, die Pavel auf die Schultern klopften. Die Motoren heulten noch einmal laut auf, und dann war es in Lanovo wieder genauso still wie in all den Jahren zuvor.

7.

»Warum erzählen Sie mir das alles?« sagte ich. Ich versuchte gelangweilt und gleichgültig zu wirken, aber in Wahrheit kam ich mir so vor, als wäre ich ein Bewohner von Pompeji, der ausgerechnet während eines besonders unangenehmen Gedankens vom Lavastrom erfaßt und für immer umschlossen wird. Der Autolärm, der durch die Balkontür in Holubs Wohnung hinaufdrang, schwoll im gleichen Moment an, ich hörte, wie eine Wagenkolonne an der Ampel ächzend anfuhr, dann erklang das Brummen und Dröhnen wieder gleichmäßiger, und ich rief in diesen Krach laut hinein: »Warum lügen Sie?«

»Sie wissen, daß ich nicht lüge«, erwiderte Holub still.

»Ich weiß nur eins: daß Sie sich bei Vater nie entschuldigt haben!«

»Hätte ich das wirklich tun sollen?«

»Ja.«

»Sie scheinen sich da sehr sicher zu sein.«

»Natürlich bin ich mir sicher.«

»Aber was hätte sich dadurch geändert – für ihn und für Sie?«

»Sehen Sie, Sie geben es also zu!« platzte ich heraus, denn nun war mir endgültig klar, daß Holub die ganze Zeit gelogen hatte. Von einem wie ihm war eben nichts anderes zu erwarten. Daß er mich mit seiner Liebe-und-Krieg-Geschichte für eine Weile in den Bann gezogen hatte, war erst recht ein Beweis dafür, daß sie nicht wahr sein konnte und daß er mich genauso irrezuführen versuchte wie die Leser von *Ich, Böhmen und die Welt*. Ja, genau, das war die Falle, in die er mich hineinlocken wollte, das war Holubs Trick, und ich war ihm endlich dahintergekommen! Er hatte mich zu sich gebeten, um mich mit seiner Entkräftungsliteratur schwindlig zu reden, und wenn ich nicht aufgepaßt hätte, dann wäre es ihm am Ende beinah geglückt! Ich muß nüchtern bleiben, dachte ich, ich muß jedes Gefühl unterdrücken und ganz sachlich sein – mit ihm und mit Vater und auch mit mir selbst, denn sonst verwandelt sich der Sieg, den ich gegen ihn und gegen sein schäbiges Buch errungen habe, in eine Niederlage. »Sie haben, Herr Holub«, sagte ich deshalb betont gefaßt und kühl, »einst ein Verbrechen begangen, und jetzt denken Sie sich für mich einen halben Roman aus, bloß damit Sie ungeschoren davonkommen.«

»Täuschen Sie sich nicht, Junge. Sie hätten mir bestimmt nicht so aufmerksam zugehört, wenn Ihnen nicht klargewesen wäre, daß ich recht habe«, entgegnete er und fügte dann, damit ich nicht widersprechen konnte, schnell hinzu: »Aber Sie können sich ruhig entspannen. Denn das, was vor vierzig Jahren vorgefallen ist, ist ohnehin nicht Ihr Problem. *Ne, Váš problém to opravdu není.* Sie glauben, ich sei schuld – ich sei an allem schuld, auch daran, was aus Ihnen geworden ist, doch in Wahrheit hätten Sie einfach niemals Ihre Heimat verlassen dürfen.«

»Ach! Sie reden und reden und reden. Sie würden sogar einen zweiten Globus erfinden, wenn Sie auf diesem keine Freunde mehr hätten! Was haben denn die Lügen, die Sie erzählen, damit zu tun, daß ich natürlich lieber in Prag geblieben wäre, statt als Kind ungefragt in die Fremde verschleppt zu werden? Die Dinge . . . sie sind viel komplizierter, als man denkt . . . Manchmal kann man sie beeinflussen, manchmal nicht . . .« Ich redete plötzlich ganz langsam, schleppend, ich stockte ein ums andere Mal, und es war fast so, als würde ich ein Selbstgespräch führen, und weil Holub nicht reagierte, entglitt mir die Rede immer mehr, doch die Sätze blieben, und so begann ich nun tatsächlich eine stumme Unterhaltung mit mir selbst, meine Gedanken schweiften umher, sie verließen diesen Raum und diese Zeit, ich war wieder acht Jahre alt, ich befand mich im Zeltlager an der Sázava, es war der Morgen des 22. August 1968, ein dunstiger, dunkler Sommermorgen, ich hatte verschlafen, und als ich die Augen öffnete, hörte ich, wie alle Kinder um mich herum weinten, sie weinten, weil in der Nacht der Krieg ausgebrochen war, sie riefen mit ihren dünnen Stimmen nach ihren Eltern, und das Schluchzen erhob sich über den ganzen Ort. Dies war meine einzige Erinnerung an jenen kalten Sommer; die Panzer und Straßenschlachten, das brennende Prager Rundfunkgebäude und den verweinten Mann, der im Pyjama auf die Straße hinausgelaufen war und sich mit entblößter Brust vor das Kanonenrohr eines russischen Tanks stellte – das alles kannte ich nur von Fotos und aus Fernsehdokumentationen, ich hatte es erst viel später gesehen und wirklich zur Kenntnis genommen, Jahre danach, im Westen. In den kriegerischen Monaten zwischen dem russischen Einmarsch und unserer Flucht, in der Zeit, als ich dachte, die Ferien seien für immer zu Ende, durfte ich nämlich fast nie aus dem Haus, ich durfte nicht allein auf die Straße, Vater brachte mich täglich in Prag zur Schule und holte mich wieder ab, ich traf meine Freunde nicht mehr und ging nicht in den Park, und so verwandelte ich mich allmählich in ein weltfremdes, einsames, versponnenes Kind, das sich mit Zeitschriften, Basteleien und selbsterfundenen Spielen die Tage vertrieb. Später, in München, am Petuelring, lebte ich zunächst genauso weiter, ich ging – außer, wenn ich in die Schule mußte – selten hinaus, ich verkroch mich in meinem Zimmer, ich las jahrelang nur tschechische Bücher, ich hörte tschechische Platten, ich schrieb tschechische Märchen, und alles war so, als stünden draußen noch immer die Panzer der Roten Armee.

Warum fiel mir das alles in diesem Moment wieder ein? Weil ich, wie Holub behauptet hatte, Prag tatsächlich so furchtbar vermißte? Weil mir für immer etwas entrissen worden war, das ich niemals wiederbekommen würde? Oder dachte ich daran, weil Vater mich in der Fremde verlassen hatte und Mutter, deren manische Tagträumereien längt zum Dauerzustand geworden waren, auf ihre Weise auch? Nein – ich hatte einfach nur plötzlich begriffen, daß nicht die Emigration das Problem gewesen war, sondern Deutschland an sich. Denn erst hier, in diesem stummen Land, wo man glaubt, daß Temperament aufdringlich ist und Intelligenz hinterhältig, wurde ich überheblich und schwach, schüchtern und starrsinnig. Dafür haßte ich Deutschland – ich haßte seine kleinlichen Politiker, seine herablassenden, parvenühaften Schriftsteller, seine seelenlosen Akademiker, seinen affektierten, romantischen Vergangenheitswahn. Ich haßte deutsches Essen, ich haßte deutsche Unterhaltung, deutschen Humor, deutsche Frauen, deutsche Unhöflichkeit. Ich haßte die Unvernunft und aufgesetzte Sinnhaftigkeit, die in jedem deutschen Gespräch steckten, egal ob es von gebildeten oder ungebildeten Menschen geführt wurde. Ich haßte den Neid, der in diesem Land herrschte, ich haßte die Verachtung, welche die Deutschen gegenüber jenen pflegten, die sie im Krieg ein paar Jahre lang beherrscht haben, ich haßte ihre Klagen und ihren Geiz, ich haßte ihren Drang nach Idylle und Routine, ihre pathologische Harmoniesucht, die jedes urteilende, kategorische Denken unmöglich machte, vor allem aber haßte ich die Deutschen dafür, daß sie sich selbst so unendlich tief und verbissen haßten. Wir hätten, dachte ich plötzlich, niemals hierherkommen sollen, dann wäre mir einer wie Milan Holub vielleicht auch egal.

»Wollen Sie den Rest der Geschichte hören, Pollok?« sagte Holub. »*Chcete?*«

»Nein, lieber nicht.«

»Dann müssen Sie jetzt gehen. Denn ich werde sie trotzdem zu Ende erzählen.«

»Ja«, sagte ich, »ich werde gehen.« Ich lehnte noch immer an der offenen Terrassentür, ich versuchte mir wieder den Strand von Terracina vorzustellen, ich hielt die Wange in den heißkühlen italienischen Wind, der jetzt noch kräftiger blies, und als dann ein besonders starker Stoß ins Zimmer hineinwehte, hörte ich, wie die hinter mir auf dem Boden verstreuten, eingerissenen und zerknitterten Blätter von Holubs Manuskript durcheinandergewirbelt wurden.

»Ich habe Ihre Mutter geliebt, Junge«, sagte Holub, »und wenn das eine oder andere sich nicht so gefügt hätte, wie es sich schließlich fügte, wären Sie gar nicht zur Welt gekommen und Lula hätte mir einen Sohn geboren.«

Ich drehte ihm den Rücken zu, aber ich ging nicht fort, und

ich widersprach ihm auch nicht – ich hörte auf seine weiche, kieksende Greisenstimme, mit der er erneut zu erzählen begann. Er sprach jetzt von der Zeit nach dem Krieg, er sprach von Prag, wo die drei von Lanovo bald wieder zusammenfanden und gemeinsam eine kleine Wohnung am Riegerpark bezogen, jene Wohnung, in der Pavel früher mit seinen Eltern gelebt hatte, die beide – was tatsächlich stimmte – in Theresienstadt für immer verschollen waren. Pavel gab sich zu Beginn gelassen, er bewegte sich ohne große Rührung oder Trauer durch die Räume, in denen er aufgewachsen war, er sprach nicht von der Vergangenheit, er erzählte keine rührseligen Geschichten und er trauerte nicht all den Bildern und Möbeln nach, die von den Deutschen, die hier jahrelang gehaust hatten, gestohlen worden waren. Er versuchte genauso stolz und unsentimental zu sein wie Šaul Uljanovič und die andern Svoboda-Soldaten, und als Lula einmal von ihren Eltern zu erzählen begann, die – ja, auch das war richtig! – ohne sie mit einem der ersten Schiffe im Oktober 1945 nach Palästina ausgewandert waren, da sagte Pavel spöttisch: »Jaffo oder Theresienstadt – was macht das schon für einen Unterschied … « Pavels Gelassenheit war natürlich nur Tarnung, nur Schutz, in Wahrheit konnte er bei der Erinnerung an seine Eltern kaum atmen, er dachte ständig über ihre Mörder nach, er überlegte sogar, ob der Haß der Deutschen gegen die Juden nicht vielleicht doch berechtigt gewesen war. Wann immer er mit Milan über diese Dinge sprach, dauerte es keine zehn Minuten, bis er ihm wieder vorzuhalten begann, er könne das alles sowieso nicht verstehen, denn er sei eben kein Jude. Milan ließ sich's gefallen, er hatte für Pavels Grobheiten mehr Verständnis als noch vor einem halben Jahr, er schwieg, obwohl allmählich der Verdacht in ihm aufkam, Pavel wolle ihm mit diesem Satz ebenfalls zu verstehen geben, daß er, der Goj, jetzt erst recht auf die süße Lula keinen Anspruch besaß. Die süße Lula hatte sich in jenen Tagen aber ohnehin von den beiden Jungen ein wenig entfernt, sie ließ sich nicht mehr berühren und küssen, sie erklärte, das verwirre sie zu sehr, und Verwirrung könne sie jetzt nicht brauchen, sie müsse sich endlich entscheiden, denn so – zwischen ihnen hin- und hergerissen – könne es für sie nicht weitergehen. Nein, so konnte es wirklich nicht weitergehen, das dachten auch Milan und Pavel, und daß sie eine Zeitlang auf Lula verzichten mußten, fanden beide allein deshalb in Ordnung, weil auf diese Weise zumindest jeder von ihnen sicher sein konnte, daß der Rivale nicht plötzlich einen überraschenden Vorsprung im Kampf um das Mädchen erringen würde, einen Vorsprung an Reife und Verschworenheit, der uneinholbar gewesen wäre. Trotz Lulas Zurückhaltung verbrachten die drei aber nach wie vor, so wie in Lanovo, die meiste Zeit miteinander, sie besuchten gemeinsam die russische Schule in Prag, wo Pavel und Lula ihr Abitur nachholten, während Milan als Gastschüler am Russischunterricht teilnahm. Sie saßen Tag für Tag in ihrem Café am Kleinseiter Platz, sie tanzten im *Narcis,* sie spielten bis tief in die Nacht Karten und Schach, sie spazierten durch die Stromovka, sie machten Kanufahrten auf der Moldau, sie gingen zu Treffen der kommunistischen Jugend, lasen sich laut aus Fučíks *Reportage unter dem Strang* vor, liefen bei den Maidemonstrationen mit, schimpften auf die tschechischen Nazi-Kollaborateure, fieberten für Gottwald und Stalin, haßten Beneš und sehnten den Tag herbei, an dem die KPČ endlich ganz allein die Macht im Land übernehmen und die korrupten bürgerlichen Parteien verjagen würde, und vor allem aber freuten sie sich zusammen aufs Erwachsensein, auf die große Zeit, in der ihre ganz persönlichen Wünsche Realität werden würden. Lula wollte Schauspielerin werden, und Milan und Pavel waren noch immer von der Idee besessen, Geschichte zu studieren – natürlich in Moskau ...

»Machen Sie es bitte kurz, Herr Holub«, sagte ich. »Ich weiß wirklich nicht, worauf Sie hinauswollen.«

»Sie haben ein halbes Leben lang auf diese Geschichte gewartet«, sagte Holub laut, fast zornig. »Sie sollten noch ein wenig Geduld aufbringen.«

»Ich habe keine Geduld. Jetzt machen Sie schon. Bitte.«

»Sie wollen also die kurze Version – nicht die lange?«

»Ja, die kurze.«

»In Ordnung.« Er nahm wieder seinen Ordner vom Tisch, blätterte eine Weile schweigend darin herum, dann schlug er ihn mit einem lauten Knall wieder zu. »Ja, in Ordnung«, sagte er, »machen wir den Schnelldurchlauf.«

8.

»Als Ihr Vater und ich«, hob er ungerührt an, »im Oktober 1948 zum Studieren nach Moskau fuhren, hatte sich Ihre Mutter bereits entschieden. In der Nacht vor unserer Abreise – es war eine helle Herbstnacht, mit einem fast weißen Mond und schönen fliehenden Wolken – kam sie in mein Zimmer, sie legte sich nackt in mein Bett und versprach mir, auf mich zu warten, und sie versprach mir auch, Pavel alles zu sagen, und das tat sie dann gleich am nächsten Morgen, und von da an waren er und ich keine Freunde mehr. Im Zug saßen wir uns zwei Tage lang schweigend gegenüber, wir machten schweigend unseren ersten Spaziergang durch Moskau, wir gingen schweigend durchs Lenin-Mausoleum, und schweigend bezogen wir auch unser gemeinsames Zimmer im Studentenwohnheim. Wir sahen uns nur noch in den Vorlesungen, morgens und nachts, beim Aufstehen und Schlafengehen schlichen wir stumm umeinander herum, und da ich neben dem Studium auch noch viel an der Botschaft zu tun hatte, wo ich dem Kulturattaché bei der Korrespondenz half, war es für uns sehr einfach, uns aus dem Weg zu gehen. Doch lange hielten wir das nicht aus, nach ein paar Wochen lächelten wir uns wieder an und machten unsichere, verschwörerische Bemerkungen, und eines Nachmittags saßen wir plötzlich, als sei nichts gewesen, auf der Bank vor der Bibliothek und besprachen den Stoff für die nächste Klausur. Ich war sehr glücklich darüber, daß Pavel, mein Pavel, offenbar aus dem Schlimmsten schon heraus war, daß er wieder mein Freund sein wollte, und als wir fertig waren, schlug ich ihm vor, wir sollten sofort in ein Lebensmittelgeschäft gehen, eine Flasche Wodka kaufen und uns zur Feier des Tages betrinken. Ja, das könnten wir tun, sagte er, aber vorher müßte er mir noch etwas zeigen. Und dann zog er aus seiner Tasche einen Brief, den er an das Innenministerium geschrieben hatte. In dem Brief stand, daß ich, Milan Holub, tschechoslowakischer Student der Lomonossov-Universität, während des Krieges der Gestapo die Namen und Verstecke tschechischer Kommunisten verraten und später, im Jahre 1947, bei einer Reise nach Wien Kontakt mit dem amerikanischen Geheimdienst aufgenommen hätte ... Dieser Brief bedeutete mein Todesurteil, das wußte ich, und Pavel wußte es auch, und als ich ihn zu Ende gelesen hatte, war es mit meiner Freude über unsere neu erwachte Freundschaft sofort wieder vorbei, sie wich einer Angst, die ich vorher nur einmal gespürt hatte, während des Kriegs, als damals die deutschen Soldaten auf unseren Hof gekommen waren, sie wich der Angst um mein Leben. Wer so glücklich ist wie du, sagte Pavel, mein Pavlíček, wird daran ersticken. Und dann sagte er, ich solle mich beruhigen, er habe den Brief schließlich noch nicht weitergegeben, worauf ich für einen Moment ungläubig dachte, das alles sei vielleicht doch nur ein Scherz, aber da fügte er schon still, kalt, verlegen hinzu, er würde ihn nur dann nicht abschicken, wenn ich, ja, wenn ich innerhalb von zwei Tagen selbst einen Brief schriebe, einen Brief an Lula in Prag, worin ich ihr erklären sollte, daß ich sie nicht mehr liebte und deshalb zu seinen Gunsten auf sie verzichtete.«

»Und, Herr Münchhausen-Holub«, sagte ich wütend, »haben Sie diesen Brief geschrieben?«

»Aber natürlich – jeder hätte damals einen solchen Brief geschrieben. Es war eine dunkle Zeit.« Er seufzte, und dann sagte er: »Ich schrieb ihn noch am selben Nachmittag, und hinterher betrank ich mich mit Pavlíček, wir saßen in unserem Zimmer auf meinem Bett, und während die Flasche zwischen uns hin und her ging, versuchte ich mir verzweifelt einzureden, es sei doch tausendmal besser, einen Freund wiedergewonnen und eine Geliebte verloren zu haben, statt ganz allein irgendwo in der sibirischen Einöde vor Arbeit und Hunger und Kälte zugrunde zu gehen ... Mein Abschiedsbrief an Lula blieb neben der Flasche liegen, zwischen Pavels und meinem Kopf, und am nächsten Morgen ging ich dann, noch während er schlief, ganz früh in die Botschaft, ich hatte in der Nacht einen Plan gefaßt, und ich nahm den Brief mit, denn Pavel sollte denken, ich hätte ihn bereits zur Post gebracht. Den ganzen Morgen über hockte ich in meinem Büro hinter zugezogenen Gardinen, und statt meine Arbeit zu machen, dachte ich an Lula, an Pavel, ich dachte an die längst vergangene, verrückte, ferne Kriegszeit, die wir miteinander verbracht hatten, ich dachte an unsere Sommernachmittage am Weiher, an unsere Kaspereien, an unsere Ausgelassenheit, ich dachte an die Hussiten und an die jüdischen Richter und Propheten, ich dachte daran, wie undankbar Pavel war und wie schön und zart meine kleine Lula, und dann setzte ich mich an meine Schreibmaschine, die ich aus Prag mitgebracht hatte, an diese Schreibmaschine, auf der ich meine ersten Oden auf Stalin und Lula geschrieben hatte, und von jetzt an dachte ich an nichts und niemanden mehr. Ich hackte besinnungslos auf die Tasten ein, ich weinte und schrieb, ich schrieb und weinte, und als

Pavel mich zur Mittagszeit besuchen kam und auf der anderen Seite meines großen Schreibtischs Platz nahm, gutgelaunt und fröhlich darüber, daß die Sache mit Lula endgültig zu seinen Gunsten ausgegangen war, da war mein Gesicht noch immer rot von den Tränen. Meine Meldung ans Parteikomitee befand sich längst in der Hauspost, dieses fürchterliche Schreiben, worin ich lang und detailliert ausgeführt hatte, wie oft und unter welchen Umständen der Jude und Kosmopolit Pavel Pollok, tschechoslowakischer Student der Lomonossov-Universität und KPČ-Mitglied, den Genossen Stalin beleidigt und verleumdet habe als verrückten alten Mann, der die Juden hasse und die Russen einer wirren, pseudo-kommunistischen Phantasie opfere, und natürlich schrieb ich auch, daß Pavel Pollok ein Anhänger Trotzkis sei . . . Und das war dann das Ende«, sagte Milan Holub, der Philosoph und Schriftsteller, leise. »Es war das Ende für Pavel – aber auch für Lula und mich, denn Lula hat mir das Ganze natürlich nicht verziehen, und sie wollte mich auch niemals anhören. Den Rest der Geschichte« – er sprach jetzt so leise, daß ich ihn kaum verstand – »kennen Sie, Junge. Ich habe Pavel und Lula nicht wiedergesehen, die Ausschlußverfahren gegen ihn versäumte ich, ich sagte, ich sei krank, ein paar Wochen später schrieb ich Lula, aber der Brief kam ungeöffnet zurück. Als ich Jahre danach hörte, daß Lula und Pavel, daß Ihre Eltern, wieder zueinandergefunden hatten, meinte ich, dies sei nur ganz fair, und ich dachte auch, daß Pavel, mein Pavlíček, jedes Recht dieser Welt gehabt hatte, Lula seine Version der Geschichte zu erzählen.«

»Mein Gott, Holub«, sagte ich, »Sie können einfach nicht aufhören zu lügen, was?« Ich war plötzlich so abweisend und gelassen, wie ich es während unseres ganzen Gesprächs hätte sein sollen. Ich löste mich endlich von der Balkontür, deren Griff ich schon seit einer Weile mit den Fingern meiner rechten Hand fest umklammert hielt, ich lockerte meine

Arme, meine Beine, ich bewegte meine Schultern entspannt hin und her, ich zögerte, ich faßte Mut, ich zögerte noch einmal, ich lächelte schief, wie um mich selbst aufzumuntern, dann drehte ich mich ganz schnell zu Holub um, ich sah ihn scharf an, und wir schrieben jetzt das Jahr 1949, wir befanden uns in Moskau, in der Malaja Nikitzkaja, in der tschechoslowakischen Botschaft, nur ein paar Häuser von Berijas Privatvilla entfernt, wir saßen in einem großen, abgedunkelten Raum, ich war Vater, und Holub war Holub, er lehnte sich gelassen in seinen hohen Stuhl zurück, aber im nächsten Moment beugte er sich ruckartig vor, er wischte nervös mit dem Handrücken den Staub von der Tischplatte, und da begann sich auch schon sein gesundes, mährisches Jungengesicht aufzulösen, es wurde für einen Moment durchsichtig und nahm immer wieder neue Gestalt an, die verschiedenen Züge wechselten schnell, rasend, ich sah die Visage von Feliks Dserschinskij, ich sah die Fratze von Reinhard Heydrich, ich sah den braungefleckten Rottweilerhund, und dann verwandelte sich das Gesicht des Ungetüms ein letztes Mal, die gelbe Haut überspannte plötzlich Mund, Nase und Stirn wie bei einem uralten Chinesenkaiser, die Augen blickten matt, wie von einer schrecklichen Sonne gebleicht, die Ohrläppchen, groß und zerfurcht, waren mit grauen und weißen Haaren übersät, der Kopf zitterte, und in den Mundwinkeln hingen weiße Krümel. Dann öffnete dieses greise Nichts seinen dünnen Mund und sagte mit stumpfer Stimme: »Vielleicht hätte ich mich bei Ihrem Vater doch entschuldigen sollen, Junge. Vielleicht haben Sie recht, und alles wäre dann anders geworden ...«

»Zumindest ist alles anders gewesen – anders, als Sie es erzählen!« sagte ich. Wir befanden uns wieder in Holubs Münchener Arbeitszimmer, und obwohl ich gerade noch der glücklichste Mensch der Welt gewesen war, stieg erneut die alte Wut in mir auf. Ich stand jetzt direkt vor ihm, er saß steif in seinem braunen Schriftstellersessel und blickte stumm zu mir herauf, ich stand also da und wußte nicht, was ich tun sollte, und als er nun den Kopf senkte, als er langsam und zitternd zum letzten Mal nach seinem Ordner griff, einen Stoß alter Fotos herausnahm und sie mir reichte, nahm ich endlich Platz. Und da sah ich sie dann, die drei von Lanovo, sie waren schrecklich jung und schön, und ich erkannte sie sofort wieder – ich erkannte meine Mutter, meinen Vater und Holub, sie lachten immerzu auf diesen Fotos, manchmal hielt meine Mutter Vater im Arm, manchmal Holub, man sah sie beim Baden und auf dem Feld, man sah Vater auf einer Wiese, schlafend, ein aufgeschlagenes Buch auf der Brust, man sah Mutter auf einer improvisierten Bühne in der Scheune stehen, dunkel geschminkt, in einer starren expressionistischen Haltung, man sah das »Nazischreckversteck« im Keller des Austragshofs, mit den beiden schmalen Betten darin, einem kleinen Tischchen, einem Radio und den überall verstreuten Kleidern und Strümpfen, und dann waren da noch ein paar Fotos aus Prag, das Lanover Trio vor dem Nationaltheater, auf der Palacký-Brücke, in einer Weinstube und beim Sommerfest auf dem Altstädter Platz. Am längsten jedoch betrachtete ich das letzte Bild, das offensichtlich ein Fremder von ihnen auf dem Bahnhof in Prag gemacht hatte. Es war unterbelichtet, so daß ich den Bahnsteig, den Zug und die Bahnhofskuppel hinter den dreien nur erahnte, aber dafür erkannte ich um so genauer ihre Gesichter, ich sah Mamas zartes, schwermütiges Antlitz, so schön und kontrolliert, wie ich es bis dahin nicht gekannt hatte, ich sah den freudestrahlenden, glücklich verliebten Holub, und vor allem sah ich die dunkle, verquälte Miene meines Vaters, nicht ganz so harsch und zornig wie immer, statt dessen verbarg sich ein ganz ungewohntes, sentimentales Blinzeln in seinen kleinen Augen, und mir war völlig klar, was er in diesem Moment gerade dachte, er dachte bestimmt, vielleicht ist dies schon das Ende der Welt.

»Soll ich Ihnen auch meinen Abschiedsbrief an Ihre Mutter zeigen?« fragte Holub. »Ich habe ihn noch, er ist hier.«

Ich schwieg, und während ich schwieg, sammelte er die Fotografien wieder zusammen und steckte sie zurück in die Mappe.

»Warum?« sagte ich, »Warum haben Sie mich nicht in Frieden gelassen?«

»Es tut mir leid. Ich wußte doch gar nicht, wer Sie sind, Junge.«

»Aber Sie haben mich doch angerufen«, sagte ich.

»Ich wollte wissen, wer mein Buch verhindern will. *Musel jsem to přece vědět.*«

»Sie mußten es gar nicht umschreiben?«

»Nein.«

»Und im Verlag haben alle über mein Gutachten gelacht?«

»Nein, nicht gelacht. Sie waren nur über Ihren Haß entsetzt.«

»Und Sie?«

»Ich war neugierig. Ich war neugierig, und ich hatte Angst.«
Er bückte sich und begann, die zerknitterten Seiten seines Manuskripts vom Boden aufzusammeln. Seine Bewegungen waren steif und mühsam, und weil er von seinem Platz aus nicht an alle Blätter herankam, rutschte er schließlich kraftlos vom Sessel herunter und kniete sich hin. Die Blätter glitten ihm immer wieder aus den Händen, aber er machte weiter, er atmete schwer, doch plötzlich hielt er inne und sah mich an. »Soll ich«, sagte er, »das Pavlíček-Kapitel wieder hereinnehmen in mein Buch? *Chcete to?*«

Ich hörte auf zu weinen, aber ich antwortete nicht. Ich dachte an Mama, an Papa, ich dachte an unser vergeudetes Leben, das vielleicht gar nicht so vergeudet war, wie wir immer fanden, ich dachte daran, daß ich – trotz des schweren

Anfangs – in Deutschland schließlich ja doch noch Fuß gefaßt hatte, ich dachte an meine Freunde und Kollegen von den Zeitungen und Verlagen, die mir immer wieder Arbeit besorgten, ich dachte an die Nichtstuer und Bohemiens, mit denen ich manchmal ganze Tage auf der Leopoldstraße verbrachte, ich dachte an meine Freundin, an meine deutsche Freundin, ich dachte an meine Geschichten, die ich auf deutsch schrieb und in die ich dennoch all meine Hoffnungen setzte, und ich dachte ebenfalls daran, daß ich es in diesem Land viel leichter gehabt hatte als meine Eltern und zugleich so viel schwerer als Milan Holub – ja, das dachte ich auch, aber schließlich dachte ich, daß das doch egal war, daß es überhaupt keine Rolle spielte, und dann bat ich Milan Holub, mir das Foto zu schenken, auf dem man das Lanover Trio am Prager Bahnhof sah, kurz vor der Abfahrt der beiden Freunde nach Moskau.

9.

Das nächste, woran ich mich erinnern kann, ist der Moment, als ich vor dem Haus meines Vaters in Solln stand, die Hand an der Klingel. Ich glaube, ich wollte, nachdem ich Holubs Wohnung verlassen hatte, nur noch ganz schnell zu Hause Geld, meinen Paß und ein paar Sachen zum Anziehen holen, um mich hinterher sofort mit dem Auto auf den Weg nach Italien zu machen – über den Brenner, über Bozen, Florenz und Rom direkt nach Terracina. Aber ich fuhr nicht nach Hause, und ich fuhr auch nicht ans Meer, ich steuerte den Wagen nach Solln, und als ich in der Kandinskystraße vor der weißen Wirtschaftswundervilla hielt, in der Papa mit seiner neuen Frau und seinem neuen Sohn lebte, dachte ich plötzlich nur noch eins, ich dachte, daß nun also endlich der Augenblick gekommen war, um Papa nach den langen zehn Jahren wiederzusehen.

Ich stand an der Haustür, ich wollte läuten, aber dann verließ mich mein Mut oder meine Neugier oder was immer es gewesen war, das mich hierhergetrieben hatte. Ich stand da, ich rührte mich nicht, ich hatte Angst, daß sich die Tür plötzlich von selbst öffnen und Vater vor mir stehen könnte, und während ich noch darüber nachdachte, ob es nicht vielleicht am klügsten sei, wieder in meinen Wagen zu steigen und abzuhauen, während ich mich damit tröstete, daß ich doch nun das Foto vom Prager Bahnhof besaß und daß das mehr als genug war für meine Erinnerung und auch für meine Zukunft, während ich all dies in meinem Kopf hin und her wälzte, kletterte ich bereits über den Zaun, ich kämpfte mich durch die Büsche, ich schlich vorsichtig ums Haus herum und lief geduckt an den Fenstern vorbei, die nach hinten in den Garten hinausgingen. Ich atmete laut und verfluchte mich dafür, was ich tat, ich fand mich kindisch und lächerlich, ich flehte, daß mich keiner erwischen möge, und schließlich richtete ich mich bei einem der ebenerdigen Fenster aufs Geratewohl langsam auf. Das Glas war mit Fingerfarben bemalt, es waren lauter Flugzeuge und Sonnenblumen und Hochhäuser in Rot, Gelb und Blau, durch die ich hindurchblickte, ich sah in ein unaufgeräumtes Kinderzimmer hinein, ich entdeckte eine Carrerabahn, einen Gameboy und ein paar halbfertige Flugzeugmodelle, es lagen CDs herum und ein Tennisschläger, eine Football-Ausrüstung und Baseballkappen, und an einem niedrigen, hellen Schreibtisch saß, mit aufgesetztem Kopfhörer, über ein großes Buch gebeugt, ein acht oder neun Jahre alter Junge, er hatte pechschwarzes Haar, ein feines, kluges Gesicht und dunkle, olivfarbene Haut, seine braunen Augen flogen über das Papier, und das war also der Augenblick, als ich meinen Bruder David zum ersten Mal sah.

Land der Väter und Verräter

1.

Das erste, was sie von Haifa sah, war ein Lichtstrahl. Er stürzte von oben, vom Karmel, tief hinunter zum Meer, stieß sich wieder ab, von grünen und schwarzen Tiefen, flog an ockerfarbenen Häusern und dunkelglänzenden Straßen vorbei den Berg hinauf bis zu einem großen Garten, in dessen Mitte sich ein machtvoller Tempel mit einer goldenen Kuppel befand. Dort verharrte der Strahl für einen Augenblick und machte sich dann auf den Weg mitten in Assjas Augen, um darin wie ein weißes großes Nichts zu explodieren. Im Radio kam im gleichen Moment ein altes Kibbuznik-Lied, und der Taxifahrer, der auf dem ganzen Weg vom Flughafen bis hierher über dem Steuer gedöst hatte, wurde wach, er drehte den Ton lauter, und als der Refrain einsetzte und der Sänger mit seinem sozialistischen Knödeltenor-Tremolo gegen die hundert ergriffen hin und her wogenden Stimmen des Chors anzusingen begann, lief es Assja, trotz der schrecklichen Hitze, eiskalt über den Rücken.

Sie preßte ihren Körper gegen den Sitz und drückte die Ellbogen ganz fest in die Lederpolster. Sie dachte sich Lew weg, den armen, verstümmelten Lew, der neben ihr gerade den letzten Akt seines Einzugs ins Land der Väter verschlief, und dann stellte sie sich vor, wie Mark sie von hinten umklammerte, wie er seine Arme um sie legte, wie er sie abwechselnd streichelte und kniff, und schließlich stellte sich Assja auch noch den Rest vor, und obwohl sie nicht sicher war, ob ihr diese Vorstellung wirklich gefiel, wühlte sie sich nun noch tiefer in ihren Sitz hinein. Kaum hatte sie die Augen geschlossen, wachte Lew auf. »Sind wir schon da?« sagte er, worauf Assja ihm über sein entstelltes Gesicht strich, dessen Züge vor einigen Monaten noch so klar gewesen waren. »Aber ja«, antwortete sie, und ihre Wut darüber, daß sie wohl niemals mehr nach Moskau zurückkehren würde, war in diesem Moment so groß wie noch nie.

2.

Assja und Lew nahmen sich eine kleine, billige Wohnung am Schuk. Nichts war mehr wie früher, und sie hatten beide, jeder auf seine Art, das Gefühl, sie hätten plötzlich zu denken aufgehört. Sie kümmerten sich um die Papiere von der *Sochnut*, sie saßen stundenlang über den Formularen des Einwanderungs-Ministeriums, sie überschlugen immer wieder ihren monatlichen Etat und rechneten aus, wieviel Geld sie am Tag ausgeben durften. Sie schoben die kleinen Summen, die ihnen zur Verfügung standen, wie ausgefuchste Finanzjongleure hin und her, und jedesmal, wenn sie eine neue, vermeintlich bessere Kalkulation ausgetüftelt hatten, stellten sie fest, daß genau die acht Schekel, die sie brauchten, um zumindest einmal in der Woche mit dem Bus an den Strand fahren zu können, einfach fehlten. So verbrachten Assja und Lew die meiste Zeit zu Hause, sie sahen sich im Fernsehen die russischen Nachrichtensendungen an und lasen russische Zeitungen, sie besserten ihre Wohnung aus und warteten auf eine Nachricht von der Spedition, die die Container mit ihren Möbeln und Büchern von Moskau via Odessa nach Haifa verschifft hatte. Natürlich gingen sie auch jeden Tag in den Ulpan zum Hebräischunterricht, vier Stunden an einem Stück, vier Stunden reden und lesen und lernen, vier Stunden, die Lew wie ein Kind genoß und die Assja bald so zu verabscheuen begann, daß sie schließlich nicht mehr mitging. Statt dessen richtete sie sich auf der Terrasse ihre kleine Ecke ein, mit Stuhl, Sonnenschirm und einem Kissen, das sie auf die Brüstung legte, und auf das Kissen legte sie ihren Kopf, sie winkelte ihn schräg an, sie preßte die Wange gegen den weichen, kühlenden Stoff und sah nach unten, zu den Ständen, an denen von morgens bis abends Melonen verkauft wurden, große, weißgrün gestreifte Melonen, wie es sie nur im Orient gibt.

Assjas Schreibmaschine stand seit ihrer Ankunft unberührt auf dem Küchentisch. Einmal hatte sie sie angeschaut, nur so im Vorbeigehen, weil ihr ein schöner Gedanke gekommen war, aber dann entwischte er ihr gleich wieder und verwandelte sich in eine ferne, verschüttete Erinnerung. Sie drehte den Kopf weg und ging, wie in Trance, auf die Terrasse hinaus, sie setzte sich auf ihren Stuhl, legte den Kopf auf das Kissen und tauchte den Blick wieder in das Durcheinander des Schuks. Ich bin eine Tschechow-Figur, dachte Assja, ich bin die gelangweilte Tochter eines reichen Kaufmanns, die nichts will und niemanden möchte, die einfach nur froh ist, wenn sie dem Leben eine neue Stunde, einen weiteren Tag abringen kann.

Die Männer vom Markt, die Assja von ihrem Balkonplatz aus bei der Arbeit beobachtete, sahen alle wie poliert aus, sie hatten dunkles, glänzendes Haar und eine sesambraun glänzende Haut. Den ganzen Tag lang liefen sie nur in Shorts herum, sie hörten arabische Musik, tranken heißen Tee und amüsierten sich mit ihren Kunden. Auch nachts blieben sie bei den Ständen, um die Ware vor Dieben zu schützen, sie schliefen auf bunten Bergen aus Decken und Kissen, und im Morgengrauen lieferten sie sich aus Langeweile wilde Melonenschlachten. Meistens zielten sie schlecht, sie trafen nur den Bürgersteig oder bestenfalls eine Hauswand, und das leise, dunkle Zerplatzen der Früchte weckte Assja jedesmal, wenn sie, nachdem Lew sich endlich ausgetobt hatte, gerade erst mit viel Mühe eingeschlafen war.

Bald kam es Assja so vor, als lebte sie in der lautesten Straße

der Welt, und am Freitagnachmittag nahm der Lärm, kurz
vor Beginn des Schabbats, dann noch zu, wenn die Händler
so jämmerlich und herzzerreißend zu kreischen begannen,
daß man denken mußte, jemand bohre ihnen gerade ein langes Messer tief in die Brust. Sie winselten und keuchten, sie
ruderten verzweifelt mit den Armen, und erst als sie auf diese
Weise den letzten Rest ihrer leicht verderblichen Ware losgeworden waren, wurde es für eine Nacht und einen Tag
endlich still über dem Schuk, und man hörte nur noch die
Schreie der beiden neuen Mieter aus Rußland.

3.

Die Sache mit dem Schreien begann, zumindest was Assja
betraf, als Wispern. »Gott«, flüsterte sie an einem der ersten
Abende in ihr Kissen, »was habe ich getan?« Am nächsten
Tag dann bemerkte sie zum ersten Mal jenen säuerlichen
Geruch, der sich plötzlich vom Flur aus in alle Räume aus-
breitete. Zwei Stunden lang lief sie kreuz und quer durch die
Wohnung und kontrollierte jede Ecke und jeden Winkel. Als
sie bereits aufgeben wollte, entdeckte sie in der Nische hinter
der Küchentür einen schmalen, unscheinbaren Wandschrank. Sie öffnete das weiße Schiebefach und sah zunächst
nur einen dunklen Haufen, der sich zu bewegen schien. Sie
holte eine Kerze, leuchtete hinein und begann zu weinen. So
etwas hatte sie überhaupt noch nie gesehen: Auf einem Berg
aus Essensresten, Kot und Kondomen kroch ein halbes
Dutzend handtellergroßer Insekten herum. Sie waren rot-
braun, hatten weite, transparente Flügel, die sie ab und zu
durchschüttelten, und Assja war felsenfest davon überzeugt,
daß sie sich miteinander unterhielten, denn immer, wenn eines der Tiere ein tiefes, fauchendes Geräusch ausstieß, bekam
es eine vielstimmige Antwort. Der Kammerjäger, den sie am
nächsten Tag kommen ließ, hatte einen trägen, ernsten Blick,

und beim Hinausgehen erklärte er, er wäre für eine längere Zeit nicht zu erreichen, da er mit seiner Familie Urlaub in Europa mache. Assja schaute ihm hinterher, sie sah, wie er langsam – den himmelblauen Sprühcontainer um die Schulter gehängt – die Treppe hinabstieg, und dann stellte sie sich ihn mit zwei großen, rotbraunen Käferflügeln vor. Lachend schloß sie die Tür hinter ihm, doch als ihr auf dem Weg zur Küche der alte säuerliche Geruch entgegenwehte, sammelten sich erneut Tränen in Assjas Augen, und sie stieß einen Schrei aus, der selbst in ihren eigenen Ohren merkwürdig klang.

Den Rest des Tages verbrachte Assja auf dem Balkon. Sie rauchte eine Zigarette nach der andern, kaute auf ihren Haarspitzen herum und stierte auf die Straße. Gegen Abend ging sie hinunter, um etwas zum Essen zu besorgen, doch sie kam unverrichteter Dinge zurück, weil ihr jedesmal, wenn sie an der Reihe gewesen wäre, der Mut gefehlt hatte, den Händler mit ihrem Drei-Worte-Hebräisch anzusprechen. Mit gesenktem Kopf betrat sie schließlich wieder den Hauseingang, sie machte zwei, drei Schritte, und als sie im hintersten Winkel ihres Gesichtsfeldes eine Bewegung wahrnahm, hob sie den Blick. Links, bei den Briefkästen, stand einer der Melonenverkäufer und urinierte – ein schlanker, schwarzhäutiger junger Mann mit einem ovalen Äthiopiergesicht. Obwohl er genau wußte, daß er ertappt worden war, brachte er nicht einmal die Mühe auf, sich zur Seite zu drehen. Er machte weiter, und während Assja ihn nun aus Trotz unten fixierte, lächelte er schüchtern zurück. Assja ging dicht an ihm vorbei, sie hatte ihn bereits passiert und siegesbewußt den Fuß auf die erste Stufe gesetzt, da spürte sie plötzlich, wie einige der von der Wand abklatschenden Urinspritzer auf ihren Knöcheln landeten. Sie ging stumm weiter, und erst nachdem sie am letzten Treppenabsatz angekommen war, entfuhr ihrer Kehle wieder dieser seltsame, ohrenbetäubende

Schrei. Mein Insektenruf, dachte Assja überrascht. Als sie später im Badezimmerspiegel das fremde Lächeln betrachtete, das ihr weißes, sonst so symmetrisches Gesicht wie bei einer Gelähmten verschob, schrie sie gleich noch einmal. Von da an verging kein Tag mehr, an dem sie nicht zumindest einmal mit ihren Schreien die Nachbarschaft in Angst und Schrecken versetzt hätte.

4.

Während Assja sich vor allem tagsüber – wenn ihr Mann im Ulpan war – gehen ließ, schrie Lew immer nur im Schlaf. Das war natürlich unangenehm, für Assja genauso wie für Lew selbst, weil beide deshalb nun schon seit drei Wochen keine einzige Nacht mehr durchgeschlafen hatten. In seinen Alpträumen bediente sich Lew allerdings niemals des Russischen oder Hebräischen. Statt dessen brüllte er immerzu jiddische Worte und Sätze, die er auf seine Art teils falsch betonte, teils russisch verballhornte, was daher rührte, daß er bis vor zwei, drei Jahren die Sprache seiner Kindheit noch vollkommen verdrängt hatte. Danach war sein Interesse daran gewachsen, er hatte sich an Ausdrücke und Redewendungen, die er vom Vater kannte, im Verlauf seiner nationalen Wiedererweckung allmählich wieder erinnert, und später dann hatte Lew ohnehin mit Mark Jiddisch sprechen müssen, denn eine andere Möglichkeit, sich mit Assjas deutschem Liebhaber zu verständigen, gab es nicht. Darum fand Lew es – wenn er die Sache nüchtern betrachtete – vollkommen logisch, daß er nun seine somnambulen Mayday-Rufe auf jüdisch verschlüsselte. Und auch sonst war es doch nur ganz konsequent: Schließlich hatte er Mameloschen niemals als das Idiom von etwas so Idiotischem wie der guten alten Schtetl-Idylle betrachtet, sondern allein als die gestammelte Rede fließenden Blutes, inneren Aufruhrs und lärmenden Pogroms. »Mußt du aber deshalb«, erwiderte Assja immer, wenn er mit ihr darüber sprach, »jede Nacht zwanzig Mal 'Jiden helft' schreien?!«

Lew mußte. Er konnte sich an seine Träume zwar nie erinnern, doch hatte er keine Zweifel darüber, was in ihnen geschah. Es gab, so vermutete er, zwei Situationen, die ständig wiederkehrten, beide wohl genauso real wie in der Wirklichkeit, die höhnischen Zeitlupen seiner Erinnerung.

Situation Nummer eins lag nun schon mehr als ein Jahr zurück. Die ganze Sache hatte sich am letzten Abend des Kongresses abgespielt, den Lew und seine Freunde von der Archipow-Synagoge damals gemeinsam mit den Deutschen veranstaltet hatten. Den Kongreß hatten viele Moskauer Bürger als Provokation empfunden – daß die Juden, nach siebzig Jahren, plötzlich wieder den Nerv besaßen, sich öffentlich zusammenzurotten, rief denn auch eine ganze Armada von Patrioten auf den Plan. Alte Parteileute und neue *Pamjat*-Anhänger, eitle Kostüm-Kosaken und nach Brillantine riechende Monarchisten zogen drei Tage lang vor dem Gewerkschaftshaus am Marx-Prospekt auf und ab, schwarze und weiße Fahnen schwenkend und die Allmacht der Weisen von Zion verfluchend, während drinnen jüdische Delegierte aus vierundzwanzig Ländern so sachlich und vornehm wie möglich über die Wiederkehr des Antisemitismus in Europa berieten. Erst zum Schluß, als die Hatikwa gespielt wurde, flossen hier und da ein paar Tränen, grauhaarige Greise verbargen die gerührten Gesichter in ihren Sitzungs-Unterlagen, und junge Männer und Frauen beschlossen zum hundertsten Mal, nach Eretz Israel auszuwandern – oder zumindest nie mehr mit einem Goj oder einer Schickse zu schlafen.

Auch Lew hatte in jenem hochjauchzenden Moment ähnlich empfunden: Er wußte ja ganz genau, wo sein Platz war, er wußte es schon viel zu lange, und nun also flehte er, still und wütend, Gott, Herzl, Hitler oder welcher Wahnsinnige auch immer solle ihm endlich die Kraft geben, die er brauchte, um Assja davon zu überzeugen, daß für sie die Alijah ebenfalls das beste sei. Vor allem aber flehte er um Kraft für sich selbst, denn ihm war klar, daß er, der wunderbare Lew Gurjewitsch, Nationalschauspieler und Filmheld, Liebesidol aller russischen Frauen zwischen fünfzehn und fünfzig, schon verdammt viel Willensstärke benötigen würde, um einfach so, nur für ein paar abstrakte, historische Ideale sowie den ganz konkreten Geruch des Mittelmeers und die tausend Farben des Sandes von Judäa, seine Karriere aufzugeben.

Lews Flehen sollte schon bald erhört werden, noch in derselben Nacht, in der der Kongreß zu Ende ging. Sie saßen, nach der großen Abschlußfeier, im *Lermontov* am Arbat, er und die Freunde aus Deutschland, sie tranken scharfen armenischen Cognac und aßen Nüsse und Baklava dazu. Die Moskauer hatten sich eine Gitarre besorgt und spielten ein herzzerreißendes Klezmer-Stück nach dem andern, während die Deutschen sie ständig unterbrachen und laut schreiend Wyssotzkij-Lieder forderten. Es war viel Lärm und Trubel im Lokal, sie waren eine hysterische, aufgekratzte Chassiden-Bande, und darum bekam zunächst niemand mit, wie sich Mark Goldenblatt, der Frankfurter ZJD-Chef, mit den drei Russen am Nachbartisch zu zanken begann. Schließlich verstummte die Runde, sie drehten sich alle in Marks Richtung, eher interessiert als beunruhigt, und Lew, auf den der Streit ebenfalls ganz harmlos gewirkt hatte, wie eine zärtliche, verspielte Welpenbalgerei, bot den Russen zu trinken an. Aber die sahen ihn mit ihren grauen mongolischen Augen nicht einmal an, sie erstarrten plötzlich, eine Weile saßen sie dann schön und statuengleich auf ihren Stühlen und musterten stur Goldenblatts jüdisches Gesicht. Und da erst wurde Lew klar, worum es hier ging und worauf alles hinauslief. Doch Mark, der sich wie jeder deutsche Jude, den

Lew bis dahin kennengelernt hatte, vollkommen unverwundbar fühlte, weil er in einem Land großgeworden war, das seinen Juden seit mehr als vier Jahrzehnten das Gefühl vermittelte, sie seien unantastbar, der nette, arrogante, stolze Mark begriff einfach nichts, er besaß nicht die Spur einer Vorahnung, er kapierte nicht, daß dies hier eine andere Welt, ein anderes Jahrhundert war, und man sah an seinen knallrot leuchtenden Wangen und dem vergnügten Hochmut in seinem Blick, daß ihm die Auseinandersetzung gefiel. Schließlich standen die drei *Pamjat*-Musketiere auf, sie griffen mit einer einzigen Bewegung hinter sich, schlüpften in ihre schwarzen paramilitärischen Mäntel und marschierten zur Tür. Und wieder funkelte es in Marks Augen, seine Wangen glühten jetzt wie Kohlen, er sprang auf und rief ihnen »Heil Hitler!« hinterher, und als sie sich umdrehten, abermals völlig synchron, wie drei aufeinander abgestimmte Automaten, bekam Mark eine Idee: Er warf den Arm zum Führergruß in die Höhe, aber dann plötzlich schlug er mit dem andern Arm dagegen, der Arm federte zurück, im gleichen Moment schoß der Mittelfinger heraus, und Mark schrie auf deutsch: »Fickt euch, ihr gottverdammten Chmielnicki-Nazis, und fickt eure gottverdammten kosakischen Mütter, bis es ihnen aus dem Rachen wieder rauskommt!«
Nein, Lew hatte sich natürlich nicht zwischen Mark und die Russen werfen müssen, aber weil er es trotzdem getan hatte, sollte es wohl auch genauso sein. Die ganze Sache dauerte keine fünf Minuten, und als die drei abgezogen waren, hinterließen sie einen Haufen verschreckter, entmutigter Juden sowie einen halbtoten Schauspieler, dessen Gesicht von Fäusten und Glasscherben im Handumdrehen derart zerfetzt und verstümmelt worden war, daß er nie wieder eine Rolle bekommen würde. Lews Schönheit, die Schönheit seines strahlenden, blonden jüdischen Gesichts, war für immer dahin, und nun endlich stand der großen Reise also nichts

mehr im Weg. Die *Mosfilm*-Leute würden sich für die Frauen von Moskau, Kiew und Minsk eben ein neues Sexsymbol suchen müssen.

5.

Sechs Wochen waren bereits vergangen, sechs lange, heiße, verfluchte israelische Wochen, und Mark hatte sich noch immer nicht gemeldet. Lew machte das nichts aus – es fiel ihm nicht einmal besonders auf, daß Mark bisher nicht aufgetaucht war, und an das versprochene Geld verschwendete er ebenfalls keinen einzigen Gedanken. Er war mit sich und seiner neuen Welt vollkommen im Einklang, und so bemerkte er auch gar nicht, daß seine Frau noch immer nicht richtig angekommen war. Daß sie nicht in den Ulpan ging? Sie würde ihre Meinung schon ändern. Daß sie zu schreiben aufgehört hatte? Sie war schließlich Schriftstellerin, keine Maschine. Und daß sie den ganzen Tag lethargisch auf der Terrasse saß? Schlimmeres sollte nicht geschehen!

Assja hatte irgendwann aufgehört zu warten. Sie sprang nicht mehr jedesmal wie eine Comic-Figur einen Meter in die Luft, wenn es an der Tür läutete, sie sorgte nicht mehr dafür, daß das Telefon, egal in welcher Ecke der Wohnung sie sich befand, griffbereit neben ihr stand. Auch ihre Phantasien hatten längst die alte Kraft eingebüßt, und nahm sie dann doch einmal in Lews Abwesenheit ihre ganze Konzentration zusammen, um den Geliebten vor ihr inneres Auge zu zwingen, ging alles sehr schnell, und Marks Hände, sein Körper, sein Atem verschwanden, noch bevor sie gekommen war, sie verflüchtigten sich wie eine Skizze, deren matte Striche man von weitem nicht mehr richtig erkennt. Und während Assja dann noch eine Weile schlecht gelaunt im Bett lag, den Blick stumpf nach innen gerichtet, begannen plötzlich ganz andere Bilder Konturen anzunehmen, Bilder einer alten, verlorengegangenen Zeit.

Besonders ausgefallen waren Assjas sentimentale Ausflüge in ihre Moskauer Vergangenheit nie. Sie bewegte sich immer auf denselben, längst ausgetretenen Pfaden und war ebensowenig wählerisch wie jeder andere Mensch auch, den die Wehmut schon zum hundertsten Mal mit ihren schwarzen, heißen Armen packt. Assja sah sich als Kind, mit den langen, ordentlich geflochtenen Zöpfen, sie sah sich in der Schule, hinter der viel zu hohen Bank, glücklich, fordernd, zielbewußt, und daß sie sich dabei in Wahrheit bloß an ein altes Foto erinnerte und nicht an eine reale Situation, fiel ihr genausowenig auf wie bei der andern Szene, die ihr einen winzigen Augenblick später erschien: Assja, nun eine junge Frau, in einem Kleid, das unten ganz eng die Taille umschließt und oben, im Ausschnitt, noch enger ist, so daß der Schatten zwischen ihren Brüsten schon ganz fraulich, erwachsen wirkt, die junge, neugierige Assja also, wie sie in der weißen Sonne von Sotschi auf den Stufen eines Cafés steht und dabei, von einer Gruppe junger Männer umringt, lachend und kreischend die Hände in die Luft wirft, die perfekte, ausgelassene Imitation eines italienischen Starlets, das am Flughafen von der Gangway aus die Menge begrüßt. Das war natürlich Assjas allerliebster Assja-Schnappschuß gewesen, und sie hatte selbstverständlich noch viele mehr von dieser Sorte, Bilder der Erinnerung, auf denen sie schöner aussah als Marina Vlady und süßer als Gina Lollobrigida. Es machte Assja aber auch nichts aus, sich Situationen zu vergegenwärtigen, in denen sie eine ganz andere, viel ernstere Assja war. Da trug sie ihr Pioniertuch oder das rote Komsomolzenabzeichen, sie winkte bei der November-Parade zur Tribüne hinauf oder schwenkte ihr Transparent so grimmig und entschlossen, als müsse sie ganz allein, nur mit einem Maschinengewehr bewaffnet, Leningrad vor den Deutschen verteidigen. Dann wieder saß sie, so glücklich und in sich gekehrt wie ein Mönch, in der Instituts-Bibliothek, saß bis abends um zehn über den Büchern der Großen, und zu Hause las sie dann weiter, in den Büchern der andern Großen, der Verbotenen, und schwor sich jedes Mal vor dem Schlafengehen, es ihnen allen eines Tages gleichzutun. Schließlich, zum Ausklang, beschwor Assja jedesmal das allerherrlichste Bild: Sie sah sich mit Iwan Michalytsch, dem Chefredakteur von *Nowyj mir*, dem sie ihre Geschichten geschickt hatte, sie saßen im Schriftstellerklub – ja, im Schrifstellerklub! –, aßen Bœuf-Stroganoff, tranken Wein und korrigierten gemeinsam das Manuskript von Assjas erster Erzählung, die Iwan Michalytsch bringen wollte. Das war letzten Sommer gewesen, noch vor dem Putsch, und aus welchem Grund die Erzählung schließlich doch nicht erschienen war, fand Assja nie mehr heraus, denn sie hatte ja von einem Tag auf den andern keinen Kopf mehr für sich selbst gehabt. Plötzlich waren da Lews Operationen gewesen und die Streitereien mit den neuen, privat praktizierenden Ärzten, die für ihre Arbeit ein Vermögen verlangten, da war Lews zermürbender Aufenthalt in der Rehabilitations-Klinik, der den Rest ihres Geldes verschlang, da waren die endlosen Reisevorbereitungen, der Kampf gegen die allmächtigen OVIR-Bürokraten, da war die Zeit mit Mark, als Lew noch wie gelähmt zu Hause in seinem Bett lag, diese verrückte, verbotene Zeit, in der Assja der Rest ihrer Vernunft abhanden kam, und da waren vor allem die ständig neu aufflammenden Diskussionen über den Sinn und Unsinn der Auswanderung, welcher Assja am Ende nur wegen Mark zugestimmt hatte, aus Leichtsinn und Abenteuerlust und einem bis dahin für sie ganz unbekannten Gefühl. Das alles dachte sie jetzt, ernst, ohne Reue, und im gleichen Moment war Assjas sentimentale Vorstellung plötzlich vorüber, und das Andere, das Bessere, war wieder einmal zu Ende geträumt.

Kaum hatte Assja die Augen geöffnet, hörte sie auch schon das Telefon. Sie lag in ihrem Bett, die Arme und Hände schmerzten, und als sie sah, daß sie nackt war, nackt am hellichten Tag, sprang sie auf und fuhr panisch in ihre Kleider. Das Telefon läutete weiter, laut und fordernd, aber sie achtete nicht darauf, und erst nachdem es verstummt war, schlug sich Assja entsetzt mit der Hand gegen die Stirn, und kurz darauf vernahm man in der Herzl-Straße einen lauten Schrei. Der Schrei, das war Assja selbst aufgefallen, hatte diesmal etwas heller geklungen als sonst, und während sie noch darüber nachdachte, ob sie sie überhaupt verstehen konnten, lief Assja zur Terrasse hinaus. Unterwegs sah sie herüber zu ihrer Schreibmaschine, und vielleicht lächelte sie sogar dabei.

Sie hatte gerade den Kopf auf das Kissen gelegt, als das Telefon ein zweites Mal zu klingeln begann. Diesmal rannte sie sofort hin, und während sie ernst zuhörte und noch ernster sprach, atmete Assja immer wieder tief ein. Die Luft war kühl, feucht und roch säuerlich.

6.

Wie sollte man Mark beschreiben? Lew fand, er sei etwas zu groß geraten, in der ganzen Statur vollkommen asymmetrisch und also keineswegs schön gebaut. Die Arme flogen um seinen langen Körper herum wie Lianen, die Beine bewegten sich oft wie von selbst, als gehörten sie gar nicht zum Rumpf. Er hatte eine kräftige Nase, an der Wurzel flach, vorne dafür um so ausgeprägter, und darunter lag sein übergroßer Mund mit den übergroßen Lippen, die immer, wie bei einem Karikatur-Neger, etwas herausstanden und deren Haut sich in einem fort schälte. Marks Hosen und Jacketts – er trug nur Anzüge – wirkten einfallsreich und teuer, sie saßen trotzdem nie richtig, sie waren mal zu eng, mal viel zu weit, eben so, als hätte er sie nicht selbst gekauft, sondern immer nur von jemand anderem vererbt oder geschenkt bekommen. Und auch mit den Schuhen, die er besaß, schien etwas nicht zu stimmen, sie waren alle solide, schwer, gut gearbeitet – und zugleich stark abgetragen. Wenn man wollte, konnte man, so fand Lew, ohne Umschweife von Marks Äußerem auf sein Inneres schließen, das ebenfalls auf eine interessante Weise widersprüchlich und verworren schien. Die Frage, die Lew deshalb in Moskau unentwegt beschäftigt hatte, war gewesen, ob also Mark Goldenblatt das Gute in seinem Wesen mit den ihm eigenen lauten Gesten und schlechten Manieren aus Bescheidenheit bloß zu verdecken versuchte, oder ob ihm, ganz im Gegenteil, seine manchmal so vordergründige Nettigkeit, seine fast pathetische Sorge um andere sowie dieser mechanische Charme einzig und allein dazu dienten, einen miesen, niederträchtigen Charakter zu tarnen. Zum Schluß entschied sich Lew für die zweite Variante: Sie klang erstens realistischer, und zweitens verhalf sie Lew jedesmal wieder zu einem bequemen, herrlich wohligen Überlegenheitsgefühl gegenüber dem Mann seiner Frau. Daß es aber gerade das Schräge, Widersprüchliche in Marks Wesen war, das Assja offenbar anzog, machte Lew nichts aus, denn es diente schließlich nur seinem eigenen Ziel.

Lew dachte viel über Assjas Liebhaber nach, und so hatte er, unter anderem, auch bald herausgefunden, was für ein Karnevals-Zionist Mark Goldenblatt in Wahrheit war. Alles, was er zum Thema zu sagen hatte, klang genauso auswendig gelernt wie einst die Lügengeschichten der KPdSU-Gangster, seine Rede war mit Parolen und Losungen gespickt, und nur wenn Mark auf die Toten des Holocaust zu sprechen kam, die, wie er meinte, mit ihrem Opfer die Entstehung Israels überhaupt erst ermöglicht hatten, klangen seine Sätze etwas weniger seelenlos, und Lew bekam dann für einen flüchtigen Moment das Gefühl, Mark Goldenblatt sei vielleicht doch ein durch und durch guter, aufrichtiger Mensch – immerhin war da tatsächlich mit einem Mal so etwas wie Überzeugung und Glaube in Marks Stimme, der Anflug einer echten jüdischen Paranoia und aufrichtigen Selbstmitleids. Dies, allerdings, fand Lew, der selbstgerechte Lew, der immer über andere nachdachte, aber nie über sich selbst, im Endeffekt noch unglaubwürdiger, denn Marks Shoah-Pathos konnte nur eine Kabarett-Nummer sein, genauso lächerlich, als wenn er, der 1960 Geborene, nun plötzlich wegen Antiochus oder Vespasian in Tränen ausbrechen würde.

Aber was scherte es Lew überhaupt, ob Mark aufrichtig war oder nicht? Er selbst brauchte seine Durchhalte-Parolen ja am allernötigsten, er war längst süchtig nach Marks kitschigen, chauvinistischen Anfeuerungsrufen, die sein Gemüt manchmal in ein einziges Tal der Tränen verwandelten und dann wieder in einen Himmel voller Farben und Licht. Es spielte keine Rolle, daß Mark, der Profi-Zelot, der seinen Job in historischen Crash-Kursen und psychologischen Schulungsseminaren gelernt hatte, von Berufs wegen wußte, welches Register zu ziehen war, damit ein neuer Alijah-Fisch anbeißt. Lew lag in Moskau, am Lenin-Prospekt, in seinem Krankenbett, das Gesicht entstellt, die Glieder kaputt und zerschlagen, und ließ sich erzählen. Er wollte von Mark wissen, wie die Luft in Jeruschalajim riecht und welche Farbe der Kinneret hat, er ließ sich jedes einzelne Scharmützel aus dem Unabhängigkeits-Krieg schildern und den Tag, an dem die israelische Armee endlich die verfluchten Golan-Höhlen nahm. Er konnte nicht genug über die Befreiung der Klagemauer erfahren, er war gerührt, als er hörte, daß inzwischen bereits Juden aus mehr als siebzig Ländern in ihre Heimat zurückgekehrt waren, es machte ihn stolz, daß Tel Aviv eine Großstadt geworden war, ebenso verrückt und kosmopolitisch wie Buenos Aires oder New York, er war begeistert davon, wie viele große Schriftsteller und Wissenschaftler über die Grenzen des so kleinen Landes hinaus wirkten, er hörte sich die Geschichte der israelischen Sportler an, die man 1972 in München massakriert hatte, um kurz darauf in allen Details mit der Befreiung von Entebbe und Jonis heldenhaftem Tod bekanntgemacht zu werden, und wenn dann, in einer Art Finale, Mark ernst und routiniert wieder einmal davon begann, daß der Staat Israel dafür schon sorgen werde, daß nie wieder das Schreckliche, das Unaussprechliche geschieht, spürte Lew einen widerlichen, herrlichen Schauer über seinen bandagierten Rücken laufen, und er dachte still bei sich: Gib mir noch einen Schuß, du zionistische Agitprop-Maschine, mach, daß ich dir glaube, daß mein Wille bloß nicht erlahmt!

Alles war, wie es sein sollte, und Lews Plan, der nie ein echter Plan gewesen war, sondern eher eine Phantasmagorie, die Hoffnung eines Hoffnungslosen, begann auf einmal wie von selbst Umrisse anzunehmen. Denn während Mark mit seinen israelischen Geschichten Lew immer weiter bearbeitete, während er, der perfekte Funktionärsroboter, inzwischen offenbar am allermeisten überzeugt schien, daß das Heil der Weltjudenheit allein davon abhing, ob Lew und Assja Gurjewitsch es ins Land der Väter schafften, während Mark Goldenblatt also plötzlich selbst an das Polit-Kauderwelsch, das man ihm beigebracht hatte, zu glauben anfing, still und aufgeregt erstmals die eigene Alijah erwägend, während er, davon ergriffen, Lew mit feuchten Augen versicherte, er würde ihn und Assja in Israel am Anfang finanziell unterstützen und ihnen auf diese Weise den Start in das neue, das bessere Leben erleichtern, gleichwohl er, wie er noch etwas gerührter hinzufügte, wisse, daß er auch so das, was Lew für ihn getan hatte, nie wiedergutmachen könne – während Mark nun erstmals sich selbst sowie seine Arbeit zu lieben begann und Lew natürlich irgendwie auch, entdeckte er, beinah automatisch, Assja.

Wie das Ganze angefangen hatte, wußte Lew nicht, es war wohl zu der Zeit gewesen, als er noch im Krankenhaus lag. Lew wußte nur, daß Mark, der bereits am Tag nach dem Zwischenfall im *Lermontow* nach Frankfurt zurückgeflogen war, kurz darauf wiederkam, ihn in der Klinik besuchte und sich schließlich bei ihnen zu Hause einquartierte. Er blieb ein paar Tage, ließ sich immer wieder in der Klinik sehen, reiste ab, und kehrte dann, innerhalb der nächsten Monate, noch dreimal nach Moskau zurück. Er machte nicht auf Samariter, das nun wirklich nicht; er tat nicht so, als wäre er allein wegen Lew plötzlich so oft in Moskau. Statt dessen erklärte er, es hätten sich für ihn neue Kontakte zu russischen Firmen ergeben, und so nutze er jede Gelegenheit, um die geschäftlichen Interessen mit seinen privaten zu verbinden, um also so oft wie möglich bei jenem Mann zu sein, der ihm das Leben gerettet hat.

Marks Geschichten! Lew war gerade erst eine Woche wieder zu Hause, als er in der Nacht aus Assjas Zimmer Stimmen hörte. Es war eine Qual, eine zehnminütige Qual, die er durchstehen mußte, bis er sich, auf den Stock gestützt, endlich bis vor Assjas Tür geschleppt hatte, und dort stand er dann an die Mauer gelehnt, darauf bedacht, daß man sein Gesicht in dem kleinen runden, mit Jugendstilblumen verzierten Türfenster nicht sah. Zuerst war da nur Assjas gurgelndes, zwitscherndes Lachen gewesen, das Lachen verwandelte sich schnell in einen ernsten, verzweifelt langgezogenenen Laut, und schließlich verstummte dieser Laut, und Mark sagte, Assja solle nur mutig sein, sie solle mit ihrem Mann ausreisen, denn das sei die einfachste, die fairste Lösung. Sie solle vorfahren, und später, wenn Lew wieder gesund sei und er, Mark, in Deutschland seine Angelegenheiten geregelt und sich einen Job in Israel besorgt hätte, würde er nachkommen, um sie zu sich zu holen. »Ich mache dich zur glücklichsten Frau des Nahen Ostens«, flüsterte Mark auf Jiddisch, er wiederholte diesen Satz noch zwei-, dreimal, und während Lew triumphierend lächelte, während sich die Faust, mit der er gerade noch krampfartig seinen Stock umfaßt hatte, ganz allmählich zu lockern begann, verstummte das Gespräch in Assjas Zimmer, und die Melodie, die Lew jetzt vernahm, diese seufzende, verzweifelte Melodie von Liebe und Gewalt, rührte den glücklichen Hahnrei so sehr, daß er, ohne nachzudenken, den Kopf langsam wie ein Dieb vor das kreisrunde Türfenster schob. Er spähte kurz in das hellerleuchtete Zimmer hinein, zuckte zurück, dachte nach, und dann, wie von Sinnen, brachte er sich wieder in die vorteilhafteste, unvorsichtigste Beobachtungsposition. So stand er im dunklen Flur, nur der gelbliche Lichtstrahl, der aus dem Zimmer drang, beleuchtete sein verbundenes Zombie-Gesicht, und da konnte er sich nicht mehr zurückhalten, er blickte auf und sah Assja, auf allen vieren, in ihrem Bett, das Gesicht in den Decken vergraben. Hinter ihr kniete Mark, der Lügner und Helfer und Held, seine Hände lagen auf Assjas Rücken, seine übergroßen Lippen waren leicht geöffnet, seine verschlafenen Augen geschlossen, und er machte schöne, beinah flüssige, nach Harmonie trachtende Bewegungen. Lew fixierte Marks Augen, er sah ihm unverwandt und voller Ungeduld ins Gesicht, er konnte den Blick von ihm einfach nicht fortreißen, und als Mark nun langsam die Augen zu öffnen begann, starrte Lew ihn immer weiter an, er lächelte ihm zu, und Mark, der nur für den Bruchteil einer Sekunde erschrak, machte – so als habe er verstanden und wie zur Bestätigung – ein paar wilde, heftige Stöße. Kurz darauf wurde er richtig gemein, seine Bewegungen schienen auf einmal vollkommen unverfroren und selbstsüchtig, die Hände rutschten an Assjas Rücken hinunter, sie kneteten das Fleisch und die Haut

unter sich, und egal, ob es Lew hinterher nur so vorkam
oder ob es tatsächlich so gewesen war, daß Mark jetzt auch
noch geringfügig die Position wechselte, um Assja das Verbotene anzutun – dies jedenfalls war ganz absolut und hun-
dertprozentig der Augenblick, da Lew – ein halbes Jahr
später, dreitausend Kilometer südlich vom Lenin-Prospekt
entfernt – im Schlaf »Jiden helft!« zu schreien begann. So
zumindest dachte er es sich, ach was, nein, er war vollkommen überzeugt davon, daß genau dieser eine schreck-
lich-schöne Moment seines Moskauer Verrats es gewesen
war, der seit Wochen schon als Situation Nummer zwei in
seinen Haifaer Alpträumen herumspukte. Und wenn nicht,
dann hätte er es doch trotzdem, Teufel noch mal, wirklich
verdient. Schließlich, das hatte Lew irgendwann kapiert,
lebte man einzig und allein, um im nachhinein überprüfen
zu können, ob alles einen Sinn gehabt hat, und die Zukunft
war immer nur Teil der Vergangenheit.

7.

Zweimal hatte Mark noch angerufen, zweimal hatte er seinen
angekündigten Besuch verschoben, und dabei klang seine
Stimme jedesmal noch ein bißchen freundlicher und erwar-
tungsvoller. Assja wunderte sich zwar, daß er es am Telefon
immer so eilig gehabt hatte, daß er sie nie ausreden ließ und
daß er – von den finanziellen Angelegenheiten, die sie besprachen, abgesehen – gar nicht wissen wollte, wie es Lew
und ihr ging. Aber darüber machte sie sich keine Gedanken,
sie hatte plötzlich, das erste Mal seit sie in Haifa angekommen war, das Gefühl, als habe alles seine Richtigkeit,
und das genoß sie so sehr, daß sie das neue Wohlbefinden
nun mit aller Macht gegen ihre andern, gegen die schwarzen
russischen Gefühle, wie sie selbst sie nannte, zu verteidigen
begann. Jeden Tag saß Assja jetzt an ihrer Schreibmaschine,

auf die Terrasse ging sie nur, um schnell, zwischen zwei Absätzen, eine Zigarette zu rauchen. Sie kaufte ein und kochte, sie ging wieder in den Ulpan, sie putzte die Wohnung, sie strich eigenhändig die Wände in der Küche neu und ließ dort ein schönes, hellblaues Linoleum legen. Sie lächelte am Morgen, und sie lächelte am Abend und sagte dabei immer wieder zu sich selbst, dies alles habe nichts mit Mark und seinem Zögern zu tun. Und um es sich zu beweisen, schlief sie wieder mit ihrem Mann Lew, und die Tränen, die sie dabei vergoß, nannte sie Tränen des Glücks.

Eines Nachts, als Lew bereits eingeschlafen war, lag Assja noch lange wach. Der Lärm, der von der Straße hinaufdrang, störte sie nicht, sie mochte heute die heißen, hohen Stimmen der Händler, ihr Lachen und ihre Flüche. Als dann unten eine neue Schlacht begann, als Assja das Zerplatzen der Melonen auf dem Bürgersteig vernahm und dazu ein vielstimmiges Gelächter, mußte auch sie lachen. Sie stützte sich im Bett auf und sah zum Fenster, wo hinter den halbgeschlossenen Rolläden ein großer, goldener Mond hing. Der Mond blendete sie, und so senkte Assja schnell den Blick, sie drehte die Augen vom Fenster weg und richtete sie auf Lew, und als sie dann, durch das Halbdunkel des Zimmers noch stärker konturiert, Lews Fratze erblickte, mit all ihren Hautüberlappungen, Narben und merkwürdig dunklen, rötlichen Flecken, begann sie dieses Schlachtfeld von Gesicht zu streicheln, so sanft und vorsichtig sie nur konnte. Lews Schlaf war nun auch der ihre, und ihre Gedanken meinten nur ihn.

Nein, Assja hatte nie wirklich verstanden, was ihren Mann antrieb, warum er was tat und wer er überhaupt war. Als er sie damals zur Heirat zwang, als er ihr, beim Ball im *Haus der Schauspieler,* gleich bei ihrer ersten Begegnung, erklärte, sie müsse seine Frau werden, denn ohne sie könne er nicht sein, und er wisse genau, er habe auf sie und nur auf sie ge-

wartet, – als also damals der berühmte, strahlende, auf-
reizende Lew Gurjewitsch wie ein Amokläufer über sie
herfiel, war Assja schockiert. Sie war gelähmt und glücklich,
und sie hatte – wenn sie ehrlich mit sich war – nie darüber
nachgedacht, was er ihr bedeutete. Sie begriff seinen Ruhm,
sie verstand seine Schönheit, und das hatte ihr dann auch
genügt, um bereits eine Woche später ja zu sagen. Ach, was
waren das für Jahre und Monate gewesen, Jahre und Monate,
in denen sie durch ihn mit den größten Künstlern des Landes
zusammengetroffen war, mit klugen Männern und weisen
Frauen, mit Angebern und Schwätzern, mit Wichtigtuern
und Clowns, mit Malern, mit Regisseuren und Schriftstellern! Erst allmählich begann Assja zu verstehen, daß
Lews Welt, die Welt der Inspiration und des schamlosen
Genusses, eine Welt von Menschen war, die sich alle gegenseitig insgeheim haßten und die zugleich dennoch imstande
waren, nächtelang miteinander zu saufen, zu reden, zu weinen. Vielleicht, dachte Assja zum Schluß immer öfter, war es
genau dieses Lügen, das sie so groß machte, vielleicht mußte
man als Künstler immer anders handeln als sein.
Eine Einsicht, die Assja gefiel, es war eine gute, befeuernde
Einsicht, und kaum nahm Assja sich vor, sie auch für sich
selbst zu verinnerlichen, bemerkte sie, daß ihre Liebe zu Lew
sofort ernstere Züge anzunehmen, sich in eine eindeutige
Angelegenheit zu verwandeln begann. Was aber geschah
dann? Es war nun Lew, der plötzlich auf seine Künstlerfreunde schimpfte, es war der Verdiente Schauspieler der
UdSSR Lew Gurjewitsch, der Assja Abend für Abend wütende Vorträge über den narzißtischen Wahnsinn dieser
selbsternannten Menschen-Erlöser hielt, die glaubten, eine
gute Miene, ein schöner Satz setzten die tausendbödige
Wirklichkeit problemlos außer Kraft, und die dabei nicht
einmal bemerkten, daß die Wucht ihres Ruhms und ihrer
Talente allein aus der Macht der Partei erwuchs, einer Partei,

die vielleicht etwas von Panzern und Landwirtschafts-
maschinen verstand, doch gewiß nichts von Eingebungen
und Gefühlen.

Assja hielt sich erschrocken die Hand vor den Mund und
schwieg. Ihre Verwirrung konnte nun nicht mehr größer
sein, und als Lew dann immer häufiger Rollen auszuschlagen
begann, als er sich weigerte, auf privaten Feiern wichtiger
Parteileute als Conférencier aufzutreten, als er, statt mit seinen alten Freunden nächtelang zu trinken, plötzlich über
Hebräisch-Grammatiken und jüdischen Geschichtsbüchern
saß, da begann Assja das erste Mal zu überlegen, wer er ihr
überhaupt war. Denn während sie selbst sich plötzlich auf
dem Sprung nach oben befand, tat er alles, um das bis dahin
Erreichte zu verlieren, und wenn er ab und zu dennoch bei
einer Produktion mitmachte, um leichtfertig und souverän
seine Rolle als weicher, verlogener Frauenheld zu geben, für
die man ihn in Rußland so liebte, dann tat er es offenbar nur
aus finanziellem Grund. Oder vielleicht doch nicht?
Manchmal schien es Assja, als ob es Lew – egal, wie laut er
von der jüdischen Sache und der Auswanderung tönte – eben
doch nicht so leichtfiel, seine Vergangenheit fahren zu lassen,
manchmal dachte sie, daß Lew längst wieder zu seinem alten
Leben zurückwollte, aber vielleicht täuschte sie sich ja auch.
Doch was spielte das noch für eine Rolle, ihre Verwirrung
wich nun einer neuen, furchtlosen Siegesgewißheit, sie
wußte, sie brauchte Lew nicht mehr, und als dann Iwan
Michalytsch anrief und sagte, er wolle ihre Sachen drucken,
dachte Assja immer nur diese fünf falschen, aufrechten
Worte: Das Ziel ist das Ziel ...

Ach, Lew, Ljowa, mein Herz! Wie dumm bin ich gewesen!
Und wie sehr hattest du recht gehabt! Assja fuhr mit den
Fingern über Lews schlafendes Gesicht, sie umkurvte die
harten, schorfigen Stellen und sie verharrte dort, wo die
Haut weich und aufgedunsen war. Sie blinzelte ins grelle

Mondlicht hinein, sie konzentrierte sich kurz auf die immer leiser werdenden Stimmen der Händler, sie fühlte Wärme in sich aufsteigen und eine neue, frische Neugierde, die Neugierde auf den kommenden Tag, und als sie dann plötzlich – sie wußte selbst nicht wieso – begriff, daß Mark nicht kommen würde, weil er ein Feigling und Geizkragen war, ein Frauenverächter, ein Weichei, ein gottverdammter deutscher Luxusjude eben, da machte Assjas Herz einen Sprung, und sie spürte in all ihren Gliedern das Gefühl von Erleichterung. Ein neuer Wärmestrom wanderte durch ihren ganzen Körper, und als der Schauer erneut ihre Fingerspitzen erreichte, hörte Assja ein Rascheln und Knistern, sie drehte den Kopf zu Lew und sah von der Seite zu ihm herunter. Im ersten Moment glaubte sie an eine Sinnestäuschung, aber es war alles ganz wahr und ganz echt, und die handtellergroßen Insekten, die über Lews Gesicht krochen und an seinen Narben zogen und herumfuhrwerkten, berührten mit ihren warmen Bäuchen nun auch ganz deutlich Assjas Finger und Assjas Hand. Kaum hatte Assja begriffen, was vorging, da federte Lew von seinem Lager hoch, er schrie »Jiden helft!« und schlug sich dabei wie ein Flagellant mit den Händen gegen das Gesicht, worauf Assja selbst zu schreien begann, und der Schrei, der sich nun ihrer Kehle entwand, klang sehr schön und sehr fremd, und sie war sicher, er bliebe nicht ohne Antwort.

8.

An dem Tag, als Assja verschwand, war Lew ohne sie zum Hebräisch-Unterricht gefahren. Sie hatte über Kopfschmerzen geklagt, unter ihren Augen waren große schwarze Ringe gewesen, und kaum hatte sie sich am Vormittag an ihre Schreibmaschine gesetzt und ein paar Zeilen getippt, sprang sie schon wieder auf und begann in ihrem

Zimmer auf und ab zu laufen. Dann fegte sie mit einer Handbewegung alle Papiere vom Tisch, und als Lew später das Haus verließ, saß sie auf der Terrasse, das Gesicht in ihr Kissen gebettet. Doch Lew achtete nicht auf Assja, er war im Gegenteil sogar froh, daß sie ihn heute nicht begleiten würde. Er wollte später wieder einmal allein an den Strand fahren, und für sie beide hätte das Fahrgeld nicht gereicht.

Im Ulpan blieb Lew nur die ersten zwei Stunden. In der Pause verschwand er, ohne sich abzumelden, er lief zum Sderot Moriah, kaufte sich an seinem Lieblingstand Falafel und sprang in den Bus. Während der Fahrt sah er ständig zum Fenster hinaus und verglich auf sämtlichen Reklame- und Geschäftstafeln die hebräischen und lateinischen Lettern miteinander. Der scharfe, heiße Wind schnitt ihm ins Gesicht, der Geruch von gebrannten Sonnenblumenkernen und Abgasen sammelte sich in seiner Nase, Lew lächelte selig vor sich hin, und als er dann, noch immer aus dem Fenster blickend, entdeckte, daß im *Chorev,* in einer Nachmittagsvorstellung für russische Immigranten, einer seiner frühen Filme lief, stieg das erhabene Triumphgefühl eines Mannes in ihm hoch, der die eigene Bescheidenheit für seine allerhöchste Tugend hält. Über dem Eingang des Kinos hing ein großes buntes Schild, und neben dem hebräischen Titel hatte der Maler Lews Porträt und das seiner damaligen Partnerin gezeichnet. Lew sah auf dem Bild sehr blond und sehr jüdisch aus, und das gefiel ihm sehr gut. Er betrachtete eine Weile interessiert das Plakat, doch dann fiel ihm plötzlich etwas ein. Er schüttelte wie jemand, der einen abwegigen Gedanken verscheuchen möchte, den Kopf, und im gleichen Augenblick verschwand das *Chorev* aus seinem Blick.

Der Bus hatte inzwischen das Zentrum verlassen, er umfuhr, am machtvollen Bahai-Tempel vorbei, den südlichen Teil der Stadt, er preschte die Serpentinen hinab und bog schließlich an der Schnellstraße nach Tel-Aviv nach links ab, um wieder zwei, drei Kilometer nordwärts zu fahren. Dann ging es erneut in eine scharfe Linkskurve, von der Schnellstraße weg, und sie fuhren nun eine Weile durch ein verlassenes Industriegelände. Die Straße war eng und unbefestigt, überall lag Sand und Geröll, und man hörte von unten Steine gegen die Karosserie schlagen. Schließlich wurde die Straße wieder breiter, die verrotteten Fabrikgebäude und Lagerhallen traten zurück und gaben den Blick frei aufs Meer.

Das Meer war dunkelgrün, fast grau, der Himmel darüber bedeckt, und hinten, am Horizont, stand ein weißer, schimmeliger Dunst über dem Wasser. Lew stieg aus dem Bus und hob den Blick. Über ihm, hoch in der Luft, hingen Hunderte weißer Sonnenfäden. Er kletterte über die Abgrenzung und lief barfuß zum Wasser hinunter. Der Sand glühte, aber das war Lew egal, er freute sich auf das Wasser, auf die Wellen, auf die Farben des Meers. Er hatte sich bereits bis auf die Badehose ausgezogen, als ihm erneut der Gedanke von vorhin durch den Kopf schoß. Er sprang in seine Kleider, rannte zur Haltestelle zurück und erwischte den Bus noch, der gerade in Richtung Zentrum abfuhr.

Assja war tatsächlich nicht mehr da. Sie hatte, außer ein paar Kleidungsstücken, nichts mitgenommen, alles stand noch auf seinem Platz, auch die Blätter, die sie am Vormittag in ihrem Zimmer herumgeworfen hatte, lagen nun wieder, fein säuberlich sortiert, neben der Schreibmaschine. Lew setzte sich hin, er verschränkte die Arme im Genick, dann beugte er sich vor und begann Assjas Geschichte zu lesen. Als er fertig war, stand er auf, er ging in die Küche, er atmete konzentriert ein und aus, doch die Luft roch ganz klar und sauber. Schließlich überprüfte Lew noch den kleinen Wandschrank im Flur, aber auch dort war alles in Ordnung, und so ging er zurück in die Küche und nahm aus dem Eisfach die Wasserflasche heraus. Nachdem er getrunken hatte, fuhr er sich ein paarmal über sein häßliches Gesicht, er setzte sich auf den

Küchenstuhl, und dort saß er noch eine Weile, ungerührt, und nur seine Beine zitterten ganz leicht. Später dann, am Telefon, erfuhr Lew von Assja, was geschehen war, und als sie ihn zum Schluß fragte, ob er noch mit Mark sprechen möchte, sagte er nein.

Wie Cramer anständig wurde

I.

Im Zug nach Polen las der Junge zum ersten Mal die *Buddenbrooks*. Das Buch hatte auf dem Nachttisch seines Vaters gelegen, und nachdem sie Vater abgeholt hatten, nachdem die Tür hinter ihnen zugegangen und der Junge unter dem Bett hervorgekrochen war, hatte er es genommen, mit beiden Armen umschlossen und gegen seine Brust gedrückt. Seitdem waren bereits einige Wochen vergangen, und nun befand sich der Junge auf dem Weg in den Osten, er saß allein mit seinem Buch da, an die kalte Waggonwand gelehnt, durch den Türspalt fiel das weiße Tageslicht herein, und wenn die Trasse an Bäumen und Hügeln entlangführte, flakkerte dieses Licht, wie Sonne hinter einem Riesenrad, über die Seiten.

Der Junge war ein goldblondes, smaragdäugiges Wunderding, im Zwielicht des Waggons schien es fast so, als leuchte seine ganze Gestalt, und auch seine strenge Körperhaltung sowie seine sich ständig wie von selbst verlangsamenden Bewegungen verliehen ihm etwas Außergewöhnliches und zogen die Blicke seiner Mitreisenden an. Die meisten von ihnen stammten aus Hamburg, es waren Familien dabei und junge Liebespaare, und einige waren, so wie er, allein unterwegs, weil die Verwandten und Freunde entweder emigriert, untergetaucht oder bereits weggebracht worden waren. Die Menschen im Zug dachten an ihre Zukunft und sahen stumm dem kleinen blonden Meschiach beim Lesen zu.

Der Junge bemerkte nicht, daß er beobachtet wurde. Er war mit der Familie Buddenbrook beschäftigt, mit Thomas, Christian und Tony, die ihn ganz verrückt machten, weil sie so schwächlich und ungeschickt waren, aber noch mehr ärgerte ihn, daß die Hagenströms, ihre jüdischen Konkurrenten, immer nur als Schemen am Rande der Geschichte vorkamen. Die Hagenströms waren hart und forsch und furchtlos, und mit solchen Leuten wäre er gerne befreundet gewesen. Sie hätten ihm bestimmt bei der Flucht geholfen, und sie hätten ihm auch den Weg zu seinem Vater gezeigt.

Ab und zu fielen dem Jungen beim Lesen die Augen zu, doch er riß sie jedesmal schnell wieder auf. Er zwang sich, wach zu bleiben, denn er mußte diese tausend Seiten unbedingt fertig haben, bevor der Zug in Litzmannstadt ankommen würde. Er las von morgens bis abends, vom ersten bis zum letzten Lichtstrahl, und als am dritten Tag der Reise jemand heftig an seinem Mantel zupfte, achtete er zunächst gar nicht darauf. Der ihn ansprach, war genauso alt wie er, aber im Gegensatz zu ihm, dem Traumarier, war er ein winziges jüdisches Würmchen mit düsteren Pflaumenaugen, gekräuselten Linien hinter den Nasenflügeln und einem Allerweltslachen um den Mund. Der Fremde wollte auch lesen, doch der Junge ließ ihn nicht – er beugte sich noch tiefer über das Buch und verdeckte ihm mit seinem Körper die Sicht. Der andere ging trotzdem nicht fort, er zog immer wieder am Mantel des Blondschöpfchens, er quengelte und bettelte und seufzte, so lange, bis der Junge es nicht mehr aushielt, seinen Oberkörper aufrichtete und dem Fremden den Blick auf die Seiten freigab. Er ließ ihn mitlesen, über seine Schulter hinweg, allerdings nur unter der Bedingung, daß jener sich an das schnelle Tempo hielte und nicht danach fragte, was auf den vorangegangenen fünfhundertsieben Seiten bereits geschehen war.

So saßen sie, von nun an, wie zwei junge Katzen dicht beieinander, sie lasen, auf dem Weg durch Polen, Thomas Manns *Buddenbrooks*, und in all dieser Zeit sprachen sie kaum. Wortlos wurden die Seiten umgeblättert, stumm runzelte mal einer die Stirn, gähnte oder fuhr sich erschöpft durchs Haar, und es geschah nie, daß beide an derselben Stelle tief geseufzt oder laut losgelacht hätten. Mußte einer von beiden eine Pause einlegen, um zu essen oder um im großen Bottich in der Wagenmitte seine Notdurft zu verrichten, wartete der andere geduldig auf ihn. Schlief einer bei der Lektüre ein, wurde er vom andern sofort geweckt. Und wenn einer der Mitreisenden fragte, ob er wohl auch in das Buch hineinschauen dürfe, riefen beide mit einer Stimme laut: »Nein!«.

Am fünften Tag – der Zug stand wieder einmal seit Stunden auf offener Strecke – starb Thomas Buddenbrook, kurz darauf auch Hanno, und die Hagenströms hatten endgültig gesiegt. Die Jungen schlossen das Buch, dann rüttelte der Blonde an der schweren Waggontür, der Lichtspalt wurde zu seiner Überraschung größer, und während er mit einer Hand die Tür weiter aufschob, steckte er mit der andern das Buch in seinen Mantel und sprang hinaus. Keiner ging hinter ihm her, weder die Wachleute noch einer von den Passagieren, und erst als sich der Zug nach einem kurzen Pfiff der Lokomotive bereits in Bewegung gesetzt hatte, hörte der Junge, daß noch jemand die Böschung hinunterrollte.

Das schwarzhaarige Jüdlein landete lachend neben ihm. »Und was machen wir jetzt?« sagte es.

»Wir warten«, erwiderte der kleine Meschiach, »wir warten, bis der Krieg vorbei ist.«

»Oh, ja«, sagte das Jüdlein, »natürlich.« Aber dann verrutschte sein Lächeln, und es war plötzlich ein Abglanz von Angst in seinen düsteren Pflaumenaugen.

2.

»Wie heißt du überhaupt?« sagte der kleine Meschiach.
»Ali.«

»Und weiter?«

»Kantor.«

»Ich bin Max Rosentreter. Mein Vater nannte mich früher Siegfried. Und später Amnon. Aber ich selbst finde Max am besten.«

»Gut, Max.«

Max lächelte.

»Du bist doch auch aus Hamburg«, sagte Ali.

»Ja. Wir wohnen in der Dillstraße. In dem weißen Haus an der Ecke zum Grindelhof. Ich kann immer die Pausenklingel der *Talmud-Tora* hören.«

»Wir wohnen am Hallerplatz.«

»Wo die beiden Löwen vor dem Eingang sitzen?«

»Gleich daneben.«

»Ich habe dich nie gesehen.«

»Ich dich schon«, sagte Ali, und bevor Max darauf etwas erwidern konnte, fragte er schnell: »Welche Synagoge?«

»Keine.«

»Wir waren in der Großen am Bornplatz.«

Sie lagen auf der eisigen Erde, mit dem Rücken gegen einen gespaltenen Baumstumpf gelehnt, und jeder sah in eine andere Richtung.

»Mein Vater hat im letzten Krieg einen Orden bekommen«, sagte Max.

»Meiner nicht.«

»Aber später wurde er Zionist.«

»Bist du auch Zionist?«

»Klar.«

»Und wo ist dein Vater jetzt?«

»Bestimmt in Palästina.«

»Meine Eltern sind schon in Polen.«

»Wir sind jetzt auch in Polen.«

»Ach so?«

»Ja . . .«

Sie schwiegen. Die Erde, schien es, zitterte leicht, und als die Lokomotive ein letztes Mal in der Ferne aufstöhnte, hatten sie das Gefühl, allein auf der Welt zu sein.

»Ich habe Angst«, sagte Ali.

»Warum denn?«

»Weil wir es nicht schaffen werden.«

»Natürlich schaffen wir es.«

»Nein.«

»Doch.«

»Nein.«

»Und wie hast du dich bis jetzt durchgeschlagen?«

»Ich war bei Nachbarn«, sagte Ali.

»Ich war im Stadtpark«, sagte Max stolz. »Und später unter der Isebek-Brücke beim Bismarck-Gymnasium.«

»Allein?«

»Wir waren zu dritt, aber die andern haben sie gleich erschossen.«

»Es hat keinen Sinn«, sagte Ali. »Wir kommen nicht durch.«

»Doch, ganz bestimmt.«

»Nein.«

»Doch!«

»Und wie?«

»Wir müssen . . .«, sagte Max langsam, und Ali blickte ihn erwartungsvoll an. »Wir müssen . . .«, wiederholte er noch zögerlicher, aber dann, froh darüber, daß ihm endlich die richtigen Worte eingefallen waren, stieß er schnell und ungestüm aus: »Wir müssen hart und forsch und furchtlos sein!«

»Wie denn das?«

»Wir könnten«, sagte Max, »zum Beispiel . . . ab jetzt so tun, als wären wir gar keine Juden.«

»Was denn sonst?«

»Deutsche . . .«

»Aber das sind wir doch sowieso.«

»Gut – dann eben Polen. Ja, Polen!«

»Du hast gut reden, so wie du aussiehst. Aber schau mich an!«

»Es ist egal, wie wir aussehen. Hauptsache, wir haben keine Angst. Wir dürfen nicht schwächlich sein, und auch nicht ungeschickt. Wir dürfen nicht im Dreck herumkriechen und zittern. Nur Juden haben die Hosen voll!«

Max erhob sich und kletterte zurück auf den Bahndamm. Er stand eine Weile, die Hände in die Luft gereckt, reglos auf den Gleisen, dann begann er plötzlich wild herumzuhüpfen, er tanzte wie ein Indianer um ein Totem, und dazu schrie er laute, unverständliche Worte und Sätze. Er schrie und schrie, und seine hohe Jungenstimme gab ihr erstes großes Konzert.

»Hör bitte auf«, rief Ali flehend dazwischen. »Sie werden uns entdecken.«

»Na und? Wir sind keine Juden mehr, uns kann nichts passieren«, sagte Max und begann wieder zu schreien.

Ali stellte sich neben ihn. »Was ist das überhaupt für eine verrückte Sprache?« sagte er.

»Polnisch«, antwortete Max.

»Du kannst Polnisch?«

»Naja, ich finde, es könnte so klingen.«

»Glaubst du etwa, den Polen geht es besser als den Juden?«

»Was für eine Frage ...«, sagte Max, und das war eine Redewendung, die er von seinem Vater hatte. »Was für eine Frage!«

Ali lachte. Er zögerte, und schließlich fiel er in Maxens Geschrei ein.

Sie schrien und tanzten herum, der hübsche blonde Junge und sein neuer schwarzhaariger Freund, und dann hörten sie den Zug, sie sahen die schwarze Lokomotive aus der Biegung kommen, sie sprangen zur Seite, aber während Max sich hinter einen Strauch fallen ließ, blieb Ali stehen. Als der Zug an ihnen vorbeiraste, winkte er dem Lokführer und den beiden Uniformierten auf der Plattform zu. Zuerst winkten die drei zurück, doch plötzlich holte einer der Soldaten seine Pistole heraus und schoß auf den Jungen. Ali machte einen Satz hinter den Busch, wo Max atemlos auf dem Boden lag, das Gesicht und Kinn braun vor Erde, und während die Viehwaggons den Damm und die Böschung zum Erzittern brachten, sagte Ali zu Max: »Dein Trick funktioniert nicht.« »Doch«, erwiderte Max. »Wir haben nur etwas vergessen.« Und dann riß er sich mit einer einzigen Bewegung den Stern von der Brust, und Ali tat es ihm sofort nach.

3.

Der Soldat, der Max und Ali sechs Tage später nur wenige Meter von der Stelle entfernt aufgesammelt hatte, an der sie aus dem Zug gesprungen waren, gab den Jungen zunächst seinen ganzen Proviant. Er hatte eben seine tägliche Tour beendet und befand sich eigentlich schon auf dem Heimweg, doch da er es bis Litzmannstadt nicht mehr aushalten konnte, war er mit seinem Motorrad ein Stück in den Wald hineingefahren. Er hatte bereits seine Hose aufgeknöpft und wollte sich gerade hinhocken, als er die beiden entdeckte. Sie waren wie Wolfskinder gewesen, mit ihren zerfetzten Kleidern und verdreckten Gesichtern, sie wollten zunächst gar nicht mit ihm sprechen, und die wenigen Worte und Sätze, die er ihnen schließlich doch abringen konnte, klangen in seinen Ohren wie eine merkwürdige Mischung aus Polnisch und Deutsch.

Der Soldat war einer der vielen Adjutanten des exzentrischen SS-Fürsten von Litzmannstadt, der sich mehr für die Kunst und die Liebe interessierte als für den Krieg und die Lösung aller mit ihm verbundenen Fragen. Der Fürst beschäftigte ein halbes Dutzend Männer, die regelmäßig in seinem Auftrag durch den Warthegau fuhren, auf der Suche nach Gemälden, Madonnen und alten Büchern, vor allem aber auf der Jagd nach blonden polnischen Bauernknaben, die bei seinen berühmten Abendgesellschaften eine wichtige Rolle spielten. Die Knaben überlebten in der Regel diese Feste, doch gab es manch einen im Stab des exzentrischen SS-Fürsten, der den Kindern eher den Tod gewünscht hätte als die Art der Behandlung, die sie in den Armen ihres Vorgesetzten erfuhren. Auch der Soldat, der Max und Ali auflas, fand es abscheulich, was mit den Jungen geschah.

Und nun also diese zwei.

Sie hatten das Gulasch kalt verschlungen, danach aßen sie die Wurst und das aufgeweichte Brot auf, und während sie sich über die Schokolade hermachten, überlegte der Soldat, was er mit ihnen anfangen sollte. Der kleinere, der mit dem lustigen Gesicht und den riesigen Ohren, sah sehr jüdisch aus. Wenn er ihn gleich auf der Stelle erschießen würde, hätte er die wenigsten Unannehmlichkeiten mit ihm. Der andere bewegte sich wie eine Primaballerina, sein Haar leuchtete märchenhaft blond, und obwohl ihn der Hunger offenbar sehr geschwächt hatte, war sein Blick fest und gesund. Der Blonde wäre etwas für den Chef, überlegte der Soldat, doch im nächsten Moment fiel ihm ein, daß es wohl besser wäre, den kleinen Polen genauso wie seinen jüdischen Freund zu erschießen, dann bliebe ihm vieles erspart.

Der Soldat hatte früher einmal Schriftsteller werden wollen, und es war wirklich eine verrückte Zeit gewesen, damals, in den letzten Monaten vor dem Krieg, als er seine Buchhändlerlehre abgebrochen hatte, um in Ruhe schreiben zu können. Er hatte im Belgischen Viertel ein Zimmer gemietet, ein helles, sauberes Zimmer, das nach Farbe und Mottenkugeln roch, und draußen stand ein schwarzer Kastanienbaum, dessen Äste und Blätter leise über das Fenster strichen. Er liebte seine kleine Klause, und was hatte es da schon ausgemacht, daß ihm am Ende nie wirklich etwas gelang, daß er

keine seiner vielen Geschichten zu einem Abschluß zu bringen vermochte, das Schreiben allein war es gewesen, worauf
es ihm ankam. Als dem Soldaten all dies nun plötzlich einfiel,
befahl er den Jungen, ihre Mahlzeit zu beenden und sofort
auf sein Motorrad aufzusteigen. Die beiden blickten überrascht zu ihm hoch, der Jude ängstlicher als der Pole, offenbar hatten sie nichts von seiner Verwirrtheit mitbekommen.
Bevor sie dann losfuhren, bemerkte der Soldat, daß der
Blondschopf aus einem Erdloch ein Buch herauszog und es
heimlich unter seinen Mantel steckte. Das Buch war sehr
dick, auf dem dunkelgrünen Umschlag sah man einen Mann
und eine Frau eine Gasse hinaufgehen, und darüber – in einer
altmodisch geschwungenen Schrift – stand ein deutscher
Titel. Die seltene einbändige Erstausgabe von 1903, dachte
der Soldat anerkennend, davon wurden damals nicht viele
Exemplare verkauft.

4.

Die beiden Jungen sahen so aus, als hätten sie in Schokolade
gebadet. Ihre Hände und Münder waren braun verschmiert,
und dort, wo die Schokoladenflecken nicht den Dreck der
letzten Tage überdeckten, trugen ihre Gesichter eine graue,
fast schwarze Patina.
Max saß auf dem Motorrad hinter dem Soldaten, er preßte
das Gesicht gegen seinen Rücken, er umklammerte ihn mit
den Armen und machte dabei die Uniformjacke des Soldaten
schmutzig. Max dachte ganz kurz an Hermann Hagenström,
und dann begann er wieder von Palästina zu träumen. Er
hatte in der Zeit, als er sich verstecken mußte, sehr oft von
Palästina geträumt und sich jedesmal gefragt, ob sein Vater,
den er dort später suchen und finden wollte, ihm verzeihen
könnte, daß er sich auf der Flucht für einen Polen ausgab.
Max richtete sich in seinem Sitz auf, um besser nachdenken

zu können. Er saß jetzt fest und gerade da, ohne sich an dem Soldaten festzuhalten, und tatsächlich, das Nachdenken fiel ihm so viel leichter. Plötzlich wußte er ganz genau, daß sein Vater ihm verzeihen würde. Was sonst – Max war doch auch nicht böse auf ihn, weil er ohne ihn weggegangen war.

Ali dachte ebenfalls nach. Dabei fuhr er sich mit den Händen immer wieder übers Gesicht, er wischte mit den Fingern die letzten Schokoladenreste von seinen Wangen und aus den Mundwinkeln und lutschte sie ab. Er hockte im Beiwagen und ließ sich den Wind um seine großen Ohren streichen.

Es war ihm egal, was mit ihnen passieren würde. Die eine Woche im Freien hatte ihn seine ganze Angst vergessen lassen. Sie hatten sich von Gras und Pilzen ernährt und aus Pfützen getrunken; einmal hatten sie versucht, in einem nahegelegenen Einödhof Milch und Eier zu stehlen und waren dabei beinahe selbst von einem Rudel Hunde gefressen worden. In der ganzen Zeit waren sie niemandem begegnet, es war, als seien sie auf Robinsons Insel verschlagen worden, und am schrecklichsten fand Ali, daß Max sich geweigert hatte, mit ihm deutsch zu sprechen. Er hatte so lange in seiner verrückten Phantasiesprache vor sich hingeplappert, bis auch Ali dieselben Worte wie er zu benutzen begann, Worte, die aus all diesen fremden Lauten bestanden und doch so deutsch klangen.

Das Motorrad sprang über Steine und Wurzeln, halb fuhren sie, halb flogen sie, Bäume und Himmel, Schatten und Licht zogen an ihnen rasend schnell vorbei. Das Tempo machte Ali euphorisch, er vergaß das Versprechen, das er Max am Anfang ihrer Flucht gegeben hatte, und so rief er plötzlich auf deutsch dem Soldaten zu: »Wohin bringen Sie uns, Herr Offizier?«

Max sah Ali wütend an, seine schmalen Edelsteinaugen öffneten und schlossen sich wie bei einem Raubtier. Der Soldat warf den Kopf überrascht zur Seite und sagte: »Also doch.«

Dann schwieg der Soldat eine Weile. Schließlich sagte er leise zu sich selbst: »Sie werden dort Essen, Kleidung und Arbeit bekommen, das ist doch das Wichtigste.«

Der Wind nahm die Worte des Soldaten und trug sie zu Max herüber. Max spuckte aus, und der Speichel traf Ali im Gesicht.

Und wieder sprach der Soldat mit sich selbst. »Ich werde das Blondschöpfchen laufenlassen«, sagte er, und der Wind nahm die Worte und trug sie zu Ali herüber, und Alis Herz krampfte sich zusammen.

5.

Nur wenige Kilometer vor Litzmannstadt, die Schornsteine der Textilfabriken waren bereits in Sicht, bog der Soldat plötzlich von der Hauptstraße ab. Er befahl den Jungen abzusteigen, dann mußten sie sich nebeneinander vor ihm aufstellen, Brust raus, Fingerspitzen an die zerrissene Hosennaht. Der Soldat ging im Kreis um sie herum, und jedesmal, wenn er die Umrisse des Buchs sah, das sich unter dem Mantel des Blondschöpfchens abzeichnete, dachte er daran, daß auch er einmal dieses Buch geliebt hatte, er fragte sich, was wohl ein polnischer Junge mit einem deutschen Buch anfangen mochte, er überlegte, wie es nur kam, daß gerade diese zwei gemeinsam durch die Wälder zogen, und dann aber, als er von den Widersprüchen genug hatte, blieb er ganz dicht vor Ali stehen und brüllte ihn an: »Ich will von dir die Wahrheit wissen, Judenjunge!«

Max stieß Ali in die Seite und flüsterte ihm zu, er solle ab jetzt bloß kein Wort mehr deutsch sprechen. »*Wenn schtonsch tu niechto, nix sprechlou*«, zischte er.

»*Och*«, erwiderte Ali. »*Niechto kraftlou.*«

»Was hat er gesagt, Judenjunge?« fragte der Soldat.

»Daß er Ihnen einen großen Dank schuldig ist, Herr Offizier«, log Ali.

Der Soldat lächelte. »Frag ihn, wie es kommt, daß er es mit einem jüdischen Stinker wie dir überhaupt aushält.«

Ali wollte sich gerade an Max wenden, als der Soldat dazwischenrief: »Nein, frag ihn lieber, was er hier in der Pampa verloren hat, frag ihn, warum er sich mit dir Unrat herumtreibt, statt bei seiner lieben Familie zu sein!«

»*Wollschtsch wissou* ...«, sagte Ali zu Max, aber da unterbrach ihn der Soldat wieder. Er sagte: »Frag ihn einfach nur, ob er nicht vielleicht genauso ein gottverdammter Judenlümmel ist wie du!«

»*Offietscheralski*«, sagte Max plötzlich, »*chtschem sagujem ›vielen Dank‹.*«

Der Soldat hielt inne, sein Oberkörper ging zweimal, dreimal vor und zurück, und plötzlich schlug er Max mit der flachen Hand ins Gesicht, und dann schlug er auch Ali, und die Jungen gingen beide in die Knie. Der Soldat versetzte Ali sofort einen zweiten Stoß, Ali fiel auf die Seite und riß Max mit nach unten, und sie lagen nun überkreuz auf der Erde. Ali weinte, er wälzte sein Gesicht im Staub, aber Max sah sofort wieder auf und blickte starr in die Augen des Soldaten. Die Augen des Jungen gingen auf und zu, langsam, fast im Takt, und der Soldat verspürte jäh eine solche Demut und Angst, daß er Max die Hand reichte und ihm aufhalf. Er fluchte, und während er mit seiner Hand noch immer die lange kalte schmutzige Hand des polnischen Blondschöpfchens umfaßte, forderte er das Jüdlein auf, es solle seinem Freund sagen, er könne gehen.

»*Tu frajtsch*«, sagte Ali schluchzend zu Max, und der Soldat dachte mit einem Mal wie befreit daran, daß die Welt doch ganz schön verrückt war. Er ließ die Hand des Blondschöpfchens los, er versenkte sich ein letztes Mal in seine hellen Augen, die, wie er fand, das schmutzstarrende Gesicht des Jungen Kristallen gleich überstrahlten, und dann öffnete er den Pistolenhalfter und zog langsam die Waffe heraus. Während er sie entsicherte, um sie mit beiden Händen, die Arme kerzengerade ausgestreckt, auf Ali zu richten, wandte er sich von Max ab. Max zog an seinem Ärmel, er suchte den Blick des Soldaten, doch der achtete jetzt nicht mehr auf ihn, und nachdem Max begriffen hatte, daß es keinen andern Ausweg gab, beschloß er, sich zu offenbaren, und er wollte ihm gerade auf deutsch zurufen, er solle sich nicht schuldig machen oder etwas anderes Überzeugendes in dieser Art, als der verheulte Ali zu schreien begann. »Er ist auch ein Judenjunge«, rief er, »Ein Judenjunge wie ich! Wir sind vom Zug gesprungen ... Er ist auch einer ... Bitte, bitte lassen Sie uns am Leben, Herr Offizier!« Dann drehte sich Ali auf den Bauch und schlug mit dem Kopf gegen die Erde.

Max schloß stumm den Mund, er spuckte aus, und der Soldat schrie laut: »Scheiße, Scheiße, Scheiße!« Er steckte die Waffe weg und vergrub für einen Augenblick das Gesicht in den Händen, aber weinen mußte er dann doch nicht. Er hatte genug von den beiden. Er mußte sie so schnell wie möglich nach Litzmannstadt bringen, ins Getto. Ja – und vorher würde er mit ihnen an die Stelle zurückfahren, wo er sie vorhin aufgesammelt hatte, sie sollten ihre verdammten gelben Sterne suchen.

6.

»Ihr werdet sie noch brauchen«, sagte der Soldat zu den beiden Jungen, nachdem er das Motorrad ausgeschaltet hatte, und da sie nicht sofort gehorchten, schrie er sie an: »Los, macht schon! Suchen!« Er gab selten Befehle, und dieser, das wußte er genau, war besonders sinnlos.

Ali ließ sich fallen, er kroch und robbte über die Erde, und während er, wie im Fieber, den Boden abtastete und dabei, immer wieder den Kopf nach oben verdrehend, den Soldaten

schief und hilflos angrinste, stand Max nur stumm da und tat
so, als wüßte er nicht, worum es ging.
»Was ist los mit dir?« sagte der Soldat zu Max. »Mußt du
nicht gehorchen?«
Der Junge antwortete nicht.
»Verstehst mich wohl nicht, Engelchen, was?«
»*Nej*«, sagte Max, »*niechto verstouh.*« Er sah den Soldaten
nicht an, er versuchte, so unbekümmert wie möglich zu
klingen, denn plötzlich – zum ersten Mal, seit sie vom Zug
gesprungen waren – verspürte er Angst, aber vielleicht war es
bloß Wut, und im nächsten Moment begann auch noch das
Buch, das er unter seinem Mantel zwischen Arm und Brust
eingeklemmt hatte, zu rutschen, es löste sich langsam, die
schweren Kanten schoben sich ungehindert nach unten, und
als er dachte, er würde es nicht mehr halten können, schrie
Ali plötzlich laut auf. Er hielt sich die Hand, und in seinem
Finger steckte ein großer Stachel.
Der Soldat beugte sich vor und trat Ali in den Hintern. Ali
schrie noch lauter auf, und in Alis Geschrei hinein begann
der Soldat zu lachen. Dann sagte er: »Hej, Judenbengel, frag
deinen Freund doch mal, was er da unter dem Mantel hat!«
Doch Ali schrie weiter und weiter, so lange, bis sich sein
Brüllen in Weinen verwandelt hatte. Er versuchte zu sprechen, aber statt Worten und Sätzen kamen nur Schluchzer
aus seinem Mund. Der Soldat trat ihn ein zweites Mal, und
dann fuhr er ihn an, er solle mit dem Theater aufhören und
endlich weitersuchen.
Ali weinte nicht mehr. Er grinste wieder sein entsetztes
Grinsen, er verdrehte den Kopf, er starrte den Soldaten an,
schließlich senkte er den Blick, er wühlte im Dreck herum, er
grub sich förmlich mit Händen, Armen und Bauch in die
Erde, und die Staubwolke, die ihn umgab, stieg immer höher.
Der Soldat wischte sich den Schmutz aus dem Gesicht. Er trat
den kleinen Judenbengel noch einmal, und er trat ihn nun so

fest, daß er alle viere von sich streckte. Dann sah er ihm dabei zu, wie er langsam die Kontrolle über seine Gliedmaßen wiedergewann, und als er von seinen Seufzern und Tränen genug hatte, wandte er den Blick dem andern zu. Ja, er ist schon ein verdammt hübscher blonder Junge, dachte der Soldat, das schmutzige, widerliche Getto mit all seinen Toten und Kranken ist einfach nicht das Richtige für ihn – vielleicht könnte man ihn ja wirklich für einen weggelaufenen polnischen Rotzlöffel ausgeben und in ein Kinderheim stecken, bis alles vorbei wäre. Das dachte der Soldat, und es wurde ihm dabei ganz leicht ums Herz, aber der Mut verließ ihn sehr schnell, und weil ihm nun wieder die Leidenschaften seines perversen Vorgesetzten einfielen, trat er erneut nach Ali, der sich noch immer vor ihm krümmte. Er trat ihn diesmal mitten in den Bauch, einmal, zweimal, dreimal, und beim letzten Tritt kam aus Alis Mund ein bißchen Blut heraus und aus der Nase auch.

»Aber wenn ich sie doch nicht finden kann, Herr Offizier«, jammerte Ali. Er röchelte, und das Sprechen fiel ihm schwer. »Los, weiter!« sagte der Soldat. Er blickte nach unten, er sah die kleine Hand des Jüdleins wie im Krampf auf und zu gehen, und das machte ihn so nervös, daß er seinen Fuß draufstellte. Der Stiefel verdeckte das Händchen, der Soldat sah Max an, und als Max nun, ohne nachzudenken, einen Schritt nach vorn machte, so als wollte er den Soldaten packen, angreifen, schlagen, da verlor er endgültig die Kontrolle über sein Buch. Es glitt ihm aus der Achsel heraus und fiel aufgeschlagen auf den Boden. Da lag es nun, neben dem Stiefel des Soldaten und Alis winselndem Gesicht.

Der Soldat blickte wieder nach unten. Er überlegte kurz, schließlich bückte er sich nach dem Buch, er wischte die schwarzen Schlammschlieren vom Einband, er sah kurz hinein, studierte das Deckblatt und die bibliographischen Angaben, er dachte, tatsächlich, die seltene Erstausgabe von 1903, und dann gab er Max das Buch wieder zurück.

Er lächelte den Jungen an und sagte: »*Tu liebstou oich die Buddenbrooks?*«

Und dann fiel ihm ein, daß er eines Tages vielleicht doch noch Schriftsteller werden würde, und er versetzte Ali einen neuen Tritt, aber nicht mehr ganz so stark und entschlossen, und er schrie: »Wird's bald, du Itzigsau!«

»Ich weiß, wo wir suchen müssen«, sagte Max plötzlich auf deutsch, »bei den Gleisen.«

7.

Der Soldat saß neben dem gespaltenen Baumstumpf unterhalb der Böschung, und wenn er nach Westen blickte, in die dunkle Biegung, sah er die schwarzfunkelnden Metallschienen, die wie Pfeile nach Hause zeigten, nach Köln, zum Rhein, und das machte ihn fröhlich und traurig zugleich. Verfolgte er aber mit dem Blick ihre schwarzen Linien in die andere Richtung, nach Osten, in die Ebene, empfand er nicht allzu viel, höchstens die Sorge, daß der Krieg noch sehr lange dauern könnte, so lange, bis sie einmal um den ganzen Globus marschiert sein würden, und er stellte sich vor, wie die eigenen nimmersatten Truppen, aus dem eroberten Westen kommend, zum Schluß sogar auch noch das eigene Land überrollten. Es war nicht das erste Mal, daß ihm solche Gedanken kamen.

Der Soldat kaute auf einem Grashalm herum und sah den Jungen dabei zu, wie sie gemeinsam die Schienen absuchten. Er hörte den Schotter unter ihren Füßen und Händen knakken, sie hielten die Gesichter brav gesenkt, und alle paar Minuten sprangen sie, fast gleichzeitig, über die nächste Schwelle. So wanderten sie allmählich westwärts, zu der großen, sich schon von weitem durch die Ebene hereinschwingenden Kurve hin. Sie schwiegen und gingen ernst ihrer Tätigkeit nach, nur ganz selten wechselten sie ein paar

Worte in ihrer verrückten Kindersprache, und es schien, als würden sie streiten.

Vielleicht, überlegte der Soldat ohne Argwohn, schmieden sie einen Fluchtplan und können sich darüber nicht einigen.

Er war jetzt ganz ruhig, er spürte die kalte Erde unter sich und jeden einzelnen Stein und Erdklumpen. Es gefiel ihm, den Jungen bei ihrer sinnlosen Beschäftigung zuzuschauen – das ist, dachte er, wie Meditieren, wie ganz freies, freiwilliges Nachdenken.

Und während er also in sich selbst versank, während er sich immer mehr löste, erinnerte er sich wieder an sein großes Vorhaben, das er bislang noch nicht in die Tat hatte umsetzen können, er erinnerte sich erneut an die letzten Monate vor dem Krieg, als er in der Buchhandlung aufgehört hatte, er erinnerte sich an sein helles, weißes Kastanienzimmer, und er erinnerte sich nun auch daran, wie er die meiste Zeit über halb ohnmächtig vom Bett zum Schreibtisch herübergeschaut und sich dabei vor Wut den Schädel blutig gekratzt hatte, er dachte an den roten Abdruck, den sein Kopf auf dem Kissen hinterlassen hatte, er dachte daran, wie er schließlich den Tag seiner Einberufung herbeigesehnt hatte und ihn dann, als es soweit war, natürlich verfluchte, er dachte und dachte und erinnerte sich, doch das alles machte ihm zu seiner Verwunderung gar nichts mehr aus, und er merkte, wie froh er plötzlich war, froh darüber, diese beiden komischen Burschen aufgesammelt zu haben, denn sie hatten ihn auf die rettende, heilende Idee gebracht. Jawohl, über sie, so beschloß er nun, genau über sie würde er eine Geschichte schreiben, seine erste echte gute erwachsene Geschichte, eine, die einen Anfang haben würde und einen Schluß. Und weil er sich so gut im Getto von Litzmannstadt auskannte, überlegte er weiter, würde er sie natürlich genau dort spielen lassen.

Er sah wieder zum Bahndamm hinauf, die weiße Sonne ver-

sank dahinter, und die beiden Jungen, die sich inzwischen bei
ihrer vergeblichen Suche weitere fünfzig, sechzig Meter nach
Westen bewegt hatten, erschienen ihm plötzlich wie zwei
zufällige Schatten auf einem riesigen Panoramabild.

8.

»*Tu wollstou sterben o chtschesch fliehen?*« sagte einer der
Schatten ganz leise zum andern, damit der Soldat ihn nicht
hören konnte.

»Bitte laß mich.«

»*Chtschesch sein ft-ft, tojt wie eine pomeranze?*«

»Das ist mir egal.«

»*Idi tu! Dummski!*«

Ali reagierte nicht. Er schob sich über eine Schwelle, und
während er kurz innehielt, betrachtete er seine verschmierten Hände. Sie waren genauso schwarz wie die
Schienen, an denen Max und er sich seit Stunden schon so
verzweifelt abmühten.

Max kroch hinter ihm her. »*Wolstou springujem bei niechsto
kommt zuch?*« flüsterte er.

»Nein. Will ich nicht. Ich will, daß der Offizier uns endlich
wegbringt von hier.«

»*Idi!*«

»Es wird schon in Ordnung sein.«

Max lachte leise und schüttelte den Kopf. Die Mütze rutschte
ihm in die Stirn hoch, und sein weißgelbes Haar flatterte hin
und her. Darunter erstrahlten seine smaragdgrünen Me-
schiachaugen. Sie strahlten böse und durchdringend, und es
war keine Spur von Unschuld mehr in ihnen.

»Bitte, Max, hör auf«, sagte Ali. »Wir müssen uns beeilen. Er
verliert bestimmt gleich die Geduld.«

»*Beeilski wontsch wos?*«

»Die Sterne! Wir sollen doch die Sterne finden!«

»*Diese Dingsch?*« sagte Max. Er winkelte umständlich den rechten Arm ab, sein Mantel blähte sich auf, dann ließ Max langsam das große Buch seines Vaters auf den Boden gleiten. Es fiel zwischen die Schienen, Max verdeckte es mit seinem Körper, er schlug es auf, und da waren sie, ihre beiden Sterne, zwischen den Seiten der *Buddenbrooks*.

Max sah Ali an, triumphierend und böse, und Ali stürzte sich stumm auf ihn. Max wich ihm aus, und die Bewegung, die er machte, wirkte so langsam, so behäbig, daß es ein Wunder war, daß Ali trotzdem an ihm vorbeigriff. Noch schien es, als wolle sich Max über ihn einfach nur lustig machen, doch im nächsten Moment gefror er, er schob herausfordernd das Kinn vor, er fauchte und spuckte Ali an. Ali packte ihn, und er dachte dabei die schlimmsten Worte, die er jemals gedacht hatte.

9.

Der Soldat riß Grashalme aus der Erde, er lutschte den süßen Saft aus ihren Wurzeln und rekapitulierte, während er zum Bahndamm hinaufschaute, seine Wolfsjungen-Geschichte. Zuerst war ihm das ganz leicht vorgekommen, er hatte das Gefühl gehabt, er hätte alles schon genau im Kopf und müsse die Dinge nur noch niederschreiben. Doch dann entglitt ihm die Handlung wieder, die er sich gerade erst ausgedacht hatte, er wälzte seine kleine Personnage verzweifelt hin und her, aber es nützte nichts, und er wußte jetzt nur noch, daß er die beiden Jungen zu den Helden seiner Geschichte machen wollte.

Aber was war das bloß für eine Geschichte gewesen? Wann sollte sie spielen? Und wo überhaupt?

Und da endlich fiel es ihm wieder ein: Im Getto, im Getto von Litzmannstadt natürlich, in diesem Labor aller menschlichen Schwächen und Leidenschaften ...

Er spuckte den Grashalm aus, zog einen neuen aus dem Boden, dann blickte er hoch, hinein in die weiße Sonne, hinauf zu den Gleisen. Er schob den süßen, nach Knoblauch riechenden Grashalm zwischen seine Lippen, er öffnete sie langsam, ganz langsam, weil er den folgenden Augenblick auszukosten gedachte, diesen großen Augenblick, da er den Jungen zurufen wollte, sie sollten aufhören zu suchen, denn er habe beschlossen, sie laufenzulassen.

Der Soldat öffnete den Mund, und im selben Moment sah er, wie die beiden dort oben plötzlich mit schrecklicher Wut und Wucht übereinander herfielen. Sie wälzten sich auf den Gleisen, warfen sich herum, und manchmal standen sie sich für winzige Augenblicke starr gegenüber, und als sie dann von neuem aufeinander losgingen, wirkte das Ganze, während die Sonne wieder ein Stück hinter dem Bahndamm verschwand, wie ein genau einstudiertes Schattenspiel, wunderschön anzusehen, weil sich jeder der Kämpfer in einem anderen Tempo und Rhythmus bewegte. Das Jüdlein zuckte und schlug um sich, und der Blondschopf umkreiste es dabei wie ein großer, ruhiger Vogel.

Das alles ging sehr schnell, es geschah innerhalb weniger Sekunden, gleichzeitig hörte man in der Ferne ein großes Rasseln und Getöse, und der Soldat blickte nach links, in den Westen. Hinten, in der tiefsten Biegung der weiten Kurve tauchte eine Lokomotive auf, sie schob sich immer schneller vor und raste auf die beiden Kämpfenden zu, die der kommenden Gefahr jedoch keine Beachtung schenkten.

Der Soldat rief ihnen zu, sie sollten mit dem Unsinn aufhören. Er schrie zuerst auf deutsch, und als sie nicht reagierten, versuchte er es in ihrer Kindersprache. Er formte diese seltsamen Worte in seinem Mund, er brüllte »Vortschik!« und »Ojfpassung!«, aber sie ignorierten ihn immer noch. Die Lokomotive kam näher, sie zog ein Dutzend dunkelroter Viehwaggons hinter sich her, deren Türen alle geschlossen waren, bis auf eine, in der ein kleiner blonder Junge saß, er lächelte und ließ seine Beine baumeln, er strahlte übers ganze Gesicht und schaute neugierig in die Landschaft hinaus. Hinter ihm im Wagen war es sehr dunkel, und dem Soldaten kam es so vor, als ob dort, direkt hinter dem Knaben, bereits die Styx lag, mit einem schaukelnden Boot, auf dem sich Hunderte von gesichtslosen Köpfen im Takt schwerer schwarzer Wellen wiegten. Aber diesen Gedanken verfolgte der Soldat nicht lange, denn die Lokomotive war nun höchstens fünfzig Meter von seinen beiden Wolfsjungen entfernt, die immer weiter aufeinander einschlugen, sich traten, niederwarfen und bespuckten. Er zog die Pistole und schoß zur Warnung mehrmals in die Luft, doch sie achteten wieder nicht auf ihn, und der Zug kam näher und näher, wie ein fallender Felsbrocken, dem man nicht mehr entrinnen kann. Der Soldat ließ mutlos die Hand mit der Pistole sinken, er sah dem blonden Knaben auf dem Zug ins lächelnde, erleuchtete Gesicht, er blickte herüber, zu dem kleingewachsenen, unrasierten Lokführer und dem SS-Mann, der neben ihm auf einem Hocker saß und schlief, und dann waren es nur noch vier, fünf Meter zwischen der Lokomotive und seinen kämpfenden Jungen.

Doch da verlangsamte sich plötzlich alles, und die Zeit blieb stehen in dem Soldaten, er sah ganz langsam und ganz genau, wie sich zuerst der blonde Wolfsjunge von seinem wütenden Freund löste, wie er langsam und fordernd die Arme hochriß und hinter sich, in die weite polnische Steppe wies. Dann warf er sich auf den Boden, er rollte über die Gleise, auf die andere Seite des Bahndamms, und das schwarzhaarige Jüdlein sah verzweifelt hinter ihm her. Im nächsten Moment blickte es zum Soldaten hinüber, es drehte langsam, schrecklich langsam den Kopf, es schaute den Soldaten an, fragend und mutlos, und der Soldat, der plötzlich alles begriffen hatte, hob seine Pistole wieder hoch, und der Zug war nur noch eine Winzigkeit von dem Jüdlein entfernt. Der Soldat gab einen gezielten Schuß auf das Jüdlein ab, doch gleichzeitig schnellte hinterm Bahndamm der andere Junge wieder hervor. Er schnappte nach seinem zögernden Freund und riß ihn auf seine Seite, und der Zug raste dann – denn plötzlich ging alles wieder sehr schnell – wie ein zufallender Vorhang an ihnen vorbei. Der Lokführer tat so, als hätte er von allem nichts mitbekommen, und der SS-Mann schlief immer noch.

Der Soldat blickte dem Zug hinterher, er sah die leuchtende Gestalt des lächelnden Knaben in der offenen Tür des letzten Waggons, und dann überkam ihn wieder das Gefühl, als ob in allen Zügen und Waggons der Tod sei und die Hölle, und er schloß die Augen.

Als er sie öffnete, war es fast schon dunkel, und die Dämmerung, die sich auf die polnische Steppe legte, war wie ein endloser schwarzer Seidenstoff, der langsam und zart vom Himmel herniederfiel.

10.

Der Soldat hatte nicht lange nach den Wolfsjungen gesucht. Er war die Böschung hinaufgeklettert und hatte kurz bei den Gleisen nachgesehen, doch da lag nur das Buch des Blonden und daneben die zwei gelben, zerfetzten Judensterne. Als der Soldat die Sachen aufhob, entdeckte er auf der Erde Blut, dessen schwarze Spur über die Gleise bis hinter den Damm führte. Er schaute hinüber, machte einen Schritt vorwärts, zögerte, drehte sich um und ging wieder zurück. Er stieg langsam die kleine Anhöhe hinab, aber dann begann er die Kontrolle zu verlieren, seine Beine bewegten sich von selbst immer schneller, und so begann er zu laufen, und laufend kam er unten an. Dabei stolperte er über den Baumstumpf, an dem er vorher gesessen und sich seine Wolfsjungen-Geschichte ausgedacht hatte. Er stolperte und fiel der Länge nach hin, und sein Rücken knallte auf die harte Erde.

So blieb er neben dem Baumstumpf liegen, er sah durch den grauen Seidenschleier der Dämmerung hinauf zu der aufkommenden schmalen Mondsichel und dachte nach. Er war froh, schrecklich froh.

Ja, jetzt wußte er alles ganz genau. Auch in seiner Geschichte sollten beide Jungen auf jeden Fall Juden sein. Der Blonde würde einen stolzen Charakter haben, der Dunkelhaarige wäre hilflos und feig.

Ins Getto von Litzmannstadt, wo sie zu Beginn seiner Geschichte auftreten würden, brächte sie ein sanfter und gebildeter Ingenieur der *Organisation Todt,* der sie vor den Toren der Stadt an der Bahnstrecke aufgesammelt hätte. Der Ingenieur wäre traurig darüber, die Jungen an die Gettoverwaltung verraten zu müssen, traurig, weil er die Jungen wirklich gemocht und so vieles an ihnen rührend gefunden hätte: Die unterwürfige Todesangst des einen, den altklugen Heroismus des andern, die lächerliche Geheimsprache, in der sie sich unterhalten sollten, vor allem aber die Verzweiflung, mit der der Mutige die dicke *Buddenbrooks*-Ausgabe unter seinem Mantel versteckt hielte.

Der Mutige würde sich in Litzmannstadt sofort einer Widerstandsgruppe anschließen, um gegen die Deutschen zu kämpfen. Der Feige ginge jedoch den Weg der Kollaboration. Er würde, mit etwas Glück, der jüngste Gettopolizist und gehörte bald zu denen, welche die Deportationslisten zusammenstellten. Dreimal würde er in letzter Minute den Namen seines Freundes von der Liste streichen. Doch wenn sich dann beide in dasselbe Mädchen verliebten, in die schöne Sara, schriebe er ihn selbst in besonders großen und deutlichen Buchstaben auf die Liste und achtete am Tag der Deportation darauf, daß der andere auch tatsächlich den Zug bestiege. Wenn der Mutige dann beim Abschied seinem verschlagenen Judasfreund sein geliebtes Buch zur Erinnerung zustecken würde, täte er es mit folgenden ergreifenden Worten: »*Tu mußt oich lieben die Buddenbrooks* ...«

Das wäre dann alles, nicht mehr, dachte der Soldat, ein offenes, wirklich ergreifendes Ende ...

Oder nein, er hatte eine bessere Idee: Der Ingenieur selbst würde im letzten Moment den mutigen Jungen vor dem Abtransport retten und ihn aus dem Zug ziehen. Der feige Junge aber würde bald darauf von einem andern jüdischen Polizisten bei der SS denunziert werden, weil der Polizist herausbekäme, daß der Junge seinen Freund dreimal von der Todesliste genommen hat. Und so also würde er selbst doch noch den Tod finden ...

Der Soldat war glücklich. Er packte seine Sachen zusammen, er verstaute das Buch und die beiden Sterne in der Seitentasche seines Motorrads, dann stieg er schnell auf, setzte die Schutzbrille auf und fuhr hinaus in die Nacht. Und während er in die Nacht fuhr, nach Litzmannstadt, ins Getto, zu seinem Vorgesetzten, zu seinen Kameraden und Freunden, dachte er über seine Zukunft nach. Er dachte an das Ende des Krieges, an den Beginn des Friedens. Und er war glücklich. Ja, glücklich. Denn er wußte nun endgültig und ganz genau, daß der Krieg ihn zum Schriftsteller gemacht hatte.

Die Marx-Brothers in Deutschland

Er war der Enkel von Groucho Marx, aber ich fand ihn überhaupt nicht komisch. Ich traf ihn ab und zu bei *San Marco* am Hohenzollernplatz, und wenn ich ihn fragte, wie es ihm geht, zog er jedesmal die schweren, über der Nase zusammengewachsenen Augenbrauen hoch und sagte mit seiner quengelnden Stimme: »Wie soll es mir schon gehen?«
Ich mochte Bob nicht besonders, doch ich redete trotzdem mit ihm. Ich bat ihn immer an meinen Tisch, und es machte mir nichts aus, daß ich dann nicht weiter Zeitung lesen, meine Fahnen korrigieren oder dem alten Besitzer der Eisdiele dabei zusehen konnte, wie er in seinem Sessel neben dem Tresen schlief. Ein kurzer Ausflug in Bobs Alltagsinferno war eine gute Kur gegen die eigenen Sorgen, und außerdem fand ich damals, daß man zu Berühmtheiten und ihren Verwandten so höflich wie möglich sein sollte, denn schließlich wußte man nie, wofür man sie eines Tages noch brauchen konnte.
»Was macht der Film?« sagte ich, nachdem Bob eines Spätnachmittags wieder einmal neben mir Platz genommen hatte. Ich glaube, es war im Oktober vor zwei oder drei Jahren, als wir diesen guten Herbst hatten, fast so rosa und mild wie die Indianersommer von New York und Long Island.
Bob rutschte auf seinem Stuhl hin und her und schaukelte den Kopf. Er hatte die großen schwarzen Augen seines Großvaters, in denen sich jedoch nur selten etwas Freches, Harsches oder Obszönes entdecken ließ, Augen, die fast bis zur Mitte seines breiten Gesichts heruntergerutscht waren,

tief unter die hohe Stirn. Sie tränten oft, und Bobs Ange-
wohnheit war es, sich alle paar Minuten mit dem gespreizten
kleinen Finger seiner linken Hand das Rinnsal von der
Wange zu wischen. Das sah affektiert und melodramatisch
aus, ich glaube aber, daß sich trotzdem niemals jemand ge-
traut hat, Bob auf diese lächerliche Geste hinzuweisen.
»Was macht dein Film?« sagte ich noch einmal.
»Abgesetzt. Sie haben ihn aus dem Programm genommen.«
»Einfach so?«
»Einfach so.«
»War er nicht sogar schon angekündigt?«
»Ja, das war er«, sagte Bob, den die besonders Schlauen und
Witzigen manchmal Bobbo nannten, wobei sich dann ihre
Stimmen aufgeregt überschlugen, denn sie hofften und
fürchteten zugleich, Bob hätte ihre Anspielung kapiert.
»Angeblich«, fuhr Bob fort, »gibt es für solche Sachen kei-
nen Bedarf mehr. Warum fällt es ihnen jetzt erst ein? Dieser
Kerl von Radio Bremen meinte –«
Ich unterbrach ihn: »– daß nach vierzig Jahren Umerziehung
eine kleine Pause nicht schlecht wäre, nicht wahr?«
»Ja, genau«, sagte Bob bitter.

*

So oder ähnlich fing unser Gespräch immer an, auch damals,
wir waren, wie jedesmal, sofort mittendrin, wir befanden uns
schnell in der verwunschenen, bösen Welt von Bob Marx,
dem Glückskind aus Hollywood, diesem viel zu gut erzoge-
nen Jungen, der seine halbe Kindheit in der *Polo Lounge* von
Beverly Hills auf dem Schoß von Groucho, Ben Hecht und
Mort Sahl verbrachte, der in den Ferien regelmäßig nach Ha-
waii, auf die Virgin Islands oder in die jüdischen Sommer-
Camps in den Catskills fuhr, der einen Cornell-Abschluß gemacht und danach an der UCLA in Los Angeles Film studiert

hatte, bei Kubrick und Brian de Palma, um eines Tages –
nachdem er bereits von Roger Corman den Vertrag für seinen
ersten Spielfilm, eine Science-fiction-Komödie mit Elliot
Gould, bekommen hatte – einen Fehler zu begehen.

Bob fuhr nach Europa. Er fuhr nicht irgendwohin, er nahm in
Frankfurt den Zug nach Hamburg und reiste von dort, über
Oldenburg, nach Dornum, ein kleines und stilles ostfriesisches Dorf. Hier, wo seine Ur-Großmutter Minnie
Schönberg vor über hundert Jahren zur Schule gegangen und
in den Magier- und Bauchredner-Darbietungen ihres Vaters
Levy aufgetreten war, nahm er sich ein Zimmer. Anfangs las
und schlief er viel und traute sich nur selten hinaus. Dann,
immer häufiger, machte er lange Spaziergänge, er lief stundenlang über das Land, er sprach mit den Bauern und den
Leuten aus dem Dorf, die mit ihm nicht viel anzufangen
wußten, er besuchte den Pfarrer und den Bürgermeister, er
brachte sich selbst ein wenig Deutsch bei und fuhr auch
mehrere Male nach Leer, wo er sich im Stadtarchiv alte Ma-
trikel und Grundbuch-Eintragungen zeigen ließ. Wenn er
dann von den Akten genug hatte, ging er in eine der Teestuben
am Hafen, er trank Tee mit dicker Sahne und braunem Kan-
diszucker und blickte traurig auf die schwarze Ems.

Was er in diesen Augenblicken dachte? Ich nehme an, Bob
wollte nicht mehr die Fackel der Marx-Dynastie weiter-
tragen, dieser jüdischen Artisten-Sippe, die seinerzeit in
Amerika von Minnie, der ehrgeizigen Wunderkind-Mutter,
dadurch begründet wurde, daß sie das ganze Haushaltsgeld
in den Musik- und Schauspielunterricht ihrer sechs Söhne
steckte, statt ihnen dafür Essen und Kleider zu kaufen. Ich
denke, es reichte Bob nicht, der Enkel von Groucho zu sein
und der Sohn von Arthur, der zuerst als Tennisprofi und
dann als berühmter Bühnen- und Fernsehautor Karriere
machte. Und ich könnte mir vorstellen, daß Bob es mit
einem Mal fürchterlich fand, wie in seiner Familie immer

alles den geregelten Neue-Welt-Gang ging, so ungerührt und autark, als sei nicht in der Zwischenzeit über Europa mehrere Male die Geschichte hinweggebraust. Was brachte es ihm denn, wird Bob damals gedacht haben, der nächste erfolgreiche Sproß eines besonders erfolgreichen Immigranten-Clans zu sein? Und so verspürte er – ich weiß noch genau, in welchem ergriffenen Ton er dies einmal zu mir gesagt hatte – ausgerechnet in Deutschland »die Bürde und Zweidimensionalität des sich automatisch erfüllenden amerikanischen Traums«. Ja – Bob haßte plötzlich die Vorstellung, das Blatt an einem Baum zu sein, der erst Ende des letzten Jahrhunderts Wurzeln geschlagen hatte, also genau in dem Moment, als sich seinen Vorfahren die Pforten von Ellis Island geöffnet hatten.

*

»Vergiß die glorreichen Zeiten der *reeducation,* Bob«, sagte ich.

»Ich will doch niemanden umerziehen«, gab er ernst zurück, und ich wußte, daß nun seine Verzweiflungs-Nummer kommen würde, eine weinerliche Haßtirade gegen die Uneinsichtigkeit und Dumpfheit der Leute in diesem Land, dieser Standard, der zu seinem *San Marco*-Repertoire gehörte und der mich jedesmal, wenn wir zusammensaßen, früher oder später aus meinem Stuhl, aus dem Café trieb, hinaus auf die Straße, zu den Menschen und in die Sonne.

»Die Erinnerung ist ganz allein meine Sache und geht niemanden etwas an«, murmelte Bob. Aber dann sprach er doch nicht weiter, er schenkte sich den Rest und sagte nur: »Ich möchte dich damit nicht nerven . . .«

»Du nervst mich nicht.«

»Aber?«

»Reden wir von etwas anderem.«

»Wieso?« Er verzog das Gesicht.

»Ist mit Wibke jetzt alles in Ordnung?«

»Warum willst du das wissen?«

»Sag doch. Ist alles in Ordnung?«

»Fast.«

»Letztes Mal meintest du noch, ihr hättet die Sache im Griff.«

»Wir haben das ganze Wochenende im Bett verbracht.«

»Das ist großartig, Bob.«

»Es war die reinste Olympiade.«

»Und wer landete auf dem Siegertreppchen?«

»Wibke jedenfalls nicht.«

»Was heißt das?«

»Am Montag haben wir es noch einmal probiert. Morgens, als sie schon in der Tür stand und auf dem Weg ins Institut war, bin ich aus dem Bett gesprungen und habe sie gegen den großen Spiegel im Flur gedrückt.«

»Und?«

»Nein, wieder nichts. Sie ist nicht gekommen.« Er schwieg. Dann sagte er, nachdenklich die Worte dehnend: »Dafür war ich um so schneller.«

»Ein neuer Rekord?«

»Ich schätze, so zwanzig Sekunden.«

»Und ist es jetzt chronisch?«

»Keine Ahnung.«

»Trotzdem«, sagte ich gedankenlos vor mich hin.

»Was meinst du mit ›trotzdem‹?«

»Schlußmachen.«

»Ich weiß nicht. Ich schätze, ich sehe manches anders als du.«

Wir blickten uns einen Moment lang schweigend an. Dann sagte ich plötzlich: »Private Dinge, Bob, Sehnsüchte und Erinnerungen gehören einfach nicht ins Kino, nicht in die Literatur und schon gar nicht ins Hauptabendprogramm.«

»Das ist nicht wahr!« erwiderte er. »Du täuschst dich!«

*

Armer, dummer Bobbo Marx. Wie viele Leute hätten sofort
mit ihm getauscht, wie viele hätten sein Geld und seine Geschichte genommen, wie viele hätten den amerikanischen
Traum dem europäischen Krampf vorgezogen. Aber Bob
hatte es nicht anders gewollt, damals, in seinen beschaulichen
Dornumer Tagen, und so kündigte er schließlich telegrafisch
den Vertrag mit Roger Cormans Studio, er schrieb ein halbes
Dutzend sehr langer, sehr stimmungsvoller Briefe an seine
fassungslosen Eltern und Geschwister, worin er immer wieder erklärte, warum er in Europa bleiben müsse, und machte
dann, auf Familienkosten, diesen Film über die Reichs-
kristallnacht in Dornum, Bruchhausen und Leer.
Es sollte eine Art ostfriesisches *Shoah* oder *Hotel Terminus*
werden, ein schlaues, entsetztes Hangeln am tödlichen Ab-
grund. Aber es wurde nur ein kitschiges, ungelenkes Holo-
caust-Stück fürs Schulfernsehen. Wohl deshalb mußte man
sein Lachen schon verdammt unterdrücken, wenn man Bob
– der Groucho wie aus dem Gesicht geschnitten war und
doch diese andere, diese verlorene Ausstrahlung hatte – darin
mit dem Mikrofon und den ewig tränenden Augen durch die
ostfriesischen Dörfer herumirren sah, wenn man merkte, wie
verzweifelt er Lanzmans und Ophüls' Nonchalance imitierte
und alles so schrecklich danebenging, weil er es mit seinem
solipsistischen Judenpathos einfach nicht schaffte, die Au-
genzeugen von damals zu ehrlichen, selbstentblößenden
Antworten zu bewegen. Im Gegenteil, sie machten sich über
diesen Kindskopf aus Amerika auch noch lustig, indem sie so
taten, als wüßten sie gar nicht, wovon er spricht.
Sie waren nicht die einzigen, bei denen Bob mit seinem
Ostfriesland-Auftritt schlecht ankam. »Hätte er sich doch

gleich den Schnurrbart seines Großvaters aufgemalt«, höhnte ein Freund von mir, der in Frankfurt beim Hessischen Rundfunk arbeitete und Bobs Film abgelehnt hatte. »Das würde sich bestimmt besser verkaufen« rief er lachend aus. »Grouchos Bart und dazu der Titel *Die Marx-Brothers in Deutschland!*«

Bobs Film hieß natürlich ganz anders. Er hieß *Wenn alle sterben,* wie sonst. Bob hatte sich dafür zwei Jahre abgerackert, um dann fast genauso lange jemanden zu suchen, der sich bereit erklären würde, ihn zu zeigen. Er schickte ihn in Hof ein, in Oberhausen und bei der Berlinale, er schrieb fast alle Sender an und bemühte sich um einen Verleih. Doch die Sache schien vollkommen aussichtslos.

In dieser Zeit lernte Bob bei einer Veranstaltung der *Deutsch-Israelischen Gesellschaft* Wibke kennen, die an der Münchener Universität eine Assistenten-Stelle für Komparatistik hatte und in kleinen Frauenzeitschriften Artikel über weibliche Semantik und Männersprache schrieb. Bob war vom ersten Tag an, auf seine Art, sehr glücklich mit ihr, und so zog er schließlich wegen Wibke nach München. Hier hörte er dann, daß nach dem Krieg, in der Bogenhausener Möhlstraße, ein großer jüdischer Schwarzmarkt gewesen war, wo viele der Überlebenden für ihren täglichen Unterhalt gesorgt hatten, bevor sie von Deutschland aus nach Amerika oder Israel weiterreisten. Einige von ihnen, fand Bob heraus, waren dabei aber so erfolgreich gewesen, daß sie das Geld aus der Möhlstraße in andere Geschäfte und Unternehmungen steckten und in Deutschland blieben. Über sie wollte Bob nun seine nächste Dokumentation machen, er bereitete sie schon vor, und er würde sie wohl wieder selbst bezahlen müssen, aus dem unerschöpflichen Zinsfonds seines Großvaters.

*

»Das ist nicht wahr!« sagte Bob. »Du täuschst dich! Die Deutschen sollen einfach nur zuhören, wenn ich rede, sie sollen sich ansehen, was ich ihnen zu zeigen habe!«

»Und dich trotzdem in Ruhe lassen ...«

»Richtig.«

»Vollkommen richtig«, sagte ich, und ich glaube, ich lächelte dabei.

Wir hatten inzwischen fast das ganze Programm durchgenommen, wir sprachen über Bobs Windmühlenkampf gegen die Deutschen, über seine Art, Dinge immer nur mißzuverstehen, wir hatten kurz die Auseinandersetzung mit seiner Familie gestreift und das gerichtliche Nachspiel in der Roger-Corman-Sache, wir redeten über Grouchos Fernsehshow *You Bet Your Life,* über den letzten Steve-Martin-Film, über David Letterman und Ibrahim Böhme, und über Wibke sprachen wir dann natürlich auch. Als ich nicht mehr weiterwußte und mir die Geduld auszugehen begann, fragte ich Bob aus Höflichkeit nach seinem Schwarzmarkt-Film.

Er richtete sich auf, trocknete mit dem gespreizten Finger seine Augenwinkel und sagte: »Das ist eine aufregende Sache ...« Und dann erzählte er mir von den alten Männern, mit denen er während seiner Recherchen zusammengekommen war, von diesen alten, zufriedenen Männern, die noch immer – seit dem Ende des Kriegs, seit sie an der Möhlstraße ihre ersten Geschäfte gemacht hatten – in München lebten. Sie stammten fast alle aus Osteuropa und waren ganz anders als die deutschen Juden, die Bob während seiner Jugend in Santa Monica gesehen hatte. Er war begeistert von ihren schönen Häusern und gesunden Kindern und dem Rest ihrer behüteten, heilen Existenzen, zugleich aber stellte er immer wieder fest, daß sie, wie er sagte, »niemals den Schrecken der Lager aus ihrer Rede, aus ihren Gesichtern zu verscheuchen vermocht hatten«.

Bob wiegte den Kopf hin und her. Ich bemerkte, wie sein

Blick plötzlich etwas Überraschendes, Forsches bekam, und dann sagte er, daß er während der Recherchen auch mit dem Kulturreferenten der Jüdischen Gemeinde zusammengekommen sei, der ihm versprochen hätte, *Wenn alle sterben* nächstes Jahr im Jugendzentrum vorführen zu lassen. »Ich bin eben ein Dummkopf«, sagte Bob, »auf die Idee mit den Gemeinden hätte ich viel früher kommen sollen.«

*

An jenem Tag, an jenem Indianersommer-Tag, mochte ich Bob etwas lieber als sonst, und vielleicht erinnere ich mich jetzt an ihn nur wegen dieser einen Begegnung. Wir saßen noch eine halbe Stunde im *San Marco*, irgendwann weckten wir den Besitzer, der uns zwei Kaffee und jedem einen doppelten Cognac brachte. Bevor Bob aufbrach, um Wibke von der Universität abzuholen, erzählte er mir noch von der alten deutschen Wochenschau, die er im Filmmuseum entdeckt hatte. Zu den verwischten Aufnahmen von amerikanischen MPs, die in einer zerbombten Straße Jagd auf kleine, unrasierte Männer in geflickten Mänteln und schwarzen Pelzmützen machten, erklärte der deutsche Sprecher in einem gespielt sachlichen Staccato: »Die Militärbehörden lassen es nicht zu, daß fremde Elemente unsere junge Wirtschaft schädigen!« Und da, das einzige Mal an diesem Nachmittag, lächelte Bob, und ich dachte, er sei doch ganz okay.
Später, wie immer, zahlte er für uns beide, und ich dachte, wie immer: Eine Einladung von Groucho Marx persönlich, wenn man so will.
Nachdem er gegangen war, blieb ich noch eine Weile allein sitzen. Ich stöberte in meinen Papieren herum, aber ich schaffte es nicht, mich zu konzentrieren, mit den Zeitungen konnte ich auch nichts anfangen, ich war unruhig und zappelte mit den Füßen. Schließlich hielt ich es nicht mehr aus,

ich ging nach Hause und suchte so lange im Bücherschrank neben dem Schreibtisch, bis ich in einer der hinteren Reihen Charlotte Chandlers Groucho-Marx-Biographie fand, die ich, als ich vor zehn Jahren zum Studieren nach München gekommen war, in einem Antiquariat gestohlen hatte.

Ich blieb, ans Regal gelehnt, stehen und begann zu blättern. Ich las noch einmal die ganzen alten Geschichten, ich las, warum Groucho seinen aufgemalten Schnurrbart genauso gehaßt hatte wie Harpos Harfe und wieso er es so albern fand, daß Chico immer nur an Karten und Frauen dachte und deshalb als armer Mann sterben mußte. Ich las, wie Groucho in jedem Restaurant den Kellner fragte: »Haben Sie Froschschenkel?«, um ihn, egal was dieser entgegnete, anzublaffen: »Das ist die falsche Antwort. Sie hätten sagen sollen: ›Nein, es ist Rheumatismus, weshalb ich so gehe.‹« Ich las, wie es Chico, Harpo, Zeppo und Groucho zu Beginn ihrer Karriere einmal tatsächlich gelungen war, in einem dunklen Hotelzimmer kurz hintereinander mit derselben Frau zu schlafen, weil alle vier das gleiche Seidenhemd hatten, ähnliche Stimmen und vor allem aber gerade besonders großen Erfolg mit ihrer neuesten Show. Und ich las auch, wie Groucho, als er mit den Warner Brothers wegen *Eine Nacht in Casablanca* einen Titel-Streit hatte, wütend an deren Rechtsabteilung zurückschrieb: »Einige meiner besten Freunde sind die Warner Brothers.«

Am meisten aber mochte ich die Geschichte von Groucho und der Wahrsagerin. Er mußte ihr fünf Dollar geben, und nachdem sie eine Viertelstunde lang Weihrauch verbrannt hatte, war sie auf ihn zugewankt, den Blick matt, die Stimme von Trance verdunkelt, und hatte geflüstert: »Und nun werde ich Ihnen jede Frage beantworten, die Sie mir stellen.« Worauf Groucho sagte: »Wie heißt die Hauptstadt von Norddakota?«

Ich lachte leise, und dann fragte ich mich, wieso gerade die

Deutschen die Tricks und Späße der vier Marx-Brüder so liebten.

*

Ich habe Bob noch einige Male im *San Marco* getroffen, und er sprach jedesmal wieder von seinen Filmen, von seiner deutschen Freundin und den Menschen, die ihn nicht verstehen. Irgendwann kam er dann nicht mehr, und deshalb weiß ich nicht, ob er *Wenn alle sterben* schließlich verkaufen konnte, ich weiß nicht, ob er den Möhlstraßen-Film zustande kriegte, und ich weiß schon gar nicht, ob Wibke endlich ihren Orgasmus bekam. Später habe ich nur gehört, daß Bob gleich nach dem Sturz der Mauer nach Berlin ging, um dort eine Dokumentation über die in großer Zahl einwandernden russischen Juden zu machen.

Ich habe Bob Marx aus den Augen verloren, aber immer, wenn ich mich an ihn erinnere, kommt mir ein Dialog zwischen Groucho und Harpo in den Sinn.

Als Groucho seinen Bruder einmal nach der Form der Erde fragte, sagte Harpo, er habe keine Ahnung.

Groucho gab ihm einen Hinweis. »Welche Form haben meine Manschettenknöpfe?« sagte er.

»Viereckig.«

»Nicht die normalen. Ich meine die Manschettenknöpfe, die ich sonntags trage ... Also – welche Form hat die Welt?«

»Sonntags rund und wochentags viereckig«, antwortete Harpo.

Warum starb Aurora?

Efim flieht in den Wald

Es war eine dumme und undurchsichtige Geschichte gewesen, die Geschichte von der kleinen grauen Ziege, die Meyer Levins Vater Efim als Achtjähriger – im Sommer 1941 – so lange mit Kartoffelschalen, faulen Äpfeln und dem Kefir aus Tante Sonjas Küche gemästet hatte, bis sich das Tier in ein fettes Monstrum verwandelte, in einen unappetitlichen, seelenlosen Fleischklumpen auf Beinen. Die Ziege war ihm eines Tages zugelaufen, und der Junge hatte sofort einen Stall für sie gebaut, aus alten Brettern und den Dachsparren, die seit Jahren auf dem Hof herumlagen. Die Wände seines Ziegenhauses hatte er von außen mit karmesinroten Kreisen und Blumen bemalt und später dann drinnen eine Fotografie von Timur, dem berühmten Pionier, aufgehängt.

Aurora war Efims Augenstern gewesen, seine Freundin und seine Zukunft, denn sie sollte eines Tages, wenn die Faschisten kommen würden, um Hunger und Tod zu bringen, die Familie mit ihrer Milch und mit ihrem Fleisch vor dem Schlimmsten bewahren. Der Junge hatte die Ziege nach dem Petrograder Revolutionsschiff benannt, über das er nicht viel wußte, außer, daß dessen schöner, hell klingender Name immer dann im Radio fiel, wenn es den Sprechern darum ging, besonders heldenhaft und unerschrocken zu wirken.

Mit seiner Familie lebte Efim in der Nähe von Moskau, in Nemtschinovka, einem Dorf, das in keinem Roman vorkommt. Er, der Vater, Tante Sonja und die beiden Brüder gehörten zu den wenigen Juden des Ortes, der vor allem von Bauern und kleinen Beamten bewohnt wurde. Es hatten dort aber auch einige Moskauer Intellektuelle ihre Datschas –

unter ihnen Sergej Eisenstein, der hier manchmal mit Freunden und Kollegen ganze Wochen voller Gesang, Geschwätz und Arbeit verbrachte, in diesem schönen, grün angestrichenen Holzhaus mit Terrasse, eigenem Brunnen und einem Pfirsichbaum in der Mitte des weiten Gartens. Doch Efim sollte erst Jahrzehnte später von seinem Sohn Meyer erfahren, daß er als Kind der Nachbar des berühmten Regisseurs gewesen war, und als Meyer ihm in einer Filmzeitschrift das Foto von Eisensteins Haus gezeigt hatte, begann Efim zu seufzen und zu stöhnen, um schließlich ergriffen auszurufen, daß es bei ihnen genauso ausgesehen hätte. »Und hier«, sagte Efim Levin auf russisch und preßte dabei den Finger gegen das Bild, »fanden wir, drei Tage vor dem Krieg, mein Zicklein.« Dann besann er sich. »Nicht hier natürlich«, fuhr er fort, »unser Garten war größer. Aber das Bäumchen war genauso zart und schattig.«

Aurora hatte halbtot unter dem Pfirsichbaum gelegen, in ihrem langen Kopf klaffte eine große, furchtbare Wunde, und neben ihren abgescheuerten Läufen, die sie während des Kampfes mit ihrem Mörder gegen den Baum und die steinige Erde geschlagen hatte, lag der alte Militärrevolver, den Efim einige Wochen vorher im Birkenwäldchen hinterm Dorf gefunden hatte. Der Griff war verschmiert, mit Auroras dunklem, geronnenen Blut, und während das Zicklein immer leiser und leichter atmete und den letzten Traum seines Ziegenlebens träumte, während die Familie um das sterbende Tier still und verwirrt einen Halbkreis bildete, während Efims Vater und seine Brüder Kolja und Garik mit ihren schwarzbraunen Tatarenaugen die Gegend bis zum Horizont nach einem Täter, nach einer schnell flüchtenden Gestalt absuchten, legte Tante Sonja die Hand auf Efims Schulter. Efim dachte, sie wolle ihn trösten, er dachte, sie würde ihn gleich an sich drücken, ihn herzen und streicheln, und obwohl er sich diesen Trost wünschte, wollte er dies alles nun allein durchstehen. Er mußte nicht seinen Kopf an die Brust einer alten Frau pressen, um mit Auroras Tod fertig zu werden, nein, wirklich nicht.

»Warum hast du sie umgebracht, Efim?« sagte Tante Sonja. Als der Junge das hörte, dachte er zuerst an einen Witz – an einen geschmacklosen Witz, den man keinesfalls ernst nehmen mußte. Doch dann, nachdem sie die Frage wiederholt hatte und die andern plötzlich ihre Tatarenaugen mit derselben Unerbittlichkeit auf ihn richteten wie vorhin noch gegen den leeren Horizont, riß sich Efim von Sonja los und begann zu laufen. Er rannte fünf Minuten, er rannte zehn Minuten, er rannte fast eine Ewigkeit, sein Körper bewegte sich wie in Trance, Efim war ohne Kraft und Atem, und er hatte beim Laufen ständig das Gefühl, daß sich seine heißen Knochen und Adern, sein Fleisch und sein Hirn im nächsten Moment aus der Haut herauslösen würden, um gegen einen Felsen oder sonst etwas Hartes, Schweres zu prallen. Er rannte immer weiter und weiter, er rannte ohne Mut und Entschlossenheit, und als er dann endlich bei den Birken ankam und die Hände und Arme automatisch wie ein Langstreckenläufer gegen die Knie drückte, merkte er, wie wenig erschöpft er war.

»Du hast es also selbst getan«, sagte Meyer zu seinem Vater, der immer wieder mit den Fingern über die Fotografie von Sergej Eisensteins Sommerhaus strich.

»Ja, vielleicht«, sagte Efim. »Ich weiß es nicht.«

»Wieso weißt du das nicht?«

»Ich wußte es damals nicht, und ich weiß es heute genausowenig. Finde du es heraus, du bist doch der Historiker in der Familie.«

»Was geht mich eine Ziege an, die vor fünfzig Jahren ins Gras beißen mußte?«

»Dann halt den Mund.«

Meyer schwieg. Ja, sein Vater hatte recht. Er war Historiker – und er war es in einem doppelten Sinn. Seit einigen
Jahren unterrichtete er an der Jüdischen Hochschule in
Heidelberg, in seinen Fachpublikationen befaßte er sich mit
der Zeit zwischen Bismarcks Reichsgründung und dem
Ausbruch des Ersten Weltkriegs, als die deutschen Juden um
ihre nationale Anerkennung kämpften. Doch das alles waren
Dinge, die Meyer kaum etwas angingen, er gab sich mit ihnen ab, weil das zu seiner Arbeit gehörte und er Geld verdienen mußte, viel mehr aber interessierte er sich für die
Geschichte seiner eigenen Familie. Er sammelte alle ihm zu-
gänglichen Briefe, Fotos und Dokumente, er zwang die Eltern, ihm jede Begebenheit und Anekdote, die mit der Familie zusammenhing, aufs Tonband zu diktieren, und eines
Tages ging er auch dazu über, ihre Erzählungen mit einer
Videokamera aufzuzeichnen. Meyer verschickte Briefe nach
Rußland, nach Israel, Amerika, Brasilien und überall dorthin, wo sonst noch Verwandte und alte Freunde der Levins
lebten, er bat sie um ihre Versionen der Berichte, die er von
den Eltern gehört hatte. Er verglich, nach einem System, das
nur er allein kannte, sämtliche Schilderungen miteinander,
und das Ziel der Unternehmung war es, so die einzig gültige
Geschichte seiner Familie herauszudestillieren, die definitive
Wahrheit über die Levins und damit auch über ihn selbst,
ihn, Meyer Levin, den Sohn einer russischen Mutter und eines jüdischen Vaters, der sich erst im Alter von einundvierzig
Jahren eingestanden hatte, daß er als Maler gescheitert war
und seitdem – also seit sie Ende der sechziger Jahre von
Moskau nach München übergesiedelt waren – als Doku-
mentarist bei einer Osthandel-Firma arbeitete, ohne Freude
und Mut, wütend über das vergeudete Leben und den Verlust seiner Moskauer Künstlerfreunde, die, wie er sagte, ihn

an einem einzigen Abend mehr über das Leben gelehrt hatten als alle Wagner-Opern, Fassbinder-Filme und deutschen Talkshows zusammen.

Meyer hatte während des Studiums mit seinen Privatforschungen begonnen, damals, als ihm in einer Mischung aus unlauterem Stolz und echter Sentimentalität plötzlich bewußt geworden war, daß er, der russische Jude, der besser deutsch sprach als die meisten seiner deutschen Freunde, niemals mehr Anschluß an eine Nation und ihre Kultur bekommen würde. Die Familienhistorie war in seinen Augen ein legitimer Ersatz für diesen essentiellen Verlust. Doch Meyer bemerkte schon bald, daß die Einheit aus Geburtsort und Sprache, Land und Luft nicht wieder herzustellen ist, war sie erst einmal zerstört worden – und er, Meyer Levin, hatte in dieser Hinsicht gleich zweimal Pech gehabt, berücksichtigte man, neben seiner ganz persönlichen Emigration 1969, auch noch die Vertreibung aller Juden aus Palästina nach der Zerstörung des zweiten Tempels.

Je länger sich Meyer mit der Geschichte seiner Familie befaßte, desto klarer wurde ihm noch etwas anderes: daß er im Begriff war, das Grundproblem der Geschichtsschreibung – und somit aller Wissenschaften überhaupt – zu erfassen. Wie konnte es nämlich sein, fragte er sich, daß Dinge, die zu einem bestimmten Zeitpunkt geschehen waren und dabei von mehreren Zeugen direkt miterlebt wurden, aus der historischen Rückschau heraus nur lückenhaft und meist ganz unterschiedlich geschildert wurden? Dieses Moment der Verdunkelung nahm seltsamerweise sogar noch zu, wenn sich jemand die Aufgabe stellte, die Vergangenheit zu beleuchten – es mußte viel Zeit vergehen und ein großer Arbeitsaufwand bewältigt werden, bis die Quellen, Dokumente und Augenzeugenberichte es zuließen, daß man dann vielleicht doch wieder sagen konnte: Ja, genauso ist es gewesen – oder so ähnlich jedenfalls.

Fast zwei Jahre, zwei lange Jahre, hatte Meyer zum Beispiel gebraucht, bis er nur mit einer vagen Bestimmtheit sagen konnte, warum seine Onkel Kolja und Garik, die in den Siebzigern ebenfalls emigriert waren und nun beide in New York lebten, seit fast einem Vierteljahrhundert nicht mehr mit ihrem Bruder – seinem Vater – Efim redeten. Eine Weile vermutete Meyer hinter der Sache eine undurchsichtige Erbgeschichte, denn es war in der Familie immer wieder die Rede davon gewesen, daß seit den glorreichen Tagen des NEP ein Levinsches Familienvermögen existierte, das Koljas, Gariks und Efims mutiger Vater sogar noch während der Stalinzeit von Nemtschinovka aus gemehrt hatte und das, unter ungeklärten Umständen, erst von Breschnews Behörden entdeckt und konfisziert worden war – wobei es Leute gab, die sagten, daß dies nur mit Hilfe eines Eingeweihten möglich gewesen wäre und daß derjenige von den Staatsorganen für seinen Tip bestimmt auch belohnt wurde. Und tatsächlich hatte Efim, in einer Zeit, als es noch fast unmöglich war, als erster der drei Brüder mit Frau und Sohn das Land verlassen dürfen – aber war dies schon ein Beweis? Meyer erfuhr von seinem Vater darüber kein Wort, er wich ständig aus, und die wenigen scheinbar stichhaltigen Indizien gegen den Vater kamen von jenen, die seit Jahrzehnten im Ausland lebten und es deshalb eigentlich gar nicht so genau wissen konnten.

Die Wahrheit, also die vermeintliche Auflösung des Rätsels, die Meyer noch am ehesten überzeugte, erfuhr er schließlich von seiner Mutter, die er in einem seiner Video-Interviews so lange löcherte, beschimpfte und anschrie, bis sie, in einer für ihn nicht wirklich überraschenden Wendung, weinend zugab, daß die Brüder damals nur wegen ihr den Kontakt zu Efim abgebrochen hatten, wegen ihr, der russischen Gojte, die, wie sie sagten, nie Efims Frau und Mutter seiner Kinder sein würde, sondern immer nur seine innere Feindin, die

Fremde an seiner Seite, allzeit bereit, ihn ans Messer der Antisemiten zu liefern. Meyer glaubte seiner blonden, pausbäckigen Mutter, die sich nach zwanzig Jahren noch immer wie eine Russin schminkte, die große Gefühle pflegte und auch sonst, ihrem Haß gegen alles Russische zum Trotz, so wirkte, als hätte sie Matuschka Rossija niemals verlassen. Er glaubte ihr und zweifelte dennoch an ihren Worten, denn er kannte erstens ihren Hang zur Hysterie – und zweitens fand er, daß solche jüdischen Familientragödien in das Anatevka-Rußland Scholem Alejchems paßten, aber nicht in die modernen, gleißenden Zeiten des ausgehenden Zwanzigsten Jahrhunderts. Endgültig klären konnte er die Sache also nie, aber gerade deshalb gehörte sie zu seinen interessantesten Fällen, sie war eines der Prunkstücke in Meyers kleiner Genealogie.

Das beste Beispiel für den seltsamen Wahrheitvernichtungs-Vorgang, für den beinah religiösen Selbstbetrug, den die Menschen in ihrer Erinnerung unentwegt trieben, war jedoch die Geschichte seines eigenen Namens, dieses häßlichsten aller häßlichen jüdischen Vornamen überhaupt. Wieso, um Gottes willen, hatten seine Eltern beschlossen, ihn Meyer zu nennen? Angeblich taten sie es zu Ehren seines Ur-Großvaters Meïr Anschel Levin, eines streng religiösen Mannes, der, wie man sich erzählte, in Babi Jar, im Angesicht des Todes, für sich selbst Kaddisch gesprochen hatte. Der Haken an der Sache war aber, daß der Ur-Großvater – Meyer erfuhr dies brieflich von seinem Moskauer Großonkel Grischa – verrückt gewesen war, vollkommen durchgedreht, was man vor allem daran gemerkt hätte, daß er alle Gebete und Brachas siebenmal aufsagte und außerdem jeder Frau in seiner Nähe im wahrsten Sinne des Wortes unter den Rock griff. Das Normalste an ihm sei noch gewesen, schrieb Grischa Levin aus Moskau in seiner großen, zerfahrenen Schrift weiter, daß Meïr Anschel, der den ganzen Tag im

Stiebel oder bei den Büchern verbrachte, lieber vor Hunger gestorben wäre, als daß er nur einen Finger krumm gemacht hätte, um zu arbeiten und Geld zu verdienen. Doch davon abgesehen, daß in jüdischen Familien die Verrückten zwar umsorgt, ansonsten aber als Fluch Gottes, als ein schrecklicher genetischer Krankheitskeim gefürchtet werden, weshalb es also kaum sein konnte, daß man ein Kind nach einem Irren, egal wie heilig er gewesen sei, benannt hätte, – davon abgesehen, schloß Grischa, hatte Meyers Ur-Großvater in Wahrheit gar nicht Meïr Anschel geheißen, sondern Gabriel, genannt Grumlik der Meschiggene, und der einzige Meïr, den er kenne, sei ein gewisser Meïr Perzik, der erste Freund von Meyer Levins Mutter – Efims Vorgänger.

War er hier, überlegte Meyer ohne eine Spur des Entsetzens, vielmehr fasziniert von seinem allerneuesten Forschungsergebnis, auf die Spur seines unehelichen Vaters gestoßen? Er fragte sich dies ein paar Monate lang, in denen er seinen Vater – seinen angeblichen Vater Efim! – mit Argusaugen beobachtete, beim Sprechen, Lachen und Gehen – um am Ende dann anhand der Videoaufnahmen, die er von ihm und sich selbst machte, zu untersuchen, ob es eindeutige, charakteristische Ähnlichkeiten zwischen ihnen beiden gab. Es gab sie und es gab sie auch nicht. Schließlich buchte Meyer, ohne den Eltern ein Wort zu sagen, eine dreitägige TUI-Reise nach Moskau, wo er diesen gottverdammten Perzik treffen und überprüfen wollte, um, wie er es in den Reisenotizen formulierte, seiner Familienchronik ein »weiteres Stück zweifelhafter Wahrheit hinzuzufügen«. In Moskau stellte Meyer aber bald fest, daß ein Meïr Perzik gar nicht existierte – dafür jedoch sehr wohl Grischa Levin, sein Großonkel und Informant, der selbst einen äußerst wirren und gehetzten Eindruck machte. Bei dem Abendessen, zu dem ihn Meyer ins Hotel *Rossija* eingeladen hatte, sprang Grischa plötzlich vom Tisch auf und lief mit dem Schrei »Wir sind Chasaren! Wir sind

Mongolen!·Aber Juden sind wir keine!« in die Küche, wo er versuchte, in eine Bratpfanne zu pinkeln. Zurück in München, berichtete der enttäuschte Meyer den Eltern von der Reise und, weil sie einfach nicht lockerließen, auch von ihrem Zweck, worauf Efim seinem Sohn halb wütend, halb amüsiert erzählte, daß Grischa natürlich ein Wahnsinniger sei, ein sehr kluger allerdings, der es früher immer wieder verstanden hätte, um die Einweisung in eine der gefürchteten sowjetischen Anstalten herumzukommen. Und dann holte Efim aus dem Schlafzimmerschrank einen Stoß alter Bücher heraus, die Meyer vorher nie gesehen hatte, es waren die Mischna, der Schulchan Aruch und einige Talmud-Kommentare, er öffnete behutsam und effektvoll die Buchdeckel – und da war sie tatsächlich, auf jedem einzelnen Vorsatzblatt, die hebräische Unterschrift von Meïr Anschel.

»Du bist mir ein Historiker«, sagte Efim zu seinem Sohn, und er sagte es so unsicher und schnell, daß Meyer sich des Eindrucks nicht erwehren konnte, daß er womöglich doch etwas zu verbergen hatte. Schließlich, dachte Meyer, konnte sich doch jeder ein paar alte Bücher besorgen und irgendeinen Namen hineinschreiben, um auf diese Weise einen falschen Besitzer vorzutäuschen. Vielleicht war das, was ihm sein Vater erzählte, ja tatsächlich die Wahrheit – vielleicht aber handelte es sich dabei doch wieder nur um eine weitere Lüge.

Efims Wahrheit

Der Junge war nicht zurückgekehrt. Die Stunden vergingen schnell, der Nachmittag zog vorüber, und als es zu dämmern begann, hing Aurora bereits gehäutet und ausgenommen an einem Haken an der Tür ihres buntbemalten Stalls.
Die Familie wußte genau, wo Efim war, sie kannten alle das Baumhaus, das er sich im Frühjahr gebaut hatte, doch als Kolja und Garik sagten, sie würden Efim hinterherlaufen,

um ihn zurückzuholen, sah der Vater fragend Tante Sonja an, und Tante Sonja sagte: »Laßt ihn, wo er ist, es ist besser für ihn ...«

Wie gern wäre Efim aus dem Versteck wieder herausgekommen. Er saß, nicht allzu bequem, oben in der Baumkrone, die Beine baumelten über den Rand seines kleinen Beobachtungspostens, der aus ein paar zusammengenagelten Brettern und quergespannten alten Tüchern bestand, sein Kopf lehnte am feuchten, weißen Stamm. Gegen Abend hängte Efim die Petroleumlampe, die er letztens aus Vaters großer Kellertruhe gestohlen hatte, ins Geäst, er zündete sie an und murmelte das Große Wilde-Tiere-Abweisungs-Gebet, das er eigens für diesen Zweck und Moment erfunden hatte.

Als er aufwachte, war es schon dunkel, fürchterlich walddunkel und nachtschwarz. Efim nahm die Petroleumlampe herunter und schüttelte sie. Das Kerosin war alle, und Efim konnte den verkohlten Docht riechen, der noch ganz warm war. Er zog aus der linken Tasche seine eiserne Ration, ein Stück Käse und zwei Kekse, und begann zu essen. Wasser war auch da, er hatte im Frühjahr eine volle Flasche zwischen den Wurzeln seiner Birke vergraben, aber er war jetzt zu faul, herunterzusteigen, und darum wollte er erst am Morgen etwas trinken.

Efim hatte sich immer vorgestellt, daß er, wenn es sein müßte, über sehr viel Mut und Entschlossenheit verfügen würde. Nun aber war er trotzdem überrascht, wie wenig Angst er hatte. Er begann auf die Geräusche zu achten, und schon bald merkte er, daß der Wald nachts ganz anders klang als am Tag, allerdings gelang es ihm nicht, herauszufinden, worin genau der Unterschied lag. Er konzentrierte sich auf jeden scharfen Ton und jeden dumpfen Laut, doch dann fiel ihm ein, wie er einmal mit Kolja und Garik im Zeltlager gewesen war, in der Nähe von Zwenigorod. Seine beiden

älteren Brüder hatten sich dort ständig über all die Schlau-
meier lustig gemacht, die immer mit so viel Ehrfurcht in den
Wäldern herumliefen, als seien sie in einer Kirche oder Synagoge. Bestimmt hatten sie das selbst nur irgendwo aufge-
schnappt, dachte Efim, aber so genau wußte er es auch nicht.
Er schämte sich plötzlich seines andächtigen Lauschens und
versuchte deshalb, auf andere Gedanken zu kommen.

Und da, mit einem Mal, durchfuhr es ihn: Sie hatten überhaupt keine Beweise! Wer will ihn denn gesehen haben?
Tante Sonja bestimmt nicht, denn die war wie immer den
ganzen Vormittag über in der Küche gewesen. Kolja und
Garik hatten mit ihren Freunden einen Ausflug zum
Tschewriner See gemacht. Vater saß ohnehin nur die ganze
Zeit über den Büchern oder machte seine komplizierten Be-
rechnungen auf diesen großen karierten gelben Zetteln, die
er immer, wenn Besuch kam, unter der losen Fliese im Flur
versteckte. Und auch er selbst, er, Efim, der Freund und Be-
schützer Auroras, hatte an diesem Tag etwas anderes zu tun
gehabt als sein liebes Tierchen mit dem Griff eines Revolvers
zu erschlagen – jedenfalls wußte er nichts davon, daß er Aurora umgebracht hätte, er war sich zwar nicht wirklich sicher, aber wenn ihn seine Erinnerung nicht trog, dann war er
vom Frühstück bis zum Mittagessen damit beschäftigt gewesen, im Radio die Sendung *Wissenschaft für Kinder* anzu-
hören – und sich hinterher zu überlegen, aus welchem Material man einen Tank bauen müsse, damit er unzerstörbar
würde, unzerstörbar für alle Hitleristen, Imperialisten und
Konterrevolutionäre dieser Welt.

Und wenn er es doch getan hatte? Aber nein, das war nicht
möglich. Aber wenn eben doch?! Zugegeben, er hatte in
letzter Zeit Aurora nicht mehr so gern gemocht wie am Anfang. Seit sie fett und häßlich geworden war, hatte sie aufgehört, herumzutollen und ihn mit ihrem Köpfchen wild zu
stupsen, wenn er sie aus dem Stall ließ. Sie war träge und

ständig müde, aber das, so traurig es ihn machte, hatte Efim zugleich auch besänftigt, denn er nahm an, auf diese Weise würde es ihm später, wenn die Faschisten Tod und Hunger brächten, viel leichter fallen, seine Freundin zu schlachten, um die Familie zu retten. Ja, genau, das war es: Er wäre schön dumm gewesen, wenn er jetzt schon sein Zicklein geschlachtet hätte, wo es doch noch gar keine Gefahr gab und die Faschisten damit beschäftigt waren, die Polen und Franzosen und all die anderen zu quälen. Er hatte einen Plan gehabt, und gegen den hätte er niemals zuwidergehandelt. Niemals.

Und wenn doch?

Sie konnten ihm nichts beweisen.

Sie konnten.

Wie? Es hat ihn doch niemand gesehen. Nicht einmal er selbst wußte, ob er es getan hatte.

Schon möglich.

Und was sollte dann der Unsinn, daß sie es ihm beweisen konnten?

Kein Unsinn.

Nein?

Nein.

Aber wie sollte er sich verraten haben?

Mit Fingerabdrücken.

Womit?

Mit den Abdrücken seiner Fingerkuppen. Und zwar am Lauf des Revolvers und an der Patronentrommel.

Unsinn.

So, Unsinn? In *Wissenschaft für Kinder* haben sie gesagt, daß ein Mensch niemals etwas heimlich tun kann, weil er überall seine Fingerabdrücke hinterläßt.

Und wie finden sie die?

Indem sie einem schwarze Farbe auf die Finger schmieren.

Na gut. Und jetzt?

Ich habe eine Idee.

Eine Idee?

Ja.

Am nächsten Morgen grub Efim die Flasche aus der Erde. Der Verschluß hatte sich gelockert, das Wasser war bräunlich verfärbt, und außerdem war es voller winziger weißer Würmchen. Efim, der unerschrockene Efim, nahm einen Schluck, prustete aber im nächsten Moment, laut schreiend, die Flüssigkeit wieder heraus. Das Wasser senkte sich in tausend Tropfen zur Erde, und als Efim in die Fontäne hineinsah, hatte sich plötzlich ein kleiner Regenbogen darin gebildet. Im selben Moment schob sich die Sonne, die bis jetzt zwischen den dicken, weißen Birkenstämmen hervorgelugt hatte, mit einem einzigen Ruck in den Himmel.

Eine Weile lehnte Efim nachdenklich an seinem Baum. Er rutschte in die Hocke und verharrte so, fast reglos, für einen kurzen Augenblick. Plötzlich warf er sich mit dem Bauch auf die warme Sommererde, er spreizte die Arme und Beine auseinander und wühlte in den Blättern, im Moos und den herausgewachsenen Wurzeln. Dann stand er auf, zog aus der rechten Hosentasche ein Messer und Streichhölzer. Er legte alles auf einen Baumstumpf, und nachdem er einen großen Stapel trockener Äste und Blätter aufgeschichtet hatte, schnitt er mit dem Messer die von seiner Birke herunterhängende, abgestorbene Rinde ab. Neben dem Holzstapel grub er mit den Händen ein Loch, das er mit der Rinde gewissenhaft auslegte. Schließlich machte er Feuer, er wartete, bis die Flammen hoch und gleichmäßig waren, er goß den Rest des Wassers aus der Flasche in die kleine Grube, und bevor es versickern konnte, drückte er schnell seine Fingerkuppen in das Feuer hinein, ja, er preßte sie gegen das brennende Holz, um sie im nächsten Moment seufzend und schreiend in sein kleines Erdbad zu tauchen.

Efim lief wieder nach Hause. Er war stolz auf seinen Trick

und glücklich, weil er Mumm genug gehabt hatte, alles so durchzuführen, wie er es sich in der Nacht vorgenommen hatte. Er lief so schnell er konnte, heute aber hatte er den Körper gut unter Kontrolle, alles war an seinem Platz, und er hatte nicht mehr das Gefühl, daß seine Haut platzen oder sonst etwas schrecklich Unvorstellbares passieren könnte. Er rannte nach dem alten Apachen-Prinzip: Hundert Schritte gehen, hundert Schritte laufen. Er fühlte sich nicht müde, er hätte noch endlos so weitermachen können, aber nun war er da, er sprang durchs Tor, und beim Brunnen verlangsamte er plötzlich das Tempo und begann, als sei nichts gewesen, einen Stein vor sich her zu kicken. Beim ersten Mal traf er ihn noch zufällig, doch jetzt machte er immer weiter und weiter, und als er dann endlich aufblickte, standen Vater und Kolja und Garik und Tante Sonja vor ihm. Sie trugen noch ihre Pyjamas und Nachthemden, sie sahen stumm auf seine verbrannten Hände, und zuerst dachte Efim, es sei nun alles in Ordnung, doch da begann schon das Gewimmer und das Klagegeschrei, und Efim, der einfach nur seine Ruhe haben wollte, überlegte ganz kurz, und siehe da, wieder funktionierte einer seiner Tricks, ja, tatsächlich, er merkte, wie das Blut seinen Schädel verließ und er ganz allmählich und angenehm in Ohnmacht fiel, und während sich der Körper des Jungen langsam zu Boden senkte, fragte Efim sich ein letztes Mal verzweifelt, wer denn nun Aurora getötet hatte, wenn nicht er selbst, er fragte sich, welchen Sinn ihr Tod denn überhaupt machte.

»Und weiter?« sagte Meyer ungeduldig zu seinem Vater, der die ganze Zeit über, während er sprach, die Fotografie von Eisensteins Sommerhaus betrachtet hatte.

»Als ich zu mir kam«, erwiderte Efim, »waren bereits mehrere Tage vergangen. Ich hatte zweiundsiebzig Stunden geschlafen, und ich war nur einmal, für einige Minuten, aufgewacht. Ich lag in der großen Stube auf Tante Sonjas Bett. Die andern saßen alle am Radio. Kaum merkten sie, daß ich die Augen geöffnet hatte, machten sie es aus. Ich überlegte, ob mein Plan aufgegangen war, ob ich nun nichts mehr zu befürchten hätte, da ich doch alle Beweise vernichtet hatte – und wirklich, in gewisser Weise hatte ich erreicht, was ich wollte.«

»Das verstehe ich nicht.«

»Du verstehst es nicht? Wie würdest du reagieren, wenn dein Sohn mit verkohlten Händen nach Hause käme?«

»Ich habe keinen Sohn.«

»Ja, leider.«

»Hör auf, Papa, darüber reden wir ein anderes Mal.«

»Also gut. Wie würdest du reagieren?«

»Ihm alles verzeihen?« sagte Meyer zaghaft.

»Ihm alles verzeihen . . .«, wiederholte Efim still, und fuhr dann, ohne von dem Foto aufzusehen, mit seiner Geschichte fort. »Sie fragten mich also, warum ich fortgelaufen sei, und ich erwiderte: ›Wegen der Ziege.‹ ›Wieso wegen der Ziege?‹ sagten sie. ›Weil Tante Sonja meinte, ich hätte sie umgebracht‹, antwortete ich. ›Aber nein, Bubale‹, sagte Tante Sonja, und ich merkte, daß sie weinte, ›du hast dich verhört.‹ ›Habe ich nicht!‹ ›Doch, bestimmt.‹ ›Aber was hast du denn gesagt?‹ ›Wer hat Aurora umgebracht, Efim? – das sagte ich, das und nichts anderes.‹ ›Bist du sicher?‹ ›Aber natürlich.‹«

»Und hast du ihnen geglaubt, Papa?« sagte Meyer streng.

»Keine Ahnung. Manchmal frage ich mich, ob ich als Kind nicht so eine Art Dr. Jekyll und Mr. Hyde gewesen bin. Und dann wieder denke ich, die Erwachsenen seien ungeschickte Dummköpfe gewesen, die keinen Mut gehabt hatten, die fette, kranke Ziege mit meinem Wissen zu schlachten. Erst als sie sahen, wie traurig ich war, stelle ich mir manchmal vor, versuchten sie, einen mysteriösen Mordfall zu konstruieren – ohne zu ahnen, daß dies auf meine Kosten gehen würde.«

»Wer schlachtet eine Ziege mit dem verrosteten Griff eines alten Revolvers?« sagte Meyer.

»Hast auch wieder recht, Bubale.«

»Nenn mich bitte nicht ›Bubale‹. Ich bin dreißig Jahre alt.« Efim lächelte. Er sagte: »Manchmal denke ich, es hat Aurora niemals gegeben. Vielleicht habe ich ja nur in einem Kinderbuch eine ähnliche Geschichte gelesen und sie später für meine eigene gehalten. Meinst du, so etwas ist möglich?«

»Warum nicht«, sagte Meyer, »aber jede Geschichte hat auch eine Pointe.« Er sah seinen kleinen, schönen Vater an, dessen scharf konturiertes Gesicht er so liebte, er musterte seine schmalen Tatarenaugen mit den kohlebraunen Pupillen darin, und dann plötzlich griff er nach der Zeitschrift mit der Nemtschinovka-Fotografie, die sein Vater noch immer fest umklammert hielt. Er packte sie und drehte sie zur Seite, er entriß seinem Vater die Zeitschrift und ließ sie fallen, dann fuhr er mit seinen Händen in Efims Hände, er drückte Efims Finger auseinander, der wehrte sich nur einen Augenblick, und schon nach fünf, zehn Sekunden hörte er auf, dagegen zu pressen, die Hände öffneten sich plötzlich ganz wie von selbst, und Meyer sah nun, was er hatte sehen wollen: Die Fingerkuppen seines Vaters waren glatt und vernarbt, ohne Muster und Profil, ohne die vielen schönen, runden Rillen, die jeder andere Mensch dort hat.

»Bist du verrückt geworden?!« schrie Efim.

Meyer schwieg, er dachte schnell nach, doch bevor er etwas entgegnen konnte, begann Efim, wieder zu schreien.

»Blöde, dumme, übermästete Ziege!« sagte er atemlos. »Was kümmert dich ein Stück Fleisch, du ahnungsloser Idiot? Ja, ich habe sie umgebracht, denn ich hatte es nicht mehr ertragen, auf ihren Tod zu warten! Was sagst du jetzt?« Er keuchte und fuhr sich mit den Händen immer wieder durchs Haar. Dann sagte er ruhig: »Nein, natürlich habe ich Aurora nicht getötet, mein Junge, ich habe dich bloß mal wieder an

der Nase herumgeführt.« Er grinste, fremd und böse.
»Vielleicht gab es Aurora gar nicht?« sagte er triumphierend.
»Vielleicht ist die ganze Geschichte falsch und erlogen?«
Ja, vielleicht, dachte Meyer.
»Als ich das zweite Mal zu mir kam«, sagte Efim plötzlich
ganz freundlich, zärtlich, »waren meine Hände verbunden.
Aber niemand interessierte sich mehr für mich oder Aurora.
In der Zwischenzeit, Bubale, war nämlich der Krieg aus-
gebrochen, der schlimmste, den es jemals gab. Kurz darauf
erwischte es in Babi Jar die Hälfte unserer Familie. Nur mein
Cousin Mischa aus Smolensk, der die Sommerferien bei
Freunden in Moskau verbrachte, überlebte – und sein Vater
Wolodja, der trotz eines Herzfehlers eingezogen worden
war und mit der Roten Armee den Rückzug in den Osten
angetreten hatte. Hast du noch was zu sagen, du Chochem?«
sagte Efim. »Hast du noch Fragen, du Westentaschen-Hi-
storiker?«

Meyers Wahrheit

Meyer erinnerte sich genau, an welchem Tag er mit seinem
Vater das letzte Mal über Aurora gesprochen hatte, und er
wußte auch noch, wie er sich damals vorgenommen hatte,
Efims widersprüchliche Angaben zu überprüfen. Er ließ es
sein. Er stellte seiner Mutter seitdem keine Fragen mehr, er
rief niemanden mehr an, er schrieb keine Briefe, und über die
Idee, nach Nemtschinovka zu fahren, um dort alte Nachbarn
ausfindig zu machen und zu interviewen, lachte er nur.
Jener Tag, an dem sie das letzte Mal über Aurora gesprochen
hatten, lag nun fast schon zwei Jahre zurück. Es war irgendwann im Sommer gewesen, genau zu der Zeit, als beinah
stündlich neue Nachrichten aus der Sowjetunion kamen und
alle Welt erstaunt dabei zusah, wie der Generalsekretär der
Kommunistischen Partei seinen Staat in ein demokratisches

Gebilde zu verwandeln begann. Meyers Vater gehörte zu den ersten, die von der Aufrichtigkeit seines Vorhabens überzeugt gewesen waren, er versenkte sich – nach all den Jahren, in denen er nur Exil-Zeitschriften gelesen hatte – wieder in die offiziellen sowjetischen Publikationen, er schwärmte von der »roten Revolution«, wie er die Perestrojka nannte, er kommentierte engagiert jedes Ereignis und traktierte seine Familie mit allen Gorbatschow- und Schewardnadse-Zitaten, derer er habhaft werden konnte. Er war plötzlich wieder fröhlich und entspannt, er hängte in der Küche ein Gorbatschow-Poster auf, und als er dann, nach einem halben Jahr, sicher sein konnte, daß die erwachende sowjetische Demokratie kein Trick war, beschloß er, zum ersten Mal seit der Emigration nach Rußland zu fahren. Er fuhr allein und kam, obwohl er nur ein paar Tage bleiben wollte, erst drei Wochen später wieder. Von da an reiste er alle paar Monate nach Moskau, und daß weder seine Frau noch sein Sohn ihn begleiten wollten, schien ihn eher zu erleichtern als zu beleidigen.

Efims Euphorie war grenzenlos. Wenn er über Rußland und die letzten politischen Entwicklungen dort redete, wenn er von den Treffen und Nachtgelagen mit seinen alten Freunden erzählte, wenn er erklärte, daß er wieder malen wolle, denn endlich, nach zwanzig Jahren innerer Leere und Entwurzelung, habe er sein Thema gefunden – wenn er also der Frau und dem Sohn sein neues Selbstbewußtsein, seinen wiedererstarkten Lebenswillen präsentierte, kam Meyer immer häufiger der Verdacht, daß hinter all den Dingen, über die sein Vater so aufgeregt sprach, noch etwas anderes verborgen lag. Meyer spürte, daß diese Dinge sich, noch während sie geschahen, noch während sie von seinem Vater direkt und von seiner Mutter und ihm aus der Distanz miterlebt wurden, bereits wieder – um in der Terminologie seiner kleinen Geschichtstheorie zu sprechen – verdunkelten und wie von selbst mystifizierten.

Worum ging es also wirklich? Um Efims Sympathien für das russische Volk? Um seinen dritten Frühling? Um alte Erinnerungen? Oder doch nur, wie Meyer manchmal annahm, um die Geliebte, die sich Efim offenbar gleich bei seiner ersten Moskau-Reise zugelegt hatte?

Meyer hatte Efim zweimal dabei belauscht, wie er in der Nacht von der Küche aus auf russisch mit jemandem telefonierte und dabei sehr viele zärtliche und schmutzige Worte benutzte. Meyer war nicht entsetzt über das, was er hörte, zumindest hatte er das Gefühl, es lasse ihn kalt. Beim ersten Mal hatte sich Meyer diskret verzogen. Beim zweiten Mal aber saß er – nachdem Efim endlich aufgelegt hatte und schlafen gegangen war – noch lange allein im Wohnzimmer auf der Couch.

Meyer hatte den Fernseher ausgemacht und alle Lampen gelöscht. Er saß still da, im Dunkeln, und während er im einfallenden Licht der Straßenlaternen die Bilder betrachtete, die sein Vater in den letzten Monaten gemalt und – aufwendig hinter Glas gerahmt – hier sofort aufgehängt hatte, während er überlegte, ob es zwischen all den schlechten Akten, mißlungenen Landschaften und kindischen Stillleben vielleicht irgendwo doch ein verstecktes Ziegen-Motiv gab, das er bis dahin nirgends entdeckt hatte – während sich Meyer also ein allerletztes Mal den Kopf über Aurora, das Zicklein, zerbrach, begriff er, daß es nun wirklich genug war. Er hatte endgültig die Schnauze voll von seinem dummen, naiven Projekt, von dieser trostlosen Familiengeschichte. Alles nur vergeudete Energie, dachte er, alles verlorene Zeit. Er sollte sich – statt ewig in alten Schnurren, Gerüchten und Privat-Anekdoten herumzuwühlen – lieber daranmachen, ein großes, wichtiges Buch von öffentlichem Interesse vorzulegen, etwas über die Juden in der jungen deutschen Sozialdemokratie vielleicht oder über die sinnlosen Anstrengungen des *C. V.* im Kampf gegen die Antisemiten im

Wilhelminischen Deutschland. Eine seriöse Monographie mußte her, ein Standardwerk, mit dem er sich in der Fachwelt endlich profilieren würde.

Meyer setzte sich auf, drückte das Kreuz durch. Dann erhob er sich schnell von der Couch und rannte aus dem Zimmer. In der Tür drehte er sich noch einmal kurz um. Nein, nichts. Weder der Mond über Nemtschinovka spiegelte sich in einem der neuen, funkelnden Glasrahmen noch ein schmaler, grauer Ziegenkopf.

Finkelsteins Finger

Wir saßen mit dem Rücken zur Straße, auf breiten, bequemen Lederhockern, und über der Bar hing ein Spiegel. Im Spiegel sah man den Broadway, der hier unten, am World Trade Center, im Süden der Stadt, mit seinen leerstehenden Lagerhäusern und Billigkaufhallen so kalt und böse wirkte wie ein dunkler vergessener Raum. Es dämmerte, und als dann draußen die Straßenlichter schnell hintereinander angingen, war ich genauso gerührt wie ein anderer es wohl beim Anblick eines besonders gelungenen Sonnenaufgangs gewesen wäre.

Die Frau, mit der ich mich unterhielt, hatte mich kurz vorher angesprochen. Sie hatte plötzlich vor mir gestanden, hatte albern und unsicher mit den Lippen gezuckt und dann völlig unvermittelt, auf deutsch, erklärt, ich sähe dem ungarischen Dichter Miklós Radnóti zum Verwechseln ähnlich. Doch natürlich, fuhr sie fort, wisse sie, wer ich in Wahrheit sei, und sie sagte es in der Art derer, die glauben, sie hätten einen unveräußerlichen Besitzanspruch auf jeden, dessen Foto sie einmal in der Zeitung gesehen haben.

Sie war alt, und obwohl ich für ältere Frauen nicht allzuviel übrig habe, sah ich sie mir trotzdem ganz genau an. Ich mochte die kreisrunde Form ihrer Augen und das Geflatter ihrer falschen Wimpern. Mir gefiel, daß ihre nach außen gestülpten Lippen bebten, wenn sie schwieg oder überlegte. Und ihr beinah hautloses weißes Gesicht mit den beiden langen, den Mund umkränzenden Falten erinnerte mich im Halogenlicht des Coffeeshops an eine schöne etruskische Totenmaske.

Ich hatte der Frau einen Platz angeboten, doch sie wollte gar nicht über mich sprechen. Sie fragte nur höflich nach der Auflage meines letzten Buchs und machte eine herablassende Bemerkung zu dem Streit, der darüber entbrannt war. Dann sagte sie, genauso unvermittelt wie zu Beginn, ich hätte Radnótis Gesicht und Augen nicht verdient, ich Wohlstandskind wüßte doch gar nicht, worum es im Leben und in der Literatur wirklich ginge, und schließlich fing sie an zu erzählen: von sich, von Miklós Radnóti und von Professor Finkelstein.

Wer sie war? Die Frau eines Hamburger Rechtsanwalts, die eines Tages den großen Rappel bekommen hatte.

Sie hatte drei Kinder, einen Hund und einen Magister in Amerikanistik, sie gab einmal im Monat in ihrer großen Wohnung am Klosterstern einen Abendempfang mit Essen und Hausmusik, sie war mit jungen Malern befreundet, deren Bilder sie kaufte, sie kannte sich im deutschen Feuilleton genausogut aus wie sonst nur die, die dafür schreiben, sie hatte offenbar sämtliche Bücher von Updike und Nabokov, Faulkner und Henry James gelesen, und da sie seinerzeit, als sie das erste Mal schwanger wurde, wegen ihrer Ehe alles aufgeben mußte, erfüllte sie sich nun endlich ihren alten Traum: einen Kurs in *creative writing* an der Columbia-Universität.

Und wer war Professor Finkelstein? Für sie ein Monster, ein Sadist und Quälgeist, der gleich am Anfang des Semesters beschlossen hatte, seiner deutschen Studentin zu zeigen, wo es langging.

»Mit Ihnen kann man offen sprechen«, sagte sie zu mir, »Sie scheren sich nicht um Tabus und alte Rücksichten.«

»Darauf können Sie wetten.«

»Dann passen Sie auf: Finkelstein ist in Amerika eine ganz kleine Nummer. Das weiß ich genau, das haben mir die andern Studenten erzählt. Er hat den Lehrauftrag nur wegen seiner Herkunft bekommen.«

»Sie meinen . . .«

»Allerdings. Die halten hier alle zusammen, vor allem in New York. Ich habe gehört, daß es tatsächlich Leute gibt, die sich als Juden ausgeben müssen, um beruflich eine Chance zu bekommen.«

»Ist doch lustig, nicht wahr?«

Sie sah mich freundlich an und lächelte. »Ja, wenn Sie so wollen . . .

Ich schaute in ihr weißes Gesicht, dann hob ich den Blick. Im Spiegel über der Bar sah ich einen Mann, der aus einem Taxi stieg. Er lehnte sich von außen ins Beifahrerfenster hinein, schüttelte nervös den Körper und warf die Arme herum. Schließlich hielt er dem Fahrer eine einzelne Banknote hin. Der Fahrer sprang aus dem Wagen, er riß den Kofferraum auf und begann, Zeitungen, Bücher und Kleider auf den Bürgersteig zu werfen. Sie stritten eine Weile miteinander, dann schnappte der Chauffeur nach dem Schein und fuhr wütend davon, während der andere seine Sachen aufsammelte. Er lehnte sich gegen die Scheibe des Coffeeshops, er atmete schwer, seine Brille war verbogen, und als ich nun sein Gesicht betrachtete, erschrak ich, weil er mir so ähnlich sah. Das gleiche kleine Gesicht, die gleichen zerzausten roten Haare, das gleiche breite, schwere Kinn mit dem Überbiß und der Narbe links unten. Er trug sogar ein ähnliches Jackett wie ich, und er schien auch dieselbe kleine, etwas dickliche Statur zu haben.

2.

»Sie hören mir gar nicht mehr zu«, sagte die Frau neben mir beleidigt.

Ich sah sie streng an, ich bemühte mich, konzentriert und höflich zu wirken, aber es fiel mir plötzlich nicht mehr ein, wer sie war und warum ich mich mit ihr unterhielt.

»Kann ich jetzt weitererzählen?« sagte sie scharf.

»Ja«, erwiderte ich langsam, »natürlich.«

»Also gut . . . In der zweiten Stunde stellte sich Finkelstein vor die Klasse und las uns eine seiner eigenen Kurzgeschichten vor . . .«

Ich schaute wieder in den Spiegel. Es war inzwischen dunkel geworden, die Menschen eilten nach Hause, die Autos glitten über den Broadway, rote und gelbe Lichter wurden zu Funken, Fäden und explodierenden Punkten, und für einen Moment gefror das nächtliche Bild im Spiegel zu einer Fotografie. Von meinem Doppelgänger war nichts mehr zu sehen.

»Entschuldigen Sie«, sagte ich, »jetzt höre ich Ihnen aber wirklich zu.«

»Wissen Sie, worum es in dieser Geschichte ging?« sagte sie.

»Keine Ahnung.«

»Raten Sie!«

»Sex?«

Sie schüttelte den Kopf.

»Liebe?«

»Nein.«

»Verrat?«

»Nein.«

»Großstadt?«

»Auch nicht.«

»Also was?«

»Na los, Sie kommen schon drauf.«

»Holocaust?«

»Genau!« rief sie fröhlich und laut aus, »Holocaust!« Dann wischte ein Schatten über ihr Etruskergesicht, und sie sagte: »In Finkelsteins Story ging es um eine ehemalige polnische Untergrundkämpferin, die ihr New Yorker Appartement gegen ein Landhaus in Connecticut eintauscht und von da an in ihren Träumen von SS-Leuten gejagt wird.«

»Gar nicht schlecht.«

»Zum Schluß wacht sie mitten in der Nacht auf, schreit ›Sie kommen, sie kommen!‹, stürzt in die Küche und zerschlägt das ganze Geschirr.«

»Es gibt Schlimmeres.«

»Vielleicht haben Sie recht, Sie sind der Schriftsteller«, sagte sie, und dabei lehnte sie sich mit der Schulter an mich. Der Druck wurde fester, während sie weitersprach, so fest, daß ich begann, mir über sie Gedanken zu machen.

»Nachdem Finkelstein zu Ende gelesen hatte«, sagte sie, »legte er das Manuskript seiner Geschichte, die natürlich nie erschienen ist, melodramatisch aufs Pult. Er schritt wie ein Anwalt in einem Hollywood-Film durch den Seminarraum, er ging vor uns auf und ab, als wären wir Geschworene, und schließlich baute er sich genau vor mir auf und sagte genüßlich: ›Und, Anita, wie gefällt Ihnen diese Geschichte?‹«

Sie sah mich erwartungsvoll an.

»Sie sollten den Professor wechseln«, sagte ich, »wenn Finkelstein Ihnen nicht zusagt.«

»Aber natürlich, kein Problem. Man kann schließlich alles wechseln: den Professor, die Geschichte, den Vater, die Mutter und auch das Land, aus dem man kommt.«

»Was wollen Sie eigentlich von mir?« fuhr ich sie an, und ihre alten weißen Wangen füllten sich sofort mit Blut, sie wurden rot und starr und hart, sie wurden grün und dann gelb, und ihr Gesicht sah jetzt gar nicht mehr wie eine schöne antike Totenmaske aus, es ähnelte plötzlich einem dieser hohlen Kürbisse, mit denen sich die Amerikaner an Halloween gegenseitig erschrecken.

Sie zog ihre Schulter weg, stand auf, legte eine Banknote auf den Tisch und ging grußlos hinaus. Im Spiegel über der Bar sah ich, wie sie vor der Subway-Station kurz stehenblieb, eine Weile um einen Zeitungstand herumschlich, ein paar Schritte in Richtung Midtown machte, zur Chambers Street.

Doch dann kehrte sie wieder um und stieg die Treppe zur Untergrundbahn hinunter.

3.

Ich schaute weiter hinaus, ich sah in den Spiegel über meinem Kopf, ich war froh, die Deutsche losgeworden zu sein, und noch beruhigender fand ich, daß der Doppelgänger kein zweites Mal aufgetaucht war. Schließlich zog ich aus der Innentasche des Sakkos mein Buch und schlug es auf. Ich hatte es nach New York mitgenommen, weil ich gehofft hatte, einen amerikanischen Verlag zu finden, aber ich gab schnell auf, denn die zwei Telefonate mit dem Agenten, den man mir empfohlen hatte, nahmen mir jeden Mut. Jetzt las ich meine Geschichten wieder, zum ersten Mal, seit sie vor einem halben Jahr in Deutschland erschienen waren, aber ich verstand sie nicht. Ich glitt über die Worte und Sätze, als handelte es sich bei ihnen nur um hübsche geometrische Muster und Linien, und dann ging die Tür des Cafés auf, ich hörte leise, schleppende Schritte, ich hörte ein zartes Aufseufzen, und Anita aus Hamburg saß wieder neben mir und drückte ihre Schulter an meine.

»Sie müssen mir helfen«, sagte sie.

Ich steckte schnell das Buch weg. »Was ist passiert?« fragte ich.

»Ich muß bis morgen meine Semester-Aufgabe abgeben . . .«

»Was ist es denn?«

»Eine Kurzgeschichte.«

»Und was soll ich dabei tun?«

»Sie schreiben.«

»Mein Englisch ist schauderhaft.«

»Ich könnte sie übersetzen.«

»In einer Nacht?«

»In einer Nacht.«

»Wieviel haben Sie schon?«

»Keine einzige Zeile.«

»Ein hübscher kleiner Sieg für Professor Finkelstein, nicht wahr?«

Sie nahm den Fünfdollarschein vom Tresen und rollte ihn zusammen.

»Thema?« sagte ich.

Sie ließ die Banknote zwischen den Handflächen hin und her gleiten. »Raten Sie!«

»Sex, Liebe, Verrat?«

Sie lächelte, sie wurde nun wieder so schön und besonders wie am Anfang, und dann lächelte ich auch, und wir sagten im Chor: »Ho-lo-caust!«

»Hier.« Sie legte ein Schwarzweiß-Foto auf den Tresen. Das Foto zeigte einen jungen Mann mit halbgeschlossenen Augen und einer Zigarette im Mund. Er hatte ein kleines Gesicht, ein breites Kinn mit einer Narbe links unten, Sommersprossen und helles, wohl rötliches Haar. »Hier«, sagte sie, »der da ist Finkelsteins Thema. Wir sollen über Miklós Radnóti schreiben. Dreitausend Worte.«

4.

Ich warf einen Blick in den Spiegel. Nichts, vom Doppelgänger keine Spur. Der Broadway leerte sich, und die Hausfassaden mit ihren dunklen, verriegelten Fenstern über den Geschäften bekamen langsam diesen braunen nächtlichen Ton.

»Ich weiß nicht«, sagte ich.

»Bitte!«

»Erzählen Sie erst mal. Vielleicht fällt Ihnen dabei selbst etwas ein.«

»Nichts wird mir einfallen! Ich kann es nicht, ich kann einfach nicht ... Sie sind doch der Schriftsteller!«

»Na los, jetzt machen Sie schon!«

»In Ordnung, ich werde es versuchen«, sagte sie und fuhr dann schnell, atemlos, ohne zu stocken fort: »Miklós Radnóti wurde 1909 in Budapest geboren. Er übersetzte Appolinaire und Hölderlin ins Ungarische. Er war selbst Dichter. Ein guter Dichter. Er hatte die Möglichkeit gehabt, den Nationalsozialisten zu entkommen. Er kehrte trotzdem im Sommer 1939 von einer Frankreich-Reise nach Ungarn zurück. Er hatte gedacht, Admiral Horthy würde nie Schlimmeres zulassen.«

»Und was ist die Geschichte?«

»Die Geschichte ist sein Tod, was denn sonst«, sagte Anita. Sie fauchte mich an: »Das hat sich Finkelstein, dieser Holocaust-Anbeter, bestimmt nur wegen mir ausgedacht!«

»Sie leiden an Verfolgungswahn«, erwiderte ich mit einem stillen, sadistischen Lächeln. »Wie ist denn dieser Radnóti überhaupt umgekommen?« fragte ich sie dann.

»Sie fanden ihn ein Jahr nach dem Krieg.«

»Wo?«

»Er lag auf halbem Weg zwischen Budapest und Wien. In einer großen, nassen Grube. Die mußte er vorher, zusammen mit anderen Häftlingen, selbst ausschaufeln.«

»Klar ... Wie viele waren es?«

»Zweiundzwanzig«, sagte sie.

Ich gab dem Kellner einen Wink. Er beugte sich über den breiten Metalltresen und schenkte uns Kaffee nach.

Ich mochte den milden, süßen New Yorker Kaffee, ich trank ihn ununterbrochen, fünf-, sechsmal am Tag, und bei jedem Schluck dachte ich daran, daß ich bald wieder nach Deutschland zurückmußte. Mir blieb nur noch eine Woche.

Ich gab Anita eine Zigarette, und sie klemmte sie sich hinters Ohr. Sie steckte sie, um genau zu sein, zwischen das Ohr und den dicken, abgesteppten Rand ihres wild gemusterten Baretts das sie bestimmt in einem der Second-Hand-Läden am

St. Marks Place gekauft hatte. Dann bestellte sie für jeden von uns noch einen Donut.

»Was hat man mit ihnen gemacht?« sagte ich.

»Die SS-Leute trieben sie im letzten Kriegsherbst monatelang durch die Walachei. Von Heidenau bei Bor über Belgrad und Novi Sad quer durch Ungarn zurück bis nach Györ. Wer nicht mehr weiterkonnte, hatte ausgespielt.«

»Und Miklós Radnóti konnte nicht mehr weiter?«

»Nein, offenbar nicht.«

Ich spürte den Druck ihrer Schulter, und dann merkte ich, daß sie langsam ihren Fuß vorschob, an der Stange entlang, daß sie ihn hochzog und schließlich von innen gegen meinen Unterschenkel drückte. Sie wandte mir das Gesicht zu, und sie kam mir dabei so nah, daß ich auf ihrer Schläfe kleine rote und blaue Adern erkannte. Ihre starken Lippen hatten einen rauchigen Geschmack, sie schwitzte im Nacken ganz leicht, und ich glaube, sie benutzte diesen seltenen, altmodischen Chanel-Duft, der immer ein bißchen nach Gras und Benzin riecht.

Es war nur ein kurzer Kuß, sehr kurz und sehr heftig.

»Und was ist der Dreh bei der ganzen Sache?« fragte ich hinterher.

»Als nach dem Krieg das Massengrab aufgemacht wurde«, sagte sie freundlich und fuhr sich dabei mit dem Daumen langsam über die Lippen, »fand man im Innenfutter von Radnótis Windjacke ein Konvolut mit Gedichten. Er hatte sie im Lager von Heidenau und später dann auch auf dem Todesmarsch nach Györ geschrieben. Sagt Finkelstein. Ich kann es nicht nachprüfen. Es würde mich nicht wundern, wenn das bloß eine von seinen Finten wäre.«

»Ist doch wirklich eine hübsche, kleine Anne-Frank-Geschichte ... Taugen die Gedichte denn was?«

»Finkelstein sagt, Radnóti hätte damit Celan locker in die Tasche gesteckt. Aber es hat sich nie wirklich einer um die Verbreitung seiner Arbeit gekümmert.«

»Ich weiß nicht, ob das was für mich ist«, sagte ich leise.

»Doch, bestimmt«, erwiderte Anita. Sie nahm Radnótis Foto vom Tresen und steckte es neben mein Buch in die Tasche meines Jacketts.

»Ich weiß wirklich nicht . . .«

Ich zögerte noch immer, aber das kümmerte sie gar nicht, sie umklammerte mit ihrer Hand meine Finger, sie drückte sie so fest zusammen, bis es weh tat, und dann sagte sie: »Wohnst du weit von hier?«

»Gleich um die Ecke.«

»Gleich um die Ecke«, wiederholte sie. Sie legte einen zweiten Fünfdollarschein auf die Theke, zog die Zigarette, die ich ihr vorher gegeben hatte, hinterm Ohr hervor und zündete sie an . . .

Von draußen, bevor wir in die Chambers Street einbogen, sah ich noch einmal in den Coffeeshop hinein. Da saß er, am Fenster, an einem kleinen Tisch – mein Doppelgänger. Er trank einen Tee und sortierte dabei seine Zeitungen und Bücher. Die Kleider hatte er, in einem Bündel, neben sich auf den Boden gelegt. Er wirkte aufgeregt, zerstreut, aber kein bißchen verrückt, und mit einem Mal kam es mir so vor, als ob er und Anita sich durch die Glasscheibe hindurch verstohlen angelächelt hätten.

»Also gut, Anita«, sagte ich zu ihr, »deinem Finkelstein werden wir es zeigen.«

5.

Ich war schon oft in New York, aber immer, wenn ich fort bin, ist es so, als wäre ich nie dort gewesen. Ich kann mich deshalb jedesmal kaum mehr daran erinnern, höchstens an das Licht, das dort ganz anders ist als bei uns in Europa, und ich weiß jetzt nur, daß, wenn man auf der Autobahn nach Long Island hinausfährt, vorbei an den endlosen weißen

Friedhöfen von Queens, man dann noch viel deutlicher merkt, wie das amerikanische Licht, anders als das unsere, nicht bloß Häuser und Straßen erhellt, sondern auch den ganzen Himmel.

Diesmal wohnte ich bei einem Freund in der Chambers Street, zwischen Broadway und Church, und ich war, bis auf die ersten paar Tage, allein, weil er kurz darauf zu seinen Eltern nach München flog. Ich fütterte seine beiden Katzen, ich nahm die Post aus dem Briefkasten, ich hörte den Anrufbeantworter ab, und manchmal rief er aus München an, um zu erfahren, ob es etwas Neues gab. Ich hatte sonst nichts zu tun, und nachdem ich gleich zu Anfang beschlossen hatte, mich nicht mehr um die amerikanischen Rechte für das Buch zu kümmern, verfiel ich in diese Mischung aus rastloser Neugier und ständiger Müdigkeit, die mich in fast jeder fremden Stadt überkommt. Ich rannte kreuz und quer durch TriBeCa, ich ging hinunter zur Wall Street und manchmal noch weiter bis zum Battery Park, und dort sah ich dann minutenlang zur Freiheitsstatue hinüber. Jeden Tag unternahm ich einen Spaziergang nach SoHo, ich ging in die Galerien, Plattenläden und Modegeschäfte, ich aß in dem vegetarischen Restaurant an der Greene Street zu Mittag, und hinterher fuhr ich mit dem Taxi zurück nach Hause, um zu schlafen oder um fernzusehen. Am späten Nachmittag ging ich häufig ein zweites Mal los, ich setzte mich für einen Augenblick in den Coffeeshop an der Ecke, und später nahm ich die Subway, egal wohin, das entschied ich erst auf dem Bahnsteig oder im Waggon . . .

Ich erinnere mich genau, wie ich zwei Tage vor meiner Abreise an der Uferpromenade von Brooklyn-Heights stand und über den East River nach Manhattan blickte – ich betrachtete die Insel mit den dichtgedrängten Wolkenkratzern, und dann drehte ich mich um, und da waren diese kleinen Brooklyner Ziegelstein-Häuser hinter mir. Ich weiß noch, wie ich danach durch die Lower Eastside zog, wie ich in einer jüdischen Cafeteria Blinzes mit Sahne aß und dabei mitbekam, daß der Besitzer seinen vietnamesischen Koch feuerte. Und ich erinnere mich, wie ich schließlich vor einem Buchgeschäft stehenblieb, um einen Blick ins Schaufenster zu werfen, und der Besitzer kam heraus, er hatte Pajes unter seinem schwarzen Hut, und er trug einen Kaftan. Er schloß ab, zog den Rolladen herunter, und während er sich schnell entfernte, fiel mir ein, daß es Freitagmittag war und daß bald der Schabbat beginnen würde, und da bemerkte ich auch schon, daß alle Straßen ringsum sich ganz plötzlich geleert hatten, und das war dann der schönste Moment, den ich in dieser Stadt jemals erlebt habe.

6.

Zwei Monate nach meiner Rückkehr aus New York entdeckte ich in der *Zeit* Anitas Artikel. Er hieß *Im Irrgarten der Vergangenheit* und handelte von Professor Finkelstein, von seiner jüdischen Herkunft und von Anitas Erlebnissen in Finkelsteins Schriftsteller-Kurs. Ich war begeistert und ich las den Artikel in einem Zug durch – wie es immer dann meine Art ist, wenn in einer Zeitung, in einem Magazin von Dingen die Rede ist, die ich selbst ganz genau kenne. Zunächst schilderte Anita die Qualen und Selbstzweifel, die sie als Deutsche bei Professor Samuel Finkelstein durchzustehen gehabt hatte, und an dieser Stelle nannte sie ihn gleich zweimal den »großen, weisen und verständnisvollen Amerikaner polnisch-jüdischer Abstammung«. Es sei, schrieb sie, eine strategische Meisterleistung gewesen, wie er durch behutsame Fragen nach ihrer Biographie ihr Geschichtsbewußtsein geschärft habe. Zum Schluß aber hätte sie die ganze Trauerarbeit natürlich allein leisten müssen, und sie würde nie mehr den Tag vergessen, an dem Professor

Finkelstein sie in ein Seminar für Holocaust-Literatur geschickt habe. Denn dort, mitten in der Lektüre der ergreifenden Gedichte des unbekannten ungarisch-jüdischen Dichters Miklós Radnóti, sei es dann aus ihr plötzlich herausgebrochen, worauf sie über den ganzen Campus gerannt sei, in Finkelsteins Büro, um dem Professor endlich ihre Beichte abzulegen. Weinend habe sie ihm von ihrer Mutter erzählt, die sich bei großen Umzügen immer vorgedrängt hatte, um vom Führer geküßt oder umarmt zu werden. Wütend habe sie von ihrem Vater berichtet, der zuerst bei IG Farben in Ludwigshafen und später im Werk Auschwitz gearbeitet hatte. Ja, und dann habe sie dem Professor ihr ganz persönliches Nachkriegsdrama geschildert, das Schweigen zu Hause, die Trunksucht des Vaters, die Depressionen der Mutter und ihre eigenen Verrücktheiten während der APO-Zeit. Schließlich habe sie Finkelstein die Hand geküßt, um ihn für all das um Verzeihung zu bitten, was ihr Volk dem seinem angetan hatte. »Und so«, schloß Anita, »begann meine Freundschaft mit Professor Finkelstein. Wir schreiben uns, wir telefonieren manchmal, und er hat mir versprochen, mit uns Weihnachten in unserem Haus in der Lüneburger Heide zu verbringen.«
Ich lächelte. Ich lächelte einmal mehr mein eingebildetes jüdisches Sadistenlächeln, und dann entdeckte ich neben dem Artikel das Foto. Es zeigte, laut Bildunterschrift, Professor Finkelstein, und es war genau das Foto, das Anita damals im Coffeeshop vor mich auf den Metalltresen gelegt hatte.
Und da hörte ich auf zu lächeln. Ich schlug die Zeitung zu und sah mich um. Ich saß in einem italienischen Restaurant in der Isestraße. Es war Samstagnachmittag, das letzte Wochenende vor Weihnachten, und im Lokal befand sich niemand außer mir und den Kellnern. Ich war an diesem Morgen spät aufgestanden und hatte eben erst zu Mittag gegessen, und gerade als ich Kaffee bestellen wollte, spürte

ich, wie ein kalter Windhauch an meinen Beinen hochkroch. Die Tür ging auf, und Anita kam herein, begleitet von zwei sehr schönen jungen Männern – beide hatten kurzes schwarzes Haar, sie hatten schmale, helle Gesichter, und bestimmt waren sie in die ältere Frau an ihrer Seite schrecklich verliebt.

Anita sah mich nicht. Sie stellte sich mit dem Rücken zu mir an den Tresen, und erst später, nach zwanzig, dreißig Minuten, als sie bereits gezahlt hatte und im Begriff war, mit ihren beiden Freunden das Lokal wieder zu verlassen, drehte sie sich plötzlich um. Sie erkannte mich sofort. Sie nahm eine Zigarette, sie steckte sie sich lächelnd hinters Ohr, und plötzlich war alles so wie damals, in unserem Coffeeshop am Broadway...

Natürlich hatte Anita ihre New Yorker Barett nicht mehr an. Die Haare waren glatt und streng nach hinten frisiert, sie trug eine Perlenkette am Hals, einen Kaschmirpullover und goldene Ohrringe, sie wirkte ausgelassen und jugendlich und nicht so verrückt, so einsam, wie ich sie in der Erinnerung hatte.

Nun treffen wir uns also zum ersten Mal wieder, dachte ich, und als ich sie jetzt da sah, so reich und frisch und zufrieden, bereute ich gar nichts mehr von dem, was gewesen war im Herbst, an jenem New Yorker Abend. Wir hatten zuerst ein bißchen über Literatur geredet und dann, nachdem ich ihre Semesterarbeit geschrieben hatte, die halbe Nacht lang gefickt...

Ich erhob mich und ging zu Anita herüber. »Und«, sagte ich, »wie hat Professor Finkelstein unsere Geschichte gefallen?«

7.

Also doch, dachte er, also doch – diese verrückte Deutsche hat sich tatsächlich in mich verliebt...

Finkelstein stand vom Schreibtisch auf, er nahm die Lese-
brille ab und legte sie auf das Manuskript von Anitas Erzäh-
lung. Während des ganzen Kurses war er auf ihre Abschluß-
arbeit gespannt gewesen, und es hatte ihn aber wenig
interessiert, ob sie Talent besaß oder nicht, er hatte immer nur
wissen wollen, ob sie in ihrer Geschichte über ihn schreiben,
ob sie ihm darin die Liebe erklären würde, und nun war es
also genauso gekommen, wie er es erwartet hatte.

Dabei hatte Finkelstein seine deutsche Studentin wegen ihrer
schwärmerischen Blicke, wegen der aufdringlichen Art, mit
der sie sich in den Pausen an sein Pult lehnte, immer gehaßt.
Er fand sie nicht attraktiv und zu alt, und daß er einige Male
daran gedacht hatte, sie mit den Hand- und Fußgelenken an
ein schmutziges, wackliges Hotelbett zu fesseln, tat er als eine
ganz besondere Verirrung seiner Nazi-Phantasien ab. Fin-
kelstein haßte die Deutschen, er würde niemals in ihr düsteres
Idiotenland fahren, er verstand ihre Probleme, aber er in-
teressierte sich einfach nicht dafür, und er mußte einige Male
wirklich an sich halten, als Anita in seinem Kurs mit ihrer
kraftlosen, weinerlichen Leidensstimme ihre dummen deut-
schen Leidensfragen stellte.

Finkelstein stand jetzt im Badezimmer, er betrachtete im
Spiegel sein kleines Jeschiwa-Schüler-Gesicht mit dem brei-
ten, schweren Kinn und der Narbe links unten am Halsan-
satz. Er fuhr sich mit der Hand durch seine festen roten
Haare, er dachte, sie sind wie aus Draht, und als ihm dann
einfiel, daß er damals, an jenem Abend, als er bei Ruthi für
immer rausgeflogen war, Anita tatsächlich in seinem Coffee-
shop dabei beobachtet hatte, wie sie an der Bar auf diesen
sonderbaren Fremden eingeredet hat – da dachte er plötzlich
nur noch eins: Man muß gerecht sein!

Er stürzte ins Arbeitszimmer, schaltete den Computer ein
und machte sich an die Arbeit. »Ihr Text, Anita«, begann
Finkelstein sein Resümée, »ist flüssig, gut lesbar und teilweise

klug durchkomponiert. Sie haben offenbar versucht, durch eine mehrfache Personen-Spaltung das zugleich reale und paranoide Moment im Holocaust-Erlebnis von Nachkommen beider Seiten, der Opfer als auch der Täter, nachzuzeichnen. Dabei allerdings verlieren sie sich als Erzählerin im Irrgarten Ihrer Figuren-Vervielfältigungs-Maschine . . .«
Finkelstein sprang auf, er machte – wie immer, wenn ihm beim Schreiben ein Wort, ein Satz nicht einfiel – mit dem Mund wütende, leere Kaubewegungen. Er begann etwas zu pfeifen, er fuhr sich mit den Händen in die Hosentaschen, zog ein paar Münzen heraus und begann, sie selbstvergessen nachzuzählen, und im nächsten Moment saß er schon wieder auf dem Stuhl und drosch auf die Tasten seines Computers ein.

»Ahnt man noch«, schrieb Finkelstein, »wer der Erzähler, wer sein Doppelgänger und wer der (fiktive?) Dichter Miklós Radnóti ist und in welchem Verhältnis diese Substitutionen zueinander stehen, so bleiben im letzten Abschnitt nur Verwirrung und Unverständnis übrig, als Sie plötzlich auch noch den ›Professor Finkelstein‹ (ich nehme es sportlich!) zum Doppelgänger aller zuvor eingeführten Figuren werden lassen. Was wollten Sie damit sagen? Und was, übrigens, bezweckten Sie mit dieser kleinen Obszönität im letzten Absatz? Ich weiß, es macht Spaß, so was zu schreiben, aber die Welt ist trotz Miller, Bukowski und Roth (die ich übrigens alle für Hochstapler halte!) noch immer nicht reif dafür . . .«
War das zu hart? überlegte Finkelstein. Es konnte ihm egal sein. Doch dann beugte er sich wieder über den Computer. »Sie haben Talent, Anita«, schrieb er, »Sie beherrschen die Sprache, Sie können Stimmungen erzeugen, und wenn Sie an sich arbeiten, kann aus Ihnen eines Tages eine richtige Schriftstellerin werden. Es gab viele, die in einem höheren Alter angefangen haben als Sie. Viel Glück für die Zukunft also, und wenn Sie das nächste Mal in New York sind, kom-

men Sie bei mir vorbei, wir könnten zusammen essen. Sam Finkelstein, PhD., Department of English, Columbia University.«

Der Professor verschränkte die Arme im Nacken, er kratzte sich heftig hinter beiden Ohren, er las noch einmal, zur Kontrolle, was er geschrieben hatte, doch als er dann den Computer bereits ausschalten wollte, schoben sich seine Finger wie von selbst auf die Tastatur zurück. »Halt, liebe Anita«, schrieben Finkelsteins Finger, »wie wäre es schon mit morgen abend? Bei mir in der Straße gibt es einen kleinen Japaner, sauber und billig. Wir könnten dort zuerst ein wenig über Literatur reden und später dann . . . Kleiner Scherz unter Schriftstellern, Anita. Wer von uns weiß schon, ob das, was wir schreiben, denn auch wirklich stimmt. Ich rufe Sie also gleich morgen früh an, Sie wundervolle deutsche Trauerblume!«

Finkelstein lächelte. Das war doch wirklich eine gute Idee, die er da hatte. Und so einfach! Seit Monaten schon masturbierte er jede Nacht mit Ruthis Bild vor Augen, und er hatte sich endlich wieder ein bißchen echten Sex verdient.

Er stand auf und blickte aus dem Fenster. Er sah die beiden blinkenden Türme des World Trade Center. Links davon, in einer langen, tiefen Geraden, zog der Broadway seine matte Lichtspur durch die Dämmerung. Die Trauerblume hatte verdammt noch mal recht, dachte Finkelstein, der Broadway wirkte in diesem Winkel der Stadt tatsächlich ganz schön kalt und böse.

Hana wartet schon

Als vor einigen Jahren in Osteuropa die alten Machthaber von der Geschichte aus den Angeln gehoben wurden, schickte man mich nach Prag, damit ich etwas über den Aufstand der Tschechen und Slowaken schreibe. Ich arbeite nicht gern, ich liege lieber vor dem Fernseher oder sitze in meinem Café, manchmal verschlafe ich ganze Tage und Wochen, und deshalb ertrage ich es nur schwer, in eine Gegend fahren zu müssen, über deren Vergangenheit und Kultur ich kaum etwas weiß, in ein Land, dessen Speisen und Gebräuche mir genauso fremd sind wie die Sprache seiner Bewohner. Außerdem empfinde ich jede Reise an einen unbekannten Ort wie einen kleinen Tod, meine Angst davor ist unbeschreiblich, und immer, wenn es dann wieder einmal soweit ist, übe ich mich in Selbstbetrug und schwöre, in Zukunft meiner Oblomov-Natur vollkommen nachzugeben und mich nie mehr zu einer derartigen Expedition überreden zu lassen.

Diesmal aber war es anders, diesmal fuhr ich mit einer Vorahnung los, die mich mehr beruhigte als erschreckte, und ich dachte erleichtert, meine Gelassenheit hätte damit zu tun, daß Prag nur fünfhundert Kilometer Luftlinie von München entfernt sei, eine ganz normale mitteleuropäische Großstadt wie ein Dutzend anderer auch. Doch dann, im Flugzeug, in zehntausend Metern Höhe, irgendwo über Karlsbad oder Pilsen, brach plötzlich ein Tagtraum über mich herein, den ich am liebsten gleich wieder vergessen hätte. Ich war halb wach, halb schlief ich, da sah ich Rabbi Löw und seinen niederträchtigen Golem, ich sah Franz

Kafkas irre, krakelige Tagebuchzeichnungen und dazu die abstehenden Ohren und lachenden Augen des Dichters, ich sah flimmernde Fetzen expressionistischer Filme, ich sah, wie vermummte Gestalten durch enge Kulissengassen eilten, mit Messern und schweren Kabbala-Traktaten bewaffnet, ich sah also diesen ganzen Prager Mystik-Mist, dieses wohlfeile Gebräu aus Magie und Kitsch und Mitteleuropa, und dann öffnete ich die Augen, die Vorstellung war zu Ende, ein ganzer Tag vorüber, und ich befand mich nun selbst in Prag, und die Straßen, Häuser und Menschen waren in denselben zarten Horrornebel gehüllt, der gerade noch meinen Flugzeugtraum durchzogen hatte.

Ich ging langsam, ohne Hast, ich wollte auf jede Kleinigkeit achten, aber ich schaffte es kaum, mich zu konzentrieren. Vor einem Kaufhaus, an einem großen Platz, stand eine Traube von schweigenden Menschen, die entsetzt zu einem großen Monitor in der Auslage herüberblickten, auf dem immer wieder dieselben Bilder gezeigt wurden, Bilder von jenem Polizeimassaker an jungen Demonstranten, das vor einigen Wochen den Aufstand ausgelöst hatte. Nur wenige Schritte weiter stritten zwei Männer miteinander, einer von ihnen sah wie ein Zivilpolizist aus, der andere schien der Dissident zu sein, der seit Jahren von ihm beschattet worden war und ihm nun endlich die Meinung sagen wollte. Ich hörte ihnen eine Weile zu, ohne ein Wort zu verstehen, und als ich genug hatte, ging ich ins gegenüberliegende Restaurant. Die Männer und Frauen, die hier saßen, hatten kleine, lachende Gesichter, sie aßen und tranken mit großem Appetit, und ihre dicken Backen glänzten wie angemalt. Am Abend, auf dem Weg zurück ins Hotel, blickte ich an der felswandhohen Fassade eines Verwaltungsgebäudes hinauf und erschrak, weil es so verlassen und unbewohnt aussah mit seinen vom Smog eingeschwärzten Fenstern. Ich drehte mich um, wie auf Befehl, und da erkannte ich in der Dämmerung hoch über dem Moldau-Ufer die Burg.

✳

In der dritten oder vierten Nacht machte ich mich zur Kunstakademie auf, die am Rand der Altstadt lag. Hier, das hatte ich inzwischen mitbekommen, waren die besonders Entschlossenen und Unermüdlichen zu finden, Studenten, die für den Aufstand ihr Privatleben und Studium aufgegeben hatten. Auf diese revolutionäre Vorhut, die sich nur nachts für Fragen und Gespräche Zeit nahm, war ich angewiesen, denn ich hatte in den letzten Tagen nicht viel über den Umsturz herausgefunden, und so überwand ich mich, ich schluckte meinen Widerwillen und meine Faulheit herunter und schlich mich, um ein Uhr nachts, bei eisigem Wind durch die Altstadt. Der Weg wurde immer schmaler, er wand und schlängelte sich, und als ich endlich vor der Akademie stand, drückte ich eine schwere Holztür auf, ich schob mich durch einen dunklen Gang, der in einen lichtlosen Innenhof mündete, ich betrat einen zweiten Gang, es war, als bewegte ich mich im Kreis, und das ging noch eine Weile so weiter, bis ich endlich bei dem schwach beleuchteten Pförtnerhaus ankam. Drinnen, hinter einer verschmierten, zerkratzten Plexiglasscheibe, saß ein junger Mann, der damit beschäftigt war, Flugblätter zusammenzulegen. Er sah mich nicht einmal richtig an und fragte nur angeödet, von welcher Zeitung ich sei. Dann schickte er mich in einen riesigen Zeichensaal mit Kuppeldach und neoklassizistischen Wandmalereien und sagte, Hana, die Pressesprecherin, würde sich gleich um mich kümmern.

Hana also. Ein zarter Druck beugte mein Rückenmark, und ich lächelte zufrieden. Meine Großmutter, die im Sommer 1941 von ukrainischen Nationalisten abgestochen worden war, hieß Hana, und meine Schwester trägt, in Erinnerung an sie, denselben Namen. Doch bevor ich nun von den Phantasien berichte, die sich in diesem Moment meiner bemächtigten, Phantasien, die jeder junge Jude in der Diaspora hat, wenn er davon zu träumen beginnt, eine Frau zu finden, die so schön ist wie eine fremde Schickse und so warm und mütterlich wie die Frauen seiner eigenen Familie – bevor ich mich also so richtig lächerlich mache, bekenne ich lieber gleich, was ich im nächsten Moment sah und was mich sofort wieder zur Besinnung brachte: Die wahre Hana – die Pressesprecherin.

Sie ging mir bis zur Brust, sie hatte ein winziges slawisches Knochengesicht mit glänzenden Wangen und einem dünnen Schnurrbart, und ihre braunen, ungewaschenen Haare wurden von einem Stirnband zusammengehalten, auf dem in Tschechisch etwas geschrieben stand. Sie trug einen schweren, grauen Tscheka-Mantel, so lang, daß er ihre Füße berührte und trotzdem nichts von ihren breiten Hüften und riesigen Brüsten verbarg. Sie war der häßlichste Mensch, den ich jemals gesehen hatte, aber in ihren dunkelgrünen Augen brannte ein sympathisches Licht, weshalb ich diese in den nächsten Minuten – während sie mir in ihrem harten böhmischen Englisch vom Aufstand erzählte – standhaft fixierte, und sie gab meinen Blick noch fester zurück. Zwischendrin fiel für Sekunden das Sachliche von ihr ab, sie lachte über Witze, die sie selbst machte, sie lachte mit dieser gesetzten Altstimme, die viel zu reif klang für ihre sechs-, siebenundzwanzig Jahre, und als wir fertig waren und ich endlich gehen wollte, sagte sie fordernd, ich solle bleiben, bis die andern von der Sitzung des Zentralen Streikrats zurückkämen, mit denen hätte ich ebenfalls zu reden, und schließlich, weil alle in der Akademie übernachteten, müßte auch ich hier schlafen, denn das sei wichtig für meinen Bericht . . .

Ich blieb drei Nächte, ich machte sinnlose, jedesmal gleichlautende Interviews und begleitete tagsüber lustlos die Studenten zu ihren Pressekonferenzen, Sitzungen und den in der ganzen Stadt verteilten Streikposten. Ins Hotel ging ich nur, um meine Kleider zu wechseln, und abends zog ich dann mit den Entschlossenen und Unermüdlichen durch übelriechende Weinkneipen und Unterweltlokale. Hana war ständig bei mir, sie ließ mich nicht aus den Augen, und manchmal kam es vor, daß sie mich mit dem Arm, mit der Hand wie zufällig streifte. Ich teilte mir mit ihr einen gemeinsamen Raum, ein kleines Dozentenzimmer, sie hatte mir das Sofa überlassen und schlief selbst auf dem Boden, eingewickelt in einen Schlafsack. Anfangs drehte ich mich immer schnell um, wenn sie sich ankleidete oder auszog, weil ich keine Lust hatte, auch nur einen Quadratzentimeter ihrer nackten Haut zu erblicken. Später schaute ich ab und zu hin, sie trug jedesmal die gleiche rote Turnhose und einen schwarzen Büstenhalter, der, die große Brust mühevoll umschließend, wie ein Sack an ihrem Körper hing. In der letzten Nacht – ich hatte vorher mit Hana und zwei anderen Studenten Wodka getrunken und vom geöffneten Fenster aus ein dutzendmal *Like A Rolling Stone* auf die Straße hinausgegrölt – wurde ich wach. Hana saß am Rand des Sofas, die kurzen Arme über der Brust verschränkt. Ihr Gesicht war vom Schlaf zerdrückt, die Haare klebten in der Stirn, ihr Atem ging schnell und unregelmäßig. Für eine Sekunde schoß mir ein verrückter Gedanke durch den Kopf, doch dann fielen meine Augen wieder zu, und ich schlief wieder ein.

Am nächsten Morgen war mir noch ganz schwindlig vom Alkohol, als ich mich von den Entschlossenen und Unermüdlichen verabschiedete – nachmittags ging endlich mein Flugzeug nach München. Ich schüttelte jedem die Hand, nur Hana gab ich einen Kuß auf die Wange. Während ich vor der Akademie auf das Taxi zum Hotel wartete, trat sie auf die Stufen des schmalen Portikus hinaus. Sie stand reglos da, eingemummt in ihren Kämpfermantel, und blickte stumm und wütend in meine Richtung. Und plötzlich fühlte ich Verzweiflung in mir aufsteigen, und ich fürchtete mich wie ein kleines Kind vor der bevorstehenden Reise. Ich wollte um keinen Preis mehr wegfahren, es war, für einen Moment, als sei nun Prag mein Zuhause und München ein unbekannter, exotischer und gefährlicher Ort.

Die Angst wuchs. Sie wuchs mit jedem Meter, den ich mich im Taxi von der Akademie entfernte. Sie wuchs so sehr, daß ich mich bald wirklich zu fürchten begann. Ich lag im Hotelzimmer auf dem Bett und starrte ein Plakat an, auf dem für Reisen in die Hohe Tatra geworben wurde. Ich konnte mich nicht bewegen, beim Schlucken drückte es in der Kehle, in meinem Kopf rauschte es. Plötzlich jagte Wallenstein auf dem Wenzelsplatz halbnackt hinter Reinhard Heydrich her, in den Scharnieren der prächtigen Uhr am Altstädter Ring erschienen statt der mittelalterlichen Figuren grinsende KZ-Häftlinge, über der Burg kreiste Hana auf einem abgebrochenen Besenstiel, und ich selbst saß in einer Kleinseitner Kneipe, umringt von pausbäckigen Menschen, denen ich laut aus dem Sohar vorlas ...

Das Telefon klingelte seit einer Ewigkeit, sein heller, scharfer Ton hallte von den Wänden wider, als wäre das Zimmer eine riesige Felsenhöhle. Irgendwie schaffte ich es, aufzustehen und den Hörer abzunehmen. Ich war nicht überrascht, als ich Hanas tiefe Stimme hörte, und es erstaunte mich auch gar nicht, daß sie mich zu sich nach Hause zum Mittagessen einlud. »Damit wir richtig Abschied nehmen können«, sagte sie auf Englisch. »Und mach dir keine Sorgen, deinen Flug kriegst du noch.«

Aber nein, ich machte mir keine Sorgen, es war alles in Ordnung, ich warf die Sachen in den Koffer, ich lief, ohne auf den Fahrstuhl zu warten, nach unten, bezahlte meine Rechnung und ließ mich zufrieden in den Sitz des Taxis fal-

len. Ich fuhr durch Prag, mein Prag, und als ich auf einem
Sims des *Semafor*-Theaters einen kleinen Kobold her-
umturnen sah, mußte ich laut lachen.

*

Hana lebte allein, sie bewohnte eine helle Mansarde in einem
der großen Gründerzeithäuser in Vinohrady. Obwohl sie
erst vor kurzem hier eingezogen war, wehte ein schwerer,
fauliger Geruch durch die niedrigen Räume, die Wände waren rissig und feucht, in dem engen Flur stapelten sich vom
Boden bis zur Decke dicke, alte Bücher und Folianten.
Überall war Staub, es roch nach Farbe und Essen und ge-
trockneten Kräutern. Beim Sprechen hörte man die eigene
Stimme in einem leisen, kalten Echo nachklingen.
Hana hatte mich angelogen, es gab kein Mittagessen, sie
stellte nur einen Teller mit Äpfeln und Käse auf den Tisch
und sagte, abends würde es etwas Richtiges geben. Abends
also erst, dachte ich und sah sie dankbar an. In dem abge-
tragenen dunkelroten Bademantel wirkte sie auf den ersten
Blick noch häßlicher, aber plötzlich erkannte ich, daß ihr
kleiner Körper mit den großen Rundungen etwas verzweifelt
Weibliches besaß. Sie hatte das Kamikaze-Stirnband abge-
nommen, die Haare waren gewaschen, auf den Lidern chan-
gierte billige aquamarinfarbene Schminke. Wir saßen in der
Küche, sahen uns, ohne zu reden, an, und nachdem ich meinen Apfel aufgegessen hatte, ergriff ich automatisch Hanas
winzige Affenhand mit den kleinen braunen Härchen auf
den Fingerrücken.
Doch Hana riß sich von mir gleich wieder los. Sie erhob sich
wortlos und stampfte hinaus, wobei sie auf Tschechisch leise
Verwünschungen ausstieß, weil sie sich mit dem Knie an
meinem Metallkoffer gestoßen hatte. Als sie zurückkam,
trug sie eine große Holzkiste, die sie auf den Boden knallte.

Aus der Kiste zog sie einen verrußten siebenarmigen Leuchter heraus. »Weißt du, was das ist?« fragte sie so zornig und vorwurfsvoll, als hätte ich etwas verbrochen.

»Eine Menora.«

Sie nahm ein Buch in die Hand.

»Und was ist das?« fuhr sie mich an. »Was steht da?«

»Das ist eine Haggada«, sagte ich verwirrt.

Sie lächelte, aber es war ein hinterhältiges, drohendes Lächeln. Dann sagte sie ganz langsam und höhnisch: »Und was macht man damit?«

»Lesen. Es ist die Geschichte vom Auszug der Juden aus Ägypten ... Man liest sie gemeinsam an Pessach, beim Seder.«

Die große zornige Falte verschwand aus ihrer weißen Stirn, und die dunkelgrünen Augen strahlten mich selig und weggetreten an. Sie nahm meine Hand, preßte sie zusammen. Mit der andern zog sie weitere Gegenstände heraus.

»Was ist das?« fragte sie.

»Ein Gebetsschal.«

»Und das?«

»Tefillin.«

»Das?«

»Das müßten Weinbecher für den Kiddusch sein, für den Schabbat-Segen.«

Ich nahm einen Apfel, doch dann legte ich ihn, ohne hineinzubeißen, zurück auf den Teller. Ich war entsetzt, mutlos und ohne Kraft. »Mein Gott, Hana«, sagte ich, »woher hast du all diesen Krempel?«

»Von meiner Mutter – die Sachen gehörten ihrem Vater.«

»Und weiter?« sagte ich verärgert, denn ich ahnte schon die Antwort.

»Die Großeltern und meine Mutter waren in Theresienstadt.«

Natürlich.

»Mama war blond« fuhr Hana fort, und ich merkte, wie sie wieder wütend wurde. »Sie sang im Chor und hieß Marianne. Verstehst du?«

»Was soll ich verstehen?«

»Sie war blond, sie sang im Chor, und die Offiziere nannten sie Marianne.«

»War denn das nicht ihr richtiger Name?«

»Doch.« Sie schwieg. »Ich sollte wohl besser auch Marianne heißen«, sagte sie dann, und plötzlich sprach sie monoton, fast eisig. »Man dachte, Mama sei umgekommen, aber sie hat überlebt. Die Großeltern gingen mit dem letzten Zug nach Oświecim. Als der Krieg vorbei war, änderte Mama ihren Namen. Sie verstaute die Sachen meines Großvaters im Schrank und erzog mich wie eine Barbarin.«

»Und dein Vater?«

»Ich habe keinen Vater!«

Ich schüttelte den Kopf und machte mit der freien Hand eine wegwerfende Bewegung. Ich hatte plötzlich das Gefühl, daß wir von jemandem beobachtet wurden, und für einen Augenblick glaubte ich tatsächlich daran, daß Hana vor fünfundvierzig Jahren von einem geilen SS-Offizier gezeugt worden war. Doch dann packte mich wieder die Wut über dieses ganze Theater, über diesen wunderlichen Holocaust-Unsinn. »Und warum erzählst du mir das alles?« fauchte ich sie an. »Warum erzählst du gerade mir eure Familiengeschichte?«

»Weil du Jude bist«, erwiderte sie ungerührt. »Und weil ich auf dich gewartet habe – damit du mich alles lehrst!«

»Wieso bist du dir so sicher?«

Sie antwortete nicht, und statt dessen sagte sie: »Ich glaube, du hättest dich mit meinem Großvater sehr gut verstanden.«

»Was soll denn das jetzt wieder bedeuten?!«

»Er war Schriftsteller, wie du.«

Ich schwieg trotzig.

»Sein Name war Otto Brod.«

»Und was hat er geschrieben?«

»Nur einen einzigen Roman – *Die Berauschten*.«

»Ich kenne keinen Otto Brod.«

»Das überrascht mich nicht«, sagte Hana. »Sein Bruder war viel berühmter, und er hat alles überlebt.«

»Richtig ungerecht, was?«

Sie lächelte. »In der Nacht, als die Deutschen kamen«, sagte sie, »gelang es ihm, zu fliehen. Er ging nach Israel.«

Es ist der Wodka, dachte ich, es ist der Wodka von gestern nacht. »Und wer war dieser Bruder? Jetzt komm schon!«

»Max Brod«, sagte sie stolz.

»Warum nicht gleich Kafka?! Warum nicht Franz Werfel, warum nicht Rabbi Löw?!« schrie ich und lachte dabei wie ein Verrückter. Dann sprang ich von meinem Stuhl auf, ich machte einen Schritt vor, einen zurück, und schließlich ließ ich mich fallen und rutschte auf den Knien zu Hana herüber. In meinem Kopf flackerte kurz der Gedanke daran auf, daß ich sofort zum Flughafen müßte, ich dachte an München, an meine Freunde, an das Kaffeehaus, in dem wir uns jeden Tag trafen. Wieso war ich jetzt noch in Prag, fragte ich mich verzweifelt, und im nächsten Moment wußte ich nicht mehr, woher ich kam und wo ich bleiben sollte, und ich öffnete mit einer schnellen Handbewegung Hanas Bademantel, ich riß ihre Beine auseinander und versenkte meinen Mund in ihrem Schoß, der nach Urin und Seife schmeckte, ich biß und leckte sie und verfing mich immer wieder mit der Zunge in ihrem dichten, borstigen Haar.

Hinterher duschte Hana, und dann ging sie in die Küche und bereitete das Abendessen vor. Sie deckte den Tisch, sie gab mir das Weißbrot, und ich nahm, mit einer trägen, mechanischen Bewegung, aus Otto Brods verfluchter Zauberlade zwei Leuchter heraus, ich zeigte Hana widerwillig, was sie beim Kerzenanzünden zu tun hatte, ich holte mir das Gebetbuch ihres Großvaters, ich setzte seine goldbestickte Kippa auf und sagte starr und gedankenverloren den Kiddusch auf. Schließlich erzählte ich – weil es eben so sein mußte – Hana *meine* Familiengeschichte, ich sprach von Galizien und Onkel Heskiel, der in Lemberg angeblich ein berühmter Rabbiner gewesen war, von Hana, meiner Großmutter, Hana, meiner Schwester, und plötzlich war es sehr spät, wir legten uns schweigend ins Bett, und bevor wir einschliefen, sah ich vom Schlafzimmer aus an der Küchentür die Schatten der beiden Schabbat-Kerzen tanzen.

*

Als ich die Augen öffnete, saß ich natürlich im Flugzeug. Die Stewardeß machte ihre Ansage, weil wir uns bereits im Anflug auf Prag befanden. Ich schloß den Gurt und blickte aus dem Fenster. Ich sah schwarzglänzende Straßen, verschneite Felder und Dörfer. Am Horizont reckte sich, im grellen Winterlicht, eine große Stadt.

Mannheimeriana

Zwölf Gedichte ließ Richard Rudolph Mannheimer am Ende gelten, und alles andere, was er sonst geschrieben hatte, erklärte er für nichtig, überflüssig und falsch. Wir saßen in seinem Kabinett, umzingelt von Kabeln und Lampen, der Mikrofongalgen hing unsichtbar über unseren Köpfen, und plötzlich, mitten im Satz, stand Mannheimer auf, und diese Bewegung war so abrupt und überraschend gewesen, daß er für eine Sekunde aus dem Bild verschwand. Als ihn die Kamera dann endlich wieder eingefangen hatte, sah man, wie Mannheimer mit seiner krummen Schulter gegen das Mikrofon stieß, er drehte sich um, blickte in das scharfe Scheinwerferlicht hinein und preßte erschreckt die Augen zusammen. Die Einstellung wankte, ein brummendes Knacken übertönte kurz jeden anderen Laut, Mannheimer griff hinter sich, in das Buchenholzregal über dem Schreibtisch, er hielt plötzlich ein schmales, hellblaues Buch in der Hand, seinen einzigen Gedichtband, und während ich dem Kameramann Zeichen machte, er solle unbedingt weiterdrehen, begann Mannheimer – so langsam und überlegt, als verrichte er die Arbeit eines Feinmechanikers – eine Seite nach der andern aus dem Büchlein herauszureißen. Die einzelnen Blätter sortierte er in zwei Stapel, und als er fertig war, heftete er den kleineren Haufen mit einer Klammer zusammen und schob ihn zwischen zwei Bücher zurück ins Regal. Den größeren legte er in die leere Kekskiste aus Blech, die neben unseren Teetassen stand, er knüllte die Blätter zusammen und zündete sie mit seinem Feuerzeug an mehreren Ecken an. Die

Flamme leckte an den Wänden der alten Leibnizdose, die Luft roch nach Benzin und Karamel, und Mannheimer sagte mit seiner schnarrenden Heinrich-George-Stimme: »Man muß Unordnung nicht dulden, man kann auch gewissenhaft sein ...«

Richard Rudolph Mannheimer war ein zurückhaltender, selten heiterer Mann. Er hatte einen viel zu breiten, aristokratischen Schädel, das graublonde Haar trug er wie eine Krone auf dem schweren Kopf, und obwohl seine dünnen Greisenlippen beim Reden in einem schwarzen toten Mund verschwanden, erstrahlte sein Gesicht nach wie vor in einem hellen und gesunden Teint. Wann immer Mannheimer niesen oder husten mußte, verließ er den Raum, er machte keine komischen oder pausenfüllenden Bemerkungen, er redete nie über private Dinge, und erst recht vermied er alle Zurschaustellung von Schmerz und Gefühl. Seine Handlungen waren überlegt, die Bewegungen selten träge oder lasziv, und überhaupt hatte er sich immer, fast immer, unter Kontrolle. Außerdem besaß er die erstaunliche Angewohnheit, in einem fort mit den Händen über jeden Tisch und jedes Fensterbrett in seiner Umgebung zu fahren, um hinterher, die graue Staubspur auf dem emporgereckten Zeigefinger, in einem missionarischen, ängstlichen Ton zu erklären, Staub verpeste die Luft der modernen Städte genauso wie Ratten ihren Untergrund.

Ja, Sauberkeit und Ordnung gehörten fest zu Mannheimers Weltbild, und das galt nicht allein für Körper- und Raumhygiene, sondern ebenso für den Umgang mit Menschen. Der Schriftsteller, der immer so roch, als hätte er seinen ganzen Körper kurz vorher mit Kernseife eingerieben, kam nie jemandem zu nah, er berührte andere nicht einmal zufällig, er unterbrach sie nicht, und er ließ sich selbst nur selten das Wort mitten im Satz abringen. Er war pedantisch mit sich und penibel mit andern, und am unduldsamsten ging er mit der eigenen Arbeit um. Seit mehr als vierzig Jahren war Mannheimer damit beschäftigt, sein Werk, wie er selbst sagte, von allem »Unrat und Überfluß zu säubern«. Seit mehr als vierzig Jahren schrieb er nicht mehr, statt dessen gab er von Zeit zu Zeit eine neue Gesamtausgabe seiner Gedichte heraus, die jedesmal um ein paar Dutzend Seiten schmaler war als die vorherige. Mannheimer kürzte und vernichtete, er ließ immer weniger von dem gelten, was er einst innerhalb von ein paar Monaten in einem Zug zu Papier gebracht hatte, und so war von den ursprünglich mehr als zweihundert Oden und Sonetten zum Schluß fast gar nichts übriggeblieben.

Ich selbst kannte Mannheimers Gedichte schon lange. Wir hatten sie in der Schule durchgenommen, und auch später an der Universität gab es keinen Dozenten, der nicht einmal die Rede auf sie gebracht hätte. So war ich also von früh an mit ihrer deutschen Schwärze und Ängstlichkeit vertraut gewesen, ich hätte im Nu zwischen tausend anderen ihre strenge, anachronistische Metrik herausgehört, und ab und zu weckten sie in mir, gegen meinen Willen, sogar ein fernes Sehnsuchtsgefühl. Ein Mannheimerianer war ich natürlich trotzdem nicht, das konnte ich gar nicht sein, denn ich will immer ganz genau wissen, worüber man mit mir spricht. Mannheimer war aber, wie viele andere in diesem Land, vom Hölderlinschen Sprachwahnsinn befallen – er setzte die Worte nach Gefühl und Klang, nicht nach Verstand. Und trotzdem, oder nein: gerade deshalb beschäftigte mich immer wieder der Gedanke an ihn, den strengen, fast fanatischen Konvertiten, dessen Leben ja das spiegelbildliche Gegenteil des meinen war, und dieser Gedanke machte mich manchmal genauso wehmütig wie das eine oder andere seiner so unverständlichen Gedichte, und viel öfter aber vor allem sehr neugierig, denn ich war überzeugt davon, daß Mannheimer, so wie jeder Abtrünnige, etwas in sich verbarg.

Doch als ich dann eines Tages, eher zufällig, die Gelegenheit bekam, ihn zu befragen, als Mannheimer – es war eine Idee der DCTP-Redaktion gewesen – plötzlich mit mir gemeinsam vor der Kamera stand, kriegte ich kein Wort aus ihm heraus. Ich fragte ihn nach den Deutschen, und er schwieg, ich fragte ihn nach seinen Gedichten, und er schwieg, und dann schwieg auch ich eine Weile, und schließlich sagte ich, er solle mir zumindest verraten, wen oder was er in seinen Strophen besingt. Aber er blieb weiterhin stumm, und so lächelte ich, ich lachte mitten in seine gelbweißen Augen hinein, und als auch das nichts half, fragte ich ihn wütend, ob es denn nicht zumindest etwas zu seinen literarischen Selbstzerstörungen zu sagen gibt. Da endlich begann er zu sprechen, und kurz darauf brannten seine Gedichte . . .

Das seltsame Interview wäre meine letzte Begegnung mit Richard Rudolph Mannheimer geblieben, wenn ich nicht ein paar Wochen später beim Schreibtischaufräumen plötzlich sein *Sonett für Jenny* in den Händen gehalten hätte. Ich hatte mich inzwischen wieder meinem Buch zugewandt, an Mannheimer hatte ich gar nicht mehr gedacht, und so wollte ich das Gedicht im ersten Moment gleich wieder zur Seite legen. Dann aber begann ich, es trotzdem zu lesen, ich tat es beiläufig, unbewußt, und ich wurde auf der Stelle von dieser Art von Lesestimmung übermannt, in der Konzentration zum Rausch wird und die jenem Zustand so nahe kommt, den man früher als Kind jedesmal erreichte, wenn man sich durch ein Buch fraß. Es dauerte lange, wirklich lange, bis ich aus diesem Tagtraum erwachte, der Zauber war verflogen, der kindliche Allglaube dahin, und mir war, während ich die letzte Strophe überflog, nun wieder klar, daß ich las. Ich erinnere mich genau, wie ich schließlich, noch immer über das Blatt gebeugt, das Echo von Mannheimers Poesie in mir widerhallen hörte, diesen immergleichen hellen Klang der Worte, leicht und vorwärtsdrängend, voller dunkler, schattiger Farben und genauso unverständlich und verwirrend schön wie ein wundervolles, abstraktes Bild.

Ich ließ das Blatt auf den Schreibtisch fallen, und obwohl ich längst wieder so zerstreut, so unkonzentriert war wie vorher, wußte ich trotzdem noch ganz genau, was mir gleich zu Beginn meiner Zufallslektüre mit einer derartigen Wucht klargeworden war: Hier waren sie gewesen, all die Antworten auf die Fragen, die mir Mannheimer beim Interview verweigert hatte. Ich nahm den Telefonhörer in die Hand und wählte Mannheimers Schwabinger Nummer, doch als er abhob, legte ich stumm auf. Danach saß ich noch eine Weile da, ich sah aus dem Fenster in die Nacht, die gegenüberliegenden Häuser waren in der Dunkelheit ganz dicht herangerückt, und in keinem einzigen Fenster mehr brannte um diese Zeit noch ein Licht. Schließlich griff ich ein zweites Mal zum Hörer, und gleich nach meinen ersten, einleitenden Sätzen erklang Mannheimers Stimme viel weicher als sonst, er schien verwirrt und dann fast wieder fröhlich.

2.

In Lucca schlief der junge Mann im Ankleidezimmer des Bischofs. Sein Bett, von mehreren Wäschekörben umstellt, stand direkt am Fenster, aber er durfte nie hinausschauen, und wenn er dann doch einmal gegen das Verbot verstieß, sah er auf der andern Seite der Straße eine staubige, braune Wand und darüber den klaren toskanischen Himmel. Es war jedesmal derselbe Blick, der sich ihm bot, ein Blick wie ein Gemälde: das Licht, das von oben auf das gegenüberliegende Haus und die breite Straße fiel, war das launische, gleißende Licht des Cinquecento. Noch weiter hinter dem Haus lag aber das Paradies, der große, dunkle, kühle Botanische Garten von Lucca, von dem man dem jungen Mann schon oft erzählt hatte. Da er ihn von seinem Versteck aus nicht sehen konnte, versuchte er auf die Stimmen der Vögel und Insekten zu hören, die darin wohnten, und dabei wurde er dann immer besonders unvorsichtig. Einmal, er hatte seit mehr als einer Viertelstunde lauschend am Fenster gesessen, bemerkte er plötzlich, daß ihn von unten, von der Straße, eine alte Frau beobachtete. Er zuckte zusammen und ließ sich fallen, eine Weile lag er schwer atmend auf dem Bauch in seinem Bett, doch schon bald besiegte die Neugier die Angst, und so schob er sich wieder ans Fenster heran und hob vorsichtig den Kopf. Die Frau stand noch immer da, das Gesicht nach oben gerichtet. Sie lächelte ihn an, aber auf ihren Wangen waren Tränen.

Jeden Morgen, wenn der Bischof kam, um sich seine Kleider zu holen, wechselte er mit dem jungen Mann ein paar Sätze. Weil Don Pasquale kein Deutsch konnte und sein Schützling kein Italienisch, sprach er Lateinisch mit ihm, und der Junge, der früher in Latein genauso gut gewesen war wie in Religion, antwortete fließend und selbstbewußt. Der Bischof war mager, er hatte ein langes bleiches Gesicht und dünne Kinderarme, und nur sein Bauch stand hart und rund hervor. Er nahm sich mit dem Anziehen viel Zeit, er unterhielt sich gern mit seinem Schützling, weil er fröhlich und ernst zugleich war, beseelt von einem romantischen Lebenstrotz. Sie redeten, wenn es nicht um Alltägliches ging, meistens über religiöse Dinge, und der junge Mann, der seinen neuerworbenen Katholizismus mit einem sehr weltlichen, humanistischen Denken begründete, fragte den Bischof dabei nicht einfach bloß aus, er vertrat oft auch, manchmal fast zu stürmisch, eine andere Ansicht. Es waren jedoch immer gute Gespräche, der Geistliche lachte viel, fast nichts konnte seine Laune trüben, und nur wenn sie auf die Mutter des jungen Mannes zu sprechen kamen, die in der Krankenstation des Klosters S. Zita untergebracht war, schlug seine Stimmung kurz um. Er lief dann rot an und begann sich viel zu laut über die Deutschen auszulassen, aber weil er Lateinisch sprach, war das nicht wirklich gefährlich, man konnte leicht meinen, er schimpfe nicht etwa auf Hitler und Göring, sondern auf Hermann den Cherusker vielleicht oder jemanden andern von seiner germanischen Horde. Erst als der junge Mann ihn, wie so oft an dieser Stelle, unterbrochen hatte, um ihn wütend daran zu erinnern, daß es die verdammten Bomben der Amerikaner gewesen waren, deren Splitter seinen Vater getötet und seine Mutter verletzt hatten, verstummte der Bischof. Er machte ein freundliches Gesicht, und beim Hinausgehen zwinkerte er seinem Schützling zu und sagte, er könne auch heute wieder zum Schreiben den alten Sekretär in seinem Schlafzimmer benutzen. Der junge Mann tat so, als wisse er nicht, wovon Don Pasquale redete, doch kaum hatte der die Tür hinter sich zugemacht, sprang er auf, er zog unter der Matratze seinen Block hervor, die Feder und das Tintenfaß, und setzte sich, zitternd vor Freude, im großen Zimmer an den Schreibtisch des Bischofs.

Gewöhnlich legte der junge Mann, kaum daß er Platz genommen hatte, gleich los, denn nur beim Schreiben vergaß er die Ereignisse der letzten Wochen. Heute aber kam er einfach nicht von der Stelle, er begann zu grimmen und zu grübeln, und dabei knickte er, wie immer, den Kopf auf die Seite und zog seine krumme Schulter stützend hoch. Natürlich hatte Don Pasquale recht gehabt, natürlich war alles allein die Schuld der Deutschen gewesen. Ihretwegen war Papa jetzt tot, Mama gelähmt und Jenny weg. Aber er konnte trotzdem nicht anders, er verspürte einfach keinen Haß, und er konnte ihnen nicht einmal verübeln, daß er nun schon seit fast einem Vierteljahr nicht auf die Straße durfte. Es war verrückt: Viel wütender als jeder Gedanke an alles, was sie verschuldet hatten – die Vertreibung seiner Familie aus Berlin, ihre erfolglose Flucht mit dem Schiff bis Kuba, wo man sie, so kurz vor dem Ziel, nicht an Land gehen ließ, die

Rückreise nach Europa, der Fußmarsch von St. Martin-Vésubie über die Alpen bis nach Italien, die verfluchten Tage und Nächte in Castimiglia und nun auch hier – viel wütender als all dies machte ihn im Moment die Vorstellung von einem zerstörten, zum zweiten Mal erniedrigten Deutschland.

Er biß auf den Griff seines Füllers, er biß so stark darauf, daß seine Zähne knackten, und als er hinunterblickte, fiel ihm zum ersten Mal auf, daß das dunkelblaue Perlmutt am oberen Ende des Füllers bereits bis auf die Metallhülse zerkaut war. Die Eltern hatten ihm den teuren Pelikanstift zum bestandenen Abitur geschenkt, er sollte ihn an der Universität benutzen, aber dazu war es nicht mehr gekommen, und statt Paragraphen zu lernen, saß er jetzt also in einem fremden Land, in einem fremden Haus und schrieb Gedichte. Was er von ihnen zu halten hatte, wußte er selbst nicht so genau – wirklich gut konnten sie aber auf keinen Fall sein, schließlich war er ein blutiger Anfänger, er verfaßte sie nur zum Zeitvertreib und ein bißchen natürlich auch, um nichts von dem, was er in diesen Tagen erlebte, zu vergessen. Am abträglichsten für ihre Qualität war vor allem jedoch, daß er sich beim Schreiben, so schwer es ihm fiel, immer nur mit Andeutungen und Verschlüsselungen begnügen mußte, damit im Falle seiner Festnahme die Gestapo keine Hinweise bekäme, wo Mama untergekommen war. Auch in dem Gedicht für Jenny, an dem er seit gestern arbeitete, hatte er sich, obwohl das inzwischen keine Rolle mehr spielte, sehr unbestimmt ausgedrückt, doch das war eine andere Geschichte.

Der junge Mann hob den Kopf, die Schulter rutschte nach unten, in seinem Gesicht war plötzlich ein neuer, erwachsener Ausdruck, und als er nun endlich zu schreiben begann, kräuselte sich die dunkle Haut in seiner Stirn. Er arbeitete ohne Unterbrechung eine ganze Stunde lang, und nachdem er das Blatt bis zum untersten Rand vollgekritzelt hatte, gönnte er sich für einen kurzen Augenblick eine

Pause. Das Jugendliche kehrte sofort wieder in seinen Blick zurück, und für einen Moment schien es sogar, als ob er lächelte. Doch dann hörte er plötzlich von draußen den röhrenden Motor eines Fahrzeugs, Autotüren wurden aufgerissen und zugeknallt, Metallabsätze klirrten, und als schließlich die große Torglocke wild zu läuten begann, hechtete der Junge mit einem einzigen Satz ins Ankleidezimmer zurück und schob seinen zitternden Körper in die Abseite unter der Fensterbank. Er verschloß sie von innen, er atmete schwer, um ihn herum war es vollkommen dunkel, nur ein dünner Lichtstreifen zeigte ihm die Umrisse der schmalen Klappe, und kurz bevor er einschlief, fiel ihm ein, daß er vergessen hatte, seine Papiere von Don Pasquales Sekretär zu räumen.

3.

Wir liefen durch den Englischen Garten, und Mannheimer sagte schon seit mehr als einer halben Stunde kein Wort. Er stützte sich auf seinen schwarzen Stock, dessen silberner Knauf ab und zu zwischen seinen Fingern aufblitzte, und ich bemerkte, daß er auch beim Gehen jede seiner Bewegungen genau bemaß. Er setzte nicht, wie die meisten Spaziergänger es sonst gerne tun, frei und forsch einen Fuß vor den andern, er trabte auch nicht entspannt vor sich hin oder machte große, nach Raum strebende Schritte. Er schwang die Beine so ernst und leidenschaftslos, als habe er ein Pensum zu erfüllen, und obwohl er kein allzu scharfes Marschtempo angeschlagen hatte, gelang es ihm immer wieder, mich abzuhängen. Ich betrachtete von hinten seinen steifen Rücken, die herunterhängende rechte Schulter, die fast waagerecht geraden, überlangen Hüften, und dann drehte er auch schon den Kopf nach mir um, und ohne daß er etwas hätte sagen müssen, verstand ich seinen auffordernden Blick sofort. Ich beschleunigte meinen Gang, und kaum hatte ich ihn erreicht, lief er mir erneut davon.

Mannheimer hatte sich während unseres nächtlichen Telefonats sofort bereit erklärt, mich zu treffen. Er war nicht allzu erschrocken gewesen und schon gar nicht überrascht, er sagte, er habe gewußt, daß eines Tages jemand alles herausfinden würde, und überhaupt sei er froh, sich endlich aussprechen zu können. Jetzt aber redete er kaum, er hatte mich nach unserer Begrüßung nur gefragt, welcher Weg mir am liebsten wäre, und das einzige Thema, das wir bisher kurz gestreift hatten, war sein Auftritt in meinem Film, über den, wie er sagte, zu seiner Genugtuung ja überall so viel geredet und geschrieben worden war.

Wir kamen vom Süden, vom Haus der Kunst, und hatten an der Surferwehr die kleine Eisenbrücke überquert. Links lag nun der Eisbach, rechts die große offene Fläche mit mehreren ineinander übergehenden Wiesen, die von allen Seiten von einer dichten Baumreihe umfaßt wurden. Die Luft war trocken, auf dem Weg vor uns wirbelten die anderen Spaziergänger immer wieder Staub auf, und oben, über unseren Köpfen, schossen zwei winzige Wolken der Sonne entgegen. Ihre zerfaserten Ecken und Enden blitzten in dem korngelben Sommerlicht auf, und dann blies ihnen der Wind noch einmal mächtig in den Rücken, und sie verschwanden hinter dem Horizont. Der Himmel war jetzt vollkommen leer, er erstrahlte für einen Moment in einem endlosen Äquatorblau, und als ich den Blick senkte, bemerkte ich, daß ich Kopfschmerzen bekam.

Plötzlich sagte Mannheimer etwas. Ich ging hinter ihm, so daß ich ihn kaum verstand, und als ich mich endlich wieder auf seine Höhe vorgearbeitet hatte, sah ich ihn stumm von der Seite an. Ich war überrascht, wie frisch und kräftig er für sein Alter noch wirkte.

»Sehen Sie«, sagte er leise, ohne sich nach mir umzublicken,

»ich habe über diese Dinge nie gesprochen, und heute weiß
ich plötzlich nicht mehr, warum. Ich dachte immer, während
des Kriegs und erst recht danach, alles sei ein schreckliches
Versehen gewesen, ein Verbrechen, das nicht allein den Russen, den Franzosen, den Juden angetan worden war, sondern
vor allem den Deutschen selbst. Sie hatten das nicht gewollt,
sie waren nur sehr stolz gewesen. Und sie waren hungrig und
arm. Bestimmt hätten sie sich auf die vielen Versprechungen
nicht eingelassen, wenn sie gewußt hätten, wohin alles führt.
Immerhin wurde am Ende ihre eigene Heimat am meisten
zerstört.«

Ich hatte mich, kaum war mir der tiefere Sinn seiner letzten
Sätze klargeworden, sofort wieder weit hinter ihn zurück-
fallen lassen. Ich war nun fest entschlossen, das Treffen mit
ihm auf der Stelle zu beenden, weil er genauso unver-
besserlich und stur schien wie schon bei unserer ersten Begegnung. Doch gerade als ich einen Schritt zur Seite machen
wollte, um hinter seinem Rücken unbemerkt in einem Sei-
tenweg zu verschwinden, wurde mir klar, daß ich einen
Fehler machen würde. Etwas an Mannheimer war anders als
beim letzten Mal – sein Tonfall nämlich, der Klang dieser für
gewöhnlich so zackigen, herrschsüchtigen Stimme. Mannheimer sprach – das hatte ich vorhin schon bemerkt – heute
nachmittag wie mit Engelszungen, alles Preußische war weg,
er schnarrte und kommandierte nicht, sein altmodisches
Tremolo war sanft und klagend, und vor allem aber ließ er
alles, worüber er redete, plötzlich in einem für ihn ungewohnt persönlichen Licht erscheinen.

»Sie wollen Beweise, klar«, sagte Mannheimer. Er hatte sich
nach mir umgedreht und war dann wartend stehengeblieben.
»Der Umgang ...«, sagte er, als ich ihn erneut eingeholt
hatte, »der Umgang mit mir war für mich Beweis genug. Ich
bekam sofort eine Chance, gleich in den ersten Friedens-
jahren. Ich wurde gelesen und geachtet, ich durfte beim

Rundfunk Geld verdienen, ich kriegte den Büchner-Preis. Ich war zu Hause.«

»Das alles haben Sie doch bloß nur geträumt«, sagte ich ungehalten.

»Nein«, erwiderte er, »ich stand mit beiden Beinen auf der Erde, ich war sehr aufmerksam und natürlich auch mißtrauisch. Aber man hat sich ja wirklich Mühe gegeben! Der Kanzler fuhr nach Israel, Geld wurde überwiesen, und an den Schulen zeigte man Filme über die Lager.« Er sah mich geduldig an. »Wissen Sie«, sagte er dann, »ich werde nie vergessen, wie damals auf Schloß Elmau mitten in einer der großen Wettlesungen ein alter Mann aus dem Publikum aufsprang und meine Kollegen in einem schrecklichen jüdischen Deutsch zu beschimpfen begann. Er nannte sie alle Killer und Pharisäer, er warf ihnen vor, daß jeder einzelne von ihnen, ob als Nazisoldat, Flakhelfer oder Hitlerjunge, nicht besser gewesen sei als ihr Führer persönlich – ›Fierer‹ hatte er gesagt –, und natürlich hat er zum Schluß dann von seinen eigenen, vollkommen unbekannten Romanen angefangen, denn er war der Meinung, unsere Autorengruppe sei in Wahrheit bloß eine neue Reichsschrifttumskammer, von der die Juden und Emigranten schon wieder wie Unrat behandelt werden würden. Nein, wirklich, mit Leuten wie ihm konnte man gegen die Deutschen den großen Teufelsbeweis bestimmt nicht erbringen. Oder etwa doch?«

Ich antwortete nicht.

»Oder etwa doch ...«, wiederholte er, jede einzelne Silbe unterstreichend, um dann langsam und zögerlich fortzufahren: »Vielleicht bin ich ja für meine Zurückhaltung bestraft worden«, sagte er. »Vielleicht war es kein Zufall, daß ich schon sehr bald mit meiner Arbeit aufhören mußte. Nicht daß ich keine Ideen gehabt hätte – Stoff gab es genug, denn ich hatte mehr erlebt, als für ein einziges Dichterleben reichen sollte. Nein, das Wissen des Herzens, das man braucht, um zu beginnen, war weg. Mal genügt ja eine Stimmung, mal nur die Aussicht auf eine Landschaft oder die Erinnerung an das Gefühl, das man hatte, als man irgendwo war.« Er holte tief Luft. »Weg, es war alles weg –«

»Und Ihr schlechtes Gewissen?« sagte ich laut. »Hat es Sie nicht inspiriert?«

»Hören Sie auf«, erwiderte er. »Darüber hatte ich doch geschrieben.«

»Ja«, sagte ich nun viel leiser, erschrocken darüber, wie frech und anmaßend ich mit dem alten Mann gesprochen hatte. »Sie haben diese Dinge in Ihren Gedichten vergraben, und zwar so tief, daß man sie dort kaum finden kann.« Ich seufzte. »Man bräuchte ja eine ganze Armee von Germanisten, um zu entschlüsseln, was Sie wirklich auf dem Herzen haben.«

»Aber Sie haben es doch verstanden . . .«

»Zufall. Ein glücklicher Augenblick.«

Er lachte.

»Die Deutschen«, sagte er dann, »die Deutschen wissen ganz genau, wovon bei mir die Rede ist. Sonst hätten sie mich doch niemals so hoch gehoben!«

Ich machte ein verwundertes Gesicht. »Was reden Sie?« sagte ich gespielt überrascht. »Sind Sie selbst etwa kein Deutscher?«

»Doch, doch – natürlich.« Er blieb stehen, stützte sich auf den Stock und senkte den Kopf. »Natürlich nicht«, sagte er dann, und nach einer kurzen Pause fügte er, plötzlich beleidigt, hinzu: »Wollen Sie mich endlich zu Ende sprechen lassen?«

Ich hielt mir die Hand gegen die Schläfe, und ich spürte den Schmerz nun überall.

Er hatte nur ein paar Minuten geschlafen, aber als der junge Mann wieder wach wurde, fühlte er sich so verspannt und ausgepumpt wie nach einer langen, unruhigen Nacht. Er lag im Dunkeln, die Taschenlampe war ans andere Ende seines Verstecks gerutscht, und weil er wußte, daß man draußen jede seiner Bewegungen hören konnte, wagte er es nicht, sich zu rühren. Er war daran gewöhnt, er hatte hier drinnen manchmal schon einen ganzen Tag ohne Unterbrechung verbracht, und im Moment blieb er noch ruhig, denn er wußte, daß sich die Panikanfälle, erzeugt durch die Enge und Dunkelheit, meistens erst nach ein paar Stunden einstellten. Vielleicht würde er, so hoffte er, heute vorher rauskommen, vielleicht hatte er ja Glück und er müßte diesmal nicht wie vor ein paar Tagen an seinem eigenen Erbrochenen beinah ersticken. Die Möglichkeit, daß man ihn entdecken könnte, zog er natürlich auch in Betracht, aber seine Furcht vor der Gestapo hatte in letzter Zeit stark nachgelassen. Er fühlte sich sehr sicher in Don Pasquales Haus, und außerdem wußte er vom Bischof, daß die Amerikaner inzwischen in Italien gelandet waren und der Krieg nicht mehr lange dauern konnte.

Er hatte sich schon oft vorgestellt, was nach dem Krieg sein würde, meistens vertrieb er sich, wenn er nicht gerade eines seiner Gedichte memorierte, mit solchen Friedensphantasien die endlose Wartezeit im Versteck. Er zauberte dann die immergleichen Bilder vor sein inneres Auge, er sah sich und Mutter am Tauentzien, in der Fasanenstraße, im Kleistpark, sie waren wieder zu Hause, sie spazierten durch Charlottenburg, die Menschen sahen gesund und freundlich aus, Autos mit schwarzglänzenden Karosserien rasten vorbei und ließen in den Kurven ihre Kotflügel aufblitzen, in den Auslagen der Geschäfte stapelten sich Bücher und Nahrungsmittel, die

Häuser erstrahlten in einem grellgrauen Herbstlicht, die Straßen waren immer belebt, und an die schwere Zeit erinnerte nur der Rollstuhl, in dem Mama saß.

Der junge Mann seufzte. Er seufzte so laut und hemmungslos, daß er selbst erschrak, denn er verstieß damit gegen alle Vorsichtsmaßnahmen. Er war plötzlich furchtbar aufgeregt, er war wütend auf sich selbst und wütend auf diesen Kasten, in dem er steckte, das Blut schoß ihm in den Magen, und als er dann, im gleichen Moment, von draußen mehrere Männerstimmen vernahm, unter denen auch der ungewohnt aufgeregte Bariton Don Pasquales erklang, waren die letzten Reste seines Muts endgültig aufgebraucht. Seine Stirn war jetzt mit eisigem Schweiß bedeckt, der Magen, vollgepumpt mit Blut, wurde hart wie Stein, und dann begannen auch noch seine Beine und Arme – wie bei einer Marionette – von selbst zu zittern. Der Junge fror und schwitzte, er klapperte mit den Zähnen und schüttelte sich am ganzen Körper, und seine Glieder schlugen nun unkontrolliert gegen die Türklappe. Was sollte er bloß tun? Die Männer kamen immer näher, ihre Absätze knirschten über den Steinboden, ihre Stimmen wurden lauter und lauter, und bevor er begriff, wie ihm geschah, bevor er verstand, was er da tat, begann er zu beten. Die Worte, die er leise und jammernd sprach, waren weder lateinisch noch deutsch, und das Gebet alles andere als katholisch. »*Schma jisroel adonai elohenu adonai echad*«, murmelte er, und plötzlich war er wieder acht, er saß im Religionsunterricht bei Herrn Koganowitsch, dessen akkurat rasierter Kinnbart immer so lächerlich ausgesehen hatte, bei dem aufdringlichen, schmierigen Herrn Koganowitsch, der sie später, nachdem die Mannheimers aus der Gemeinde ausgetreten waren, um sich taufen zu lassen, auf der Straße nicht einmal mehr grüßen wollte. »*Schma jisroel adonai elohenu adonai echad*«, flüsterte der junge Mann, »so hilf mir doch!«

Die Männer befanden sich jetzt direkt neben seinem Versteck, sie lachten laut, dann verstummten sie für einen Augenblick, und schließlich hörte der junge Mann den Bischof etwas auf Italienisch sagen. Die Antwort, die er bekam, war in einem bestimmten, aber höflichen Ton gehalten, und der Akzent des Mannes, mit dem Don Pasquale redete, war dem Jungen unangenehm und vertraut zugleich. Er betete jetzt nicht mehr, er wußte, daß bald alles vorbei sein würde, er konzentrierte sich in der Dunkelheit nur noch auf die Lichtstrahlen, die die Ränder der Türklappe umkränzten, er stellte sich vor, er sei bereits tot und dies das Licht der Himmelspforte, die sich gleich für ihn öffnen würde, und als dann von seinem heißen Magen plötzlich ein ekelhafter saurer Geschmack in seinen Rachen hochstieg, begann er, bar aller Vernunft, wie wahnsinnig mit den Händen und Ellbogen gegen die Tür zu schlagen. »Verschwindet! Zieht Leine! Verschwindet bloß!« schrie er, und in der nächsten Sekunde ging die Klappe auf, und er sah direkt in Don Pasquales große, wäßrige Augen.

Hinter dem Bischof standen zwei amerikanische Soldaten in sandbraunen Uniformen, einer war groß und hager, der andere klein, dicklich, mit einem traurigen Pinocchiogesicht. Die Soldaten lachten, und der Bischof sagte, der Krieg sei zu Ende, und dann beugten sie sich zu dritt vor und zogen den jungen Mann vorsichtig heraus. Kaum stand er auf seinen Füßen, sprang er zum Fenster und übergab sich in den Hof. »Di bist a frajer mensch, jingele«, hörte er einen der Soldaten sagen, während er sich mit dem Ärmel den Mund abwischte. Er blickte auf, und der Soldat, es war der kleinere von den beiden, trat vor ihn, er zog ein Taschentuch heraus und gab es ihm. »Nu, nim schojn, giber!« sagte er, und weil der Junge ihn so verdattert ansah, fügte er hinzu: »Majn tate is fun Lublin, majne mame aus Speyer. But they met in Amerika. Farstajst?« Er redete in einer Mischung aus Jiddisch und

Deutsch, und manchmal streute er auch ein englisches Wort ein. Um die Augen herum hatte er schwarze Ränder, unter seiner blassen Nase lag ein schöner großer Mund, und seine Wangen waren mit kleinen Eiterpickeln übersät.

Sie standen jetzt alle in Don Pasquales Schlafzimmer und schwiegen, und dann fragte der Hagere nach der Toilette und ging hinaus. Der Junge, der viel zu aufgeregt war, um eine Unterhaltung zu führen, rang nach einem vernünftigen Gedanken, doch statt sich bei dem andern Amerikaner, der im Zimmer geblieben war, für seine Befreiung zu bedanken oder nach seiner Mutter zu fragen, irrte er mit dem Blick durch den Raum. Das einzige, was ihn im Moment beschäftigte, war die Frage, wieso er die Dinge hier plötzlich mit ganz anderen Augen wahrnahm als in den vorangegangenen Wochen und Monaten. Das breite Himmelbett des Bischofs, das Bild mit dem heiligen Sebastian neben der Tür, der dunkle, schwarzrot gemusterte Teppich, der Wäschekorb vor dem Eingang zum Ankleidezimmer – das alles wirkte wie neu, wie ausgewechselt, diese Bilder und Möbel waren auf einmal die schönsten Bilder und Möbel der Welt, und der Junge konnte gar nicht mehr aufhören, sie zu mustern und mit seinen Blicken zu streicheln. Schließlich sah er auch zu Don Pasquales Sekretär herüber, er stutzte, und da erst erinnerte er sich, daß er dort – als er sich vorhin so schnell verstecken mußte – seine ganzen Papiere vergessen hatte. Aber nun war es bereits zu spät, denn im gleichen Moment hatte sich der Soldat in den Schreibtischsessel gesetzt, er legte den Kopf müde in die Hände, er fuhr sich durch das dunkle, glänzende Haar, und in der nächsten Sekunde fiel auch schon sein Blick auf die Notizzettel des Jungen. Mechanisch begann er die deutschen Worte zu lesen, er überflog das erste Gedicht und schüttelte heftig den Kopf, er sah hoch, sah wieder herunter, und fing noch einmal von vorne an. Er erhob sich langsam, er las jetzt im Stehen weiter, aber er schien über die ersten Zeilen nicht hinauszukommen, seine Augen glitten, nachdem sie einige Male von links nach rechts gewandert waren, jedesmal wieder nach oben. Der Soldat stand nun ganz dicht bei dem Jungen und hielt das Blatt zwischen seinen schmutzigen, ungeschickten Fingern, er hatte es zerknittert und an mehreren Stellen schwarz verschmiert. Der Junge streckte die Hand aus, er wollte es dem Soldaten entreißen, doch dann besann er sich und er senkte den Arm.

Der Amerikaner sah ihn neugierig an. *»Du host dus geschrieben?«* fragte er.

»Ja«, antwortete der Junge.

»Is dus schejn?«

Der Junge schüttelte ratlos den Kopf.

»I bet it's beautiful. It's a poem!« sagte der Soldat. Er sprach leise, wie zu sich selbst, und dann, nun wieder an den Jungen gewandt, fragte er: *»Aber wus hajst dus?«*

»Wie bitte?«

»Von wus handelt dajn gedicht, jingele?«

»Sie meinen, worum es geht? Es geht um Jenny, meine Schwester«, sagte der junge Mann schnell und erschrak dann über die eigenen Worte.

»Dus hob ich schojn ferstanden«, sagte der Soldat. *»Aber wus is die mahsse, what's the story?«*

Der Junge blickte sich hilfesuchend nach Don Pasquale um. Das alles waren unvorhergesehene, lästige, dumme Fragen, die Fragen eines Ignoranten, der von solchen Sachen offenbar gar nichts verstand. Zugleich machten sie dem Jungen natürlich mächtig angst, und so überlegte er ganz im Ernst, ob er nicht, solange das noch möglich war, abhauen sollte. Was für ein Unsinn! Er hatte doch in Wahrheit gar nichts getan, es war eben Krieg gewesen, da blieb niemand ohne Schuld. Und daß dieser ungebildete Mensch, der ihn mit seiner ganzen Erscheinung, mit seiner Sprache und dieser aufdringlichen, überherzlichen Art so sehr an Herrn Koganowitsch erinnerte, – daß der nichts kapierte, dafür konnte er nichts. Der Soldat hatte einfach kein Recht gehabt, sich seiner Sachen zu bemächtigen, außerdem war es ja eben seine Absicht gewesen, so zu schreiben, daß keiner außer ihm seine Zeilen verstand. Er zögerte. Er mußte aufpassen und vorsichtig sein. Er durfte jetzt auf keinen Fall aus Leichtsinn oder Eitelkeit anfangen, dem Soldaten das Sonett zu erklären, sonst wüßten am Ende doch noch alle über die Sache mit Jenny Bescheid. Nein, auf keinen Fall! Bloß nicht! Er fühlte sich ganz schwach, schwach in den Gliedern, schwach im Kopf, er wankte, leicht, fast unsichtbar, und er hatte sich gerade schon damit abgefunden, daß er gleich das Bewußtsein verlieren würde, ja, er hatte diesen erlösenden Moment bereits herbeigesehnt, als ihn plötzlich von hinten Don Pasquale am Arm packte, er rüttelte ihn leicht und flüsterte dabei in sein Ohr: »*Lege! Monstro ut adhibere possis. Tum videamus, ut grande est!*«

Und plötzlich strahlte der Junge, die Müdigkeit fiel von ihm ab, sein Mund öffnete sich lächelnd, und man sah kurz seine kleinen spitzen Zähne. Sollte er oder sollte er nicht? Es stand viel auf dem Spiel, klar, aber ob gelesen oder gehört, so oder so würde ohne seine Hilfe das Gedicht keiner wirklich verstehen. Er verharrte noch einmal in Ruhe, doch plötzlich konnte er sich selbst nicht mehr bändigen, er machte sich im Kreuz gerade, er zog die krumme Schulter hoch, dann hob er wieder den Arm, und er riß nun endlich dem Amerikaner das zerknitterte Blatt aus der Hand und strich es glatt. »Ich werde«, sagte er laut und aufgeregt, »Ihnen mein Gedicht vorlesen, Sir. Danach dürfen Sie noch einmal urteilen. Vielleicht« – er zwinkerte dem Soldaten frühreif und überheblich zu – »vielleicht, wenn Sie schon meine Worte nicht verstehen, wird zumindest meine Melodie in Ihren Ohren erklingen. Könnte doch sein?«

Der Amerikaner sagte nichts. Er war sehr gespannt, doch der

nervöse, wirre Auftritt der Jungen erschreckte ihn, und statt sich angegriffen oder lächerlich gemacht zu fühlen, wurde er auf einmal traurig.

»Lucca, Giardino Botanico«, sagte der junge Mann weihevoll. »Das ist der Titel.«

»Okay, go ahead«, sagte der Amerikaner aufmunternd.

»Si, giardino botanico«, sagte Don Pasquale.

Der Junge legte die linke Hand in den Rücken, in der rechten hielt er das Blatt, er holte Luft, dann aber ließ er das Blatt vor sich auf den Boden fallen und beugte seinen schrägen Aristokratenkopf zur Seite. Das dunkle Gesicht verfinsterte sich noch mehr, und eine unangenehme Ernsthaftigkeit ging nun von ihm aus. Er begann, laut und klar, den Mund immer weit aufreißend, zu deklamieren, er streckte die Arme theatralisch von sich, und vor allem die Art und Weise, wie er die Konsonanten überbetonte, hatte etwas Komisches und Ergreifendes zugleich, und jedes Mal, wenn er bei einem Zischlaut mit der Zunge schnalzte, zuckte der Soldat zusammen und fuhr sich über die Stirn.

»Ecce poeta!« rief Don Pasquale aus. Er strich dem jungen Mann über das nasse, verschwitzte Haar. Der Bischof hatte zwar kein Wort verstanden, aber er hatte während des Vortrags den Kopf im Rhythmus mitbewegt. Als er nun sah, wie sehr sich sein Schützling verausgabt hatte, war seine Rührung grenzenlos.

»Di melchume hot fin uns alle gemacht meschigu'im«, entfuhr es dem Amerikaner, und im selben Moment wußte er, daß er besser geschwiegen hätte, doch das war jetzt auch schon egal, denn der junge Mann hatte in der Zwischenzeit das Bewußtsein verloren und war rücklings auf das Bett des Bischofs gekippt. Er hatte die Worte des Soldaten nicht mehr gehört, und er hörte dann ebenfalls nicht, wie dieser, während Don Pasquale sich über den Jungen beugte, nun flüsterte: *»Poor kid, he'll never cheer up again.«*

5

Die Kopfschmerzen waren im Laufe des Nachmittags immer schlimmer geworden, und ich mußte mir deshalb in den letzten Minuten die Hand abwechselnd gegen den Nacken und gegen die Stirn pressen. Ich schloß die Augen, um mich vor dem grellen Sonnenlicht zu schützen, ich bemühte mich, langsam und unaufgeregt zu atmen, und weit weg, wie hinter einer Wand, hörte ich Mannheimers beleidigte, wehleidige Stimme. Ich hatte längst das Interesse an seinen Rechtfertigungen verloren, ich wartete nur noch auf einen günstigen Moment, um mich zu verabschieden, aber Mannheimer redete ohne Punkt und Komma. Er hörte nicht auf davon zu erzählen, wie er nach dem Krieg, ein halbes Kind noch, mit seinen Arbeiten über Nacht bekannt geworden war, unfähig, die wahren Ursachen seiner Popularität zu begreifen. Er sprach von seiner unrühmlichen Rivalität mit dem ewigen Emigranten Hans Sahl, dem er von der Kritik jahrzehntelang als der Gute gegenübergestellt wurde, ohne daß er sich diese Niederträchtigkeit auch nur ein einziges Mal verbeten hätte. Er schilderte seine wöchentlichen Mittagessen mit Erich Kästner im alten *Leopold,* die fast jedesmal in einem sinnlosen Streit über die innere Emigration endeten, von Kästner verflucht, ausgerechnet von ihm aber verteidigt. Und schließlich kam Mannheimer auch auf Ernst Jünger zu sprechen, über den er jedoch nur lachend vermerkte, so einer sei für jeden ernsthaften Schriftsteller ohnehin kein Konkurrent, denn wer seinen Ruhm allein aus einer nibelungenhaften Unsterblichkeit und Beharrlichkeit beziehe, mit dessen Tod werde auch prompt die Erinnerung an seine Bücher ausgelöscht. An dieser Stelle wurde Mannheimer wieder ernst, fast pathetisch, und er begann nun, ohne daß ich ihn danach gefragt hätte, von seiner eigenen künstlerischen »Unsterblichkeit« zu reden. Er sagte, daß er die »zugegeben äußerst raffinierte Methode« (wie er es ausdrückte), sein ohnehin schon so schmales Werk im Lauf der Jahrzehnte weiter und weiter für ungültig zu erklären, selbst immer am lächerlichsten gefunden habe, doch einen anderen Weg, bekannt zu bleiben und zu einem anständigen Lebensunterhalt zu kommen, habe er einfach nicht gesehen. Dann – noch ernster, noch ergriffener im Ton – wandte sich Mannheimer ganz plötzlich und unvermittelt den Bränden von Mölln und Solingen und Lübeck zu, und er erklärte – nach wie vor mit dieser für ihn so untypisch brüchig und weich klingenden Stimme –, er schäme sich nicht einmal so sehr dafür, daß diese Dinge passieren konnten, sondern vielmehr, daß sie für einen wie ihn so unvorhersehbar gewesen sind.

»Warum erzählen Sie mir das alles?« unterbrach ich ihn, denn die Mischung aus Kopfschmerzen und den reumütigen Erinnerungen eines alten Juden, der sich nach siebzig Jahren wieder seiner wahren Herkunft erinnerte, ging plötzlich über meine Kraft.

»Sie haben mich mitten in der Nacht angerufen«, erwiderte Mannheimer streng, aber freundlich. »Sie haben auf mich eingeredet und mir Vorhaltungen gemacht. Sie haben mein Leben durchforstet und meine Arbeiten analysiert, Sie haben alles besser gewußt und über Moral geredet – und jetzt wollen Sie von all dem nichts mehr wissen?«

»Es tut mir leid«, sagte ich, »ich hatte übertrieben.«

»Ganz und gar nicht. Ich bin Ihnen wirklich dankbar dafür.«

»Wofür?«

»Ja, wofür eigentlich?« Er blieb stehen, wie schon so oft während unseres Spaziergangs, wenn wir an einem unangenehmen, schwierigen Punkt des Gesprächs angelangt waren, und als ich nun, vielleicht etwas zu theatralisch, die Fäuste gegen meine Schläfen zu drücken begann, legte er mir die Hand sanft auf die Schulter und sagte: »Ist es so schlimm?«

»Nein, es geht schon. Aber ich muß bald nach Hause.«

»Natürlich«, sagte er. Er versuchte seine Enttäuschung zu
überspielen, was ihm jedoch nicht besonders gut gelang.
»Wissen Sie«, sagte er, »die Frage, die alles bestimmt und
entscheidet, lautet doch: Woher kommt die Liebe der Deutschen?«

»Die Liebe der Deutschen?«

»Ja. Warum feiern sie den einen und verwünschen den andern.«

»Und warum?«

»Die letzte Gewißheit fehlt mir noch. Es scheint, es hat viel
mit Parteilichkeit zu tun. Deutsche denken doch immer:
Wer schadet mir, wer hilft mir, wer ist für mich, wer gegen
mich –«

»Wer läßt die Vergangenheit in Ruhe, wer will nicht vergessen?« führte ich seinen Satz zu Ende. »Und: ›Was denkt
wohl die Welt über uns?‹«

»Ja, ganz genau.«

Ich sagte nichts und runzelte die Stirn, und Mannheimer
blickte mich fragend an.

»Aber natürlich! So muß es sein!« rief ich plötzlich aus.

»Und Sie selbst sind der beste Beweis dafür!«

Mannheimer verdrehte gequält die Augen.

»Ja – Sie wollten ihnen nicht schaden, und darum schwiegen
Sie und schrieben keine einzige Zeile mehr nach dem Krieg.«

»Nein, da täuschen Sie sich. Ich habe es Ihnen doch vorhin
erklärt – das Gefühl war weg.«

»So nennen *Sie* es«, sagte ich. Ich hielt die Hand erneut vor
meine Augen, und als nun das Pochen des Blutes, das vom
Nacken ausstrahlte, einem Glockenschlag gleich meinen
ganzen Kopf zum Erzittern brachte, sagte ich langsam, bedrohlich: »Lassen Sie uns lieber aufhören damit, Herr
Mannheimer ... ich kann, wenn es sein muß ... Und außerdem, ich will nicht immer nur über Juden und Nazis
reden ...«

»Das sagen ausgerechnet Sie?«

»Ja, natürlich. Ja.« Ich war überrascht. »Ich bin anders als die anderen, das wissen Sie«, fuhr ich trotzig fort. »Denn ich versuche, alles immer ganz genau so zu sagen, wie es ist. Ohne Umwege und« – ich blinzelte ihn an – »ohne verlogene, pseudopoetische Verschlüsselungen.«

»Saujude bleibt Saujude.«

»Wie bitte?«

»Sie haben mich verstanden.«

»Ja«, sagte ich atemlos und gab dann, ohne innezuhalten, den Schwarzen Peter sofort wieder an ihn zurück. »Aber zumindest«, erklärte ich, »habe ich noch nie einen von uns verraten.«

»Noch nie einen von uns verraten«, wiederholte Mannheimer meine Worte. »Hören Sie«, sagte er schließlich, »ich habe es nicht verschwiegen.«

»Wie man es nimmt.«

»Aber es gibt doch das Gedicht! Ich habe über Jenny geschrieben.«

»Unklar genug, um Sie hassen zu können, klar genug, um Sie zu verehren, Herr Mannheimer – jedenfalls, wenn man einen wie Sie braucht. Sie haben den Deutschen das Alibi geliefert, denn Sie waren auf der andern Seite des Stacheldrahts gewesen und handelten trotzdem nicht anders als die Deutschen selbst. Und hinterher redeten Sie über Ihre Schuld genauso leise und kryptisch wie jeder gewöhnliche deutsche Mitläufer.« Ich sprach leise, eindringlich, es machte mir Spaß, auf den Klang der eigenen Worte zu achten, und als nun ein weiterer Glockenschlag meinen Schädel zu zertrümmern begann, bekam ich schreckliche Wut, und ich rief: »Sie haben sich die Geschichte Ihrer Schwester wie eine Pfauenfeder angesteckt! Und die Lüge machte Sie auch noch berühmt!«

Mannheimer drehte sich, ohne ein weiteres Wort zu verlieren, um und stampfte davon. Dabei bohrte er den Stock wütend in den Boden, er ging schnell, leicht wankend, und jeder, der ihm entgegenkam, mußte den Weg freimachen, damit er von dem alten Mann nicht umgerempelt wurde. Ich sah seiner hohen, krummen Gestalt eine Weile gelassen hinterher, doch bevor sie ganz in der Menge der Spaziergänger und Radfahrer verschwand, machte auch ich mich auf den Weg. Zuerst ging ich, aber dann, trotz der Kopfschmerzen, begann ich zu laufen, und erst beim Carlschlößchen holte ich Mannheimer wieder ein.

»Also los«, sagte er, nachdem wir uns auf die Treppe gesetzt hatten, beide völlig außer Atem, die Gesichter rot vor Anstrengung. »Dann sagen Sie mir doch, wenn Sie es so genau wissen, wie es damals war!«

6.

In der Nacht nach Richards Befreiung kam ein großer Sturm auf. Der Mond verschwand hinter riesigen Wolken, die so aussahen, als wären sie in Cellophan gehüllt, für einen Moment erstrahlte der Himmel in einem grellen, phosphorartigen Licht, und aus der Ferne näherte sich ein leiser Donner, der in Richards Ohren genauso bedrohlich klang wie das Rumoren einer heranrückenden Schlacht. Der junge Mann saß am Fenster des neuen Zimmers, das er am Nachmittag von Don Pasquale zugewiesen bekommen hatte, er fühlte sich immer noch furchtbar schwach und verdreht, und so ganz sicher war er sich nicht, daß das tatsächlich nur ein Sturm war, was er da nahen hörte. Das schwere, langgezogene Grollen kam aus dem Norden, wo nach wie vor gekämpft wurde, und es konnte doch sein, daß die deutsche Armee zu einer Gegenoffensive übergegangen war und sich erneut auf dem Vormarsch befand.

Sofort war sie wieder da, die Angst, die ihn nun schon seit

fast einem ganzen Jahrzehnt begleitete, diese widerwärtige, abstoßende Angst, die ihm vor allem deshalb so verhaßt war, weil sie ihm jene Unbeschwertheit nahm, die das Leben erst so wunderbar machte und von der er zum ersten Mal ausgerechnet in jenem Moment erfahren hatte, in dem sie ihm abhanden gekommen war. Das war gleich am Anfang ihrer Odyssee gewesen, noch zu Hause, in Berlin, als man die ganze Familie von einem Tag auf den andern für vogelfrei erklärt hatte, als die ersten Verordnungen herausgekommen waren und die Mannheimers plötzlich von allen so behandelt wurden, als gehörten sie nicht mehr dazu, weshalb Richard eines Tages gegen seinen Willen auf die jüdische Leßlerschule am Roseneck mußte. Er wußte noch genau, wie er dann später, irgendwann im Herbst 1938, einige Wochen vor der Abreise nach Hamburg, wo sie das Schiff nach Kuba nehmen sollten, im Kleistpark die Gesichter der anderen Kinder und Jugendlichen traurig betrachtet hatte, sie darum beneidend, daß ihr Leben so einfach war. Was hätte er darum gegeben, hatte er still gefleht, genauso gedankenlos sein zu dürfen wie sie! Wie bereitwillig hätte er auf alles, was ihm wichtig und teuer war, verzichtet, um wieder ein ganz normaler Mensch zu sein!

Beim letzten Gedanken zuckte Richard zusammen. Er biß wütend auf seine Unterlippe, er biß sich daran regelrecht fest, und als er schließlich den Kiefer wieder öffnete, fuhr er mit der Zunge über die kleine Wunde und leckte das warme Blut ab. Dann schüttelte er den Kopf, als könnte er auf diese Weise vielleicht die Erinnerung verscheuchen, und weil aber auch das nichts nützte, sprang er vom Fensterbrett herunter und begann – die Hände wie ein alter Mann im Rücken verschränkt, das Kreuz durchgebogen – auf und ab zu laufen. Er versuchte an andere Dinge zu denken, an Mama, die er morgen wiedersehen würde, an die herrliche neue Zeit, die nun beginnen sollte, an das Studium, auf das er sich schon so lange freute. Er dachte an Mädchen, an Fußball, an Kino, er überlegte, ob sie ihre alte Wohnung in der Fasanenstraße zurückbekommen würden, und er fragte sich auch, ob seine früheren Freunde wieder mit ihm reden würden. Doch als ihm dann plötzlich das Gespräch einfiel, das er heute mit dem Soldaten geführt hatte, als er sich an das kleine dunkle Gesicht des Amerikaners erinnerte, an seinen bekümmerten Blick, seine bohrenden Fragen, seinen überfreundlichen Tonfall und überhaupt an seine ganze besserwisserische, unterwürfige jüdische Art – da hielt es Richard nicht mehr aus, und er begann, wie so oft in der letzten Zeit, zu weinen. Schluchzend und jammernd, die Hände vor dem Gesicht zusammengeschlagen, stolperte er durch den unbeleuchteten Raum, er stieß dabei immer wieder mit den Beinen gegen die Möbel, und schließlich ließ er sich aufs Bett fallen, er verschränkte die Arme im Nacken und blickte wie erstarrt zum Fenster hinaus, und als es dann wieder zu donnern begann, schüttelte er abermals den Kopf und gab seinen Erinnerungen freien Lauf.

Es war immer dasselbe Bild, das wiederkam: Er sah Jenny, nachdem schon alles vorbei war, am Morgen danach, er sah, wie sie langsam den Bergweg hinunterging und sich dabei, um nicht zu stolpern, an die Hand des Carabiniere klammerte. Er sah ihr glattes, gerades, weißblondes Haar, das sich – immer wieder vom Wind aufgewühlt – wie eine Seidenkrone über ihrem Kopf erhob. Er sah ihren Hals, ihren Rücken, ihre langen, dürren Beine, und er sah auch ihr Gesicht, als sie sich in der Ferne ein letztes Mal nach ihm umdrehte, worauf er ihr, statt sie zurückzurufen, mit der Hand den Wink gab, sie solle weitergehen. Dann machte er eine abrupte Kehrtwendung, er steckte die Hände in die Hosentaschen und marschierte zurück in Richtung Castimiglia, wohin sie sich vor zwei Monaten auf ihrer Flucht aus Frankreich noch zu viert durchgeschlagen hatten. Er ging ein paar Meter, blieb wieder stehen und blickte zurück. Doch Jenny und der Carabiniere waren schon hinter dem felsigen Abhang verschwunden, an dessen Fuß er sich von ihr vorhin verabschiedet hatte. Er atmete tief ein, und die weiche und warme Bergluft bohrte sich wie ein Messer in seine Lungen. Er dachte an das Versprechen des Carabiniere, aber er wußte jetzt, daß alles eine Lüge gewesen war, er begriff, daß er seine Schwester nie mehr wiedersehen, daß er mit Mama allein nach Lucca weiterfahren würde, und nach allem, was gestern nacht vorgefallen war, konnte er darüber nicht einmal wirklich traurig sein.

Was für ein Unsinn! Natürlich war er traurig, er war so traurig wie niemals zuvor, und die Tränen, die über seine Wangen auf seine Lippen zu laufen begannen, verursachten ihm ein schreckliches Übelkeitsgefühl. Alles war nun noch viel schlimmer als vor zwei Tagen, als das amerikanische Flugzeug seine Bomben ausgerechnet über ihrem Versteck abgeworfen hatte, sinnlose, heimtückische Bomben, deren Splitter Mamas Rücken zerfetzt und Vater den Kopf und die Arme abgerissen hatten. Richard hatte nach dem Angriff würgend und kotzend neben der brennenden Hütte gestanden, aus der er selbst in letzter Sekunde unverletzt herausgekommen war, er hatte für einen Moment die Dinge um sich herum vergessen, er dachte nur daran, daß jetzt sowieso alles verloren war, weil nun jeder im Dorf von ihrer Existenz erfahren würde, und erst als er nach ein paar Sekunden erneut auf seine Umgebung zu achten begann, bemerkte er, wie ein junger Gendarm ins Haus lief und kurz darauf mit Jenny in den Armen wieder heraussprang. Sie war fast nackt gewesen, sie trug nur ihr Nachthemd, das voller Ruß war und an mehreren Stellen Risse und Löcher hatte, so daß man ihre dürren Hüften und die schon leicht gewölbte Mädchenbrust sehen konnte.

Der Carabiniere war noch am selben Abend wieder-

gekommen. Er erschien unangekündigt in der kleinen Krankenstation von Castimiglia, wo Richard und Jenny zusammen mit Mama durch die Hilfe des Stadtpfarrers zunächst Unterschlupf gefunden hatten. Nein, er wirkte nicht wie ein Todesbote, er war nicht hierhergeeilt, um sie für die Gestapo abzuholen. Er hatte eine Weile schweigend in der Tür gestanden, er war unsicher gewesen und ängstlich, seine Hände zitterten, und die roten Flecken, die seinen Hals und seine Wangen bedeckten, leuchteten so grell, daß man denken konnte, er habe sich verbrannt. In Wahrheit aber war er einfach nur schrecklich aufgeregt, und Richard, der sich mit ihm in seinem lateinischen Kauderwelsch zu verständigen versuchte, begriff nicht gleich, wieso. Sie redeten einige Minuten lang angestrengt aufeinander ein, die Verständigung war sehr schwierig, und schließlich setzte sich der Carabiniere, ohne zu fragen, zu Richard und seiner Schwester an den Tisch, wo fürs Abendessen gedeckt war. Und da erst bemerkte Richard, daß der Italiener die ganze Zeit die kleine Jenny anstarrte – er wollte nichts essen, nichts trinken, und er machte sich auch gar nicht mehr die Mühe, so zu tun, als gebe es etwas Dringendes zu besprechen. Er saß einfach nur stumm da, sein Mund mit den blau geäderten Lippen stand offen, die Hände lagen reglos auf dem Tisch, und seine graue Mütze war ein Stück zu weit nach hinten gerutscht. Richard schaute abwechselnd den Gendarmen und Jenny an, er verstand nicht, was los war, und kaum hatte er es endlich begriffen, war es auch schon zu spät gewesen, denn im gleichen Moment – so als hätte er Richards Gedanken gelesen – beugte sich der Polizist zu Richard vor, er rückte die Mütze auf seiner Stirn zurecht und spannte seinen schlanken, kräftigen Körper an. Plötzlich war er ein anderer geworden, er wirkte nicht mehr so vertrottelt und verträumt wie vorhin, und seine Stimme war jetzt laut, böse und bestimmt.
Richard hörte zu, und obwohl er kaum ein Wort von dem

verstand, was der Gendarm sagte, war er sich nun vollkommen im klaren darüber, was hier verhandelt wurde. Noch während er darüber nachdachte, ob er der Erpressung nachgeben sollte, hatte sich der Carabiniere erhoben, er hatte sich neben die Tür gestellt und gab Richard das Zeichen, er möge sich endlich entfernen. Im nächsten Augenblick stand Richard im Flur, der Carabiniere hob die Hände, alle seine zehn Finger waren ausgestreckt, er wischte dreimal durch die Luft, und das hieß, daß Richard erst in dreißig Minuten wiederkommen durfte. Als dann die Tür zuging, erhaschte Richard noch einmal Jennys Blick, der so süß und neugierig war wie immer, er sah auf die Hand des Polizisten nieder, die langsam die Klinke herunterdrückte, und er bemerkte, daß diese Hand nun noch viel mehr zitterte als vorhin . . .

Der Sturm war jetzt da. Es war der lauteste Sturm, den Richard jemals erlebt hatte, der Regen trommelte so wild auf das Dach des Bischofspalastes, als würde eine ganze Festgesellschaft darauf Walzer tanzen, der Donner ließ die Wände des ganzen Anwesens erzittern, und die Blitze schienen sich wieder und wieder mit einem lauten, geräuschvollen Zischen in die Dächer der Häuser von Lucca zu bohren. Richard weinte nicht mehr, er hatte, so wie immer, wenn er an seine Schwester denken mußte, irgendwann plötzlich genug gehabt von seinen Erinnerungen und dem schlechten Gewissen. Aus dem Fenster zu schauen und den gelbrot erleuchteten Gewitterhimmel zu beobachten, fand er jetzt viel interessanter als sich zum hundertsten Mal zu fragen, ob es richtig gewesen war, Jenny für sein und – schließlich doch auch – für Mamas Leben zu opfern. Immerhin war es möglich gewesen, daß der Polizist Jenny verstecken wollte, er hatte sie mitgenommen, weil er sie gemocht hatte, da konnte es sein, daß er sich um sie auch kümmern würde, und vielleicht war er ja wirklich in sie verliebt, das wäre für einen Italiener gar nicht so ungewöhnlich gewesen, junge Bräute waren hier keine Seltenheit. Und überhaupt, es hätte doch alles auch genau andersherum kommen können und Jenny wäre am Ende die einzige gewesen, die – vielleicht nicht gerade auf die schönste Weise – gerettet worden wäre.

Ob sie wiederkommen würde? Richard sah zum Fenster hinaus. Es hatte einfach keinen Sinn, immer weiter zu hadern und zu wägen, es war dumm, zu überlegen, wessen Leben mehr zählte und wessen weniger, denn es war jetzt ohnehin alles entschieden. Er riß die Augen weit auf, und als nun an dem gerade noch für einige Sekunden pechschwarzen Himmel eine neue Kaskade aus rosa Blitzen und blauen Funken wie ein Feuerwerk zu rotieren und zischen begann, begleitet von einem harten, krachenden Donner, lächelte Richard plötzlich ganz selbstvergessen, und seine schweren Gedanken lösten sich in nichts auf. Er liebte diesen Sturm, er liebte ihn so sehr, weil er ihm bedeutete, daß die schreckliche Zeit zu Ende war und er endlich wieder genauso normal und gedankenverloren werden durfte wie jeder andere auch.

Er lag noch immer reglos da, auf dem Bett, die Hände im Nacken verschränkt. Das Lächeln verschwand wieder von seinem Gesicht, er war ernst, konzentriert, dann hob er den Kopf an und steckte die rechte Hand, ohne den Körper zu bewegen, unter die Matratze. Dort tastete er kurz herum, und als er seine Papiere gefunden hatte, setzte er sich auf und machte Licht. Das Gedicht, das er über Jenny geschrieben hatte, lag nach wie vor ganz oben, es war ja das letzte gewesen, woran er gearbeitet hatte, bevor die Amerikaner gekommen waren. Einen Moment lang dachte er nach, er versuchte sich daran zu erinnern, wie die vorwurfsvollen Worte des Soldaten gelautet hatten, und schließlich zerknüllte er das Blatt und warf es wütend in die Ecke. Im gleichen Augenblick jedoch sprang er hoch, er nahm es wieder an sich, er strich es glatt und schob es zurück in sein Manuskript. Er mußte sich wirklich nicht fürchten. Keiner würde das Gedicht verstehen, keiner würde bei seiner Lektüre Jennys wahre Geschichte begreifen.

7.

»Habe ich das alles wirklich genauso geschrieben?« sagte Mannheimer.

»Genauso nicht«, erwiderte ich, »aber so ähnlich.«

»Mögen Sie das Gedicht denn?«

»Ich muß jetzt gehen«, sagte ich.

»Ja, gehen Sie nur. Gehen Sie.«

Ich schüttelte den Kopf. »Haben Sie Jenny danach gar nicht gesucht?« fragte ich.

»Hätte ich das tun sollen?« erwiderte er. »Hätte das wirklich Sinn gehabt?«

Ich erhob mich, klopfte mir den Staub von der Hose und streckte ihm die Hand entgegen. Er hockte, den Stock über die Knie gelegt, noch immer auf den schmutzigen Stufen des Carlschlößchens, aber es schien ihm, der sonst so auf Hygiene achtete, in diesem Moment gar nichts auszumachen. Er ergriff meine Hand, doch dann, ohne den Druck erwidert zu haben, ließ er sie sofort wieder los. Sein herrlicher Caesarenkopf war dunkel angelaufen, die Wangen leuchteten puterrot, sogar der Hals und die hohe Stirn hatten sich verfärbt, und ich dachte, daß nun endlich die Zeit für seinen großen Wutausbruch gekommen war, mit dem ich schon seit einer Weile gerechnet hatte. Doch statt mich anzuschreien, ich sei ein verfluchter Lügner und Verleumder, statt mir vorzuwerfen, ich hätte mich ungefragt in fremde Angelegenheiten eingemischt, ohne zu wissen, was wirkliches Leben sei und seine Verstrickungen – statt mir all dies an den Kopf zu werfen, was einerseits schrecklich peinlich und zugleich aber auch nicht wirklich falsch gewesen wäre, tat Richard Rudolph Mannheimer etwas ganz anderes. Er fragte mich, ob ich fände, daß er trotz allem ein Jude geblieben sei.

»Woher soll ich das wissen«, erwiderte ich, und dann fügte ich leise, ohne jeden Vorwurf, hinzu: »Schauen Sie sich doch an: Sie sehen aus wie Ernst Jünger, Sie schreiben wie Rudolf Borchardt, und Sie sind, wie Heinrich Heine, ein Konvertit. Sie sind eben genauso, wie sich die Deutschen einen guten –« Mannheimer lächelte, und sein Lächeln war so freundlich und klug, daß ich mitten im Satz abbrach.

»Ich weiß, was Sie sagen wollten«, erklärte er, »und ich schätze, Sie haben auch recht damit.«

»Ja?«

»Aber natürlich.«

»Gut, in Ordnung, dann gehe ich jetzt«, sagte ich.

»Nichts ist in Ordnung.«

»Was meinen Sie?«

»Ich muß doch endlich einmal die Wahrheit sagen.«

»Ich finde, Sie haben keinen Grund, unfroh zu sein. Es liegt alles in Ihrer Hand.«

»Ja, schon seit vielen, vielen Jahren. Und was ist geworden?«

»Immerhin sind Sie noch am Leben – die meisten anderen haben sich inzwischen umgebracht.«

»Natürlich, ich weiß. Und immer mit Schlaftabletten. Ziemlich feige, nicht wahr? Nur Levi hat sich in Rom in sein Treppenhaus gestürzt.«

»Primo Levi?«

»Ja.«

»Darf ich Ihnen einen Rat geben?«

»Nein.«

»Gut. Dann gehe ich jetzt wirklich.«

»Was ist der Rat?«

Ich antwortete nicht. Ich streckte ihm noch einmal die Hand entgegen. Diesmal drückte er sie mit aller Kraft, und dann drehte ich mich stumm um und marschierte davon.

Ich ging so langsam wie möglich. Ich hoffte, er würde versuchen, mich einzuholen, ja, ich rechnete sogar ganz fest damit, daß er gleich seine Hand auf meine Schulter legen und mich bitten würde, zu bleiben. Ich blickte herunter, meine Schuhe waren mit Staub bedeckt, ich lächelte, und da bemerkte ich, daß mein Kopfweh verflogen war. Ich fühlte mich erfrischt und befreit, ich freute mich darauf, daß ich mir zu Hause gleich etwas zu essen machen und mich mit dem Tablett vor den Fernseher in mein Schlafzimmer setzen würde. Während ich den asphaltierten Busweg kreuzte, der den Englischen Garten in der Hälfte durchteilt, hatte ich Mannheimer längst vergessen. Ich blickte nach oben, und im selben Moment verdunkelte sich der Himmel, und als plötzlich ein kalter, strenger Wind Bäume und Sträucher zu schütteln begann, wußte ich, daß der Sommer zu Ende gegangen war.

Ich beschleunigte mein Tempo nicht. Es war mir egal, daß ich im Regen naß werden würde, und fast kam es mir so vor, als ob ich die ganze Zeit schon das heraufziehende Gewitter herbeigesehnt hätte. Ich begann mir sofort auszumalen, wie es bald donnern und krachen würde, und ich freute mich auf den Anblick des silberschwarzen Himmels, immer wieder erhellt von Blitzen, die wie Geschützfeuer am Horizont flackern würden. Ich überquerte die Königinstraße, ich lief die Martiusstraße hoch, und im gleichen Moment, da ich nach rechts in die stark befahrene Leopoldstraße einbog, wurde es so dunkel, daß die Autofahrer ihre Lichter einschalten mußten. Der Wind fegte noch stärker als vorhin durch die Straßen, man hörte sein Rauschen und Summen, er schlug gegen Dächer, Fassaden und Ladenschilder, und mir war auf einmal furchtbar kalt. Ich blieb stehen und drehte mich zur Seite, um meine Jeansjacke zuzuknöpfen, und als ich meinen Blick wieder hob, fiel er direkt auf das Schaufenster der Buchhandlung *Lemkuhl.*

In der Vitrine hing eine riesige Schwarzweißfotografie. Sie zeigte die Angestellten des Geschäfts bei einer Lichterkette, und darunter stand, mit der Hand geschrieben, in großen roten Blockbuchstaben, ein Aufruf gegen Rassismus und Fremdenfeindlichkeit. Ich hob angewidert die Augenbraue hoch und wollte mich bereits abwenden, als ich rechts daneben ein zweites Foto entdeckte: Darauf waren Mannheimer und ich bei unserem Fernsehgespräch zu sehen. Unsere Gesichter waren einander direkt zugewandt, jeder war mit all seinen Sinnen auf den andern konzentriert – dabei schien der Kontrast zwischen seinen glatten, gesunden deutschen Wangen und meinem unrasierten, blassen Diasporagesicht plötzlich aufgehoben, und die Ähnlichkeit unserer Blicke und Körperhaltung war fast erschreckend. Es war der Moment, kurz bevor sich Mannheimer darangemacht hatte, seine Gedichte zu vernichten, die Sekunde, in der er wütend erklärt hatte, außer ihm und der Literaturgeschichte ginge es niemanden an, warum er seine Arbeiten immer weiter zerstöre. Ich starrte das Bild eine Weile stumpf an und ließ dann meinen Blick weiter schweifen. Was ich suchte, fand ich sofort: Neben Mannheimers letzten, einzigen Lyrikband hatte man meinen Roman gestellt, ein paar ausgeschnittene Rezensionen hingen dort und darüber ein Schild mit der Aufschrift *Jüdische Literatur heute*. Zwischen unseren beiden Büchern prangte – auf einer dicken Pappe aufgezogen, aus seinem Buch herauskopiert und vergrößert – Mannheimers *Sonett für Jenny*.

Ich drehte mich langsam um. Ich schüttelte den Kopf, fuhr mir mit der Hand in den Nacken und sagte die Strophen auf, die ich so gut kannte. Ich sprach sie leise und langsam, und als ich fertig war, sah ich, wie sich auf der anderen Straßenseite der Bürgersteig aufzuhellen begann. Die Sonne kroch übers Pflaster, über die Häuser, über die Tische und Stühle der Straßencafés, und es war plötzlich so warm, daß ich meine Jacke wieder aufknöpfen mußte. Ich schaute auf, und ich sah in einen dunklen, blendend blauen Himmel. Das Gewitter war also doch nicht gekommen. Ich dachte plötzlich an meine Kindheit, an die Zeit, als alles noch so einfach gewesen war, und im nächsten Moment bekam ich wieder diese schrecklichen Kopfschmerzen.

Polanski, Polanski

Bevor der Gast aus Moskau meine Schwester Klawdija ver-
gewaltigte, aß er sich bei uns erst einmal richtig satt. Zur
Graupensuppe gab es Piroggen mit Kartoffeln und Kohl,
danach stellte Mama eine armenische Basturma auf den
Tisch. Polanski riß mit dem Besteck die blutige Lende in
Stücke, er tunkte sie in die dunkle, aserbeidschanische Granatapfelsoße, das Blut und die Soße spritzten über die
Tischdecke und über sein Jackett, und Polanski sagte auf
russisch zu meiner Mutter: »Gesegnete Emigration, Anna
Abramowna! Die Flecken auf meiner Jacke werde ich hüten
wie Andenken aus dem Paradies!«
»Aber ich bitte Sie, Grigorij Michalytsch«, sagte Mama, »das
bißchen Gemüse und Fleisch.«
»Nein, Anna Abramowna, sagen Sie nichts. Wann hat es bei
uns so etwas das letzte Mal gegeben? Vor den Kommunisten? Nicht einmal zur Zarenzeit ... Rußland hungert
seit tausend Jahren«, sagte Polanski mit bebender Stimme,
und sie wurde noch brüchiger, bewegter, als er dann ausrief:
»Ach, ich liebe jeden einzelnen Schlachter und Metzger von
Berlin!«
Wir alle vier schwiegen.
»So könnte Glück schmecken«, sagte Polanski in die Stille
hinein. Er füllte den Mund mit einem neuen, wieder viel zu
großen Stück. Das Blut floß an seinen Mundwinkeln hinunter, es floß über sein breites, unslawisches Kinn. »Dieses
Fleisch ist wie Honig, wie Mehltau, wie Gold!« Er wischte
sich mit dem Ärmel ab und musterte mit seinem Kanniba-
lenblick mich und meine Schwester. »Und diese Kinder

auch«, murmelte er. »Kinder des Westens, Kinder ohne Angst, Kinder mit Zukunft!«

Die dicke Klawdija und ich sahen uns an, wir zogen unsere eingespielte Äffchen-Grimasse, und dann lächelten wir, aber Klawkas Lächeln war anders als sonst, wenn wir uns über jemanden lustig machten.

»Ich wünschte, ich könnte wie Sie ein Kreuz hinter Rußland machen, Iwan Iwanytsch«, sagte Polanski zu meinem Vater. »Aber die Verantwortung, die ich habe, überwiegt alles Persönliche.«

Mein Vater nickte. »Grigorij Michalytsch«, sagte er, »trinken wir?«

»Trinken wir.«

»Von unserem Wodka oder von Ihrem?«

»Ja, glauben Sie«, rief Polanski aus, »ich habe mich in Moskau nur zum Spaß in die Schlange gestellt?!«

»Annuschka – du auch?« sagte Vater.

Mutter sah ihn wie einen Verrückten an. »Wann«, sagte sie, »habe ich jemals etwas getrunken?«

»Und die beiden Blondschöpfchen«, sagte Polanski und zeigte auf Klawka und mich, »trinken die?«

»Nicht in meinem Haus!« sagte Mama laut.

»Sie haben recht, Anna Abramowna. Kinder sollen niemals vergessen, daß sie keine Erwachsenen sind. So hat man es in Rußland immer gehalten.«

Noch während er sprach, sprang Klawka auf und begann, die Teller zusammenzuräumen. Die Teller krachten gegeneinander, das Besteck klirrte, Klawdija stampfte um den Tisch herum, und Polanski sagte: »Habe ich die junge Dame beleidigt?«

»Unsere Klawka«, erklärte Mama, »haßt es, siebzehn zu sein, Grigorij Michalytsch –«

»Westen hin, Osten her«, rief Klawdija dazwischen, und ich fügte, damit nur sie mich verstand, leise auf deutsch hinzu:

216

»Besserwisser russischer . . . Provinztrottel!« Doch da hörte mir Klawka gar nicht mehr zu.

»Kinder, es ist genug!« sagte Mama.

Und Vater sagte: »Trinken wir, Grigorij Michalytsch!«

»Natürlich, Iwan Iwanytsch, wir haben das Trinken ganz vergessen!«

Die beiden leerten ihre Gläser, und Vater füllte sie gleich wieder nach. Dann redeten sie über Politik, während wir ihnen stumm zuhörten. Klawka ging mit dem Tablett in die Küche, sie kam zurück, und im Setzen rückte sie mit dem Stuhl näher an Polanski heran. Vater und er waren noch immer beim gleichen Thema.

*

Mein Vater ist der einzige Goj in der Familie, und er ist auch der einzige von uns vieren, dem die alte Heimat fehlt. Wir andern drei Belovs sind froh, das Ganze für immer hinter uns gelassen zu haben. Mama und Klawdija hassen Rußland einfach nur, ich aber liebe Berlin, wo wir seit sechs Jahren leben. Die Vergangenheit ist für Mama, Klawka und mich kaum der Rede wert, doch Vater nutzt jede Gelegenheit, um über Rußland zu sprechen. Darum lud er Polanski am Abend vor seiner Abreise auf die Schnelle noch zu uns ein.

Jetzt sprachen die beiden über den nächsten Putsch, sie sprachen über die Irren von Kasachstan, Turkmenistan und Moldawien, über die Armee und den Geheimdienst, über die Zukunft und mehr noch über die vergangenen Tage der alten Sowjetunion, und Polanski (der an dem Kongreß, den die Firma meines Vaters ausgerichtet hatte, als Mitglied einer hohen Wirtschaftskommission teilgenommen hatte) ließ allmählich seinen offiziellen Ton fahren und wurde zusehends sentimental. Zum Schluß wollte Vater nur noch in seinen

Erinnerungen an Rußland schwelgen – Polanski aber brachte die Rede jedesmal wieder auf die Emigration.

Vater wurde von dem Wodka immer schweigsamer. Polanskis Gesicht dagegen füllte sich mit Blut, sein wuchtiger Kiefer schien schwerer und schwerer zu werden, seine Arme auch, sie baumelten nun kraftlos an seinem Rumpf, und dann sah ich, wie Klawka einen von ihren riesigen Schenkeln plötzlich unter Polanskis herunterhängende, halbgeöffnete Hand schob. Polanski zuckte, er griff erschrocken nach Klawkas Knie, sie riß das Knie von ihm weg, zur Seite, und schlug mit den Ellbogen laut gegen den Tisch. »Oh, oh, Grigorij Michalytsch!« rief sie aus. »Nehmen Sie Maß?«

Die Eltern sahen erstaunt zu Klawka hinüber, und ich dachte nun daran, wie mein Großvater mich früher in Moskau mit Quark, Käse und Schokoladenbutter gemästet hatte, um jeden Sonntag mit einem Band den Umfang meines Halses auszumessen. Jeder gewonnene Zentimeter wurde wie ein Sieg gefeiert, und so war ich schon bald das, was man auf russisch voller Bewunderung einen Jungen aus Blut und Milch nennt. Als meine Schwester alt genug war, daß Großvater auch auf sie aufpassen durfte, päppelte er Klawdija innerhalb weniger Jahre auf jenes Übergewicht hoch, das sie bis heute noch hat. Ich war ein dickes Kind gewesen, Klawka aber wurde eine dicke junge Frau.

»Verzeihen Sie, Anna Abramowna«, sagte Polanski. Er sprang vom Tisch auf, bewegte den kleinen, dürren Körper, der so ganz und gar nicht zu seinem fetten und schweren Kopf passen wollte, wie einen Kreisel viermal, fünfmal durch den Raum. Dann setzte er sich wieder hin und sagte: »Verzeihen Sie – ich habe noch immer einen ganz furchtbaren Hunger.«

*

Als Mama den Teller mit den eingelegten Auberginen, Salz-tomaten und Zwiebeln brachte, machte Polanski sich sofort über das Gemüse her. Dazu stellte sie ihm einen Teller mit kalten Lammkoteletts hin, die er bis auf die Knochen abnagte, und an den Knochen saugte und lutschte er so lange herum, bis sich kein Tropfen Mark mehr in ihnen befand.

»Es gibt noch italienischen Schinken und luftgetrocknete Wurst aus der Normandie«, sagte Mama.

Aber da lehnte sich Polanski müde und stöhnend zurück.

»Später vielleicht, Verehrteste«, sagte er, und der Lamm-knochen, den er für einen Augenblick losgelassen hatte, hing nun wie ein Fähnchen aus seinem dicken Affenmund. Er schwieg bedeutungsvoll, aber dann legte er los: »Ach«, rief er aus, »man sollte all seinen Mut zusammennehmen, so wie Sie es getan haben! Man sollte Rußland abschreiben, weggehen und ein neues, besseres Leben beginnen!«

»Nein«, murmelte Vater, »Rußland kann man nicht abschreiben –«

»– sprach Iwan der Traurige«, unterbrach ihn Klawdija.

»Ihr Vater hat recht, junge Dame«, sagte Polanski. »Ob Russen, Baschkiren oder Tataren, ob Tschetschenen oder Yakuten – wir alle haben ein Gefühl und eine Pflicht.«

»Wir Juden nicht«, sagte Klawka.

Vater sah sie traurig an, Mama lächelte, und Polanski hob die Hand, er streckte sie Klawkas Sonnenblumengesicht entgegen, dann kniff er sie plötzlich zärtlich in die Backe und sagte: »Keine Stacheln, nur Haut wie Seide.«

Klawka erstarrte für eine Sekunde, aber im nächsten Moment rückte sie ihren Stuhl noch näher an den Gast aus Moskau heran, sie lehnte sich auf den Tisch und berührte mit dem Ellbogen seinen Arm.

»Die jüdische Frage ist natürlich eine sehr ernste Frage«, sagte Polanski.

»Und wie halten Sie es mit der Frauenfrage, Ilja Muromez?«

sagte meine altkluge Schwester. Sie war immer schon viel frecher gewesen als ich, aber heute übertrieb sie es.

Polanski antwortete nicht, er blickte eine Weile in die Leere, dann nahm er sich noch einmal einen von seinen ausgehöhlten Lammknochen vor, Vater goß Wodka nach, und sie sprachen jetzt wieder über Politik.

Polanski schimpfte auf die alte Bürokratie, auf die neue Mafia, auf Jelzins Trunksucht und auf Gorbatschows Weltfremdheit, er sprach ohne große Leidenschaft, es war, als erfülle er ein ihm abverlangtes Pensum. Vater, der vom Alkohol allmählich müde wurde, redete dann auch, er schwärmte und jammerte, und immer, wenn er »Rußland« sagte, klang es wie der Gesang von tausend Engeln, und da aber schnitt ihm Polanski mitten im Satz das Wort ab, und er stieß aus: »Ich werde hierbleiben, ich habe es längst beschlossen!«

»Deserteur«, sagte Klawka.

Doch Polanski sah sie nicht einmal an. Er sagte streng und gefaßt: »Ich habe alles genau durchdacht. Ich weiß Bescheid. Außer Ihnen, Iwan Iwanytsch und Anna Abramowna, kenne ich in der Fremde keinen – aber ich werde es trotzdem schaffen.«

»Willkommen im Flüchtlingslager Mommsenstraße«, sagte Klawka. »Hausnummer vierzehn, dritter Stock. Klingeln Sie bei Belov, und nehmen Sie sich, was Sie brauchen.«

Ich lachte, und Vater sagte: »Trinken wir erst, Grigorij Michalytsch.«

»Ja, trinken wir.«

»Trinkt nur«, sagte Mama. »Morgen ist sowieso alles anders.«

»Kriegen wir nichts?« sagte Klawka.

»Sei still.«

»Hören Sie«, sagte Polanski, und man merkte, daß ihm das Sprechen schwerfiel, »hören Sie, Anna Abramowna, morgen wird alles so sein wie heute. Nein – es wird sogar noch schlimmer!«

»Morgen«, erwiderte Mama ohne Regung, »sind Sie schon in Brest und am Abend in Moskau, Grigorij Michalytsch. Ihr Zug geht in einer Stunde, und Iwan bringt Sie natürlich zum Bahnhof.«

»Wenn unser Gast bleiben will, dann bleibt er«, sagte Vater.

»Genau«, sagte Klawka.

Vater stützte seinen müden Wodkakopf in die Hände. »Ich verstehe Sie nicht, Grigorij Michalytsch«, sagte er. »Nein, ich verstehe Sie wirklich nicht. Sie erleben eine große Zeit mit, Sie brauchen einfach nur Mut.« Er schwieg. »Ja, jetzt weiß ich! Sie haben sich blenden lassen! Sie denken, Geld sei ein anderes Wort für Glück!«

»Sie sind, mit Verlaub, ein billiger Propagandist, Iwan Iwanytsch.«

»Dem Westen darf man niemals vertrauen.«

»Sie reden!«

»Bleiben Sie in Rußland, Grigorij Michalytsch! Kämpfen Sie!«

»Warum durften denn Sie gehen?« erwiderte Polanski leise.

»Und warum aber soll ich in diesem tausendjährigen Saustall verrotten? Jeder geht oder würde es am liebsten tun. Auch Ihr geliebter Michail Sergejewitsch, wenn Sie es genau wissen wollen! Sagen Sie mir nur: Warum sind Sie gegangen?!«

»Weil . . .« Vater stammelte. »Weil . . . Nun ja, die drei da, die haben es so bestimmt.«

»Wir wollten aber nicht nach Deutschland«, sagte Mama kalt. »Wir wollten nach Haifa, nach Tel-Aviv oder Jerusalem.«

»Anna, du weißt genau, Berlin war der Kompromiß. Wir hätten auch in Moskau bleiben können.«

»Du hättest in Moskau bleiben können, Vater«, sagte meine Schwester.

»Ach, Klawa, Klawatschka – du bist ein hartes Kind.«

»Ich bin kein Kind«, sagte Klawka. Sie verschränkte die Arme so, daß dadurch ihre großen Brüste hochgeschoben wurden, sie atmete tief ein und aus, die Brüste gingen hin und her, Polanski sah auf Klawkas Brüste, und dann strich er sich über das schmale Revers seiner grauweißen Nadelstreifenjacke, deren steifer Stoff an vielen Stellen bereits glänzte. Seine wasserblauen jüdisch-russischen Kinderaugen öffneten und schlossen sich ein paar Mal, und plötzlich erhob sich Polanski, das Wodkaglas in der Hand, er torkelte, er hielt sich mit seitlich verrenktem Arm an der Lehne meines Stuhls fest, und er sagte: »Verehrte Anwesende, Russen und Juden...«

»Selber Russe«, rief Klawdija dazwischen.

»Verehrte Freunde! Ihr erlebt gerade den größten Moment im Leben eines sehr kleinen Mannes! Der kleine Mann bin ich. Und dies« – er richtete die angewinkelten Arme wie flehend in die Höhe – »und dies ist der große Moment!«

Polanski stieß auf, er fiel auf seinen Stuhl, aber im nächsten Augenblick stand er gleich wieder auf und fuhr fort: »Denkt an den Schlamm vor dem weißrussischen Bahnhof, denkt an die Rotarmisten in Afghanistan, denkt an die Wüstenei, die gleich hinter dem Lenin-Prospekt beginnt! Denkt an Kronstadt, an Prag und Coyoacán in Mexiko! Vergeßt nie den Hunger, der uns immer so rastlos und schwach macht, den Hunger, der den Magen schmerzt, aber im Herzen erwacht...«

»Ich dachte«, unterbrach ich ihn, »ihr Russen, Baschkiren und Tataren habt alle ein Gefühl und eine Pflicht.«

»Ja«, sagte mein Vater, »wie ist es damit, Grigorij Michalytsch?«

»Scheißen wir auf die Pflicht, wenn das Gefühl nicht mehr stimmt«, sagte Polanski, er beugte sich zu Mama vor und flüsterte: »Verzeihen Sie das grobe Wort, Anna Abramowna...«

Aber Anna Abramowna waren Worte in diesem Augenblick

egal. »Ihr Zug! Sie werden Ihren Zug versäumen«, sagte sie und fügte fast fröhlich hinzu: »Und denken Sie an Ihre Familie, Grigorij Michalytsch.«

»Familie? Ha! Familie!«

Polanski stieß wieder auf, er stieß sehr laut und unappetitlich auf, die Luft entwich seinem Magen, und obwohl er sich die Hand vor den Mund hielt, breitete sich der Geruch von halbverdautem Fleisch und Gemüse sofort im ganzen Raum aus. Polanski schluckte schwer, er stürzte aus dem Zimmer hinaus, und Mama rief ihm hinterher: »Zweite Tür rechts!«

Wir saßen schweigend am Tisch und hörten auf jedes seiner Geräusche. Wir hörten das Würgen und Keuchen, wir hörten das gepreßte, fast leidenschaftliche Seufzen, und ich sagte: »Er kotzt so wie er redet.«

»Sei nicht gemein«, sagte Klawka.

»Iwan«, sagte Mama wütend zu Vater, »Iwan, du hast ihn hierher gebracht und du wirst ihn auch wieder hinausschaffen!«

Aber Vater antwortete nicht, er schob ihr ein Glas hin und sagte: »Trinken wir, Anna Abramowna!« Dann legte er den Kopf auf den Tisch, seine Stirn senkte sich auf die blütenblaue Tischdecke, und er schlief ein.

Als Polanski zurückkam, wirkte er wach und aufmerksam. »Wer trinkt denn jetzt mit mir?« sagte er, nachdem er mit einem kurzen Blick Vater gemustert hatte.

»Ich«, sagte Klawka.

»Sie trinken allein, Grigorij Michalytsch«, fuhr Mama dazwischen.

*

Polanski setzte sich wieder zu Klawka, er machte das Glas voll und trank es in einem Zug aus. Wir schwiegen, und man hörte nur Vaters surrenden Atem.

»Verfluchtes Leben«, sagte Polanski. »Möchte wissen, wer sich das alles ausgedacht hat . . .«

Vater hob den Kopf und schüttelte ihn heftig. Dann schlief er weiter.

»Verfluchtes Leben, junger Mann, nicht wahr?« Polanski sah mich an.

»Ich weiß nicht«, sagte ich.

»Sind Sie glücklich?«

»Ich weiß nicht.«

»Haben Sie eine Freundin? Sie haben bestimmt eine deutsche Freundin, Sie Glückspilz«, sagte er, »so ein sauberes und schönes blondes Ding, das sich viel zu oft wäscht und überall nach Veilchen riecht.«

Ich öffnete den Mund, ich wollte ihn beleidigen, doch bevor es dazu kam, hatte er sich längst Klawka zugewandt.

»Und Sie, kleine Prinzessin«, sagte er, »haben Sie einen Freund?«

Arme dicke Klawdija! Sie haßte diese Frage. Jeder, der sie ihr stellte, bekam es von ihr immer hundert- und tausendfach zurück.

»Noch nicht«, sagte Klawdija nun aber sanft, fast freundschaftlich, und ein unangenehmer Schauer löste sich in meinem Nacken.

»Und sind Sie glücklich, Fräulein Klawdija?«

»Kann man ein Kind so was überhaupt fragen?«

»Ach, seien sie bloß nicht nachtragend . . .«

»Kinder sind so!«

»Goldene Einsicht, Klawatschka«, sagte Mama.

»Sagen Sie es mir«, setzte Polanski wieder an. »Sagen Sie mir, ob eine junge Frau wie Sie schon weiß, was Glück ist —«

»— und ob sie es empfinden kann?« fiel sie ihm ins Wort.

»Ja, genau.«

»Ist doch eine wirklich blöde Frage«, sagte Klawka, und

dann aber sagte sie: »Man muß nur wollen, denke ich, und das Alter ist das letzte, worauf es ankommt.«

»Ach, das letzte also ...« Polanski schlug sich gegen die Stirn, er biß sich auf seine Kannibalenlippen, er malmte mit seinen Kannibalenzähnen, und er sagte mit seiner Kannibalenstimme: »Ja, das ist die richtige Einstellung. Das lernt man nicht bei uns, das lernt man nur hier – bei Ihnen!«

Er verstummte, und ich dachte jetzt an seinen prallen, aus allen Nähten platzenden braunen Plastikkoffer, der im Flur neben der Eingangstür stand. Ich stellte mir vor, daß er mit Wurst und Schinken gefüllt war, mit kaltem Rinderbraten und mildem Roastbeef, mit Kilotonnen blutiger, säuerlich riechender Schweinebäuche und Innereien – und ich hoffte, Polanski würde endlich aufstehen, diesen Koffer nehmen und weggehen, ganz schnell weggehen, damit nicht am Ende sein russischer Zug ohne ihn abfuhr.

Doch der Kannibale aus Moskau füllte erneut sein Glas, dann nahm er eine Serviette und versuchte, ein Schiffchen zu falten. Aber das Papier war dünn und fadenscheinig, und schließlich zerknüllte Polanski die Serviette. Als er sie in seine Jackentasche schob, entdeckte er darin einen von den abgenagten Lammknochen. Er zog ihn überrascht heraus, und während er ihn wie ein Trophäe betrachtete, sagte er: »Gilt das Angebot mit der französischen Wurst und dem italienischen Schinken noch, Anna Abramowna? Ich könnte, glaube ich, wieder etwas vertragen. Wodka ohne etwas zum Dazubeißen, das ist doch nichts!«

»Morgen. Grigorij Michalytsch«, sagte Mama. »Gehen wir jetzt alle erst einmal schlafen.« Sie atmete tief ein. »Morgen essen wir weiter – wenn Sie wollen.« Sie lächelte, und dann sagte sie: »Geht morgen noch ein Zug nach Moskau?«

»Aber ja«, sagte Polanski traurig, »aber natürlich.«

*

In der Nacht, als alle schliefen, trafen sich Klawdija und Polanski im Flur. Sie trug den Teller mit der Wurst und dem Schinken, er hatte die letzte Flasche von seinem Moskauer Wodka dabei, und sie wollten sich gerade gegenseitig einen Besuch abstatten. Sie gingen in Klawkas Zimmer und legten sich aufs Bett, und dort unterhielten sie sich flüsternd, sie lachten und sahen einander im Dunkeln ins Gesicht, Polanski erzählte Klawdija von seiner Frau und seinem Sohn Fedor, sie redeten über Russen und Juden und Israel, Klawka wurde schnell betrunken, und dann fing er vom Krieg an, von jenen Jahren, in denen er als achtzehnjähriger Panzerschütze gegen die Deutschen gekämpft hatte, und am Ende sagte er noch, daß Fedor, sein Sohn, Klawka bestimmt auch mögen würde, und Klawka nickte.

Später, nachdem alles vorbei war, kam die Polizei, um Polanski abzuholen. Er hatte sich angezogen und stand nun stumm im Flur, neben der Tür zum Eßzimmer. Seine dünnen Glieder schienen zu schwanken, und als sie ihn wegführten, sagte er kein Wort, er bat nicht um Verzeihung und er beschuldigte auch niemanden. Er schaute keinem von uns in die Augen, er wischte sich mit dem Ärmel den Schweiß vom Gesicht und warf nur einen kurzen Blick ins erleuchtete Eßzimmer. Da sah er dann die lange Tafel mit der blauen Tischdecke, es standen noch Gläser und Teller herum, unbenutztes Besteck lag dort, und an dem Platz, wo er gesessen hatte, waren lauter Flecken, Flecken von der Granatapfelsoße und der armenischen Basturma.

Klawka saß noch lange schreiend und heulend in ihrem verwüsteten Zimmer. Nachdem auch der Arzt gegangen war, ließ sie niemanden an sich heran, sie erlaubte uns nicht einmal, für sie das Bett zu richten. Irgendwann hielt Mama es nicht mehr aus, sie ging zu ihr, ich hörte die Ohrfeige, und dann wurde es still, und Vater sagte, sie würden Polanski bestimmt schnell abschieben.

Am nächsten Tag brachte ich Polanskis riesigen Koffer aufs Revier. Doch vorher machte ich ihn natürlich noch auf. Es befanden sich nur ein paar Kleidungsstücke darin, die Kongreßunterlagen und eine Plastiktüte mit seinen Waschsachen. Der Rest waren Bücher, zerlesene russische Bücher, Bücher von Tschechow, Ehrenburg und Bulgakow, Bücher, die Polanski den ganzen langen Weg von Moskau nach Berlin geschleppt hatte.

Der perfekte Roman

1

Das erste Mal sah Pulwer ihn im *Café Aval* wieder, gleich zu Beginn seiner täglichen Observierungen. Mehr als vierzig Jahre waren da schon seit Tarnów vergangen und zwanzig seit Berlin, aber Geherman, den sie in Polen den Roten Tod genannt hatten und in Deutschland dann Germanias Gewissen, war derselbe geblieben. Er hatte das gleiche massige Gesicht mit dem tiefen Doppelkinn wie früher, die gleichen riesigen, schwarzbehaarten Ohrläppchen und knallblauen, herausstehenden Augen, und seine Wangen waren noch immer so rot, als würde er Rouge auftragen. Außerdem besaß Geherman, auch daran hatte sich nichts geändert, einen endlosen runden Oberkörper, und wenn er stand, schien es, als habe er fast gar keine Beine und stecke bis zum Rumpf in der Erde. Im Gehen wiederum kam er Pulwer wie eines dieser Spielzeugmännchen vor, die statt Füßen zwei rotgelb bemalte Holzräder haben, auf denen sie sich in einem Höllentempo fortbewegen können, und hätte Pulwer in seinem Leben mit Geherman nicht so oft Ärger gehabt, würde er bei dessen Anblick meistens nur gelacht haben – damals in Europa genauso wie heute in Tel Aviv.

Pulwer war, trotz des Kriegszustandes, auch an diesem Tag wieder mit seiner Nikon in den späten Nachmittagsstunden in Stellung gegangen. Er hatte zuerst seinen Arbeitshocker aus der Nische unter dem Fensterbrett hervorgezogen, der in der Höhe so eingestellt war, daß man halb darauf sitzen, halb dagegen lehnen konnte. Dann streifte er das schwarze Tuch von der am Stativ befestigten Kamera herunter, er nahm den Deckel vom Objektiv und steckte ihn, um ihn nicht zu verlieren, in seine linke Hosentasche. Er ging in die Küche und holte das Tablett mit dem Eistee und den Sandwiches, er trank und aß geduldig, und nachdem er eine Weile stumm den hellen Steinboden seines Wohnzimmers betrachtet hatte, öffnete er endlich vorsichtig die Lamellen des Rollos und begann die Fassade des gegenüberliegenden Hotels mit dem Teleobjektiv abzusuchen.

Im *Sokolov* gab es heute nicht viel zu sehen, die meisten Fensterläden waren geschlossen, weil die Zimmer entweder leer standen oder weil die wenigen Touristen, die sich in diesen Wochen in Israel aufhielten, nach den durchwachten Nächten die Tage zum Ausschlafen nutzten. Pulwer hatte deshalb schon bald die Kamera auf das Café im Erdgeschoß des Hotels gerichtet, und als er dann, gleich bei der ersten, noch unscharfen Einstellung, im Sucher Gehermans Visage entdeckte, drückte er sofort mehrmals auf den Auslöser. Er kam sich wie ein Agent des Mossad vor, der gerade Adolf Eichmann aufgespürt hatte, seine eigene Kaltblütigkeit überraschte ihn, sie überraschte ihn so sehr, daß er dadurch erst recht nervös wurde, aber dann merkte er, daß ihm der Schrecken in Wahrheit längst in alle Glieder gefahren war.

Geherman war natürlich nicht Eichmann, er war eher eine Art Schabbatai Zwi, also die neuzeitliche Variante des chassidischen Lügenmeschijachs, auch er ein Handlungsreisender in Sachen Glaube und Verrat, Dogma und Konversion, und bestimmt, überlegte Pulwer, hatte er wieder etwas vor, in Tagen wie diesen schien vieles möglich und konnte alles geschehen, und es war schon ein Witz, wie scheinheilig er nun dasaß, einen gezuckerten Orangensaft nach dem andern trank und so tat, als sei nichts. Die meiste Zeit blickte Geherman einfach geradeaus, über den Mograbi-Platz, in Richtung Ben-Jehuda-Straße, er las nicht, er machte sich keine Notizen, und er versuchte auch nicht, mit einem der wenigen Gäste des Cafés ins Gespräch zu kommen. Nur ab und zu sah er zu der hageren jungen Frau am Nebentisch herüber, aber seine Blicke waren so offensichtlich, als wolle er von etwas ganz anderem ablenken.

Pulwer legte einen neuen Film ein und stellte die Blende niedriger. Er lehnte sich vor, betätigte den Auslöser, die Aufregung ließ kurz nach und mit ihr auch ein wenig die Neugier, und während er sich nun endlich zu erinnern begann, während das Gute und das Schlechte des Vergangenen in ihm miteinander stritten, ging er, äußerlich ungerührt, weiter seiner Arbeit nach. Er zog die Schärfe und schaltete wieder die Halbautomatik ein, er säuberte das Objektiv, er wechselte den Film, er machte mehrere Einzelbilder und ließ schließlich die Fingerkuppe auf dem Auslöser ruhen, der Motor surrte und summte, und jetzt war auch dieser Film voll, und er riß einen weiteren auf. So neigte sich dann der Tag seinem Ende zu, und der Abend brach an. Geherman saß noch immer fast reglos auf seinem gelben Plastikstuhl, er führte nur ab und zu das Glas zum Mund oder schielte zu seiner Nachbarin, und als Pulwer endlich, weil seine Augen zu schmerzen begannen, von der Kamera aufsah und an der riesigen Baustelle des Opera-Towers vorbei zum Meer hinüberblickte, erspähte er den roten Himmel über der Bucht von Jaffo und darunter die schwarze See, in deren Wellen jetzt Millionen purpurner Perlen schwammen. Dann wurde es mit einem Mal endgültig dunkel, die Straßenlichter gingen an, und Tel Aviv machte sich bereit für die nächste Raketennacht.

2.

Zweimal in seinem Leben war Isi Pulwer an Geherman nicht vorbeigekommen, zweimal hatte er wegen ihm die Erde zittern gehört, und er wußte bis heute nicht, welche der beiden

Begegnungen er schrecklicher fand. War es die, bei der es buchstäblich um sein Leben gegangen war, damals in Polen, gleich nach dem Krieg, oder war es jene in Berlin, zwanzig Jahre später, als seine berufliche Existenz, seine Träume, seine Sehnsüchte auf dem Spiel gestanden hatten?

1946 war die Lage ganz klar gewesen und auch von heute aus gut überschaubar. Da saß Pulwer mit einem Haufen halbtoter KZ-Irrer, die alle erst wieder im Begriff waren, sich ein bißchen Gewicht und Lebensmut anzufressen, in der polnischen Stadt Tarnów. Sie bewohnten das ehemalige jüdische Gemeindezentrum, wo in den Kriegsjahren die Gestapo gewütet hatte, sie schliefen zu zehnt in einem Zimmer, sie aßen aus denselben Tellern und wuschen sich mit demselben Wasser, sie waren eine Gruppe von zweihundert paranoiden, neurotischen Greisen und Kindern, von traurigen Junggesellen und lebenshungrigen Witwen, von durchgeknallten Selbstmordkandidaten und düsteren Selbsthassern, und sie alle warteten hier auf ihre Papiere vom HIAS oder von der *Jewish Agency*. Kein einziger von ihnen wollte in Polen bleiben, auch Isi »Israel« Pulwer nicht, wie er sich damals noch, in Erinnerung an seinen deutschen Judenausweis, selbst höhnisch nannte. Sie wollten alle fort, so weit weg wie möglich, nach Palästina, nach Amerika, nach Australien, und weil mit ihrer Vergangenheit auch ihre Zukunft ausgelöscht worden war, herrschte viel Mißgunst und Ungeduld in den stinkenden, schwülen Räumen des Übergangsheimes an der Wiejskastraße, das bei den Bewohnern von Tarnów natürlich nur Judenhaus hieß.

Ja, Judenhaus, wie sonst, aber das war überhaupt nicht abschätzig gemeint gewesen, denn in den ersten Wochen und Monaten des Friedens hatten die Einheimischen sogar mit den Juden ein Nachsehen gehabt. Daß die Polen die Juden, diese dunklen Menschen mit den klaren Gesichtszügen, die vor neunhundert Jahren in ihr Land gekommen waren, schon immer gehaßt hatten, stand auf einem anderen Blatt geschrieben, und dieses Blatt wurde für eine Weile in eine der hinteren Schubladen der Geschichte abgelegt, denn erstens waren fast alle Juden tot und zweitens gab es nun einen neuen, größeren, mächtigeren Feind, und der kam aus Rußland. Natürlich, es sollte schon bald der Tag anbrechen, an dem die Polen zu der Überzeugung gelangen würden, daß der Kommunismus ein jüdisches Werk sei, aber dieser Tag war noch fern. Der Kommunismus, ein jüdisches Werk? Die nationalistische Armia Krajowa hatte die dunklen Menschen mit den klaren Gesichtszügen nicht haben wollen, sie schlug und tötete sie sechs Jahre lang, wo immer sie sie fand. Die Kommunisten dagegen nahmen sie sofort, und darum gingen viele von denen, die nicht in den deutschen Lagern verschwanden, zu Bierut und seinen Leuten. Sie kämpften, zitterten und konspirierten mit den polnischen Genossen und träumten von der Zeit, da alle – wirklich alle! – gleich sein würden, doch vielleicht sehnten sie auch einfach nur den Tag herbei, an dem sie Einfluß und Geld, ein Haus und einen großen schwarzen Wagen mit Chauffeur haben würden, und egal aber, ob sie aufrichtig fühlten oder korrupt dachten, sie schienen allesamt schrecklich naiv und selbstvergessen, und einer von ihnen war der deutsche Jude Josef Geherman, der sich im vorletzten Kriegsjahr, auf seiner langen Flucht vor der SS, plötzlich in den Wäldern Polens wiederfand, wo er schon bald zur linken Armia Ludowa stieß und gleich am Vorabend seines ersten Kampfeinsatzes feierlich den polnischen Namen Józef Piechalski annahm.

Geherman also. Er war, als er das erste Mal in Pulwers Leben trat, Parteisekretär von Tarnów, ein Kommunist und Träumer aus einem ganz besonderen Material, einer, dem alles, was er wollte, gelang. Keiner war wie er, keiner konnte so schnell von einer Laune zur andern wechseln, keiner konnte seinen Haß so plötzlich in Liebe verwandeln oder umgekehrt all seine Zuneigung in menschenverachtende Wut. Als Mann der vielen Eigenschaften war er mal zögerlich, fast verträumt, dann wieder zu wüsten Witzen und albernen Neckereien aufgelegt und manchmal einfach nur jähzornig kalt – eine Mischung aus russischem Politkommissar, deutschem Studienrat und Clown Grock. Ohne zu zögern verteilte Geherman an jeden, der ihm in die Augen sah, seinen Lob und Tadel, egal ob es um Sozialismus, Charakterfragen oder ein häßliches Kleidungsstück ging. Er war davon besessen, die Menschen in seiner Umgebung zu bewerten, und wer nicht ständig von ihm geschurigelt werden wollte, ging ihm am besten aus dem Weg, denn Geherman hatte vor niemandem Respekt, Rang und Person spielten für ihn keine Rolle. Er sprach ein schnelles, wendiges, aber fehlerhaftes Polnisch, das er mit seinem harten deutschen Akzent selbstbewußt würzte, und weil er es sowieso nicht besser konnte, betonte er die Worte oft absichtlich falsch, und natürlich wußte er, daß viele deshalb hinter seinem Rücken über ihn lachten. Doch das machte ihm nichts aus, so wie ihn auch seine lächerliche Figur und sein dickes glänzendes Puppengesicht wenig kümmerten, und viel wichtiger als alles andere war Geherman, daß er sein Deutsch nach wie vor gut im Griff hatte, seine teure Muttersprache, die er bis auf den Tag wie ein Gott beherrschte und formte und bog. Ja, der Jude Geherman hatte Deutschland so geliebt wie nur Juden Deutschland lieben können, Deutschland war sein Zuhause gewesen, es war seine Mutter, sein Vater, seine Geliebte, und weil er nach allem, was geschehen war, niemals dorthin zurückkehren würde, klammerte er sich nun, um so verbissener, verzweifelter an die deutsche Sprache und Literatur. Darum gab es für ihn, den fanatisch-komischen Moralapostel, der während des Krieges weit weg aus dem stillen, schönen Königsberg verschlagen worden war, in Wahrheit nur einen einzigen Glauben, aber nicht den an

Marx und Lenin etwa, sondern an Schiller, Lessing und Goethe, und als er sich am Ende seiner polnischen Tage an die Niederschrift seines legendären *Tagebuchs eines Antikommunisten* machte, tat er dies wie selbstverständlich auf deutsch.

Das alles erfuhr Isi »Israel« Pulwer allerdings erst viel später, in Deutschland, und bei ihrer ersten Begegnung von Tarnów redete er sowieso nicht mit ihm, er hörte ihm einfach nur zu. Es begann harmlos, fast albern, es begann damit, daß Geherman eines Morgens ins Judenhaus an der Wiejskastraße hereinmarschiert kam, alle Bewohner zusammenrief, sich in Ermangelung einer Bühne auf einem Stuhl aufbaute und ihnen, den Irren von Auschwitz, Buna und Treblinka, eine besonders irre Forderung stellte. »Jidden«, sagte er in seinem jeckischen Jiddisch, das gar kein Jiddisch mehr war, sondern nur noch Gejiddel, die Anbiederei an die Töne und Worte einer für ihn längst fremd gewordenen Sprache. »Jidden«, sagte der dicke, rotwangige, blauäugige Józef Piechalski alias Josef Geherman, »ihr mißt ajch zusammennehmen. Ihr mißt werfen iber Bord die alten Fesseln des Kleinbürgertums, mißt werden Polen ind zajgen den Kommunisten, daß das Schtetl ist fir ajch nichts als ajne steinzeitlichen Erfindung fun di imperjalistische Herrenmenschen, und wenn morgen nicht a schejnes, grojses Transparent an eurem Haus hängt, a Transparent, wo ihr fordert den Sieg der proletarischen Revolution, dann, Jidden, gnade ajch Gott, dann kann ich fir nichts garantieren!« Und er kletterte vom Stuhl wieder herunter und marschierte auf seinen kurzen Spielzeugbeinen davon, und die Jidden, die nicht wußten, wie ihnen geschah, blickten einander fragend an.

So also war das gewesen, als Pulwer Geherman zum ersten Mal sah, und weil am nächsten und auch am übernächsten Tag kein Transparent an den Mauern des Judenhauses aufgetaucht war, kam Geherman wieder, begleitet von zwei paramilitärisch gekleideten jungen Männern. Er stürmte das Judenhaus, er fegte über die Treppe, er schob seinen riesigen Matrjoschka-Körper durch die enge Tür des Eßsaals, und er rief diesmal auf polnisch: »Seid nicht störrisch, Juden! Wie lange wollt ihr denn noch an eurem alten Aberglauben hängen? Bis zur Zerstörung des dritten Tempels vielleicht?! Ich will euch doch nur schützen – vor euch selbst und vor den Verrückten da draußen. Hängt das Transparent auf! Und gebt diesen beiden Genossen den ganzen alten Plunder, gebt ihnen eure Tales, Menoras und Siddurim, damit sie das alles wegbringen und vernichten können. Sonst kommt eines Tages noch jemand, der sagt, ihr hättet euch nicht geändert, einer, der behauptet, ihr hättet hier schreckliche Dinge angestellt!«

Die Juden sahen wieder einander an, doch diesmal mußten sie lachen, sie lachten zu ihrem Vergnügen, aber sie lachten auch aus Sorge, denn sie fingen an zu begreifen, was dieser entsetzliche Mensch von ihnen wollte. Und plötzlich, von einer Sekunde auf die andere, verstummten sie alle gleichzeitig, es wurde so still im Saal, daß Geherman sich auf der Stelle wieder umdrehte und verschwand, und die Juden aus der Wiejskastraße, die gar nichts mehr besaßen, kein Geld und kein Gold und erst recht keine Bücher und Leuchter und Tefillin, beschlossen hart zu bleiben, und als Geherman am Nachmittag wiederkam, lachten sie nicht mehr, da sagten sie einfach nein zu ihm. Nur die allerwenigsten von ihnen glaubten überhaupt noch an Gott, und sie meinten dabei einen sehr bösen, abscheulichen Gott. Die andern wiederum waren so atheistisch, wie es die Genossen Bierut und Gomolka niemals gewesen sind. Doch sie alle schworen sich, es diesem jüdischen Kommunistenspinner zu zeigen, diesem Kapo und Verräter, den sie von nun an wegen seiner Drohungen den Roten Tod zu nennen begannen.

Geherman erschien in diesen kalten Julitagen des Jahres 1946 noch häufiger im Judenhaus. Seine Augen standen jedesmal ein wenig mehr hervor, seine rougeroten Wangen glühten und blähten sich auf, und das Tempo, in dem er wütend davonstob, nahm ebenfalls von Mal zu Mal zu. Er hielt ihnen ständig dieselben zornigen Vorträge, doch je klarer ihm wurde, wie aussichtslos sein Unterfangen war, desto öfter stockte seine sonst so flüssige, scharfe Rede, er stotterte plötzlich und versprach sich, er tänzelte nervös hin und her, und so begannen die Juden, den Roten Tod nun wieder nur noch komisch zu finden, ihr Lachen wurde bei jedem seiner Auftritte immer freier und herablassender, der Spaß verging ihnen aber an jenem Tag, als der Sohn des Apothekers von Tarnów verschwand.

Der kleine Jaczek war ein schönes kräftiges Kind mit herrlicher Haut gewesen, mit roten Lippen und zartem weißblonden Haar. Er gehörte zu der Sorte von Kindern, in die man als Erwachsener am liebsten hineinbeißen möchte, und wenn man ein bißchen krank ist, nicht nur das. Es dauerte keine drei Stunden nach seinem Verschwinden, bis sich die Freunde und Nachbarn des verzweifelten Vaters zusammengesponnen hatten, was dem Jungen zugestoßen sein könnte, und so wurde an diesem Tag eine der hinteren Schubladen der Geschichte wieder geöffnet, die Bewohner von Tarnów rotteten sich vor dem Haus des Apothekers zusammen, sie hielten Äxte und Latten und Rechen in ihren Händen, und dann setzten sie sich in Bewegung, sie marschierten schreiend und singend zum Judenhaus, der Zug wurde immer größer und größer, und keiner störte sich daran, daß neben dem Pfarrer und dem weinenden Apotheker auch ein Jude die Menge anführte.

Was hinterher geschah, folgte einer altehrwürdigen Dramaturgie. Sie standen eine Weile – plötzlich verstummt – vor dem Judenhaus. Dann riefen sie, die Juden sollten den Jungen herausgeben, aber sie bekamen aus dem Haus keine

Antwort, und so begannen sie mit den Füßen zu stampfen und die Stiele ihrer Stöcke noch tiefer, noch verzweifelter in die Erde zu bohren. Auf einmal war wieder Ruhe, für eine Weile umgab die ehemalige Gestapozentrale dieselbe dröhnende Stille wie während des ganzen Kriegs, doch dann schrie jemand laut, mit hartem ausländischen Akzent: »Sie haben ihn geschlachtet! Sie trinken gerade sein Blut!« Und nun gab es endgültig kein Halten mehr, sie brachen die Tür auf, sie stürmten das Judenhaus, sie zerrten die KZ-Irren aus den Schränken und unter den Betten hervor, sie stießen ihnen die Äxte und Sensen in die Bäuche, sie schlugen nach ihren Armen und Beinen, sie schlugen sie auf die Köpfe, und manche Tarnówer, die besonders wütend und traurig waren, packten die jüdischen Kinder, sie trugen sie ans Fenster und warfen sie wie Müll hinaus.

Ja, es wurde viel geklagt und geschrien an diesem Abend im Judenhaus von Tarnów. Am Ende waren sechzig Juden tot und fast alle andern schwer verletzt, und der einzige, dem nichts passiert war, hieß Isi »Israel« Pulwer. Er hatte sich rechtzeitig durchs Kellerfenster in den Hof geflüchtet, er kletterte hinter einen Schutthaufen, er lag dort, ohne sich zu rühren, und er rührte sich auch dann nicht, als er Geherman sah. Der Parteisekretär war ums Haus herumgegangen, während drinnen noch die Polen wüteten, er pfiff leise auf einem Finger, und sofort kroch der kleine süße Jaczek aus dem Gebüsch hervor. Sie lachten einander an, Geherman flüsterte ihm etwas zu, worauf Jaczek sich auf die Erde warf, er wälzte sich im Staub, und hinterher ließ er sich von Geherman auch noch ins Gesicht schlagen, und bevor Geherman ihn bei der Hand nahm, um ihn endlich zu seinem Vater zu bringen, gab er ihm einen Zehnzlotyschein und eine Tafel Schokolade. Das Geld steckte der Junge achtlos ein, die Schokolade interessierte ihn viel mehr, er lachte, riß die Verpackung auf, stopfte sich ein Stück in den Mund, und sein

Gesicht war jetzt ganz grau vom Straßendreck, rot vom Blut und braun von der Schokolade. Geherman musterte ihn, er lachte nun auch, und dann zog er ihn fort. Und da aber konnte Pulwer nicht mehr an sich halten, er mußte aufspringen, er mußte Geherman an die Gurgel gehen, er mußte ihn töten, und es war ihm egal, ob er dabei selbst sein eigenes Leben lassen würde. Doch statt dessen entrang sich seiner Kehle ein einsamer, verdrehter Laut, Pulwer rief Geherman nur ein einziges Wort zu, er rief »Hitler!«, und Geherman drehte sich ganz verträumt um, er lachte wieder und wischte mit seiner freien Hand gnädig durch die Luft.

3.

Der erste Alarm kam an diesem Abend kurz nach zehn. Pulwer hatte kurz vorher aus den Nachrichten erfahren, daß die Bodenoffensive der Alliierten bereits begonnen hatte, und so machte ihm das Wehklagen der Sirenen nun noch weniger angst als in den vorangegangenen Wochen. Je länger der Krieg andauerte, desto klarer wurde ihm, daß der Iraker ein Angeber war – er spielte nur mit den Gefühlen der Welt, aber er würde seine Raketen niemals mit Gas füllen. Außerdem fand Pulwer, daß es ihn, wenn es ihn denn treffen sollte, sowieso treffen würde, es war doch alles vorbestimmt, es war längst entschieden, ob er einem Herzinfarkt erliegen, unter einem israelischen Lastwagen zu Tode gequetscht oder von einer arabischen Rakete in tausend Stücke gerissen werden würde.

Er hatte gerade damit begonnen, sich ohne Hast und Eifer im Badezimmer zu verschanzen (in seiner Kaba, wie er den versiegelten Raum nannte), er hatte den feuchten Lappen auf die Türschwelle gelegt und die Plastikfolie von innen mit dem braunen Packband zugeklebt, als die Entwarnung kam. Der Heulton nahm schnell zu und noch schneller wieder ab,

Pulwer hörte von ganz weit weg eine Polizeisirene, und da riß er auch schon mit einer einzigen Bewegung die Folie und das Band vom Türstock, er schob mit dem Fuß das Tuch beiseite und stürmte – fast so wie ein kleines Kind, das noch nicht schlafen gehen muß und spielen darf – aus seiner Kaba heraus, er humpelte ins Wohnzimmer, legte den 3200-ASA-Film in die Kamera ein und machte sich wieder ans Werk.

Und plötzlich, nach Jahren, sah er seine Hände an. Er hatte sie lange nicht mehr angesehen, denn er haßte sie, weil er in ihnen alles erkannte und las, Dinge, die er nicht einmal beim Blick in den Spiegel in seinem dürren Junggesellengesicht entdecken konnte. Darum starrte er immer nur an ihnen vorbei, und am liebsten hätte er sie sich abgehackt, oder nein, viel besser, er hätte sie einfach verbrennen sollen, ganz genau, verbrennen. Er schob die Hände zwischen seine Knie, er zog sie wieder heraus, er öffnete sie, hielt sie ganz nah ans Gesicht heran, und kaum erblickte er die vielen Brandnarben, kamen auch schon die Bilder. Nein, ich will jetzt nicht, dachte er, er atmete durch und konzentrierte sich auf seine Arme, auf seine Beine, auf den Brustkorb, und die Erinnerung verflog. Im nächsten Moment kehrte sie aber wieder, die Bilder schossen vorüber, immer schneller und schneller, aus den Bildern wurden Szenen, aus den Szenen ein Film, und aus dem Film ein Leben – ein Leben in Bildern, die außer ihm niemand anders je gesehen hatte.

Pulwer schloß die Kamera und schraubte sie mühsam aufs Stativ. Was wollte Geherman? Warum war er gekommen? Seine Hände zitterten, sie zitterten stärker als sonst, er nahm ein Sandwich vom Tablett und ließ es, ohne hineinzubeißen, gleich wieder auf den Teller fallen. Ja, er war wütend, wütend und verängstigt, denn plötzlich war all seine Ruhe dahin, all seine israelische Contenance und Ausgeglichenheit, die ihm genausoviel bedeutete wie einem andern vielleicht ein beruflicher Erfolg oder ein Sieg in der Liebe. Vor zwanzig

Jahren, nur wenige Monate nach dem Sechstagekrieg, als er beschlossen hatte, aus Deutschland wegzugehen und nach Israel zu ziehen, hatte er schon im Flugzeug von Frankfurt nach Tel Aviv diese endlose Erleichterung gespürt, er hatte sich wie jemand gefühlt, der nach einer Herzoperation merkt, wie er von einem ihm bis dahin unbekannten Gewicht plötzlich befreit worden ist, und als ihm dann auch noch im gleichen Moment, da Deutschland, die Deutschen und Geherman in zehntausend Metern Tiefe unter ihm lagen, durch den Kopf geschossen war, wie herrlich es sein müßte, nie wieder zu schreiben, fühlte er sich leicht wie eine Feder.

So schwebte dann Pulwer in Erez Israel ein, er kaufte von dem Geld, das er mit dem *Falschen Propheten* gemacht hatte, die Wohnung in der Allenby-Straße, den Rest legte er bei der Bank Leumi an, er lebte von den Zinsen und von seiner guten Laune, und damit ihm seine israelische Leichtigkeit nie mehr abhanden kam, las er keine deutschen Zeitungen mehr und keine deutschen Bücher – und immer dann, wenn die Bilder wiederkamen, sprang er hinter seinen Fotoapparat, um sie schnell mit ein paar neuen, ganz andern Bildern zu verscheuchen. Daß er diese ebenfalls fürchtete, daß er die verschossenen Filme, unentwickelt und lediglich mit dem Datum und der Uhrzeit der Aufnahme versehen, in den Keller trug (genauso wie eines Tages auch seine kleine Sammlung von Radierungen und Plakaten), hatte nichts zu bedeuten, das wußte er genau: Die Welt war nun mal ein Kaleidoskop, jede Sekunde war ein Blick, jeder Blick ein Bild, und er mußte deshalb diese echten, diese vorhandenen Bilder, die er auf der Straße, im Fernsehen, im Museum einfing, in einem fort sortieren, ordnen und bannen, er mußte zuerst dort draußen das Kaleidoskop anhalten, bevor er hier drinnen etwas Neues begann.

Diese verdammten Hände! Plötzlich waren sie ihm überall

im Weg – was immer er tat, er konnte die Augen von ihnen nicht abwenden, auch jetzt, da er sich endlich wieder an seine Arbeit machte, starrte er sie an. Er lockerte den Stativring, rüttelte die Kamera im verstellbaren Gelenk ein-, zweimal vorsichtig hin und her und schwenkte schließlich nach oben, weil er sich noch einmal die höheren Etagen des Hotels vornehmen wollte. Nein, er hatte von Anbeginn des Golfkriegs keine Sekunde bei der Entscheidung gezögert, was besser sei – den nächtlichen Himmel über Tel Aviv zu observieren, um so vielleicht einmal einen Zusammenstoß der Scud- und Patriot-Raketen einzufangen, oder in alter Gewohnheit auf die Fenster des *Sokolov* zu halten. Natürlich war er dem *Sokolov* treu geblieben, denn in dieser verrückten Zeit waren auch die Leute verrückt, und in ihrer Hilflosigkeit und Panik lieferten sie ihm das beste Material.

Pulwer fotografierte die Menschen im Hotel am liebsten im Moment ihrer größten Furcht. Wenn der Alarm erklang, verzogen sich ihre Gesichter für Sekunden bis zur Unkenntlichkeit, und das war für ihn genauso ergreifend wie der Augenblick, wenn sie miteinander schliefen. Einmal wurde er sogar Zeuge einer Situation, als Eros und Thanatos verschmolzen – da hatte es das amerikanische Ehepaar in dem großen Zimmer im zweiten Stock erwischt. Sie hatten sich gerade auf dem Boden vor der Badezimmertür niedergelegt, Pulwer sah im Sucher das kalte, erregte Gesicht der alten Frau, er sah ihre Hände, die der Mann gegen den Boden drückte, dann jaulten die Sirenen auf, und in den Augen der Frau erstrahlte ein neues, noch stärkeres Licht. Der Mann rutschte sofort aus ihr heraus, sein Glied pendelte hin und her, er suchte nach seinen Kleidern und nach der Gasmaske, die Frau rührte sich aber nicht von der Stelle, sie schrie ihn an und lockte ihn mit den Armen, ihre Beine waren noch genauso gespreizt wie in dem Moment, als er von ihr abgelassen hatte, und nachdem er, ohne auf sie zu achten, aus dem Zimmer gerannt war, um im versiegelten Raum im Keller des Hotels Schutz zu suchen, blieb sie weinend liegen, sie schlug die Beine zusammen und machte es sich innerhalb weniger Sekunden selbst, und erst hinterher wich die kalte Erregung von ihr.

Pulwer schwenkte langsam die Kamera, er suchte den ganzen vierten Stock nach einem guten Motiv ab, und als er dann plötzlich Geherman ins Visier bekam, drückte er, wie schon einmal am heutigen Tag, kaltblütig auf den Auslöser, und erst hinterher spürte er den Stein, der sich im gleichen Moment wieder auf seine Brust gesenkt hatte. Geherman bewohnte das kleine Zimmer ganz rechts, das meistens nicht vermietet wurde, weil es kein Badezimmer und keine Toilette besaß und von einem Bett und einer kleinen Schreibplatte komplett ausgefüllt wurde. Er hatte es sich auf der viel zu schmalen Matratze bequem gemacht, er hatte nur eine Unterhose an und ein ärmelloses Unterhemd, er lag auf dem Rücken, mit dem Kopf zum Fenster, und Pulwer konnte von seinem Platz aus nicht erkennen, ob er schlief oder las oder vielleicht einfach nur die Wand anstarrte. Es schien, als hätte Geherman den letzten Alarm ignoriert, denn die braune Pappschachtel mit der Gasmaske lag ungeöffnet neben seinem großen Aluminiumkoffer auf der Ablage, außerdem stand das Fenster sperrangelweit offen, und die Tür zum Flur war ebenfalls auf. Wie leichtsinnig, dachte Pulwer, doch da fiel ihm zu seiner Freude ein, daß Geherman möglicherweise ja absichtlich das Schicksal herausforderte. Im gleichen Moment durchbrach ein neuer Heulton die Stille der Nacht, Pulwer bekam einen Schrecken, er rutschte vom Hocker und stieß gegen das Stativ, er schleppte sich, so schnell er konnte, aus dem Zimmer, aber nach ein paar Schritten kehrte er gleich wieder um. Er beugte sich zur Kamera vor und machte ein paar Bilder, und dabei sah er, wie Geherman in derselben Sekunde hochsprang, er federte aus seinem Bett wie ein

Athlet, er hatte einen Kopfhörer auf, in den Händen hielt er einen kleinen, schwarzen Weltempfänger, und während er verzweifelt seine Kleider zusammenzusuchen begann, wandte Pulwer sich wütend und enttäuscht ab. Geherman will sich also gar nicht umbringen, dachte er, natürlich nicht. Aber was, zum Teufel, hat er dann vor? Und warum ist er, der Chasar, der Selbsthasser und Judenmörder, nach Israel gekommen? Will er uns etwa seine Solidarität bezeugen, dieser nazistisch-kommunistische Dichterdreck?

4.

Geherman hätte aus Pulwers Sicht zwei Gründe gehabt, seinem Leben ein Ende zu setzen, und so unterschiedlich sie waren, jeder von beiden wog für ihn gleich schwer.
Pulwer hatte nach dem Pogrom von Tarnów Polen sofort verlassen, er landete in einem Lager bei Frankfurt, er wollte unbedingt nach Israel weiter, aber so viel Kraft hatte er nicht mehr gehabt, er blieb, er bekam bei einem Verlag Arbeit als Korrektor, er nahm sich eine Wohnung im Westend, und dann begann er wieder zu schreiben, auf deutsch, so wie vor dem Krieg, in Hamburg, als er für seine *Brit-Hanoar*-Gruppe zionistische Theaterstücke verfaßt hatte. Doch diesmal arbeitete Pulwer nur für sich allein, Juden gab es nicht mehr, und die Deutschen verdienten keine Bücher, er schrieb in jeder freien Minute, und eines Tages kaufte er sich dann auch eine Kamera. Er wollte wie Werfel formulieren, wie Meyerink erzählen – und wie Feininger fotografieren können, und so malte Pulwer auf seinen Fotos, die er zu jener Zeit noch nicht fürchtete, den Menschen schwarze Schatten in die Gesichter, die Häuser zeichnete er als riesige schwarze Blöcke, die Straßen waren graue, schwarz oszillierende Wege in die Gehenna, und das alles paßte wirklich sehr gut zu den Fotografien eines Mannes, dessen Hände im gro-

ßen Feuer verbrannt waren und auf dessen Arm für immer eine Nummer eintätowiert war.

Pulwer hatte Geherman all die Jahre über nicht vergessen. Jedesmal, wenn ihm der Rote Tod einfiel, dachte er schaudernd daran, wie viele Juden es damals gegeben hatte, die im Getto, im Lager und auch noch bei den Todesmärschen den andern zugesetzt hatten, Juden, die zu Mördern des eigenen Volkes aus einem grausamen Überlebensinstinkt heraus geworden waren. Bei Geherman, dem Politruk und Kommissar, war es aber noch ein wenig anders gewesen, er war in Tarnów einzig und allein einer Idee gefolgt und seinem eigenen freien Entschluß, und obwohl Pulwer es nicht wollte, obwohl seine Erinnerung an Geherman fast genausoviel wog wie an den ganzen Krieg, er konnte ihn beinah verstehen. Konnte er das wirklich? Natürlich nicht. Als er eines Tages, es war Ende des Jahres 1957, in der *Welt* las, daß der bekannte polnische Schriftsteller Józef Piechalski, der ursprünglich aus Königsberg stammte und eigentlich Josef Geherman hieß, unter abenteuerlichen Umständen Polen verlassen hatte, wo er, der Kriegsüberlebende, jahrelang Opfer stalinistischer und antisemitischer Repressalien gewesen war, da dachte Pulwer sofort nur eins, er dachte, er müsse Geherman anzeigen, er müsse laut herausschreien, was dieses Ungeheuer damals in Tarnów angerichtet hatte. Doch Pulwer begriff schnell, daß ihm keiner glauben würde. Wer war er denn schon, und wer war Geherman, dieser strahlende Held des Kalten Kriegs, und im selben Atemzug wurde ihm klar, daß sein Haß gegen den Roten Tod noch genauso stark und todesmutig war wie damals, als er ihm im Hof des Judenhauses beinah an die Gurgel gesprungen wäre.

Pulwers Haß bekam sofort neue Nahrung, als Geherman nur wenige Monate nach seiner Flucht in einem großen Rundfunk-Interview erklärte, er wolle von nun an wieder seinen deutschen Namen tragen. Warum, wurde er vom über-

raschten Moderator gefragt, worauf er diesen erst einmal eine Weile als Defätisten und vaterlandslosen Gesellen zu beschimpfen begann, dann brach er in sein wieherndes Mephistopheles-Gelächter aus und erklärte, er habe nur prüfen wollen, ob man in Deutschland bereits wieder mit jedem Unsinn ungestraft davonkommen könne. Schließlich machte er eine dritte und letzte Wendung, und er begann nun kühl jenen Teil der deutschen Kultur zu beschwören, der aus seiner Sicht schon immer der Aufklärung und Vernunft verpflichtet gewesen sei, immun gegen die romantischen Kräfte des Bösen. Er berief sich, wie er es in Zukunft noch oft tun sollte, auf Schiller und Lessing, er sagte, ein zweites Mal würde er sich nicht mehr vertreiben lassen, lieber würde er die deutsche Freiheit mit bloßen Händen verteidigen, und als habe er seinen ganzen exaltierten Monolog vorher genau einstudiert, setzte Geherman mit einem von Heinrich Heine überlieferten Börne-Zitat einen effektvollen Schlußakkord. »›Das Exil ist eine schreckliche Sache‹«, schluchzte er theatralisch ins Mikrofon, während Pulwer zu Hause vor Wut gegen das Radio schlug. Und als hätte Geherman den Stoß gespürt, wurde sein Ton auf einmal ganz militärisch und zackig, und er brüllte: »Unterschreibe ich unbesehen, jawohl, gegen alle miesepetrigen Zauderer und Wankler!« Dann machte er eine Pause, um gleich wieder schmalzig und weihevoll zu wiederholen: »›Das Exil ist eine schreckliche Sache‹, jawohl – das sagte einmal, vor vielen dunklen Jahren, ein leidgeprüfter großer Deutscher, und er sagte noch: ›Komme ich einst in den Himmel, ich werde mich gewiß auch dort unglücklich fühlen, unter den Engeln, die so schön singen – sie sprechen ja kein Deutsch . . .‹«
Im gleichen Jahr erschien sein *Tagebuch eines Antikommunisten,* und glaubte man Geherman, dann gab es neben Arthur Koestler und George Orwell nur einen einzigen Menschen auf der Welt, der die Teufeleien Stalins in ihrer

ganzen anti-aufklärerischen Tragweite wirklich durchschaut hatte – und das war natürlich er selbst. Noch unerträglicher aber, noch verabscheuungswürdiger als Gehermans verlogene Beschreibung seines angeblichen Kampfes gegen die »Verschwörung des Weltbolschewismus«, wie er es nannte, fand Pulwer seine Anbiederung an die Deutschen im letzten Kapitel des *Tagebuchs eines Antikommunisten,* das – wie sollte es anders sein – *Ausblick der Freiheit* hieß. Gehermans Rezept war einfach: Ein bißchen streberhaftes Gesäusel, das dem Unterlegenheitsgefühl eines Außenseiters erwuchs, eine Prise burlesk-wüsten jüdischen Humors und eine Riesenportion moralinsaurer Siebengescheitheit und Angriffslust – fertig war ein Gericht, das jedem Deutschen, egal ob er nun zu Recht oder zu Unrecht ein schlechtes Gewissen hatte, bestimmt prächtig schmecken würde, davon war Pulwer überzeugt. Seht her, lautete Gehermans unausgesprochene Botschaft, ich, der dreckige Jude von einst, werde euch den Weg zurück zu Freiheit und Kultur weisen – wenn ihr nur wollt!

Pulwer fand das alles widerwärtig, er fand es billig und falsch, und als dann die ersten Rezensionen erschienen, in denen Geherman für sein halb fiktives, halb dokumentarisches Opus magnum wie mit einer Feder in die Walhalla der deutschen Nachkriegsliteratur hineingeschrieben wurde, mußte er fast schon wieder lachen. Die Kritiker hatten Gehermans Wink verstanden, ohne Umschweife feierten sie ihn als verlorenen Sohn, der endlich heimgekehrt war, um die alte Kulturnation auf den richtigen Weg zurückzubringen, und daß sie damit Gehermans ureigenste Besserwisser-Instinkte weckten, hatten sie vielleicht gar nicht so recht geahnt. Geherman nahm die von ihm selbst bestellte Aufforderung natürlich sofort auf. Grob und ungestüm, wie es seine Art war, begann er sich in jede Debatte, die gerade geführt wurde, einzumischen. Endlich konnte er öffentlich das tun, was er privat so liebte, nämlich alles und jeden analysieren, belehren, bewerten, und seine Spezialität war es – gleichgültig, ob er sich über den Mauerbau, *Sinn und Form* oder die Wiederbewaffnung ausließ – immer wieder auf die tiefe moralische Krise zu verweisen, in die seine neualte Heimat von den Nazis gestürzt worden war und deren Ende er noch lange nicht als gekommen ansah.

»Meine Meinungswut ist mein Entréebillet zur deutschen Kultur«, wiederholte Geherman bei jeder sich bietenden Gelegenheit höhnisch, und Deutschlands Literaten, die dieser Meinungswut kaum etwas entgegenzusetzen hatten, beugten sich willig dem neuen Cato der Gelehrtenrepublik. Sie liebten und bewunderten ihn, und manchmal haßten sie ihn auch ein wenig, sie nannten ihn – mehr ernst als ironisch – Germanias Gewissen, sie luden ihn ein, in ihren Zeitschriften zu schreiben, sie gierten nach seinen moralischen Tagesbefehlen und poetischen Analysen, er sprach an Universitäten und hielt Vorträge vor Volkshochschülern, er bekam Preise und Arbeitsstipendien, und schließlich wurde er, als Krönung, in den festen Kreis der Berliner Literaturfreunde aufgenommen, deren halbjährliche Treffen das gesamte literarische Leben der damaligen Zeit bestimmten, diese großen, vielbeachteten Dichter-Zusammenkünfte, bei denen die jeweiligen Helden und Verlierer der kommenden Saison erkoren wurden.

Pulwer platzte! Das war zuviel! Wie sollte er es ertragen, daß Geherman, daß dieser Dreck und Massenmörder, so schnell und problemlos genau dort angelangt war, wo auch er immer schon hingewollt hatte? Natürlich, vor sich selbst hatte Pulwer immer den Stolzen, den Unberührbaren markiert, der lieber tot umfallen würde, bevor er sich mit den deutschen Verbrechern und ihrer Welt der Literatur einließe. Aber das alles war Unsinn gewesen, Lüge und Selbstbetrug, in Wahrheit wußte Pulwer genau, daß ihm bis dahin einfach nur keine einzige Geschichte gelungen war, mit der er vor diesen Antisemiten hätte bestehen können, und allein darum hielt er sich so zurück.

Verfluchter Geherman! Jetzt haßte ihn Pulwer wie nie zuvor, er haßte ihn dafür, daß ihm seine Rolle als Praeceptor Germaniae nicht gereicht hatte und er nun obendrein zu einem der Wortführer der Berliner Literaturfreunde avancieren mußte, und sich selbst haßte Pulwer noch viel mehr für seine Schwäche und Talentlosigkeit. Doch als er dann, irgendwann im Sommer 1963, in den *Frankfurter Heften* Gehermans später so berühmt gewordenen Kleist-Essay las, faßte er schnell neuen Mut. Geherman berichtete darin, zum ersten Mal überhaupt, von seinem eigenen Kriegsschicksal, er erzählte, wie er, der Sohn assimilierter Königsberger Juden, der sein mosaisches Erbe immer wie ein Schatzkästchen ohne Schlüssel empfunden habe, wie er also die ersten zwei Jahre jener schrecklichen Zeit bei einer schrecklichen Alten in Königsberg überstand, bevor er sich schließlich in die polnischen Wälder durchschlagen konnte. Die Alte ließ sich von ihm zum Dank dafür, daß sie ihn versteckte, tage- und nächtelang aus deutschen Büchern vorlesen, und das war einerseits ungeheuer anstrengend gewesen, hatte ihn andererseits aber auf immer gelehrt, daß Deutsch nicht nur die Sprache von Hitler und Goebbels war, sondern ebenso von Schiller, Lessing und Kleist – weshalb man sich, wie Geherman auf seine unverwechselbare Art schloß, heute unbedingt die Hoffnung erhalten sollte, daß die Deutschen bald wieder in der Literatur Großes vollbringen würden, damit so dann schließlich die tiefe moralische Krise der Nation überwunden wird.

Pulwer wußte nicht, ob Gehermans rührselige Königsberg-Erzählungen überhaupt stimmten, aber sie brachten ihn auf eine Idee. Es war genau die Idee, auf die er seit zehn Jahren, seit er wieder schrieb, gewartet hatte – so greifbar nah war sie gewesen, doch er hatte den Wald vor lauter Bäumen nicht gesehen. Endlich war es also soweit, endlich hatte er sein Thema gefunden, das Thema, das ihn befähigen würde, eine Geschichte zu schreiben, mit der er nicht nur als Schriftsteller in die Welt hinaustreten und am Ende vielleicht sogar den Kreis der Berliner Literaturfreunde um seine eigene Person erweitern würde, nein, diese Geschichte würde zugleich der Spiegel sein, in dem die Deutschen – anders als bei Geherman! – ihr wahres und unverändertes Gesicht zu sehen bekämen, und weil seine Geschichte so aufrichtig wäre wie das Leben selbst und so wahrhaftig wie die Literatur, könnte sich keiner erlauben, sie zu ignorieren – nicht einmal Geherman, der schließlich über sie auch noch stürzen würde!

Pulwer machte ernst. Er überprüfte seine Ersparnisse, er beantragte beim Verlag unbezahlten Urlaub und verkroch sich im Haus eines Freundes im Vogelsberg. Er nahm nichts mit, keine Bücher, kein Radio und nicht einmal seine Kamera, er las keine Zeitungen mehr und es durfte ihn auch niemand besuchen. Ein halbes Jahr später war das Buch fertig – keine Geschichte, sondern ein ganzer Roman. Er trug den Titel *Falscher Prophet* und handelte von einem Königsberger Juden, der 1935 nach Lodz flieht, von den Nazis bald wieder eingeholt wird, in Auschwitz, um zu überleben, als Kapo seine eigenen Leute quält und tötet, im Nachkriegspolen der Kommunistischen Partei beitritt, die letzten, übriggebliebenen Juden bekämpft, schließlich jedoch selbst als Jude weggesäubert wird, eine Weile in Krakau als Kellner arbeitet und gleichzeitig seine ersten Erzählungen und Gedichte schreibt, dann, während des Tauwetters, zusammen mit Marek Hlasko schnell zum wichtigsten Vertreter der jungen polnischen Schriftsteller-Generation aufsteigt und kurze Zeit später aber nach Deutschland emigriert, wo er aus Berechnung den geläuterten Anti-Kommunisten, den großen deutsch-jüdischen Patrioten und alleswissenden Moralapo-

stel markiert – und trotzdem insofern die Wahrheit auf seiner
Seite hat, als daß seine letzte, seine deutsche Karriere die
Frucht eines modernen, ethisch und ethnisch entsorgten
Antisemitismus ist, denn die Kritiker der Nachkriegs-
republik, die ihm huldigen, fürchten seine rhetorische Di-
rektheit, seine ethische Rigidität, sein flirrendes Schrift-
stellertalent genauso wie zwanzig Jahre zuvor die Nazis die
Weisen von Zion.

Der *Falsche Prophet* war eine Bombe, das wußte Pulwer genau. Er schickte das Manuskript, noch bevor er sich auf die
Suche nach einem Verlag machte, dem Chef der Berliner Literaturfreunde, und der lud ihn dann auch tatsächlich ein, er
schlug ihm vor, gleich im Frühjahr in einer Villa am Wannsee
– am Wannsee! – daraus vorzulesen und sich der Kritik seiner Kollegen zu stellen. Geherman wird auch da sein, dachte
Pulwer glücklich und ängstlich zugleich, als er den zer-
drückten Einladungsbrief zum zwanzigsten Mal wiederlas.
Und dann aber dachte er: Geherman, das wird mein Anfang,
und es wird dein Ende!

5.

Diesmal trafen die irakischen Raketen. Als Pulwer die Ex-
plosion hörte, sprang er auf den Badewannenrand, er klammerte sich mit den Fingerspitzen an den Spülwasserbehälter
der Toilette und hielt das Gesicht zentimeterdicht vor das
zugeklebte Oberlicht. Durch das mattweiße Plastik der
Schutzplane sah er Polizei- und Krankenwagen über den
Mograbi-Platz rasen, die Kolonne war endlos, die schönen
großen Leuchten auf den Dächern der Autos drehten sich
wie Discokugeln, sie überzogen Häuser, Bürgersteige und
den Asphalt mit ihrem blauflimmernden Licht, die Martins-
hörner der Feuerwehr klagten lauter als alle Schofare des
Landes an Neujahr, und schon bald befanden sich die

ersten Ambulanzen auf dem Rückweg. Es waren bestimmt an die dreißig Wagen, die mehrmals in beiden Richtungen über die breite Kreuzung fuhren, dann endlich kehrte wieder Ruhe ein, die Stadt verstummte so plötzlich wie seit fünf Wochen nach jedem der nächtlichen Angriffe, und der Sprecher auf *Galei Zahal* sagte, das schlimmste sei nun vorüber. Erst am nächsten Tag erfuhr Pulwer von Nachbarn, daß die Scud ganz in der Nähe eingeschlagen und mehrere Häuser zerstört hatte, doch er blieb kalt, er tat so, als interessiere ihn das alles nicht, er kannte ohnehin keinen einzigen von den Toten und Verletzten, und außerdem, er hatte früher ein paar schlimmere Dinge mitgemacht als diesen albernen Krieg gegen den Clown aus Bagdad, in Polen war es ganz anders zur Sache gegangen, da hatten die Feinde Israels ihr Gas benutzt, echtes deutsches Gas bester Qualität, und wenn sich heute die Israelis und die Juden im Jischuw darüber aufregten, daß es schon wieder die Deutschen waren, die für den Zyklon-B-Nachschub sorgten, dann kam ihm, dem Shoah-Pulwer, das genauso lächerlich vor, als wollte man einer Küchenmesserfabrik plötzlich verbieten, Küchenmesser herzustellen und zu verkaufen, bloß weil ab und zu einer mit einem Küchenmesser abgestochen wird.

Dachte Pulwer das wirklich? Ja, aber erst am nächsten Tag. Noch war es dunkel, er öffnete vorsichtig das Badezimmerfenster und blickte einem Krankenwagen nach, er sah hinter seiner erleuchteten Milchglasscheibe zwei weißgekleidete Gestalten, deren Bewegungen ganz schnell und abgehackt waren, er fragte sich, wie es wohl sein mochte, tot zu sein oder einfach nur ein Krüppel, er stellte sich den Moment des Raketeneinschlags vor und das Geräusch der berstenden Mauern, er hörte das ohrenbetäubende Pfeifen und die viehischen Schreie der Verletzten – aber, komisch, die Bilder kamen trotzdem nicht wieder, der schwarze Ofen war so weit weg wie der Mars, heute hatte der fliegende Tod aus

Bagdad eingeschlagen, ja, heute und jetzt, und alles, was sonst einmal gewesen war, spielte nun keine Rolle.

Während Pulwer von der Badewanne herunterkletterte, zitterten seine Hände noch immer, aber er sah sie diesmal nicht an, und das Zittern hörte in dem Moment auf, als er endlich wieder hinter seiner Nikon saß. Geherman! Was tat Geherman! Hatte er auch Angst? Machte er sich auch in die Hosen? Kroch er am Boden herum? Weinte und heulte er?

Geherman ging es gut. Er war nicht allein aus dem Schutzraum in sein Zimmer zurückgekehrt, bei ihm befand sich die hagere junge Frau, die er am Nachmittag im *Café Aval* so unverschämt angestarrt hatte, und nun erst erkannte Pulwer sie wieder, es war die Deutsche aus dem dritten Stock, die zu Beginn des Kriegs angereist war. Pulwer hatte sie ab und zu mit einer Gruppe anderer deutscher Frauen beobachtet, sie saßen jeden Abend im Speiseraum, sie sprachen kaum miteinander und beteten viel, und Pulwer fand, daß sie von ihnen allen die hübscheste war, allerdings nahm er ihr übel, daß sie fast nie ihre Kleider wechselte, sie schlief sogar in ihren Straßensachen, und wenn sie sich wusch, dann zog sie hinterher oft wieder die alte Unterwäsche an.

Die junge Frau und Geherman hatten sich offenbar gerade kennengelernt, er hatte sie wohl im Schutzraum angesprochen, und jetzt saßen sie auf seinem Bett, sie hockten ganz dicht nebeneinander, steif und ängstlich. Ihre Unterhaltung stockte ständig, und erst als Geherman die Geduld verlor, aus dem Koffer eine knallrote Paperback-Ausgabe seines *Tagebuchs eines Antikommunisten* zog, eine Widmung hineinschrieb und das Buch der Frau reichte, schlug sie sich – plötzlich begreifend, wer er war – gegen die Stirn. Und nun endlich lebte sie auf, sie redete wie ein Wasserfall auf ihn ein, und sie hatte dabei denselben ernsten, bewegten Gesichtsausdruck wie bei ihren täglichen Gebeten mit ihren Freundinnen. Gehermans blaue Augen und rote Wangen dagegen leuchteten vor Erregung, Pulwer sah durchs Teleobjektiv, wie sich sein wuchtiger, runder Körper allmählich zu senken begann, wie er immer mehr in Schieflage geriet, und plötzlich ließ sich Geherman auf die kleine Frau fallen, er küßte und drückte sie, sie wehrte sich nicht, und so begrub er sie am Ende vollkommen unter sich. Pulwer beneidete ihn, weil er noch immer so viel Kraft besaß, er mußte bei seinem Anblick an ein Pferd, an einen Esel denken, die graue Kordhose spannte sich über Gehermans riesigem alten Arsch, während er auf und ab ging, und plötzlich schob die Deutsche Geherman zur Seite, sie zog sich aus, wand sich im Liegen aus ihrem langen Rock heraus, sie streifte die rote Bluse ab und warf den Slip neben das Bett. Geherman stand in der Tür, er sah ihr zu und entkleidete sich dabei selbst bis auf die Unterhose, er rutschte auf die Knie, doch die junge Frau verstand nicht gleich, was er wollte, und schließlich aber stellte sie sich vor ihn in die enge Lücke zwischen Wand und Bett, sie legte ihren rechten Fuß auf seine linke Schulter, sie drückte Geherman noch tiefer gegen den Boden, und dann nahm sie den Fuß wieder weg, sie hielt ihn nun dicht vor sein Gesicht, vor seinen großen dicken Mund, worauf Geherman genüßlich ihre Zehen abzulecken begann.

Lächerlich, dachte Pulwer, das ist komplett lächerlich und überhaupt nicht erregend. Aber er nahm den Finger trotzdem nicht vom Auslöser, ihm gefiel natürlich, was er da sah, er konnte sich nicht mehr erinnern, wann er zuletzt so gutes Material bekommen hatte, nicht einmal die beiden Amerikaner vor zwei Wochen hatten ihm so viel Spaß gemacht, und eigentlich hatte er nur einmal ähnliche Genugtuung erfahren wie jetzt, vor vielen, vielen Jahren, während der ersten großen sowjetischen Alijah. Damals hatte er im *Sokolov* einen frischangekommenen russischen Immigranten, einen Maler, bei einem hysterischen Anfall fotografiert – der Russe hatte all seine Bilder über Tausende von Kilometern von

Moskau oder Leningrad oder Charkow nach Israel transportiert, um hier feststellen zu müssen, daß der westliche Zeitgeist längst weitergezogen war, worauf er in einer einzigen Nacht wütend seinen ganzen sozrealistischen Plunder verbrannte und zerschnitt.

Pulwers Kamera schnappte und schepperte wie ein Maschinengewehr, die Bilder flogen ihm über die Straße zu und fraßen sich in die Silberschicht des Films, jede einzelne Bewegung des seltsamen Liebespaars im *Sokolov* sollte für immer gefrieren. Er hörte genießerisch auf das surrende Geräusch des Motors, auf das Einrasten des Transporters, er nahm einen neuen Film heraus und legte ihn ein, und plötzlich machte sich die junge Frau von dem knienden Geherman los, sie legte sich wieder aufs Bett, flach auf den Rücken, Geherman erhob sich, er schob die Unterhose herunter und kletterte auf sie drauf, er hockte sich über sie, so als wolle er seine Notdurft auf ihrer Brust verrichten, und in derselben Sekunde heulten die Sirenen auf, Geherman schüttelte wild den Kopf, sein rotes Gesicht leuchtete purpurn auf, er wußte nicht, ob er trotz seiner Todesangst weitermachen oder weglaufen und in den Schutzkeller fliehen sollte, und als dann im nächsten Moment gleich wieder die Entwarnung kam, passierte es, und der verängstigte, verwirrte, erregte Geherman beschmutzte tatsächlich den dünnen, weißen Bauch der jungen Frau.

Ekelte sich Pulwer vor Geherman? Ekelte er sich vor ihm jetzt mehr als damals im Hof des Judenhauses von Tarnów, mehr als in der Villa am Wannsee? Nein, ganz im Gegenteil, denn kaum hatte Pulwer den Brechreiz bezwungen, erkannte er die Größe dieses Moments, und alle Schwere wich auf einmal von ihm, er fühlte sich wieder so federleicht wie damals, auf dem Flug von Frankfurt nach Tel Aviv, und als er nun auch noch beschloß, die Bilder vom scheißenden Geherman auf keinen Fall in einer seiner Giftkisten im Keller verschwinden zu lassen, war seine Freude grenzenlos. Nein, vor diesen Bildern hatte er keine Angst, sie waren die Wahrheit, das Leben, das Ziel, er würde riesige Abzüge von ihnen machen lassen, er würde seine ganze Wohnung mit ihnen tapezieren, und vielleicht würde er sogar ein paar von diesen Scheißer-Fotos an eine Zeitung in Deutschland schicken, damit sie dort endlich das wahre Antlitz von Germanias Gewissen sehen. Das dachte er, aber dann, im nächsten Moment, fiel ihm wieder ein, daß er mit den Deutschen doch genauso fertig war wie mit Geherman, nie und nimmer würde er sich ein zweites Mal mit ihnen einlassen, auch nicht beim Kampf gegen einen wie ihn. Nein, nein, nein! Sein Triumph über den Roten Tod war auch so schon gewaltig genug.

Scheiß weiter, Geherman, scheiß! jubilierte und frohlockte Pulwer, und Geherman entleerte sich ein zweites und drittes Mal, er lächelte, während es an der jungen Frau herunterfloß, Pulwers Zeigefinger verschmolz mit dem Auslöser, Schuß – Schuß – Schuß, und als Geherman endlich fertig war, drückte sie ihn weg und lief ernst und betört aus dem Zimmer hinaus. Kurz darauf kam sie zurück, sie war jetzt so sauber und goldleuchtend, als habe sie in Eselsmilch gebadet, und in Wahrheit aber hatte sie zum ersten Mal, seit sie in Israel war, richtig geduscht. Geherman lag rücklings auf dem Bett, er hatte sich in der Zwischenzeit abgewischt und das Laken gewechselt, er blätterte in seinem Buch, und kaum hatte sie sich wieder über ihn gebeugt und mit ihren Brüsten seinen Bauch berührt, warf er es in hohem Bogen hinter sich.

Was ist, Geherman? dachte der neue, der wiedererstarkte Pulwer berauscht. Wann gibst du endlich zu, wieso du nach Israel gekommen bist? Willst du auf deine alten Tage doch noch einer von uns werden, du widerlicher Schabbatai Zwi? Aber dann, als er sah, wie die Frau Geherman zu massieren begann, als er sah, wie sie sich auf sein kurzes, kräftiges Glied setzte, dachte er: Ach so, Geherman, du willst einfach nur einen guten Fick, und warum du ihn dir bei uns, ausgerechnet mitten im Krieg, von einer deutschen Aktion-Sühnezeichen-Schlampe besorgst, bleibt auf immer dein kleines, unwichtiges Geheimnis. Mir bist du ab heute egal, du Dreck, du Scheiße, du perverser, verlogener Widerling!

6.

Frühling 1964, Berlin-Wannsee. Pulwer trug seinen karierten Pepita-Anzug, er hatte die braune Woolworth-Krawatte an und sein einziges gutes Hemd, das mit der eingestickten schwarzen Rose. Vor ihm las ein anderer Debütant, ein blondes deutsches Bürschlein mit Façonschnitt und Dieter-Borsche-Goldrandbrille, und während sich die Kritiker – nach einem kurzen, prüfenden Blick zu Geherman – nun an die Arbeit machten, während die vier, fünf in die Jahre gekommenen Wunderkinder, denen die Runde wie immer neugierig lauschte, dem Bürschlein in atemlosen, druckreifen Sätzen erklärten, sein üppiger Stil sei völlig untragbar, weil es damit gegen die Urmaxime der Berliner Literaturfreunde verstoßen habe, wonach ein deutscher Autor spätestens seit den Nazis wissen müsse, daß Sprache allzu leicht mißbraucht werden kann, weshalb sich niemand mehr das Recht herausnehmen dürfe, mit ihr umzuspringen wie mit einem ungeliebten Lakaien – während also hier, in dem langen, niedrigen Saal mit Seeblick wieder einmal im Namen einer hehren protestantischen Ästhetik ein junger Mensch von seinen fast gleichaltrigen Kollegen vernichtet wurde, stand Pulwer in der Toilette und lehnte am Waschbecken.

Er sah im Spiegel seine zusammengedrückten Schultern und das viel zu eng sitzende Jackett, er musterte diese dünnen, langen Arme, die wie zwei tote Aale an seinem Körper herunterhingen, er betrachtete sein ausgemergeltes Babygesicht und das blonde, über der Stirn gekrauste Haar, er blickte in seine Augen, er fixierte sich selbst, als sei er ein anderer, er zwinkerte sich zu, er lächelte, er probierte mehrere Grimassen aus und setzte dann eine besonders arrogante Miene auf, und im nächsten Moment aber fing er an zu weinen, ja, er weinte, denn endlich ging sein Traum in Erfüllung, endlich durfte er vor diese Meute treten, vor all die berühmten Dichter und Rezensenten und Verleger, die er deshalb so fürchtete, weil sie am Schluß jeder Lesung immer auf Gehermans Fingerzeig warteten.

Und dann ging Pulwer hinaus, er setzte so langsam und unsicher einen Fuß vor den andern, als habe er die ganze Nacht getrunken und könne sich vor Erschöpfung kaum auf den Beinen halten, aber er war gar nicht schwach, und seine Angst war plötzlich verflogen. Er dachte jetzt nicht mehr an Geherman und nicht an den *Falschen Propheten*, er dachte nicht an die Lesung und auch nicht daran, daß sich heute und hier sein Schriftstellerschicksal vollenden sollte, so oder so, er dachte jetzt überhaupt nicht mehr, denn da war plötzlich nur noch dieses eine Bild, und Pulwer sah nun wieder die schwarzen Gesichter der Muselmänner von Majdanek, die bei jedem Frühappell auf deutsch – ja, auf deutsch! – »Morgenstund' hat Gold im Mund!« brüllen mußten, und dann, als würde in einem Film von einer Szene auf die nächste überblendet, erblickte Pulwer sich selbst, er sah seinen langen, ausgetrockneten, rußbedeckten Körper, er sah die Schaufel in seinen Händen, und er stand an diesem schwarzen, funkenspeienden Ofen.

Und auf einmal war ihm alles egal, Geherman, die Literaturfreunde und sein Roman, es zerrte an ihm, so als wollte sich ein Dybbuk aus seinem Körper den Weg nach draußen bahnen, er spürte Darmstechen und Schwindel, sein Herz raste, aber er nahm sich trotzdem zusammen, er öffnete langsam die schwere Tür und durchschritt mit federnden

Schritten den überfüllten, verrauchten Saal, er ging schnell und selbstbewußt an ihnen vorbei, keiner sollte merken, was mit ihm los war, er kam sich wie bei einem Spießrutenlauf vor, bei dem sich der Getriebene die Schläge selbst setzt, und endlich also langte er neben dem großen braunen Ledersessel an, der für die Vortragenden reserviert war und den hier alle der Einfachheit halber den elektrischen Stuhl nannten. Deutscher Humor, dachte Pulwer, und er ließ sich nun trotzdem darauf nieder, er nahm das Manuskript aus seiner Mappe und begann.

»Ich lese«, sagte er leise in die einkehrende Stille hinein, »aus meinem Roman *Der Falsche Prophet*. Mein Held ist Jude, Schriftsteller und Moralapostel, er heißt Jurek Gehmann, und er ist ein solches Schwein, daß nicht einmal die SS mit ihm fertig wird – geschweige denn das deutsche Feuilleton.«

Die Bombe, die Attacke, der Krieg!

Es gab keinen im Saal, der in diesem Moment nicht zu Geherman herübergeschaut hätte, zu ihm, dem geliebten Führer und Vorschmecker, der wie immer ganz links in der vordersten Reihe saß. Die Stille nahm eine neue Qualität an, sie veränderte sich in Charakter und Ton, und die Menschen schwiegen jetzt nicht aus Höflichkeit vor dem Autor, sie schwiegen aus Neugier und Sensationslust und Zorn, und jeder erwartete nun, sofort, noch vor der Lesung, Gehermans Ausbruch. Doch Geherman sagte kein Wort, und so fing Pulwer ohne zu zögern an. Er hatte eine sanfte, jungenhafte, fast schmalzige Stimme, und sie wurde noch weicher, während er las, er las sich schnell frei, alle Kraft und alle Sinne kehrten in ihn zurück, es war herrlich, in den eigenen Sätzen zu schwimmen wie in einem riesigen heißen Strom aus Gefühlen, Gedanken und Menschen, Pulwer sprach mal leise, mal laut, er hob ab und flog über die Welt, er war der Text, den er las, er war ein großer Zauberer und Sprachkomponist, und es war ihm für einen Moment ganz egal, worum es in seinem Roman überhaupt ging, er vergaß sogar, daß er ihn auch deshalb geschrieben hatte, um einem andern zu schaden, er vergaß alles, sein Leben, seine Vergangenheit, seine Zukunft, er fühlte sich als der glücklichste Mensch, den es je gab, ohne Sorgen und Wahn, und auf einmal war es auch so, als hätte Hitler in Polen gar nicht gesiegt, als hätte er, Pulwer, ihn und seine Kannibalen damals ganz allein geschlagen.

Die Menschen im Saal nahmen Pulwers Rausch gar nicht wahr, nichts von dem, was ihn bewegte, drang zu ihnen herüber, für sie war er nur ein jugendlicher Bilderstürmer und Selbstdarsteller, mehr nicht, ein gut informierter Provokateur, der in ihrer Gegenwart gerade leicht verschlüsselt Gehermans wahre Biographie aufdeckte. Wie ein Mann ließen sie ihre Blicke zwischen Pulwer und Geherman hin und her gehen, sie seufzten und stöhnten, und an einer Stelle scharrten sie sogar leise mit den Füßen, und das Ganze war keine Lesung mehr, sondern ein Tennismatch, bei dem sich das Publikum, noch selbst ganz ungläubig, für die plötzlich drohende Niederlage des großen Favoriten interessiert, aber ganz und gar nicht für das Talent seines jungen, unbekannten Herausforderers.

Pulwer las sich in Rage, er hatte längst vergessen, daß er Gehermans Geschichte erzählte, der ja bei ihm Jurek Gehmann hieß, und als er nun wieder allmählich auf den Sinn seiner eigenen Worte zu achten begann, bemerkte er verwundert, daß dies die Geschichte eines verfluchten, aber auch sehr armen Menschen war, die Geschichte eines Mannes, der aus der Hölle stieg, nur um dorthin wieder zurückzukehren ... Pulwer erzählte von dem Königsberger Judenjungen, der den Deutschen entkam, den Polen diente und sein eigenes Volk schlug, er erzählte von dem Judenjungen, der Kapo wurde und dann Kommunist und dessen Wunden so sehr schmerzten, daß jedes seiner Worte ein Schrei war und jeder seiner Schreie aber eine neue, noch größere Lüge. Er erzählte, wie Jurek Gehmann am Ende seiner Holocaust-Odyssee wieder nach Deutschland zurückkehrte und dort nicht nur als Schriftsteller Ruhm erlangte, sondern viel mehr noch als unbezwingbarer Witzbold, Moral-Tschekist und Meinungswüterich, dem die Deutschen alle Weisheit dieser Welt andichteten – aber nicht etwa, weil sie ihn wirklich so klug und integer fanden, sondern einzig und allein, weil er in ihren Augen ein unberechenbarer und dreckiger Jude war, mit dem man sich besser nicht anlegte.

Geschickter hätte Pulwer Dichtung und Wahrheit nicht miteinander vermischen können – dieses Gebräu war so gut, daß es sich schon bald in den Köpfen seiner entsetzten Zuhörer zur vollkommenen Realität verdichtete, und genau das war nun der richtige Moment, um ihnen endlich die ganze grausame Pogromgeschichte von Tarnów zu servieren. Pulwer brauchte nur fünf, sechs Absätze, und dann war auch das Massaker in seinem ganzen Horror unleugbare Wirklichkeit, und weil ihm das damals, als er im Vogelsberg saß und den Roman wie in Trance herunterschrieb, nicht gereicht hatte, erfand er in seiner schöpferischen Geilheit und Wut einiges mehr dazu, er verwandelte Gehermans literarischen Strohmann auch noch in einen GPU-Spitzel, Schwarzhändler und Medikamenten-Schieber, er ließ ihn bestechlich sein und sexbesessen, er zeichnete ihn so ungestüm und grotesk, wie der Ewige Jude sonst nur in den Phantasien besonders eingeschüchterter Antisemiten herumgeistert, er machte Jurek Gehmann etwas kleiner als den richtigen Geherman und gab ihm dafür ein um so häßlicheres Riesengesicht mit einem endlosen Doppelkinn, er ließ ihn auf noch kürzeren Beinchen umherrollen und stampfen, er schenkte ihm eine hohe, hysterische Stimme und auch, aus Spaß, eine Hakennase.

Das letzte, das wichtigste Kapitel aber sollte noch kommen – die endgültige Enttarnung und Entblößung des echten Geherman. In diesem Schlußabschnitt, den Pulwer nun mit seiner immer sanfter, immer entrückter klingenden Stimme zu lesen begann, beschrieb er genau die Szene, in der er sich selbst gerade befand. Er schilderte das Treffen einer deutschen Literaten-Vereinigung, irgendwo in einer Villa am Wannsee, und er ließ dort sein Alter Ego Frederick Katz auftreten, einen völlig unbekannten jungen jüdischen Schriftsteller, der Jurek Gehmanns Geheimnis kennt und der ihn in seiner Lesung als Lügner und Heuchler und wahren Teufel demaskiert, als einen falschen Propheten, der in seinem neuesten, in seinem vierten Leben die Deutschen so belügt wie sie ihn einst betrogen haben. Katz liest und liest, und alle um ihn herum warten auf Gehmanns Ausbruch, und dann ist Katz fertig, er nickt und blickt in die Gesichter seiner Zuhörer, doch Gehmann bleibt stumm, er macht den Jungen nicht etwa mit einem schnellen, wirkungsvollen Verdikt für immer unschädlich, sondern er steht einfach nur mühevoll und langsam von seinem Platz (ganz links in der ersten Reihe) auf, um dann mit einem langen, grummelnden Seufzer zu Boden zu gehen, und als nächstes verläßt ein dünner schmaler weißer Schatten seinen Leib und schwebt durch das offene Fenster hinaus, er irrlichtet über die schwarzen Havelseen und fliegt zurück, nach Polen – dorthin also, wo Gehmanns Seele hin soll und will.

Pulwer las sich schwindelig, aber niemand hörte ihm so zu, wie er es wollte. Wirklich niemand? Doch, einer schon, und der erhob sich nun, als Pulwer erschöpft und glücklich seine Mappe zugeschlagen hatte, von seinem Sitz, er stellte sich auf seine kurzen, fleischigen Beine, aber er fiel nicht um, und es entströmte auch kein weißer Schatten seinem Leib. Statt dessen ging Geherman auf Pulwer zu, hundert Augenpaare und vier Kameras folgten ihm, er lehnte sich gegen den elektrischen Stuhl und blickte dem plötzlich zu Tode erschrockenen Pulwer ins Gesicht, er lächelte verträumt und machte mit den Armen eine großzügige, wegwerfende Bewegung, und das war die gleiche Geste wie damals, im Hof des Judenhauses von Tarnów, nachdem Pulwer ihn als Hitler beschimpft hatte. »Ja, was war denn das?!« fragte Geherman laut und schulmeisterlich, er wischte noch einmal mit der Hand durch die Luft, er warf seine massigen Schultern hoch und dann rief er in einem herrischen Staccato: »Das, Freunde, war der perfekte Roman! Ein wilder Parforceritt durch Dichtung und Wahrheit, Geschichte und Gegenwart, Böse und Gut. Ein wahrer Geniestreich! Der Anfang vom Ende der moralischen Krise unserer elenden Nachkriegszeit!«

Geherman umarmte Pulwer, und die hundert Deutschen im Saal sahen verblüfft, verängstigt, fasziniert den beiden Juden bei ihrer Liebkosung zu, und dann begannen sie wie wild zu klatschen, sie applaudierten Pulwer und Geherman, aber auch sich selbst, es applaudierte das deutsche Feuilleton dem deutschen Feuilleton, es applaudierte Deutschland Deutschland, und plötzlich dachte jeder einzelne in der Wannsee-Villa, jeder, dessen Hände sich rührten: Wir machen schon wieder für die Juden die Musik! Doch das wußte Pulwer natürlich nicht, er sollte es – so genau jedenfalls – niemals erfahren, und nun, Gehermans Arme lagen noch immer schwer auf seinen Schultern, verschwamm sein Blick, und bevor er ohnmächtig wurde, sah er dort, wo an der Kopfseite des großen Raums die Fotografien aller bisherigen Wannsee-Preisträger hingen, auch sein eigenes Bild: Er hatte Pajes, er trug einen schwarzen Mantel und einen schwarzen Hut, die Majdaneknummer war auf seine Stirn tätowiert, er lachte und machte dazu den Hitlergruß. »Das ist doch«, sagte Pulwer leise im Fallen, »ein wirklich gräßliches Bild«. Und dann, als er schon auf dem Boden lag, dachte er: Dieses Schwein hat mich totgelobt, ich werde nie mehr eine einzige Zeile schreiben ...

7

Als Pulwer aus der Ohnmacht erwachte, lag er auf dem Boden seiner Wohnung in der Allenby-Straße in Tel Aviv. Es
wurde gerade hell, und die aufgehende Sonne tauchte seinen
liegenden Körper in warmes Morgenlicht. Ich habe alles geträumt, dachte Pulwer erleichtert. Ich habe Tarnów geträumt
und das Massaker am Wannsee, Majdanek und Saddam,
meine kaputten Hände und den scheißenden Geherman, und
den perfekten Roman habe ich auch nie geschrieben. Ich bin,
dachte er, einfach nur ein netter alter Mann mit einem kleinen Dachschaden, ich bin stur und einsam, aber nicht wirklich verloren, denn ich habe ohnehin seit einer halben Ewigkeit niemanden mehr geliebt, ich bin ein weltfremder Kauz,
ein Spanner, der Tag für Tag, Jahr für Jahr die Fenster des
Hotels auf der anderen Straßenseite fotografiert, und weil
ich vor lauter Angst noch keinen einzigen Film entwickeln
ließ, weil ich also gar nicht weiß, was es auf diesen Abertau-
senden von Bildern zu sehen gibt, was auf ihnen passiert, ist
auch das Leben für mich so, als sei darin noch nie wirklich
etwas geschehen . . . Ja, genau! So ist es! So muß es sein! Nie
wollte ich Schriftsteller werden, nie habe ich in Majdanek
meine Leute in den Ofen geschoben, ich ging nach dem
Krieg nicht nach Deutschland zurück, ich war nicht Korrektor in Frankfurt, und ich weiß schon gar nicht, wessen
Idee es gewesen war, sich Geherman auszudenken, ich weiß
nicht, wer ihn einen stalinistischen Teufel sein ließ, einen
Pogrombruder und Selbsthasser und bigotten Dämon, ich
jedenfalls nicht, denn es gibt und gab mich doch überhaupt
nicht, das bin gar nicht ich, der hier liegt und stöhnt und
ächzt, und meine Furcht vor diesem ungelebten Leben,
worin niemals etwas geschah, ist ebenso dumm und irratio-
nal wie meine Furcht vor den Bildern, die sich der Mensch
von sich selbst und seiner Welt macht. Und so sage ich: Ich,

der ich das Leben des unwahren, unwirklichen, nicht-existierenden Isi »Israel« führe, bin selbst der falsche, der glückliche Prophet ... Das alles dachte Pulwer, und obwohl er merkte, daß einiges daran widersprüchlich war und nur schwer zusammenging, spürte er, wie ihn nun das Glück von allen Seiten umarmte, er dachte das alles, während er sich auf dem Boden wälzte, er jammerte und lachte, er wand und krümmte sich wie eine Frau in den Wehen, und das war auch in Ordnung so, denn Isi Pulwer gebar, während über Tel Aviv der Tag aufging und die Bucht von Jaffo sich alabastern verfärbte – er gebar, neu, sich selbst.

Schließlich rappelte er sich langsam hoch, er ging in die Küche, und auf dem Weg dorthin streifte er mit dem Fuß die Schachtel mit den Filmen, die er letzte Nacht verschossen hatte. Er trat, fröhlich wie ein Junge, der auf der Straße eine leere Coladose vor sich her kickt, mehrmals dagegen, die Filme kullerten über den Boden, Pulwer sah ihnen hinterher, und dann hob er den Blick, er betrachtete die ausgebleichten Stellen an den kahlen Wänden im Flur, wo früher überall seine Bilder und Plakate gehangen hatten, er schüttelte belustigt den Kopf und grinste, worauf ein prächtiger, heller Sonnenstrahl durch die Lamellen des Rolladens schoß, und er fing Pulwers Gesicht ein und brachte es noch mehr zum Leuchten.

In der Küche machte Pulwer den Gasherd an, er hörte das angenehme, zischende Geräusch der anspringenden Flamme, er sah in ihren blauroten Kranz, er ließ sich von der Hitze und dem sanften Rauschen hypnotisieren, und dann stellte er die alte Eisenpfanne auf den Herd, er tat Butter hinein und Eier, er war so hungrig wie seit Jahren nicht mehr, und als er die Spiegeleier auf den Teller geschoben, die Pitas mit Butter bestrichen, den Milchkarton aus dem Kühlschrank geholt und die Tomaten mit Salz und Öl gewürzt hatte, als er also gerade im Begriff war, sich an den Küchentisch zu setzen, um endlich zu essen, läutete es an der Tür. Pulwer sprang auf und eilte über den Flur, er pfiff etwas vor sich hin, die Hatikwa oder die Moldau oder was immer es war, und dann, ohne lange zu überlegen, öffnete er.

»War nicht leicht, Sie zu finden, Lieber!« schnarrte Geherman. Er schob sich an Pulwer vorbei in die Wohnung, wie ein Tier, das Witterung aufnimmt, fegte er in die Küche, und Pulwer, der ihm – halb betäubt und nicht mehr ganz von dieser Welt – folgte, hörte nun auch schon von dort Gehermans hohe, überspringende Stimme. »Aaah! Essenszeit!« rief Geherman. »Fügt sich ja ausgezeichnet! Habe noch gar nicht gefrühstückt!«

Wenig später, sie hatten bis dahin kein weiteres Wort mehr miteinander gewechselt, saßen sich Pulwer und Geherman am Küchentisch gegenüber, sie aßen Eier und tranken kalte, wäßrige israelische Milch dazu. »Anstrengende Nacht gewesen, was!« stieß Geherman aus. »Hätte nicht gedacht, daß dieser arabische Hitler einem so viel Angst einjagen kann!« Dann wischte er mit dem Brot das zerflossene Eigelb aus seinem Teller und sagte: »War wirklich nicht leicht, Sie zu finden, Pülwerchen, bin wegen Ihnen im ganzen Land herumgeirrt . . . Sie haben doch nicht die letzten zwanzig Jahre in diesem kahlen Loch gesteckt? Na ja, müssen selbst wissen, was Sie tun. Hat mir jedenfalls keiner geglaubt, daß Sie im Heiligen Land sind! Meinten alle, Sie hätten sich umgebracht, hahaha! Oder Sie säßen in New York im Chelsea . . . So ein Kokolores!«

Pulwer sagte noch immer nichts, und das Gewicht, das ihn in den Stuhl drückte, nahm zu. Er starrte auf Gehermans behaarte Ohrläppchen, die im Gleichklang zu seinen hektischen Kopfbewegungen wie kleine schwarze Tierchen hin und her zappelten, und er dachte kurz daran, wie es wäre, sie zu fotografieren.

»Was macht die Arbeit, Kollege Pulwer?« brüllte Geherman.

»Gibt es eine Fortsetzung Ihres perfekten Romans? Wie hieß er gleich, helfen Sie mir! Ja, natürlich, *Der falsche Prophet,* nicht wahr? Oder nein, der Titel war irgendwie anders, griffiger, giftiger, ja, klar, jetzt weiß ich wieder, er hieß – *Gehermans Geständnis!* Hahaha!«

Pulwer wollte aufstehen, doch er rutschte weg, er stieß mit dem Ellbogen die Milch um, beim Auffangen der Schachtel verlor er endgültig das Gleichgewicht und knallte auf den Boden. Geherman ließ sich davon nicht aus der Fassung bringen, er tat so, als sei nichts, er redete immer weiter auf den niedergestreckten Pulwer ein, aber den wunderte schon gar nichts mehr, was sollte man von einem wie dem da erwarten, von diesem Klotz, der nach allem, was zwischen ihnen gewesen war, plötzlich so unbeschwert seine Wohnung stürmte, und während Pulwer sich nun langsam hochrappelte und auf den Stuhl zurückhievte, dachte er weiter, dieser Mensch ist ein Monstrum, ein Teufel, ein Tier, so einen kann man sich gar nicht ausdenken, so einen kann man nicht träumen, und im nächsten Moment hörte er dann bereits wieder Gehermans röhrende Stimme.

»Und, Pulwerboy, haben Sie weitergeschrieben?« schrie Geherman. »Sagen Sie bloß nicht, Sie haben aufgehört! Enttäuschen Sie mich nicht! Ich hatte mich damals so exponiert für Sie . . .«

Pulwer schüttelte den Kopf.

»Kleine Formschwäche zur Zeit, was? Kenne ich.«

Pulwer schüttelte wieder den Kopf.

»Große Formschwäche? Gott, nein, als ob ich es geahnt hätte!« stieß Geherman theatralisch aus.

»Ich habe fotografiert«, sagte Pulwer.

»Was heißt, Sie haben fotografiert, Sie dummer Mensch? Sie mit Ihrem Talent, mit Ihrem Sprachgefühl, mit Ihrer epischen Erzählkraft!« Geherman streckte den Zeigefinger in die Luft, er verzog das Gesicht und sagte höhnisch: »Sie mit

Ihrem Willen zu Dichtung und Wahrheit und Widerspruch!
Sie haben sich an Bilder verschwendet? Sie? Als Jude?«
Bei Gehermans letzten Worten merkte Pulwer auf. Wollte er
ihn auf den Arm nehmen? Oder war es ihm ernst damit? War
es Geherman überhaupt jemals ernst gewesen mit dem, was
er sagte?
»Was verstehen Sie schon vom Judentum, Herr Geherman?«
sagte Pulwer streng. »Oder soll ich lieber Genosse Piechalski
zu Ihnen sagen? Oder wäre Ihnen der Rote Tod lieber? Oder
einfach nur – Hitler?«
Er sah Geherman triumphierend an, doch der lachte nur,
seine Clownswangen leuchteten, die blauen Augen strahlten,
er wiegte seinen endlosen Matrjoschkarumpf, und dann
sagte er, strenger noch als Pulwer vorher, aber mit einem
nachsichtigen Unterton in der Stimme: »Sie fangen schon
wieder an, Pülwerchen. Wannsee, die zweite, was? Ihre Re-
nitenz ist Ihnen damals nicht gut bekommen, und Sie wird
Sie auch heute nicht weiterbringen . . . Wir sind doch Kollegen, wir wissen beide Bescheid: Was man als einziger sieht,
hat man nicht gesehen. Man kann darüber nur schreiben.
Aber dann ist es wie nichts, dann ist es Literatur. Oder« –
Geherman begann zu kichern – »man hat seine Kamera dabei! Geht natürlich auch . . .« Sein Gelächter war plötzlich
ohrenbetäubend, und Pulwer hatte das Gefühl, daß es durchs
offene Fenster auf die Straße hinausdrang, daß es den Lärm
der Autos und Busse am Mograbi-Platz übertönte, sich über
die Stadt erhob und bis nach Bagdad erscholl.
Geherman hörte auf zu lachen. »Sie sind ein Barbar, Pulwer«, sagte er, »Sie mit Ihren Unterstellungen . . .« Er zögerte und fügte dann hinzu: »Sie mit Ihren Bildern . . .«
Und was war gestern nacht gewesen? dachte Pulwer. Habe
ich da alles auch nur geträumt? Nein, natürlich nicht! Es ist
alles auf Film, es ist für die Ewigkeit dokumentiert und fest-
gehalten, und wenn ich schon nicht den tötenden Geherman

von Tarnów beweisen konnte – den andern wird man mir bestimmt abnehmen, den Scheißer vom *Sokolov!*

»Warum«, sagte Pulwer kaum hörbar, »mußten Sie damals die Polen gegen uns aufhetzen, Herr Geherman?«

»Was er wieder redet!« rief Geherman aus, aber er war alles andere als unfreundlich oder grob dabei. »Wenn Sie mit diesem Unsinn nicht sofort aufhören, Pülwerchen, dann gehe ich weg, und Sie erfahren nie, was ich von Ihnen möchte.« Er runzelte die Stirn, warf seine kurzen Arme in die Luft und rief aus: »Ja, was ich will! Was – ich – will!«

Mörder, dachte Pulwer und schwieg. Scheißer, dachte er. Opportunist. Stalinist. Karrierist. Schabbatai Zwi!

»Zur Sache«, sagte Geherman. Er beugte das Gesicht vor, sein fettes Kinn lag in tausend Falten, er schnalzte und fischte mit der Zunge einen Brotkrümel aus seinem rechten Mundwinkel. »Zur Sache also . . . Sie sollen nach Deutschland kommen, Pülwerchen. Großer Golfkriegskongreß! Wir gegen den Rest der Welt! Werden alle da sein – Wiesel, Roth, Konrád, Glucksman. Jeder, der was zu sagen hat. Wir mischen sie auf, diese deutschen Friedenshyänen! Zuerst unser Volk vergasen und dann, als es wieder um die Wurst geht, meinen, das alles hier unten sei nur so eine Art Kriegsmonopoly! Germania, Pulwer, ist wieder einmal in der Krise – und wir, wenn man so will, helfen ihr!«

»Aber warum ich? Was soll ich dabei?«

»Protestieren! Reden halten! Petitionen unterschreiben! Politiker treffen! In Talkshows auftreten! Den Deutschen schlechtes Gewissen einreden! Und – ins Leben zurückkehren, wenn Sie schon nicht mehr schreiben wollen, Pülwerchen, Sie mit Ihrem Fotoscheiß!«

»Warum ich?« wiederholte Pulwer verzweifelt.

»Sie wissen es wirklich nicht?« Geherman sprang auf, er warf seinen riesigen Körper in die Höhe, er drehte eine Pirouette und landete dann – so elegant wie ein eintauchender Delphin

– wieder weich auf seinem Stuhl. »Sie sind noch immer einer der Größten in Naziland, Sie falscher Prophet, Sie!« brüllte er. »Sie haben Autorität! Sie sind der jüdische Grass und Böll und Enzensberger, alles in einem! Ein zweiter Geherman eben . . .« Er lachte wild. »Vor allem aber: Sie waren ewig verschollen. Wenn Sie auftauchen, Pülwerchen, dann ist das eine Sensation. Dann ist das so, als würden plötzlich Döblin oder Tucholsky den verschissenen Deutschen ins Gewissen reden. Ja, und deshalb sind Sie mein Mann!«

Pulwer hob abwehrend die zitternden Hände.

»Mein Gott, Pulwerboy, so ist das eben«, sagte Geherman.

»Nein«, erwiderte Pulwer ungerührt, »nein. Erklären Sie es mir – warum gerade ich?«

»Also gut, Lieber. Persönliche Wiedergutmachung, wenn man so will . . .«, sagte Geherman. »Wissen Sie, das war damals ein Kampf auf Leben und Tod. Und ich hatte mich für den einzigen Schritt entschieden, der mir übrigblieb. Als alle auf meinen Fall warteten, wußte ich, dieser Junge schafft das doch nie, diesen Jungen mußt du totloben, damit sie dich gehen lassen. Und ist er erst mal groß und berühmt, werden ihr Haß und ihre Liebe so überwältigend sein, daß er keine Zeile mehr schreiben kann – geschweige denn, daß er die Kraft hat, ein zweites Mal die Schlinge um deinen Hals zu legen . . .«

»Die Sache mit Tarnów«, unterbrach Pulwer ihn leise und unsicher, »die stimmt also doch?«

»Fängt er schon wieder an . . .«, sagte Geherman, er sagte es nicht wütend, nicht zornig, er klang einfach nur schrecklich genervt. Er wuchtete sich hoch, trank den letzten Schluck Milch aus seinem Glas, und dann stob er wieder davon, und während er über den Flur fegte, rief er Pulwer von dort noch einmal zu: »Morgen früh muß ich wieder fliegen. Bis dahin entscheiden Sie sich. Bin gleich gegenüber, im *Sokolov*.«

Laut und donnernd knallte er die Tür hinter sich zu, Pulwer

hörte seine schnellen, schweren Schritte im Treppenhaus, und er sagte laut zu sich selbst: »Ich weiß doch, ich weiß . . .«

8.

Früher, als die Geister, mit denen Pulwer lebte, allzu übermächtig wurden, war das Durchhalten für ihn nur noch eine Frage der Disziplin. Da hatte er nicht nur Angst vor Fotos und Bildern und den unzähligen menschlichen Schicksalen, die ihnen innewohnten, da dachte er nicht nur mit Schrecken daran, daß alles, was er in seinem Leben bis dahin gesehen hatte, für immer vor seinem inneren Auge flimmern würde, in einer milliardenfachen Überblendung – da fürchtete er plötzlich auch jeden einzelnen Gegenstand, der ihn umgab, jede Sache, die er berührte. Eingeschüchtert von den Seelen und Träumen, die Menschen den Dingen mitgaben, wenn sie sie herstellten, ging er hinaus, und als er dort draußen dann die Bäume, Flüsse und Steine sah, bekam er auch Angst vor Gott, der all dies erschaffen hatte.

Im gleichen Moment begriff er aber, warum der Mensch die Schrift gemacht hat und dazu das gemeißelte, geschriebene Wort: Um gefeit zu sein vor sich selbst, um den Dämonen und Geistern widerstehen zu können, aus denen die Welt bestand, solange man sie nicht begriff, solange man sie nicht benennen konnte, solange man sie nur ansah wie ein naiver Eingeborener, wie ein Kind.

Das Sehen war dem Menschen angeboren, dachte Pulwer, das Schreiben nicht. Das Schreiben brachte der Mensch sich selbst bei. Es war sein eigenes Werk. Es verlieh ihm die Kraft zur Abstraktion, es machte ihn mündig, und er wurde zum Herrn über die Welt, die Kobolde und Gespenster verflogen, und auch der unsichtbare, monotheistische Gott war dann nur noch ein Stück Holz und ein Fetzen Papier, die Mesusa, die man sich an den Türpfosten nagelt.

So also hatte Pulwer zuweilen gedacht, aber es hatte ihn trotzdem nicht daran gehindert, im nächsten Moment nach der Nikon zu greifen und sich seinen Observierungen zu widmen – und so dachte er auch jetzt wieder, er saß, seit Geherman abgerauscht war, noch immer in derselben demütigen Abwehrhaltung da, er murmelte leise vor sich hin und fluchte, weil er sich aus seiner Erstarrung nicht zu lösen vermochte, und dann endlich drehte er den Kopf langsam und schwer zur Seite und sah hinüber zur halbgeöffneten Fensterjalousie. Er wußte genau, wie es draußen jetzt war, die Luft roch nach Oleander, der Morgendunst verzog sich allmählich, ein elfenbeinweißes, vom Smog eingefärbtes Frühlingslicht bedeckte Autos und Häuser und kitzelte die Gesichter der Passanten. Gleichzeitig hob ein millionenstimmiges Gerede an, alle murmelten und seufzten und lachten, und es herrschte eine erste verhaltene Freude über die neuen Nachrichten vom Golf, denn die alliierten Armeen hatten das Heer des Irakers in der letzten Nacht überrannt und waren kurz davor, es endgültig zu zerschlagen. Pulwer wußte, daß bald ein neuer Frieden anbrechen würde, und er wußte auch, daß die Menschen dort draußen ihre Angst vor Saddam schnell vergessen würden, weil der Gedanke an einen anderen, längst toten Judenmörder weiter in ihren Herzen nistete. Das alles wußte Isi »Israel« Pulwer, aber er saß trotzdem noch immer wie eine Mumie an seinem Küchentisch, und statt hinauszugehen, statt mit den andern zu reden und sich zu freuen, blickte er in sich hinein und erschrak.

Er erschrak, denn plötzlich sah er jedes einzelne Bild, jede Fotografie, die er in den letzten zwanzig Jahren geschossen hatte, er war die Kamera gewesen und der Film, und da waren sie nun alle, die Menschen im Hotel, die Gäste des *Sokolov*. Da war der General, der sich regelmäßig ein Zimmer nahm, um am Tisch zu sitzen und in großen, schweren Enzyklopädie-Bänden zu lesen, über denen er jedesmal einschlief. Da war die junge Frau, die einen ganzen Monat lang von morgens bis abends in ihrem Mantel auf dem Bett lag und eine Zigarette nach der andern rauchte. Da waren die beiden blutjungen Geliebten, sie hell, er dunkel, die sich im *Sokolov* ohne Wissen der beiden Familien jahrein, jahraus trafen und später dann auch hier ihre offizielle Hochzeitsnacht verbrachten. Da war der blonde, schöne Hippie mit seiner ständig ausgehenden Wasserpfeife, da waren die Kartenspieler, die einander im Morgengrauen das gewonnene Geld zurückgaben, da waren die alten Männer mit den Strichjungen, da war der russische Maler, da war das amerikanische Paar, da waren die Deutsche und Geherman, da war der Hoteldirektor, der ab und zu in den unvermieteten Zimmern saß und stundenlang auf den Boden blickte, da waren die Putzfrauen, die immer die Koffer der Gäste durchwühlten. Da waren die Orientalen und Europäer, da waren die Polen und Jeckes und Fellachen, die Sefardim und Aschkenasim, die Schwarzen und Weißen und Gelben und Roten – da waren sie alle, da war die ganze Welt, und Pulwer, der arme Pulwer, durch den nun all diese Bilder in Sekundenschnelle hindurchjagten, fing an zu schwitzen, er lief heiß wie ein alter Kinoprojektor, und dann, als es vorbei war, als die letzte Spule abgelaufen war, als es wieder ganz dunkel und angenehm wurde in ihm, lief ein zweiter Film an, der Film seiner Jugend, und Pulwer kam es so vor, als habe er, von seiner Geburt an, jeden Moment dieser herrlichen Zeit fotografiert.

Er sah alles, Vater, Mutter, sich selbst, er sah, wie er als Dreijähriger in Hamburg durch den Innocentiapark lief und wütend gegen Büsche und Bäume trat, er sah seine dunkelblaue Schulmappe, er sah, wie er seinen Namen in Sütterlin schrieb, er sah sich im Deutschunterricht, er sah die schöne lange weiße Fensterbank im Wintergarten ihres Hauses am Hallerplatz, wo er Ruth zum ersten Mal küßte, bevor er sie dann umarmte und nach oben trug, er sah sein Segelboot auf der Alster, er sah den Kellereingang des *St. Louis Clubs* am Nonnenstieg, er sah die langen Mahagonitische in der Staatsbibliothek, er sah das Zehnmeterbrett im Kellinghusen-Bad, er sah die nackten Frauen, die er mit seinen Kommilitonen durch das Loch in der Wand des Umkleideraums beobachtete, und dann sah er die andern nackten Frauen, manche schrien, manche weinten, manche sagten keinen Ton, er sah Ruth, die am Morgen mit Paulchen im Arm nach rechts geschickt worden war, während er nach links treten mußte, er sah sich selbst, wie er weinte, und endlich sah er das heiße, rote, schwelende Feuer, und dann schob er wieder eine Fuhre hinein, und in diesem Salat aus Gliedern, Leibern und Köpfen erblickte er plötzlich das Gesicht seines Kindes, und er preßte es hinein, hinein mit all den andern, er umklammerte fest mit seinen brennenden Händen den Stiel seiner Schaufel und stieß noch einmal nach, und das Gesicht verschwand, Paulchens Gesicht, ja, und dabei war es doch auch sein eigenes gewesen ...

Dies also waren sie, Pulwers ganz private Bilder, und was er jetzt nicht sah, waren die Jahre nach dem Krieg, als keiner, weder Opfer noch Täter, bereits ermessen konnte, was wirklich geschehen war, diese verrückten Jahre, als alle auf dem Altar des Neubeginns ihre Erinnerungen opferten und auch er, Pulwer, mit dabeigewesen war, beim großen Aufräumen, Deutschland hassend und liebend und von diesem einen einzigen Gedanken zerfressen, bei der SS der Berliner Literaturfreunde eines Tages dabeizusein.

Das alles sah Pulwer jetzt aber nicht, denn es war vorbei und egal und spielte gar keine Rolle mehr, und statt dessen sah er um so deutlicher Geherman, ja, ausgerechnet ihn, doch er sah ihn nicht in Tarnów, nicht am Wannsee und nicht einmal im *Sokolov.* Er sah ihn dort, wo er ihn vorher gar nicht gesehen haben konnte, in einer kleinen dunklen Wohnung in

Königsberg, in einer Kammer – oder war es nur ein Wandschrank gewesen? –, im Flur zwischen Küche und Klo, er sah ihn, den Eingeschlossenen, auf einem schmalen Bett liegen und zittern, und dann sah er ihn auch im Wohnzimmer seiner Beschützerin, er sah ihn monatelang, in jeder sicheren Minute, einer großen, hageren Frau Schiller und Lessing und Kleist vorlesen, *Die Glocke, Nathan den Weisen, Die Marquise von O* ... Pulwer hörte Gehermans hohe, aufgeregte Stimme, er hörte, wie er sich – aller Verzweiflung und Müdigkeit, allem Ekel zum Trotz – um einen guten Vortrag bemühte, er hörte ihn betonen und dehnen und deklamieren und singen, und er fragte sich kurz, ob nicht vielleicht doch das Wort die schlimmeren Geister in sich barg als das Bild. Und nachdem er die Antwort auf diese Frage gefunden hatte, sagte er zu sich selbst, daß am Ende jeder irgendwie durchkommen möchte und muß, jeder auf seine Art eben, und so betrachtet hatten sie beide Unrecht getan und trotzdem richtig gehandelt, der eine, der nie ohne Gott auskommen konnte, egal ob sein Name gerade Adonai oder Stalin oder Goethe war, und der andere, der, allen Glauben verleugnend, wie ein Tier überlebte, still und geduldig, der sein eigenes Kind in den schwarzen Ofen schaufelte und seitdem alles tat, nur um dieses eine Bild zu vergessen. Der eine war Jude, und der andere auch, und sie würden beide für immer daran erinnert werden ...

Und so endlich verzieh Pulwer Geherman, er verzieh ihm seine ganze Rücksichtslosigkeit und Entschlossenheit, seinen Opportunismus und Menschenhaß, und er verzieh ihm sogar den Wahnsinn von Tarnów, diesen nur scheinbar so sinnlosen Mord an seinem eigenen Volk, denn Geherman hatte damals natürlich ganz genau gewußt, was er tat, sein Selbsthaß war größer gewesen als sein Selbstrespekt, und als Pulwer nun wieder daran denken mußte, wie er vorhin in seiner Küche gesessen hatte, so aufgekratzt und allwissend,

so herzlich und bestimmt, so dick und jüdisch, als ihm einfiel, wie Geherman ihn lachend ermahnt hatte, er solle endlich mit seinem Fotoscheiß aufhören und ins Leben zurückkehren, da dachte er belustigt: Wenn ich *amchu* bin, ist er es
schon lange.

9.

In dieser Nacht hatte Pulwer keine Lust mehr zu fotografieren. Er stand in der Einfahrt seines Hauses und blickte
zu Gehermans Fenster hinauf. Von hier unten sah er immer
nur den riesigen Schatten des großen Mannes, kurz nach
Mitternacht gesellte sich dann ein zweiter, kleinerer Schatten
zu ihm, und der Tanz, den die beiden dort oben vollführten,
war Pulwer wohlvertraut. Es war die letzte Kriegsnacht, und
Pulwer mußte seine Gasmaske, die er vorsichtshalber auf die
Straße mitgenommen hatte, nur einmal aufsetzen. Er stand,
nachdem bei Geherman das Licht ausgegangen war, noch
eine Weile da und blickte in die Nacht, er glotzte durch die
verschmierten Gläser der Maske, und plötzlich verfärbte sich
der ganze Himmel, es knatterte, zwei rote Feuerschweife
verschmolzen miteinander, ein dumpfer, komischer Knall
schüttelte die Atmosphäre, Hunderte von weißleuchtenden
Brocken flogen durch die Luft, sie senkten sich wie eine La-
vafontäne auf Tel Aviv, und obwohl Pulwer wußte, daß sie
nun möglicherweise irgendwo tonnenschwer einschlugen,
Häuser zerstörten und Menschen töteten, befand er, daß dies
das poetischste Bild des anbrechenden Frühlings war.
Am nächsten Morgen dachte er wieder an dieses farben-
prächtige bengalische Feuer, dann machte er das Radio an,
und er hörte, daß die hundertstündige Offensive der Alliierten in der Nacht erfolgreich zu Ende gegangen war. Es
war halb acht, die Autos fuhren hupend durch die Straßen,
man hörte das erste Mal seit Wochen aus allen Fenstern laute

Musik, immer wieder unterbrochen von Fernsehnachrichten und Meldungen des Armeerundfunks, und im Mietshaus neben dem *Sokolov* fingen einige Übermütige sogar schon damit an, die Plastikplanen von den Fenstern ihrer versiegelten Zimmer zu entfernen. Pulwer grinste, sein Gesicht wurde weich, es verzog sich wie warmes Brot, in das einer gerade hineinbeißt, und dann grinste er gleich noch einmal, denn er sah jetzt von seiner Terrasse aus, wie Geherman vors Hotel trat, er rollte auf seinen fetten Beinen am *Café Aval* vorbei, hinter ihm trippelte seine neue Freundin, er schunkelte und bog sich unter der Last seines großen Aluminium-Koffers, und als ein Taxifahrer ihm den Koffer zu entreißen versuchte, rang Geherman kurz mit ihm, doch schließlich ließ er ihn gewähren und bedeutete ihm, er solle sich unterstehen, jetzt schon das Taxameter einzuschalten.

Geherman wollte gerade die Straße überqueren, aber er blickte vorher kurz auf, und kaum hatte er oben, am Fenster, Pulwer entdeckt, blieb er stehen und öffnete fragend die Arme. Er beugte, wie ein netter, alter Clown, das Gesicht vor, sein riesiges Kinn lag in tausend Falten, er kniff sich in die dunkelroten Wangen und rollte die strahlenden Augen.

Pulwer lachte und schüttelte den Kopf. Geherman verzog, gespielt und ernst zugleich, abermals das Gesicht, er war traurig, er bewegte seine Lippen, langsam und überdeutlich, er formte lautlos ein Wort und dann noch eins, und Pulwer verstand genau, was er ihm sagen wollte.

Geherman fragte: »Wirklich nicht?«

Und nun bewegte Pulwer stumm seinen Mund, und das Wort, das er formte, lautete: »Nein.«

Geherman gefiel das Spiel. »Warum?« flüsterte er.

»Weil ich etwas anderes vorhabe.«

»Darf ich raten, was es ist, Lieber?«

»Gern . . .«

»Der perfekte Roman, Teil zwei?« sagte Geherman, und

dann, ohne Pulwers Antwort abzuwarten, schob er sich auch schon zu seiner Freundin ins Taxi. Als der Wagen anfuhr, begann er mit seiner kleinen, dicken Hand aus dem Fenster zu winken, er ballte plötzlich eine Faust, der Daumen schoß hoch wie bei einem Piloten vor dem Start, und das hieß »Okay!« und »Viel Glück!«.

Pulwer sah dem Taxi hinterher, und nachdem es an der Ben-Jehuda-Straße nach rechts abgebogen und aus seinem Blickwinkel verschwunden war, machte er sich sofort an die Arbeit. Er ging ins Bad, er zog die Plastikfolie vom Fenster ab, trug die Wasserflaschen und Konservendosen in die Küche, den nassen Lappen hängte er auf die Wäscheleine zum Trocknen auf, die Gasmaske legte er in die Pappschachtel zurück und stellte sie in den hintersten Winkel der Speisekammer. Im Wohnzimmer baute er mit wenigen schnellen, ruhigen Handgriffen die Kamera ab, er sammelte alle Filme ein, und danach ging er in den Keller, er zog einen riesigen Umzugskarton aus der Ecke, randvoll mit Filmrollen, mit Hunderten und Tausenden von Filmrollen, er warf die Filme der letzten Nächte dazu, und dann trug er die Kiste in den Hof und stopfte sie in den Müllcontainer. »Die Plakate und Bilder hole ich morgen herauf«, sagte er leise zu sich selbst. Er hetzte die Treppe hoch und nahm dabei zwei Stufen auf einmal, er humpelte über den Flur, ins Wohnzimmer, er rückte den Schreibtisch von der Wand zum Fenster, stellte einen Küchenstuhl davor, setzte sich langsam und feierlich hin, nahm einen Bleistift aus der Schublade, suchte aber noch nach etwas anderem, und endlich holte er einen Block mit vergilbtem Luftpostpapier heraus, er überlegte nur ganz kurz und schrieb dann oben aufs erste Blatt: *Der perfekte Roman, Teil zwei.* Doch im gleichen Atemzug strich er diese Überschrift auch schon wieder durch und setzte statt dessen, zaghaft und behutsam schreibend, in großen, geraden Buchstaben eine andere hin: *Paulchens Geschichte.* Er malte, genau in die Mitte, eine große römische Eins, den Punkt dahinter drückte er mit der spitzen Mine tief ins Blatt, er konnte sich sofort konzentrieren, der Bleistift knarrte und scharrte übers Papier, die Zeilen füllten sich wie von selbst, und nach einer Weile hob Pulwer für eine Sekunde den Kopf, und er beschloß, daß er Geherman als ersten sein neues Buch lesen ließe. Nein, vorkommen würde er darin natürlich nicht, nicht mehr, das war vorbei, und ohnehin ging es Pulwer diesmal um seinen Sohn, um seinen Kleinen, und um das Leben, das er geführt hätte, wären seine Eltern keine Juden gewesen . . . »Denk nicht und tue lieber etwas«, flüsterte Pulwer, er lächelte, er fand diesen Satz lustig, und dann senkte er wieder seinen schönen langen Kopf, er lächelte noch einmal, und er fuhr nun also mit der Arbeit fort, er, Isi »Israel« Pulwer, das arme Schwein, der Schriftsteller, der Gott über Leben und Tod.

Aus Dresden ein Brief

Daddy war ein Nazi gewesen, sie aber wurde eine jüdische Schriftstellerin. Als kleines Mädchen mußte sie oft neben ihm auf dem großen gelben Sofa liegen, ihr langer gelber Kopf mit den weißblonden Haaren ruhte in seinem Schoß, und während Daddy ihr auf deutsch von früher erzählte, von der Zeit, als er ein großer Wissenschaftler gewesen war, zog Ida mit den Zähnen die dünne weiße Haut von ihren Lippen, sie kaute auf ihr herum und verschluckte sie. Später dachte sie oft, daß er sie, das Kind, für eine Idiotin gehalten haben mußte, denn in seinen Geschichten gab er sich immer als Zauberer aus, und die Welt der Lager war bloß ein Märchenland.

Sie durfte nie fort, wenn ihm die Erinnerungen kamen, er zog sie an sich, drückte ihr Gesicht auf seine Knie, umarmte sie ganz fest von oben und flüsterte ihr seine Geschichten ins Ohr. Er schwärmte von der Allmacht, die er einst besessen hatte, von der Kraft, die sein Glaube ihm gab, Dinge zu tun, die kein anderer sich traute, er erzählte Ida von den vielen Menschen, die man damals zu ihm brachte, er beschrieb ihr die überraschten, erleichterten Gesichter der Kinder, Erwachsenen und Greise, wenn sie ihn das erste Mal sahen, er sprach von seinen aufregenden Vorhaben und komplizierten Unternehmungen, von den Instrumenten, die er benutzen mußte, und seine Lieblingsgeschichte war die von den Zwillingen, die er unter Vollnarkose eingefroren und schnell wieder aufgetaut hatte, um zu sehen, wieviel Leben noch in ihnen war. »Sie wurden fast weiß, ihre blauweiße Haut strahlte überall, und ihre Gesichter erinnerten mich an die

Frostblumen, die im Winter an unseren Fenstern blühen«, sagte der Zauberer, und Ida biß ganz fest zu, sie hatte Blut auf den Lippen, sie hatte Tränen in den Augen, aber sie blieb gefaßt und ernst, sie war nur ein Kind, wie gesagt, sie riß sich also zusammen, und dann fragte sie doch: »Warum, Daddy, mußtest du diese Menschen verzaubern?« Worauf er, beinah flüsternd, zurückgab: »Sie waren unsere Feinde, Schätzelein, sie führten gegen uns Krieg.«

Ida lebte mit Daddy, solange sie denken konnte, allein. Mum war bei ihrer Geburt gestorben, und als sie später versuchte, ihre chaotischen Vatergefühle zu ordnen, war die Verzweiflung jedesmal groß. Daß sie den Zauberer meistens gefürchtet und später dann richtig zu hassen gelernt hatte, machte ihr nichts aus, darauf war sie fast stolz. Daddy war für sie oft nur wie ein schwarzer, uneinnehmbarer Felsen gewesen, unter dem sich die heißeste, allergemeinste Hölle verbarg. Doch manchmal dachte sie ihn sich auch, zur eigenen Beschämung, als einen sanft ansteigenden Berg, mit einer herrlich grünen Landschaft dahinter, geschwungenen Wiesen, nebelumwölkten Hügeln und einem Wasser aus dunkelstem Blau.

Kleine, verwirrte Ida! Wie sehr ekelte sie sich als Kind vor Daddys langem, schweren, schweißigen Körper, wie sehr entsetzte sie jener scharfe Geruch von Tabak und Medikamenten, der ihn ständig umgab – und wie sehr mochte sie zugleich seine nüchterne Märchenerzählerstimme, deren kräftiger, glänzender Klang sich immer dann, wenn der Zauberer von früher zu sprechen begann, in Idas Phantasie zu einer wunderbar schlanken, grauen Säule formte, einem Totem des Lebens und Fortbestehens. Auch die feuchten grünen Wände von Daddys Praxis fürchtete sie lange bevor sie begriffen hatte, wer er wirklich war, sie fürchtete sie wegen der unzähligen Wasserflecken, die sie an Gesichter von Menschen erinnerten, an Gesichter ohne Augen und Mund –

und andererseits aber liebte sie zu Hause um so mehr das Lesezimmer des Zauberers, sie liebte das große gelbe Sofa, die Bücherregale, die sich an allen vier Seiten bis zur Decke zogen, sie liebte das gedämpfte Licht und das Klappern und Schlagen der Jalousien, wenn im Sommer alle Fenster offenstanden, sie liebte die riesige Weltkugel, die neben dem Schreibtisch stand, und sie liebte den kleinen blankpolierten Stahlglobus, der an Daddys Schlüsselbund hing und den er unentwegt durch seine langen gelben Hexerfinger gleiten ließ.

Es war zum Verzweifeln: Nichts konnte die *Herrlichkeiten* ihrer Kinderzeit zerdrücken, nichts konnte sich über sie legen und sie verdecken wie der Mond die Sonne bei einer Finsternis, nicht einmal die Erinnerung an das lange, wie ein Messer glänzende Stethoskop, das ständig einsatzbereit in Daddys Jackett steckte – und schon gar nicht der Gedanke an die Tortur, die Daddy seiner kleinen Ida zumutete, indem er ihr jahrelang wie einer Schwerkranken Tag für Tag den Puls nahm, die Lungen abklopfte und sie zwang, morgens, vor dem Aufstehen, das Fieber zu messen. Ja, sie waren schlimm, all diese Untersuchungen und Vorschriften, aber am Ende hat alles, was in der Kindheit geschieht, seinen Sinn, und das begriff auch Ida, sie begriff es kurz vor ihrem Tod, als sie in ihrem Dresdener Hotel vor der Lesung urplötzlich an Daddy denken mußte. Er war doch immer nur in Sorge um sie gewesen, dachte sie, kein Frankenstein, kein Menschenschlächter, wohl eher so eine Art jüdische Mutter. So schrieb sie es mir beinah wörtlich, in ihrem letzten Brief, dem Brief aus Dresden, und dort stand ebenfalls der Satz: »Ich habe nie jemanden mehr gebraucht und weniger besessen als ihn.«

Etwas habe ich vergessen: Am meisten liebte Ida Daddys greisenhaft weißes Haar. Sie liebte seine ebenen, wie mit einem Lineal gezogenen Züge, seine schwere, schwarze Brille, und als sie sich, viel später als die andern Kinder, ihre ersten Comics kaufen durfte, entdeckte sie natürlich sofort, daß Daddy wie Clark Kent aussah – er hatte die gleichen eckigen Bewegungen, dieselbe hilflose Art zu lächeln, wenn er zärtlich gestimmt war.

Zwei, drei Mal hatte sich die kleine Ida in Daddys Schlafzimmer über Nacht versteckt, um herauszufinden, ob er nicht tatsächlich Superman war. Sie hatte darauf gewartet, daß Daddy sich seinen Pyjama vom Körper reißt, die Brust mit dem großen roten Superman-S entblößt und durchs Fenster in den New Yorker Himmel schießt, um den Schwachen und Bedrohten der Stadt zu helfen – und auch, um auf diese Weise seiner kleinen Ida endlich zu beweisen, daß seine polnischen Märchen nur eine ganz besonders raffinierte Tarnung waren. Doch Daddy drehte nicht eine einzige Runde über den schönsten Wolkenkratzern der Neuen Welt, er konnte gar nicht fliegen, das Fliegen hatte er früher in der Alten Welt anderen bloß beigebracht, das Fliegen durch den Kamin. Am nächsten Morgen dann zog er die schlafende Ida aus dem Schrank und schlug ihr zur Strafe mit dem Handrücken gegen den Kopf, er schlug ihr wie immer gegen das linke Ohr, auf dem sie seitdem kaum hörte, und als Ida vierzig Jahre später während ihrer Lesung unter den Schlägen ihrer Mörder zusammenbrach, hatte sie wie früher mit den angewinkelten Armen ihre Ohren zu schützen versucht, und so lag sie dann auch da, so sah man sie auf dem Foto, das von den Zeitungen verbreitet wurde, die beiden Ellbogen über den Kopf gezogen, die toten Augen ähnlich schön und stumpf strahlend wie bei einem Fotomodell. Das Bild zeigte sie außerdem in einer gekrümmten Fötushaltung, ihr Rock war aufgeschlitzt, die Bluse stand – weil die Knöpfe abgesprungen waren – offen, und darunter konnte man den schwarzen BH erkennen, den ich ihr auf unserer ersten Paris-Reise gekauft hatte. Neben ihr lag das Buch, das Ida beim

Sturz aus den Händen gerutscht war. Es war ihr Roman, der sie so schnell bekannt gemacht hatte, dieser Roman, dessen größter Teil während unserer gemeinsamen Tage entstanden war, eine kurze, tragikomische Geschichte, in der Daddy mit keinem einzigen Wort vorkam.

2.

Ida und ich hatten uns, zwei Jahre vorher, im Nordbad kennengelernt. Sie lag meistens, den Kopf auf ein zusammengerolltes rotes Frotteehandtuch gestützt, an der Westseite des Schwimmbeckens und blickte durch die hohen Fenster auf die Häuser und Bäume der gegenüberliegenden Zentnerstraße, wo ich erst vor kurzem in das dunkle alte Haus an der Ecke zur Hohenzollernstraße eingezogen war. Jedesmal, wenn ich ins Nordbad zum Schwimmen ging, fiel mir diese schlanke, weißhäutige junge Frau mit dem langen, strahlenden, wie phosphoreszierenden Pharaonenkopf auf, sie hatte spindeldürre Beine und eine große, zarte Brust, sie gefiel mir sehr, ich fand sie freundlich und klug, und so nahm ich mir schließlich ein Herz, ich setzte mich neben sie und sagte ihr, wie wunderbar ich es fände, zu wissen, daß sie immerzu auf die Fenster meiner Wohnung blickte. Später, als wir schon zusammen waren, stellte ich mich oft mit dem Fernrohr auf den Balkon, ich beobachtete Ida, während sie sich am Beckenrand ausruhte und darüber nachdachte, wie es am nächsten Morgen in ihrem Roman weitergehen sollte, und nachdem sie sich dann alles ganz genau überlegt hatte, richtete sie sich plötzlich mit einer einzigen, federnden Bewegung auf und winkte mir lachend zu, sie hob die Arme und spreizte kurz alle zehn Finger, und das war das Zeichen, daß sie sich nun ganz schnell umziehen und duschen würde, um in spätestens zehn Minuten wieder bei mir zu sein.

Wir fanden wie zwei alte Freunde zueinander, Ida und ich, und weil ich ihr erster jüdischer Liebhaber war, erzählte sie mir schon bald alles über Daddy und sich, sie erzählte mir, um genau zu sein, das große Geheimnis gleich zu Beginn, noch vor dem ersten Kuß und der ersten Umarmung. Wir saßen, nach dem Schwimmen, in der *Kleinen Konditorei* in der Amalienstraße, tranken Tee und aßen einen Eclaire nach dem andern, Ida sprach von ihrem Roman und ich von meinem, wir machten eine Wette, wer von uns beiden als erster den großen Aufstieg schafft, und dann – während sich die Konditorei leerte und die dicke Frau hinterm Tresen, die mich seit Jahren kannte, gerührt zu uns herübersah – kam auch schon jener Teil des Gesprächs, bei dem sich frisch Verliebte wie unter Zwang all ihre Schwächen und Empfindsamkeiten eingestehen, durchmischt von der einen oder andern biografischen Angabe. So erfuhr ich zunächst, was später halb Deutschland glauben sollte: Daß Ida einer bekannten, einst in Berlin ansässigen Kaufmannsfamilie entstammte, daß sie in der New Yorker Lower Eastside groß geworden war und von ihrem Vater, einem angesehenen Kinderarzt, in einem Anfall hochgradiger jüdischer Verstellsucht und Verfolgungsparanoia jahrelang, gegen ihren eigenen Willen, auf eine katholische Schule geschickt worden war, weshalb sie bis heute selbst so wenig vom Judentum verstand.

Während ich Ida zuhörte, spürte ich, wie mich jene milde, weiche Rührung überkam, die jedesmal von mir Besitz ergreift, wenn ich feststelle, daß eine Frau, die mir gefällt, *amchu* ist. Doch als kurz darauf der Moment gekommen war, einander das erste Mal zu küssen und ich meinen Kopf senkte, um mich damit Idas strahlend gelbem Gesicht zu nähern, merkte ich, daß Ida mit den Zähnen die dünne weiße Haut von ihren Lippen zog, man sah das rosafarbene Fleisch darunter und auch ein bißchen Blut, sie biß und kaute immer weiter auf ihren Lippen herum, sie sagte: »Es ist alles nicht wahr!«, und dann erzählte sie mir, in schweren, atemlosen Sätzen, ihre wahre Geschichte.

Ida sprach, und ich schwitzte, ich liebte sie nun noch mehr, obwohl mir das gar nicht gefiel. Sie erzählte von Daddy, von seinen kindischen Experimenten und nationalsozialistischen Ansichten, sie erzählte davon, wie er nach dem Krieg die Identität eines seiner Opfer angenommen hatte, um auf diese Weise in die Vereinigten Staaten zu entkommen, sie erzählte, daß Daddy in New York nur jüdische Patienten gehabt hatte, die ihn allesamt liebten und respektierten, sie sagte, sie hätten ihn für einen der ihren gehalten, eine Verwechslung, die ihm seltsamerweise gefiel, und sie selbst aber sei, nachdem Mum gestorben war, die einzige gewesen, die er über sein Versteckspiel ins Vertrauen zog. Ida sprach immer weiter, ihr Gesicht war tränenüberströmt, ihre roten, rohen Lippen zuckten, sie sprach von ihrer Flucht aus New York, von dem Filmstudium in Philadelphia, von ihren Drogengeschichten und der Reise um die halbe Welt, die sie schließlich vor sieben Jahren nach Deutschland geführt hatte, wo sie deshalb geblieben war, weil bei uns die Sprache ihrer Kindheit gesprochen wurde und weil sie es hier am einfachsten fand, die Tochter eines Monsters zu sein und zugleich eine spiegelverkehrte Maranin. Zum Schluß erzählte sie von ihrer sinnlosen Liebe zum verhaßten Vater, sie wirkte für einen Moment wie eine Schlafwandlerin, sie redete plötzlich nur in Bildern und Metaphern und sagte Sätze wie »Poesie des Terrors«, »zwei Schiffbrüchige auf dem Ozean« und »der Derwisch reitet den Teufel«, und dann, bevor ich überhaupt Luft holen konnte, meinte sie völlig unvermittelt, daß sie es noch nie mit einem beschnittenen Mann gemacht habe, worauf ich endgültig nicht mehr an mich halten konnte, ich dachte, sie und keine andere, und als wir in dieser Nacht miteinander zum ersten Mal schliefen, nannte sie mich Daddy, und ich stellte mir dazu, im stillen, die allerschönsten, die allerperversesten Dinge vor.

3.

Ich will weder herablassend sein, noch ironisch. Ich bin es nie gewesen, und schon gar nicht in dieser ersten, traumhaften Nacht. Ich habe immer versucht, Ida zu lieben, und daß sie mit ihrem Buch Erfolg hatte, habe ich ihr – ich schwöre es – niemals verübelt. Ich fand es sehr gut, es war besser als meins (für das ich hoffentlich eines Tages noch einen Verlag finden werde), und es gefiel mir daran vor allem, wie klug und mühelos Ida mit ihrer Geschichte von dem Holocaust-Überlebenden, der fest glaubt, er sei Adolf Hitler und dafür am Ende in ein Frankfurter Irrenhaus eingeliefert wird, das ganze literarische Deutschland hereingelegt, es zu Dutzen-den euphorischer Besprechungen bewegt hat. Daß ich nun die Wahrheit über sie ausspreche, den Mythos einer glorreich zurückgekehrten Emigrantentochter zerstöre, einer Frau, die, wie es in einer Preisrede auf sie hieß, »ab nun würdig die Fackel von Zweig, Kafka und Wassermann weiterträgt«, hat nicht etwa damit zu tun, daß ich Ida zumindest posthum aus dem Gefängnis ihrer Kindheit befreien möchte – ich habe es, ganz ehrlich, allein auf ihren Dracula von Vater abgesehen. Natürlich – es war seit längerem ebenso Idas eigener Wunsch gewesen, sich endlich zu offenbaren, sie wußte um die Sen-sation eines solchen öffentlichen Geständnisses, doch *ihr* ging es dabei allein um sich selbst – und viel weniger darum, daß der Mann, den die Welt seit fast einem halben Jahr-hundert jagte, endlich seine Strafe bekam. Es war eine Art Exorzismus an der eigenen Person, was Ida sich da vorge-nommen hatte. Daß es ihr schließlich doch nicht gelang, lag insofern nicht an mir, als daß ich ihr – so sehr Ida mich in dieser Sache mit ihrer Halbherzigkeit zum Ende hin gelangweilt, genervt, belastet hatte – ständig nur zugeredet habe. Ich sprach mit ihr immer und immer wieder ihre Selbstbezichtigung durch, an der sie wochenlang geschrieben hatte und die sie dem *Spiegel* anbieten wollte, ich machte Vorschläge, ich diskutierte mit ihr die Korrekturen, und ich versprach, ihr in allem, was dem Abdruck des Textes folgen würde, beizustehen.

Doch dann, zwei Wochen vor Dresden, fand Ida alles heraus. Es war einer der ersten Abende ihrer großen Lesereise durch Deutschland, sie hatte das fertige Manuskript des Daddy-Essays mitgenommen, sie wollte nur noch ein paar kleine Korrekturen machen, bevor sie ihn von unterwegs abschikken würde, und da sie in allerletzter Sekunde plötzlich unsicher geworden war, rief sie mich an. Das Telefon läutete vier-, fünfmal, ich war noch im Badezimmer, und so ging Ilana ans Telefon.

Ida, geistesgegenwärtig wie immer, verstellte sich sofort. Sie gab sich als eine von meinen Frankfurter Cousinen aus, sie veränderte sogar ihre Aussprache, sie redete – wir hatten es schließlich im Spaß oft genug geübt! – mit Ilana in diesem zarten, immer ein wenig eingebildet klingenden Gemisch aus Jiddisch, Hochdeutsch und Hessisch, das die meisten Frankfurter Juden der jungen Generation sprechen, und so hat Ilana, aufgewühlt von dem, was wir gerade erlebt und besprochen hatten, ihr alles erzählt, sie unterhielt sich mit Ida sofort wie mit ihrer ältesten, allerbesten Freundin, sie genoß jenen vertrauten Tonfall, den man hat, wenn man gemeinsam in der ZJD gewesen ist, in der jüdischen Vorschule, am Elisabethengymnasium und auf mindestens fünfzig Bar-Mitzwa- und Purim-Bällen im *Hilton* und *Interconti,* und als Ida dann plötzlich zu weinen begann, dachte Ilana, sie sei einfach nur gerührt und überwältigt von der guten Nachricht.

Die gute Nachricht war für Ida natürlich sehr, sehr schlecht. Sie hatte von Ilana nichts gewußt, sie hatte keine Ahnung gehabt, und sie war nun so verwirrt und überrascht wie selten jemand vor ihr. Und wie soll es auch anders gewesen sein! Schließlich hatte sie, auch noch auf diese idiotische Weise, gerade erfahren, daß Ilana und ich wenige Augenblicke vorher beschlossen hatten zu heiraten, und ich glaube, die verrückte, die romantische Ilana hatte Ida sogar erzählt, daß uns die Idee in der Umarmung gekommen war. Zuerst hat Ida also ein bißchen geweint, doch dann begann sie zu brüllen und zu schreien, sie sprach kein Westendjiddisch mehr und kein Feuilletondeutsch, sie fluchte in ihrem verzweifeltsten, schmutzigsten Straßenamerikanisch, und dann knallte sie in ihrem Hotelzimmer den Hörer auf die Gabel, und wahrscheinlich schmiß sie danach auch noch das ganze Telefon gegen die Wand. Im nächsten Moment kam ich aus dem Badezimmer zurück, ich legte mich nackt neben die nackte Ilana, ich küßte ihren echten originaljüdischen Bauch, der mir schon bald mein erstes echtes originaljüdisches Kind gebären sollte, und als ich sah, wie durcheinander Ilana plötzlich war, glaubte ich für einen Moment, es habe etwas mit unserem Hochzeitsplan zu tun. Beunruhigt fragte ich sie, was passiert wäre, worauf sie sagte, es habe jemand angerufen für mich und sie dumme Kuh habe nicht gleich gemerkt, daß es Ida gewesen sei, und so habe sie ihr alles erzählt. Ich verzog das Gesicht, ich machte die traurigste, wütendste Miene meines Lebens, aber in Wahrheit war ich einfach nur froh, daß die Sache mit Ida endlich bereinigt war, und ich hoffte nun auch, daß ich sie niemals mehr wiedersehen würde.

4.

Ich sollte Ida wiedersehen – auf unzähligen Zeitungsfotos, tot auf dem Boden einer Dresdener Buchhandlung, erschlagen von zwei Nazis wie einst Walter Rathenau. Am Tag

nach ihrem Tod kam dann der Brief, den sie kurz vor ihrer letzten Lesung noch eingeworfen haben mußte. Sie schrieb darin, wie genau sie alles verstünde, sie schrieb, sie wisse, daß sie etwas von mir gefordert habe, was ihr keiner jemals geben könne, am allerwenigsten einer, dessen Eltern das alles durchgemacht hatten, und dann schrieb sie, sie habe Ilanas Stimme sehr gemocht und sie könne sich auch ganz genau vorstellen, wie Ilana aussähe, nicht zu groß, mit langen schwarzen Locken, braunen Augen und einem schönen, schwesterlichen Gesicht. Natürlich stimmte Idas Ilana-Beschreibung, und natürlich hat mich das schrecklich gerührt. Bevor ich aber, beim Lesen ihres Briefs, sentimental werden konnte, bevor ich mich an unsere gemeinsame Zeit zu erinnern begann, an unsere Nachmittagstees in der *Kleinen Konditorei* und die Abendessen im *Schumanns,* ans Nordbad und die vielen Boule-Partien im Hofgarten, an die Worte, die wir uns beim Sex sagten, an die Tage, da wir wie um die Wette an unseren Romanen schrieben, an Idas großen Erfolg glaubten, an meinen Selbstzweifeln zweifelten und kichernd Gespräche über jenes Band führten, das sich angeblich zwischen den Kindern der Opfer und Täter als eine Art selbstgeknüpfte, geliebte Fessel spannt – bevor ich mich an all dies also zu erinnern begann und mir nun vor allem Idas gelber Pharaonenkopf, ihr weißer Mund und ihre lange, viel zu schlanke Figur wieder in den Sinn kommen konnten, senkte ich lieber den Blick und ich las die letzten Sätze ihres allerletzten Briefs: »Über Daddy zu keinem ein Wort! Ich habe es mir anders überlegt und das Manuskript vernichtet. Bitte, Liebster! Bitte, bitte – schweig!«
Ich habe Ida ihren letzten Wunsch nicht erfüllt, ich weiß. Und während ich hier jetzt sitze, Idas hoffnungslose Liebe im Herzen, die Monstrositäten des Zauberers im Kopf und die Fernsehberichte von seiner Festnahme in einem Brooklyner Altersheim vor Augen, denke ich an jenen zwanzig

Jahre zurückliegenden Tag, an dem sie ihren Daddy zum allerletzten Mal gesehen hatte. Sie war damals schon älter gewesen, er herrschte längst nicht so unumschränkt über sie
wie in ihrer Kindheit, es gab keine täglichen medizinischen
Untersuchungen mehr, keine polnischen Märchenstunden
und keine Vorträge über seine wissenschaftliche Genialität.
Vater und Tochter sahen sich nur noch selten, was natürlich
nicht an Daddy lag, sondern allein an ihr, weil sie nun – es
war in den schönsten Hippietagen – plötzlich wie befreit
durchs Leben zu schwirren begann. Sie war ständig unterwegs, nach der Schule fuhr sie in den Central Park, sie lag mit
ihren neuen Freunden am Rand des Sees und rauchte Gras,
sie saß in den Cafés am Thompkins Square, sie rannte durch
die vielen neuen Boutiquen und Buchgeschäfte und ging
Abend für Abend ins *Fillmore* und *Village Gate* zu den
Konzerten von Country Joe & The Fish, Jimi Hendrix und
Cannonball Adderley. Damals ging es Ida so gut wie nie
vorher und nie danach, sie hatte den Zauberer einfach vergessen, sie erinnerte sich an ihn und an alles, was sie mit ihm
verband, nur noch, wenn sie ihn abends, für einen kurzen
Augenblick, im Wohnungsflur traf, wenn er aus der Praxis
kam und sie gerade wieder auf dem Weg zu einer weiteren
herrlichen, unbeschwerten Unternehmung war. Daddy,
nicht mehr so stark und schön wie noch vor zehn Jahren, sah
sie jedesmal beleidigt an, auch er sprach kaum mehr mit ihr,
und sie sagten sich nur »Hallo« und »Auf Wiedersehen«.
Doch dann, an einem dieser Abende, stand er plötzlich, wie
in den alten Tagen, zornig und still neben ihr und sagte: »Du
bleibst!« Ida hörte nicht auf die Worte des Zauberers, sie
nahm sie nicht ernst, sie hängte sich ihre Tasche um und ging
zur Tür. »Ich habe abgeschlossen, Schätzelein«, sagte Daddy,
und er sagte es in jenem Märchenerzählerton, den sie von
ihm aus ihrer Kindheit kannte. »Ich gehe«, sagte sie, »auf
Wiedersehen.« Sie steckte den Schlüssel ins Schloß, drehte

ihn herum, und als sie die Tür öffnen wollte, traf sie von hinten der erste Schlag. Sie biß sich vor Schmerz auf die weißen Lippen und wandte sich um. Der Zauberer hielt in beiden Händen einen Regenschirm, mit den Fingern umfaßte er die metallene Spitze, dann holte er aus und schlug Ida wieder mit dem Griff gegen den Kopf, auf ihr taubes Ohr. »Was bedeuten sie dir, deine Jüdlein und Negerfreunde?« sagte er. »Zähle ich gar nichts mehr? Hast du vergessen, daß du und ich zusammengehören?« Er holte erneut aus, aber Ida entriß ihm den Schirm, sie packte den Griff, sie zögerte nur einen winzigen Augenblick, und schließlich, weiß vor Wut, das Pochen des Blutes im ganzen Körper, begann sie auf den Alten einzudreschen. Sie schlug ihm mit der Spitze des Schirms ins Gesicht, einmal, zweimal, dreimal, er wankte und fiel stumm um, und während er am Boden lag, krumm und weich wie eine Larve, kein Superman mehr und kein Hexer, bearbeitete sie ihn immer weiter und weiter, sie warf den Schirm weg, sie trat ihn in den Bauch, und dann traf sie mit ihrem riesigen gelben Plateauschuh auch sein Gesicht. Das Blut war plötzlich überall, es war auf seinen Wangen und auf den Brillengläsern, es floß aus seiner Nase und aus seinen Ohren, er wand und krümmte sich, und das Blut war nun auch in seinem strahlend weißen Haar, doch das war ein Anblick, den Ida nicht mehr ertragen konnte, sie drehte sich um und lief davon, sie rannte in ihr Zimmer, sie stopfte ein paar Kleider und Bücher in ihre Tasche, und während sie dann in der Küche noch wahllos ein paar Lebensmittel hineinwarf, beschloß sie, nie mehr wiederzukommen. Sie stand bereits an der Wohnungstür, als sie ihn noch einmal hörte. Daddy weinte, er weinte wie ein verrücktes, zurückgebliebenes Kind, ein langer, dünner Laut kam aus seinem Mund, es war ein quälender, fast tierischer Laut, der urplötzlich an Gestalt gewann, er formte sich zu einer wunderbar schlanken und grauen Säule des Lebens und Fortbestehens, und so war dann das, was Ida zum Schluß von Daddy vernahm, diese beinah bewußtlose spastische Liebeserklärung.

5.

Ida hatte mir die Geschichte ihres Abschieds von Daddy in unserer ersten Nacht erzählt. Sie hatte in meinem Arm gelegen, und während sie sprach, sah ich durchs Fenster immer wieder zum Nordbad herüber, dessen Lichter um diese Zeit erloschen waren und das nun wie ein großer, schwarzer Stein am Rande des Platzes lag. Als Ida fertig war, küßte ich sie auf ihr krankes Ohr und streichelte es, ich streichelte ihr Gesicht und fuhr mit den Händen durch ihre dichten blonden Haare, und dann löschte ich das Licht, ich drückte von hinten meinen nackten Bauch an ihren nackten Po und Rücken, und dies war er also gewesen, der allererste Moment, in dem ich dachte, daß ich jemanden wie sie einfach nicht lieben kann.

Lurie damals und heute

»Schlomo Lurie?«

»Was ist?«

»Bitte erschrecken Sie nicht.«

»Was wollen Sie?«

»Reden.«

»Reden?«

»Ja.«

»Um diese Zeit?«

»Es eilt.«

»Wer sind Sie?«

»Demmke. Katholische Universität Eichstätt.«

»Oh, nein. Ihnen habe ich bestimmt nichts zu sagen.«

»Sie sind doch Herr Schlomo Lurie, geboren in Radun, ehemals Litauen, dann Rußland, dann wieder Litauen?« sagte der Fremde schnell, ohne Atem zu holen.

Lurie schwieg. Er schenkte sich die Antwort.

»Herr Lurie?«

»Schon gut.«

»Ich will nicht aufdringlich sein. Schon gar nicht heute, am Sonntag.«

»Sind Sie aber. Ich liege noch im Bett.«

»Verzeihen Sie. Soll ich später wieder anrufen?«

»Ja. Ich meine – nein. Also was ist jetzt? Reden Sie endlich.«

»Ich wollte ...« Die Stimme des Fremden, die anfangs so kämpferisch und aufgedreht geklungen hatte, wurde unangenehm sonor und sanft, und der Bariton verwandelte sich in ein Falsett. »Ich wollte«, säuselte es im Hörer, »mit Ihnen über Ihren Sieg sprechen.«

»Was für ein Sieg?«

»Ist Sieg das falsche Wort?«

»Da müßte ich doch«, sagte Lurie, »zuerst wissen, welchen Sieg Sie überhaupt meinen.«

»Ihren Sieg über die Deutschen natürlich. Über uns.«

»Sind Sie bescheuert, Mann? Wovon reden Sie? Wer sind Sie?«

»Demmke. Gerhard. Katholische Universität Eichstätt.«

Lurie schwieg wieder. »Wollen sie mich bekehren?« sagte er. Die Pause, die nun entstand, wurde von einem fast unhörbaren, langgezogenen Kichern unterbrochen. Der Deutsche lachte. Er schämte sich offenbar. Dann sagte er: »Ich bereite eine Veranstaltung vor.«

»Eine Veranstaltung.«

»Die Vernichtung des europäischen Judentums 1942–45.«

»Was?«

»So lautet der Titel. Eine Ringvorlesung am Institut für Neuere Geschichte.«

»Hören Sie, Demmke. Je länger wir reden, desto klarer wird mir – ich bin nicht Ihr Mann.«

»Sind Sie doch!«

»Demmke!«

»Jawohl!«

Lurie stutzte. »Ich meine«, sagte er freundlich, »Herr Demmke … Jetzt noch einmal ganz langsam: Wen möchten Sie sprechen?«

»Herrn Diplom-Ingenieur Schlomo Lurie, Architekt, München, wohnhaft in der Königinstraße 19. Geboren in Radun, ehemals Litauen, dann Rußland, dann wieder Litauen. Beim großen Massaker von Ejiszyski wundersamerweise von keiner einzigen deutschen Kugel getroffen und nach einer dreijährigen Odyssee durch die Wälder um Wilna der Vernichtung entronnen.«

Der Sieg über die Deutschen, dachte Lurie. »Woher wissen Sie das alles?« sagte er.

»Ich war im Frühjahr in Israel.«

»Gratuliere.«

»In Yad Vashem war ich auch. In der Bibliothek.«

»Und?«

»Sie kommen in den Aufzeichnungen von Leon Kahn vor.«
Lurie rutschte im Bett hoch, er warf die Decke zur Seite,
schob das Kissen nach oben und lehnte sich zurück. Ella lag
mit dem Rücken zu ihm, die Daunendecke wölbte sich wie
ein Zelt über ihrem riesigen Hintern, und nur ihre linke
Schulter lugte nackt und warm hervor. Ellas dunkles,
schwarzes Haar, das sie schon seit zwei Jahrzehnten färbte,
lag wie ein Kranz auf dem Kissen.

»Ich habe Sie nicht verstanden«, sagte Lurie.

»Leon Kahn erwähnt Sie in seinen Yad-Vashem-Dokumen-
ten. Sie müssen damals in Litauen eine richtige Berühmtheit
gewesen sein.«

»Ich kenne keinen Kahn.«

»Nein, natürlich nicht.«

»Was heißt, natürlich nicht?«

»Er selbst hat Sie persönlich auch nicht gekannt.«

»Und was will er von mir?«

»Nichts, wirklich nichts. Er hat sich damals ebenfalls versteckt. Und er schreibt in seinen Erinnerungen immer wieder, daß Sie sein Vorbild gewesen sind.«

»Ich – ja?«

»Ja, Schlomo Lurie aus Radun. Niemand, schreibt Kahn, sei
den Litauern, dem deutschen Sicherheitsdienst und später
auch den Verbänden der polnischen Armia Krajowa so oft
entkommen wie Sie. Es hätten sich, schreibt er, unter den
Juden, die sich im Rudnicker Wald und im Buschland von
Miadsiuse versteckten, um Sie Legenden gerankt. Sie waren
eine Art Billy the Kid. Ein jüdischer Billy the Kid. Ein Vorbild.« Demmke lachte wieder sein ergebenes Lachen.

»Alles Unsinn«, sagte Lurie. »Ich hatte einfach Glück.«

»Glück, wenn ich mir den Einwand erlauben darf, Herr Lurie, ist dafür das falsche Wort. Ich nenne es Vorsehung.«

»So? Sie nennen es also Vorsehung, PG Demmke?!« sagte Lurie plötzlich laut. Ellas Hintern bewegte sich, und Lurie hörte, wie ein leichter, ächzender Ton ihrer Kehle entwich. Sie machte oft Geräusche im Schlaf, und er liebte jeden einzelnen dieser immer so zufrieden und wohlig klingenden Laute.

»Entschuldigen Sie bitte, es war nicht so gemeint«, sagte Demmke. Sein Falsett war so dünn wie eine gespannte Saite, die in nächster Sekunde platzt.

»Wie haben Sie mich überhaupt gefunden, Demmke?«

»Der Maxvorstadt-Wettbewerb. Die neue Kunsthalle. Sie haben doch den dritten Platz gemacht.«

»Ja, richtig.«

»Ich habe es in der *Welt* gelesen. Ihr Name ist mir sofort aufgefallen.«

»Klingt irgendwie jüdisch, nicht wahr?«

»Bitte, Herr Lurie, es war wirklich nicht so gemeint.«

»Ihr meint es nie so.«

»Aber Sie geben uns ja auch nie eine Chance.«

»Wer ist ›Sie‹?«

»Und wer ist ›Ihr‹?«

Lurie schossen einige besonders schmutzige, beleidigende Schimpfworte durch den Kopf, aber dann sagte er nur: »Warum lassen Sie mich nicht in Ruhe? Warum?«

»Ich verstehe Ihre Gefühle«, erwiderte Demmke. Er hatte seine ganze Kraft aufgewandt und sprach nun wieder fest und ruhig. Er durfte einfach nicht aufgeben. »Ich verstehe Sie wirklich gut«, sagte er. »Aber wir müssen doch auch das Wissen, das wir in jener schrecklichen Zeit erlangten, weitergeben.«

»Wir?«

»Na ja . . .«

»Wie alt sind Sie, Sturmbannführer?«

»Vierundvierzig.«

»Sie sind völlig bescheuert.«

»Ich wußte, daß Sie das sagen würden.«

»Ich sage es ja auch schon zum zweiten Mal.«

»Ja.«

»Aber?«

»Ich gehöre einer besonderen Generation an ...«

»Sie sind ein Streber, Demmke«, sagte Lurie.

»Wenn Sie es so bezeichnen wollen«, erwiderte der Historiker, und es klang wehleidig und eingebildet zugleich.

»Nein«, sagte Lurie spöttisch, »Sie sind etwas viel Übleres – Sie sind ein Christ!«

Demmke reagierte nicht.

»Die Stasi haben Sie bestimmt auch schon bereut und bewältigt!«

Er schwieg immer noch.

»Und Verdun! Und Sedan!«

Keine Antwort.

»Und Moltke und Friedrich und Hagen!«

Wieder nichts.

»Also gut«, sagte der Architekt, »erklären Sie es mir. Wie ist es mit dem Wissen, das man weitergeben soll?«

»Es ist Ermahnung, Warnung und Weisheit.«

»Was bitte?«

»Ermahnung, Warnung und Weisheit.«

Lurie faßte sich mit der freien Hand an die Stirn und preßte Daumen und Finger gegen die Schläfen. »Werden Sie bloß nicht unverschämt!« sagte er, aber er merkte, daß die Worte wie bei einem Film, wenn die Tonspur nicht richtig eingelegt ist, asynchron zu seinen Lippenbewegungen aus seinem Mund kamen, er spürte einen Stich, er fühlte Hitze und Schwindel, und sein Herz lag wie ein Lavabrocken in seiner Brust. »Was wollen Sie von mir?« sagte er leise, und die

Worte flogen nun immer wilder und unkontrollierter herum, während der Mund stumm auf- und zuschnappte, und dann endlich passierte es, dann geschah, worauf er die ganze Zeit schon gewartet hatte. Schlomo Lurie, Sohn von Yakow und Sure, Bruder von Ruth, sah sich rennen und hasten und hetzen, er war nackt, sein Körper war blau und schwarz angelaufen, er war mit offenen Wunden und Narben und Blutschlieren bedeckt, und es war der Körper eines Kindes, das drei Jahre, drei endlose Jahre, den Marathon seines Lebens lief. Ja, er sah alles, jeden Tag und jeden Augenblick, von Anfang bis Ende, er sah, wie sie drei Tage und drei Nächte in der Schil von Ejiszyski eingesperrt waren, er sah die Juden brennen und fallen, er sah jedes Waldloch und jede Scheune, wo er sich versteckt hatte, er sah die guten Bauern, die ihn fütterten und pflegten wie ein junges Kalb, er sah die schlechten, die ihn verrieten, er sah, wie er sich durch einen Sprung aus dem Fenster der Kommandantur von Worenowa rettete, wie er aus dem Getto von Wilna entkam, er sah sich beim Massaker von Ejiszyski, als er unter die ersten Fallenden glitt und kurz darauf wie eine Katze aus dem Massengrab wieder heraussprang, er sah sich ständig nackt durchs Feld laufen, er war immer nur nackt und nackt und nackt und mit dem Blut und der Scheiße der andern bedeckt, und dann sah er auch die Polen bei der Osterprozession, die ihm zuriefen, er, der Jude, solle zurück in sein Grab, aber er brüllte sie in einer plötzlichen Eingebung an: »Ich sehe aus wie Jesus, als er vom Kreuz genommen wurde, so voller Blut, so bin ich!«, worauf sie vor Schreck und Ehrfurcht zusammenfuhren und ihn laufenließen. Er sah also die Liebe der Menschen und ihren völlig absurden, sinnlosen Haß, er sah noch einmal Yakow und Sure in der Gruppe der ersten, die weggeführt wurden, er hörte den langersehnten Donner der russischen Bomber und Kanonen, der wie eine große, grelle Symphonie in den letzten Tagen des Krieges schnell näher gerückt war, und dann hörte er wieder die nächtlichen Geräusche des Waldes, das Stöhnen von Holz, und das Keuchen von Tieren, er hörte die Alte Synagoge brennen, in der sie die letzten Juden von Ejiszyski eingesperrt und angezündet hatten, während er bei Francisek auf dem Dachboden saß und alles mit ansah, und schließlich hörte er aber auch das »Nein! Schlomo, nein!« seiner Schwester, mit dem alles begonnen hatte, seine Flucht, sein Überleben, sein Sieg, er sah ihr Gesicht, so grau und tot wie einen Stein, als sie ihn anblickte, an jenem kalten, nassen Junitag, während die SD-Männer sie aus ihrem Versteck unter dem Geräteschuppen im Garten holten. »Nein, Schlomo, nein!« hatte sie gerufen, denn sie wußte genau, daß er, das Kind, sie verraten hatte, aber sie wußte nicht, daß er es nicht aus Angst, sondern allein aus Berechnung tat, denn kaum hatten sich die Deutschen, für einen Moment abgelenkt, darangemacht, die Schwester aus dem Erdloch zu zerren, riß er sich von ihnen los und begann seinen Marathon. Die Luft in Litauen war immer so kühlend und weich, Ruthileben, weißt du noch, und sie roch nach Kräutern und Fleisch . . .

»Was wollen Sie von mir?« sagte Billy the Kid, der Sohn von Yakow und Sure, der Bruder von Ruth, nachdem er eine halbe Ewigkeit lang geschwiegen hatte.

»Kommen Sie zu uns«, antwortete der Deutsche. »Erzählen Sie meinen Studenten und mir, wie es war.«

»Welche Farbe hat Ihr Haar, Demmke?« sagte Lurie. »Ist es blond?«

»Ich verstehe nicht.«

»Wie haben Sie es geschnitten? Unauffällig halblang oder hoch hinauf ausrasiert? Nein – ich glaube, Sie haben einen Bart. Einen langen, dichten, ungepflegten Bart. Sie tragen ein weißes Hemd, ohne Krawatte, und einen hellgrauen Anzug. Und Ihre Schuhe sind bestimmt schmutzig und abgerissen. An den Schuhen sparen Sie immer am meisten, nicht wahr?«

Demmke reagierte nicht. Er versuchte zu lachen, aber es ging nicht, und statt dessen entfuhr ihm ein hohes, quiekendes Geräusch. Er begann laut und heftig zu husten, er wollte diesen scheußlichen Ton wegkeuchen und wegspucken, und nachdem dann endlich davon nichts mehr übriggeblieben war, sagte er ernst und ohne Wehmut: »Ihr fühlt euch noch immer so verdammt überlegen. Ihr gebt uns nie eine Chance . . .«

Doch da hatte Lurie längst den Hörer aus der Hand rutschen lassen, er hatte mit dem Finger auf die Gabel gedrückt, und kurz darauf hörte er aus der Muschel einen kurzen, schnell wiederkehrenden Ton. Er kümmerte sich nicht darum, er ließ den Hörer neben dem Apparat liegen und ging zum Fenster, er zog den Rolladen hoch und sah auf den von der Sonne überfluteten Englischen Garten. Die Bäume tanzten im Wind, man hörte vom Chinaturm Trommeln, über dem Monopteros standen kleine weiße Wölkchen, und als Lurie das Fenster öffnete, wehte ein zarter Sommermorgenwind ins Zimmer hinein, und er war kühlend und weich.

Lurie stand ein paar Minuten so da, den Blick geradeaus gerichtet, in die Sonne, in den Himmel, und dann drehte er sich um, ihm wurde schwarz vor Augen, und hinter den schwarzen Flecken erkannte er Ella, die inzwischen aufgewacht war. Sie hatte sich im Bett aufgerichtet, sie sah alt und schön und jüdisch aus, und als sie ihn fragte, was um Gottes willen so früh am Morgen schon los sei, sagte er, er fände, sie müßten mal wieder miteinander schlafen. »Bloß nicht!«, sagte Ella abweisend und kalt, und im nächsten Moment lachte sie, sie streckte ihm einladend die Arme entgegen, sie schob die große Decke ein wenig zur Seite und flüsterte dann: »Komm her, mein Kleiner, komm endlich her . . .«

Erinnerung, schweig

1.

Ich habe Ihnen, Doktor, schon oft von meinem Vater erzählt, aber ich glaube, ich habe noch nie erwähnt, daß es ein ganz bestimmtes Wort gibt, das er nicht mag. Das er nicht mag? Er haßt es. Wenn er es hört, fängt er zu schreien an. Er schüttelt den Kopf, schürzt beleidigt die Lippen und jagt laut pfeifend den Atem durch seine Lungen. Plötzlich wieder wird er vollkommen still, für einen Augenblick ruhen seine Gedanken, und so richtig in Fahrt kommt er erst ganz zum Schluß. Dann geht sein Kopf erneut hin und her, und nun brüllt er wirklich, krächzend und würgend, als sei er von einer Kugel getroffen, ruft er aus: »Wie oft habe ich euch gebeten! Wie oft habe ich euch angefleht! Ich will es nicht hören – dieses abscheuliche Hundewort!«

Ich weiß, mein Vater ist komisch, und ich bin bestimmt nicht der einzige, der das sagt. Aber was heißt schon komisch, Doktor? Vater wuchs in den ruthenischen Karpaten auf, in einer entlegenen, vergessenen Gegend, die auf vielen Landkarten gar nicht eingezeichnet ist, und dort, in jenem toten Winkel zwischen der Slowakei, Rumänien und Ungarn, hinter dunklen Hügeln und schwarzen Bäumen, wohin die Strahlen der Aufklärung bis auf den heutigen Tag nur spärlich hineinleuchten, geht seit Gedenken alles seinen eigenen Gang: Dort scheinen die Leute dieselben zu sein wie überall anderswo auch, doch ihre Vorstellungen und Ideen sind die einer vergangenen, archaischen Zeit, einer Zeit, als der Mensch noch zu schwach und furchtsam war, um über sich nachzudenken.

Dabei scheint mir das Wort, das Vater haßt, alles andere als furchterregend zu sein. Aber merkwürdig finde auch ich es, vor allem, wenn ich ganz fest daran denke oder, schlimmer noch, wenn ich es schreiben will. Da sitze ich dann vor meinem Computer, den ich mir angeschafft habe, als die Sucht noch nicht jeden Moment meines Lebens bestimmte, als ich tatsächlich glaubte, ich könnte ein Schriftsteller sein. Ich sitze vor diesem herrlichen Gerät, das ich nicht einmal in meiner schlimmsten Geldnot zu verkaufen gewagt hätte, ich drücke auf die Tasten, ganz leicht, wie im Spiel, sie geben fast von selbst nach, die einzelnen Buchstaben des Wortes tauchen schnell hintereinander auf dem Bildschirm auf, es ist, als würde man Perlen auf einer Schnur aufziehen, und dann ist das Wort da, genauso, wie ich es eingegeben habe, doch etwas stimmt nicht damit. Ich überprüfe es, ich beuge mich vor den Monitor, ich lese es wieder und wieder, ich denke über seinen ersten runden Laut nach und über den zweiten, den weichen, gezischten, und plötzlich verliert das Wort für mich seine Bedeutung, es wird zu Stein, zu fremder Mathematik, und ich überlege, ob man es nicht vielleicht anders schreiben sollte, statt mit einem »s« am Ende mit zweien, um ihm derart seinen kindlichen, lächerlichen Klang zu nehmen. Doch das, natürlich, ist ein besonders sinnloser Versuch, dieser auf einmal so willkürlich scheinenden Buchstabenanordnung ihren Sinn wiederzugeben. Schließlich, wenn ich einfach nicht weiter weiß, spreche ich Vaters Wort, allein an meinem Tisch sitzend, laut und deutlich aus und versuche mich dabei zu erinnern, wie es das letzte Mal in meinen Ohren geklungen hat, als ich es im Alltag, ohne Nachzudenken, gebraucht habe. Und genauso kriege ich es am Ende dann doch noch hin, Inhalt und Form werden wieder deckungsgleich, ich lächle zufrieden, ich lächle über meine überflüssige onomatopoetische Verwirrung, und zugleich aber denke ich daran, daß es Vater um etwas ganz anderes geht, wenn er seine Hundevokabel hört ... Es ist, Doktor, das Wort »tschüs«, das mein Vater haßt. Das Wort »tschüs«? Ach, schon wieder, schon wieder klingt es auch in meinen Ohren so sinnlos und blöde und fremd.

*

Einmal war es besonders schlimm. Es passierte in unserem zweiten oder dritten deutschen Jahr, als Vater die Geschäfte noch von zuhause aus führte. Das Büro bestand aus einem Telefon und einem riesigen alten Fernschreiber, den Jankel Aarnheimer von seinen ersten deutschen Honoraren für Vaters Firma gekauft hatte. Vater rekelte sich den ganzen Tag im Wohnzimmer in unserem Sperrmüllsofa, auf dem Beistelltisch, den wir von Nachbarn geschenkt bekommen hatten, stand unsere alte Prager Glaskanne, die Mutter ständig mit heißem Wasser nachfüllen mußte, und während Vater, die Beine über die Sofalehne geworfen, eine Tasse Tee nach der andern trank, erledigte er seine endlosen Telefonate. Es war ihm egal, ob er ein Ferngespräch führte oder ob er nur mit jemandem in Hamburg sprach, es interessierte ihn nicht, ob einer von den korrupten russischen Beamten, mit denen er seine Geschäfte machte, aus Leningrad anrief oder ob Jankel am Apparat war, der gleich um die Ecke am Hallerplatz wohnte – Vater schrie immerzu und lärmte, und er wiederholte jeden Satz dreimal, aus Sorge, der andere könne ihn schlecht verstehen.

Vaters jugendliche Stimme hallte Tag für Tag durch das ganze Haus, und oft hörte man ihn bereits von der Straße. Damals, ich war sechzehn oder siebzehn, fing ich gerade damit an, darüber nachzudenken, weshalb ich eigentlich vor Vater immer so viel Angst hatte, und auch sonst war es die Zeit, in der mir langsam zu dämmern begann, daß das Leben nichts Absolutes, Schicksalhaftes war, sondern eine Angelegenheit, auf die man selbst Einfluß zu nehmen hatte, wenn es notwendig war – ein Gedanke, der mir, dem wütenden, traurigen Kind, das nie wirklich von Prag Abschied genommen hat, wohl ganz automatisch kommen mußte. Es zog mich nun immer häufiger von zuhause fort, ich war den ganzen Tag und die halbe Nacht unterwegs, ich saß in Cafés herum und stand mir in Klubs die Beine in den Bauch, meine Kleider waren jeden Morgen vollgesogen mit kaltem Rauch, meine Glieder schmerzten von den Drogen, ich stellte mir die Liebe vor und träumte von Sex, ich redete über *Canned Heat* und Bert Brecht, über Kropotkin und Jim Morrison, aber das alles war ohne Belang, denn mir fehlte die Gedankenlosigkeit meiner neuen deutschen Freunde, mir fehlte ihre ausgelassene Dummheit und ihr strahlender Mut, und daß einer von ihnen an jenem schrecklichen Tag, von dem ich Ihnen erzählen will, Doktor, zugegen war, finde ich ganz besonders abscheulich, und zugleich aber ist es mir, in Wahrheit, vollkommen egal. Ich weiß auch gar nicht mehr, wie er hieß, er ging am Johanneum in eine Klasse über mir, und ich kannte ihn aus dem *Ganz,* wo sich damals alle trafen. Er hatte, glaube ich, langes gelbblondes Haar, glatt, mit Mittelscheitel, er war still und eigentlich ziemlich normal, wir nahmen ab und zu zusammen mit unseren Gitarren Stücke auf und sprachen viel über Musik, und ich brachte ihn also an jenem Nachmittag mit nach Hause.

Wir liefen, ohne Hallo zu sagen, gleich in mein Zimmer, wir hatten auf dem Weg von der Schule, wie so oft, bei *2001* Platten geklaut, die wir uns sofort anhören wollten, und als Vater dann nach ein paar Minuten zu mir hereinkam, saßen wir auf der Fensterbank, die Musik war lauter als sein lautestes Geschrei, und ich hatte es gerade noch rechtzeitig geschafft, den Joint hinter meinem Rücken in den Hof herunterzuwerfen. Vater bewegte den Mund, doch ich verstand bei dem Lärm nicht, was er sagte, und so ging er zum Plattenspieler, er drehte an allen Knöpfen und drückte auf jeden

einzelnen Schalter, aber es gelang ihm nicht, das Gerät auszumachen, im Gegenteil, die Musik donnerte nun noch lauter aus den Lautsprechern. Ich lachte, und mein deutscher
Freund lachte auch, und dann glitt ich, so lässig und ungerührt wie möglich, von der Fensterbank, ich marschierte an
Vater vorbei zum Verstärker und schaltete ihn aus. Vater
blieb ebenso kühl wie ich, er drehte sich, nachdem die von
ihm erzwungene Stille endlich eingekehrt war, wortlos um,
er ging hinaus und machte nicht einmal die Tür hinter sich
zu. Im nächsten Moment hörte ich von nebenan wieder seine
tremolierende, tenorhafte Stimme, ich hörte, wie er sich bei
einem von seinen Russen nach dem Preis für zehntausend
Hosenträger erkundigte, er redete grob und bestimmt, und
plötzlich – kaum hatte er aufgelegt und eine neue Nummer
gewählt – veränderte sich sein Tonfall, er sprach nun mit
sanfter Zunge und demütiger Einfalt, er bot in seinem
grammatikalisch perfekten, aber jiddisch intonierten KZ-
Deutsch, für das ich mich immer so schämte, jemandem
zehntausend »fantastische Hosenträger von bester indischer
Qualität« an, und als das Geschäft schließlich nach einem
kurzen Geplänkel abgeschlossen war, legte er auf und pfiff
durch die Zähne, und dann kam er wieder in mein Zimmer,
er ging direkt auf mich zu und schlug mir, ohne auf meinen
Besucher zu achten, ins Gesicht.

»Wenn ich arbeite und für die Familie Geld verdiene«, sagte
er auf tschechisch, mit leiser, wütender Stimme, »wenn ich
mich zu Tode schufte, wirst du darauf achten, was du tust.
Du wirst mich respektieren.« Und er knallte mir noch eine,
direkt aufs Kinn. Ich wankte mit dem Oberkörper, ich fühlte
eine zarte, fast angenehme Benommenheit, aber im nächsten
Moment sprang ich von der Fensterbank herunter, ich preßte
die Hände gegen seine Arme und seine Brust, und ich erinnere mich jetzt noch genau an den Widerstand seines kleinen,
schweren, gedrungenen Körpers, ich rieche Vaters Schweiß,

ich rieche seinen alten, würzigen Atem, ich sehe den häßlichen braunen Pullover, den er an jenem Nachmittag trug, und nun, Doktor, weiß ich auch wieder, wie ich ihn bis zur Tür drückte, ich erinnere mich, wie ich ihn – langsam, beharrlich – ganz aus meinem Zimmer hinausschob und ihm hinterherschrie: »Hau doch ab, du Scheusal! Verschwinde!« Und ich sehe Vaters angewiderte Miene, ich erkenne bei ihm Unsicherheit und Verwunderung und Angst.

Hatte ich da schon genug gehabt, Doktor? Aber nein – ich machte natürlich weiter, fortgerissen von meiner neu entdeckten jugendlichen Kraft, berauscht durch die Anwesenheit eines Fremden, und so beschimpfte ich also meinen eigenen Vater, ich verfluchte und verunsicherte ihn, und ich tat es zum ersten Mal laut, ach was, ich tat es zum ersten Mal überhaupt. Mein Gesicht verzog sich vor Ahnungslosigkeit und Wut, aber mein Blick, das habe ich nicht vergessen, war nicht entsetzt, eher reglos und bestimmt, und die Kälte in mir war derart bezaubernd und frisch, daß ich beschloß, ihn dort zu treffen, wo er besonders empfindlich war. »Hau ab, du Tyrann! Steck deine schmutzige Nase in deine schmutzigen Geschäfte!« bellte ich so kaltschnäuzig, so deutsch wie möglich. Und dann hielt mich nichts mehr, und ich sagte, ernst und harsch: »Verschwinde! Verpiß dich! Tschüs!« Er schüttelte entsetzt den Kopf. »Und tschüs, habe ich gesagt«, wiederholte ich. »Tschüs, tschüs, tschüs!«

Zunächst geschah gar nichts, niemand sagte etwas, ich hörte meinen eigenen Atem und das leise, unsichere Lachen meines Besuchers. Ich drehte mich nach ihm um, ich verzog streng das Gesicht, und als ich Vater dann erneut ansah, war die Verwandlung bereits vollzogen. Seine sonst braune, dunkle Haut war plötzlich so bleich wie die eines Migränekranken, die Augen waren nur noch Schlitze, der Mund stand offen, und zwischen seinen Zähnen und der Unterlippe hatte sich dicker, gelber Speichel angesammelt. Vater sprach nicht, man hörte nur ein stilles, pfeifendes Röcheln, das aus seiner Kehle kam. Er machte einen Schritt in meine Richtung, blieb aber sofort stehen, seine Beine zitterten, er faßte sich ans Herz, ließ die Hände wieder fallen, als fände er das nun selbst zu theatralisch, und dann wurde aus dem Röcheln ein Jammern, aus dem Jammern wurde Sprechen, und schließlich begann Vater zu schreien, der Speichel floß ihm über die Mundwinkel, er atmete schwer und verschluckte die einzelnen Worte, und erst als er sich allmählich wieder zu fassen begann, erst als seine Brust nicht mehr so heftig auf und ab ging, verstand ich, was er sagte. »Warum nur«, wiederholte er immerzu auf tschechisch, »warum nur dieses elende Hundewort?!«

Wer so reagiert, Doktor, hat doch ein Trauma, nicht wahr? Aber vielleicht auch nicht, vielleicht spielt er ein Spiel, das kein Außenstehender begreift, und vielleicht aber liebt er das Pathos, das im Leben steckt, was weiß ich.

*

Natürlich könnte ich Ihnen, wenn ich wollte, von vielen anderen, harmloseren Situationen erzählen, in denen Vater die Kontrolle über sich verlor. Ich könnte beschreiben, wie es war, wenn das Blut jedesmal von neuem ruckartig aus seinem kleinen Gutsulengesicht wich, weil einer in seiner Gegenwart das verbotene Wort aussprach. Ich könnte, fast ein wenig stolz, davon berichten, wie Vater – ohne Ansehen der Person – wirklich jeden anfuhr, der es wagte, sich von ihm mit einem »Tschüs« zu verabschieden, wobei er ab und zu allerdings seine Zurechtweisung schnell mit einer anderen Bemerkung zu überspielen versuchte, ähnlich einem Conférencier, der seine Pointe nicht losgeworden ist. Ich könnte schildern, wie Vater manchmal in einer solchen Situation gar nichts sagte und in ein egozentrisches, beleidigtes Schweigen verfiel, ein Schweigen, das mit dem gleichen Selbstmitleid und Stolz angefüllt war wie das Herz eines Juden, der an die letzten dreitausend Jahre so wehmütig denkt, als habe er sie ganz persönlich durchlitten. Ich könnte erwähnen, daß ich oft das Gefühl hatte, er selbst wisse am allerbesten, wie absurd sein Verhalten war – ein Verdacht, den ich einmal auch tatsächlich bestätigt fand, als er sich bei einem seiner terroristischen Wutausbrüche plötzlich zur Seite drehte, so als müsse er gleich niesen oder husten, doch man hörte kein Geräusch, nichts, und während er noch immer mit dem Rücken zu mir und den Freunden stand, die sich von ihm verabschieden wollten, sah ich in den großen Flurspiegel, und da erkannte ich ganz deutlich, wie Vater mit einem abscheulichen, jungenhaften Lachen kämpfte. Vor allem aber könnte ich erzählen, wie wir alle, Fremde und Freunde genauso wie Mutter und ich, Vaters Tschüs-Paranoia meist ohnehin nur belächelten, weil wir ihre Ursachen halbwegs zu kennen glaubten, so daß wir sie als seine ganz persönliche, etwas alberne Art ansahen, mit den tragikomischen Widrigkeiten des Exils fertig zu werden, als eine Grille, als eine lachwürdige Nummer, als einen exhibitionistischen Spaß. Wobei ich dann zum Schluß nicht verschweigen würde, daß uns das Lachen trotzdem jedesmal im Hals steckenblieb, wenn Vater – es geschah, glaube ich, insgesamt dreimal – wegen seines verhaßten Hundeworts so sehr die Gewalt über sich verlor, daß seine Gesundheit bedroht schien und in seinen Augen ein anderes, fremdes Licht flackerte – so wie damals eben, in Hamburg, in unserem zweiten oder dritten deutschen Jahr, als ich zum ersten und letzten Mal die Hand und das Wort gegen ihn erhob.

Dies alles könnte ich also erzählen, und ich habe es hiermit, ein wenig nachlässig vielleicht, auch getan.

*

Und jetzt? Jetzt kommt Vaters Biografie, Doktor, jetzt kommen die Spuren seiner und damit auch meiner Vergangenheit. Ich will nämlich, daß Sie eines wissen: Vater war nicht immer so ein ehrloser Shylock und Halsabschneider, wie Sie ihn aus den meisten meiner Erzählungen kennen. Er ist in Wahrheit ein Abtrünniger, ein Ketzer, ein ehemaliger Kommunist, und zwar einer von der unversöhnlichen jüdischen Sorte. Es gab Zeiten, da haßte Vater mit der religiösen Wut eines Sozialkonvertiten jede Art von Geschäftemacherei, und Leute, die durch Handel zu Ansehen und Reichtum gelangten, betrachtete er ohne Ausnahme als Diebe. »Mit fremdem Blut und Schweiß und Fleiß spekuliert man nicht«, sagte er früher oft, eine Ansicht, die mir in ihrer Kompromißlosigkeit vollkommen logisch erschien. Ich habe Vater deshalb niemals verziehen, daß er später dann, in Deutschland, von einem Moment auf den anderen, gegen die eigenen Prinzipien verstieß, und vielleicht wäre ich einsichtiger gewesen, hätte ich verstanden, wie es dazu überhaupt kommen konnte. Daß er uns im Westen sonst nicht durchgebracht hätte, habe ich einfach nicht geglaubt, aber den wahren Grund für seinen Gesinnungswandel weiß ich bis heute nicht, und ich habe nur irgendwann herausgefunden, daß er seine Verachtung gegenüber allem, was mit Geld und Handel zusammenhing, gar nicht so sehr seiner kommunistischen Erziehung verdankte, wie ich ursprünglich immer angenommen hatte. Es war ein ganz gewöhnlicher jüdischer Selbsthaß, der ihn dabei antrieb, und dieser Selbsthaß wiederum entsprang nicht allein dem antisemitisch geprägten Judenbild, das sich auch der stolzeste Jude bis zu einem gewissen Grad von seinem eigenen Volk macht – er entsprang vielmehr einem furchtbaren Familiengeheimnis, dessen Protagonist jemand war, der Vater offensichtlich sehr nahe stand und der, so glaube ich, wegen eines riskanten Geschäfts sein Leben lassen mußte. Doch das ist eine Geschichte, die ich Ihnen leider schuldig bleiben muß,

Doktor – Vater hat nie darüber gesprochen, und Mutter, von der ich das eine oder andere weiß, machte immer nur Andeutungen.

Als Junge, als Teenager wollte mein Vater Ingenieur und Baumeister werden, und auch während des Kriegs – in Chust, in den ruthenischen Bergen und im Lager von Plwno – war dies immer sein größtes Verlangen gewesen, eine Sehnsucht, die ihn möglicherweise das Ganze überhaupt nur durchstehen ließ. Er wollte herrliche Brücken über Ozeane bauen, er träumte von mondhohen Wolkenkratzern und Pipelines aus Glas, und so studierte er später, nach dem Abitur, das er in Prag auf der russischen Schule nachholte, in Moskau Physik und Architektur. Einen Abschluß aber hat er nie erlangt, sie warfen ihn von der Universität, Ende der vierziger Jahre. Vater meinte immer, sie hätten ihn für seine politische Unbeugsamkeit bestrafen wollen, doch Jankel hat oft Witze darüber gerissen, er habe sich damals bestimmt einfach nur mit seinen frechen und eingebildeten Getto-Manieren unbeliebt gemacht. Vielleicht stimmt ja beides, und vielleicht ist sogar ebenfalls wahr, daß Vater schon als junger Kommunist zur Scheinheiligkeit neigte und – wie Mutter einmal auf ihre rebushafte Art andeutete – tatsächlich verrückt genug gewesen war, unter der Schulbank Geschäfte mit englischen Batterien, deutschen Illustrierten und amerikanischen Zigaretten zu machen. Wie auch immer: Vater flog von der Hochschule, er flog aus der Partei, er mußte aus der Sowjetunion zurück nach Prag, und dort, nach ein paar schrecklichen Monaten auf Strafbrigade in einer Chemiefabrik, begann er mit den ersten kleinen Übersetzungen, nachts, in der Küche, während Maminka und ich nebenan schliefen. Am liebsten arbeitete er mit der Schreibmaschine auf den Knien, und manchmal, wenn ihm das zu unbequem wurde, legte er sich in die Badewanne und befestigte auf ihrem Rand ein Holzbrett als Tisch. So, zumindest, hat er es später immer erzählt, jedesmal wieder vom eigenen Heroismus ergriffen, ein selbsternannter Held der Arbeit, ein Märtyrer der KGB-Epoche, ein aufrechter, unermüdlicher Ernährer der Familie, und wenn ich heute manchmal mitten in der Nacht aus meiner Nachbarwohnung das Klappern einer Schreibmaschine höre, wird mir immer ganz komisch dabei, und ich bin dann eine Weile traurig und schlecht gelaunt.

Anfangs bekam Vater nur Bedienungsanleitungen und Baupläne zum Übersetzen, lange Listen mit technischen Fachausdrücken und trockene Erläuterungsberichte. Er übertrug sie aus dem Tschechischen ins Russische, und er haßte diese Fron mehr als Stalin und Hitler zusammen. Er hielt es nicht aus, zu sehen, wie andere das zeichneten und planten, wovon er glaubte, es selbst viel besser konstruieren zu können. Aber – wie sollte, wie könnte es anders sein – irgendwann begann er seinen Beruf zu lieben, und dann verging auch der Schmerz, weil der Schmerz ja immer vergeht, wenn man ihn vergißt. Hoffentlich lachen Sie jetzt nicht über meine pathetische Ausdrucksweise, Doktor, hoffentlich haben Sie Verständnis dafür, daß auch ich nicht ganz frei bin von Vaters schmalziger Karpatenwehmut . . .

Vater erledigte seine Aufträge gut und zuverlässig, und die Routine, mit der er es tat, machte ihm Mut, statt ihn, wie es bei manch einem anderen gewesen wäre, zu quälen. Alles hatte sich zum Guten gewandelt, das Leben machte plötzlich Sinn, und Vater war so glücklich und erfüllt wie ein Kind, das noch nicht weiß, wie gut es ihm geht: Statt Architekt, Brükkenbauer oder Weltraumtechniker geworden zu sein, gehörte er jetzt also in den erlauchten Kreis der Ingenieure des Wortes, und als er eines Tages die Chance bekam, sich mit literarischen Texten zu befassen, ergriff er natürlich sofort die sich bietende Chance. Wirklich anstrengen mußte er sich dabei nicht – er mußte nur ehrlich im Lesen und Hinhorchen sein, und schon ging ihm die neue Arbeit wie von selbst von der Hand, denn das wohlklingende Dichterwort, gesungen und gesprochen, hatte in ihm, wie in den meisten von uns, seinen jüdischen Quell . . . Bitte, Doktor, lachen Sie nicht! So war es doch wirklich! Vater legte alles, was an Salomos, Baalschems und Bialiks Melodien und Tönen auf seiner DNS gespeichert war, in die fremden Sätze und Bilder, er gab sie nicht bloß als deren anderssprachige Spiegelungen wieder, er befeuerte sie mit eigenem Ton und Verstand, und auf diese Weise machte er dann die Bücher der andern zu seinen eigenen. Hašek, Čapek und Němcová wurden durch ihn auf russisch größer, besser, poetischer – jeder sah das, jeder wußte es und jeder war neidisch auf meinen Vater, der durch seinen Fleiß, seine Wut, sein babylonisches Erbe innerhalb weniger Jahre Prags bester Russisch-Übersetzer geworden war, ein Knecht und Fürst der Worte, wie er sich früher selbst ab und zu nannte. So war es dann auch nur eine Frage der Zeit gewesen, bis schließlich ein Buch von Jankel Aarnheimer auf seinem Tisch landete, der damals ebenfalls – als Journalist und Poete maudite – zu den Besten des Landes zählte. Jenes Buch, eine kurze Novelle, hieß *Tage der Hunde,* es war eines der bekanntesten Werke der tschechischen Nachkriegsliteratur, und, natürlich, Doktor, Sie werden es geahnt haben, es enthielt ein ganz bestimmtes deutsches Wort.

*

Mit *Tage der Hunde* hatte Vater zuerst überhaupt keine Mühe gehabt, ganz im Gegenteil. Diese Übersetzung fiel ihm besonders leicht, es war so, als würde er, statt an einem fremden Text zu arbeiten, selbst etwas niederschreiben, was er schon immer auf dem Herzen gehabt hatte, und erst als er bei der einen Stelle angelangt war, um die es mir geht, Doktor, stockte Vater, und er verlor, wie es später bei seinen

Ausbrüchen ja noch öfter geschehen sollte, für einen Augenblick den Verstand. Alles in ihm revoltierte, auf die erste Aufregung hin folgte sofort ein stummes Insichversinken, und er verwandelte sich in einen fremden, verwirrten Menschen. Es war wie bei einem Trinker, der wieder einmal jeden Halt verloren hat: Vater war hart zu Maminka und abweisend zu mir, er blieb tagelang von zuhause fort, nur manchmal, frühmorgens, tauchte er auf, um sich für zwei, drei Stunden hinzulegen und etwas zu essen, dann lief er wieder davon, ungewaschen und abgerissen, dieselben Kleider am Leib wie seit Tagen. So ging es mehrere Wochen lang, Vaters Herumtreiberei war für uns inzwischen fast zur Gewohnheit geworden, bis er sich eines Morgens plötzlich, als sei nie etwas gewesen, frisch rasiert und gebadet und gut gelaunt an seinen Schreibtisch setzte, um von da an innerhalb weniger Wochen die *Tage der Hunde* zu Ende zu übersetzen.

Jahre später erst, in Hamburg, erfuhr ich von Jankel Aarnheimer, was damals losgewesen war, ich erfuhr, daß Vater jene wilden Wochen mit ihm – den er gerade erst bei der Arbeit an seiner Geschichte kennengelernt hatte – verbrachte. Zu zweit waren sie herumgezogen, hatten sich im *Slávia* und im *Narcis* einen Wodka nach dem andern hinter die Binde gekippt, hatten geredet, geschrien und Freundschaft geschlossen, hatten gerührt ihre von den Deutschen und von Stalin deformierten Lebensgeschichten miteinander verglichen, und zum Schluß, wenn sich dann eine weitere Nacht dem Ende zuneigte, waren sie im Morgengrauen zum Kiosk am Wenzelsplatz gewankt, hatten dort stumm herumgestanden, verbrannte Würstchen gegessen und Budweiser aus Flaschen getrunken, hatten die rote Sonne angeblinzelt, die sich über dem heiligen Wenzel schnell in den schiefergrauen Prager Himmel schob – sie, die beiden Davongekommenen, die während des Kriegs, im Dunkel ihrer Verstecke, einst genauso sehnsüchtig in das Licht ihrer Kerzen und Petroleumlampen gestarrt hatten, sie, die zwei kleinen, schmalen Männer mit den dunklen Gesichtern, die wie zwei Brüder waren, weil sie derselbe matte, wütende Blick aufs Leben miteinander verband.

So hat Aarnheimer es mir erzählt, und so wird es auch gewesen sein – und von ihm weiß ich ebenfalls, daß seine Novelle es angeblich ganz allein gewesen war, die Vater damals aus dem Gleichgewicht brachte. Maminka hingegen schwieg meistens zu dem Thema, und daß sie Vaters Aufregung und Zorn in dieser Sache nie wirklich verstand, lag zum einen wohl daran, daß sie – die gebildete höhere Tochter aus bestem jüdischen Prager Hause – im Vergleich zu ihm eine wahrhaft mitteleuropäisch zivilisierte Frau war, die nichts so sehr unter Kontrolle hatte wie ihren Schmerz, ihre Fantasie, ihr Gefühl. Zum andern, denke ich manchmal, hat sie ihn einfach nicht richtig geliebt, und daß sie dann starb, als ich fortging, war für sie ohnehin eine Erlösung.

Worum es in *Tage der Hunde* überhaupt geht? Um den Schäferhund Bruno, Doktor, und um seine Besitzerin, die junge, fröhliche Pragerin Fanny, die ihn, als im Sommer 1940 Juden der Besitz von Haustieren verboten wird, den deutschen Behörden übergibt. Bruno wird im Tierheim von einem jungen SS-Mann abgeholt, der ihn so lange trainiert, bis aus ihm, dem verwöhnten jüdischen Faulpelz und Hypochonder, ein gehorsamer, ernster deutscher Hund wird, und als dann Bruno in ein Lager gebracht wird, wo man ihn darauf abrichtet, die Ankommenden vom Zug zu den Gaskammern zu hetzen, stürzt er sich – Zufall oder nicht – eines Tages ausgerechnet auf seine frühere Herrin und beißt ihr, da sie zu fliehen versucht, die Kehle durch. Erst nachdem Fanny tot unter ihm liegt, erkennt er sie, und das Geheul, das er ausstößt, ist trauriger und markdurchdringender als der Klang des Schofar an Jom Kippur, und der Vollmond, der in dieser Nacht scheint, ist so hell wie der hellste Sonnenschein.

Habe ich das nicht schön nacherzählt, Doktor? So wunderbar herzergreifend, so einfühlsam und pathetisch? Meinem altmodischen, rührseligen Vater hätte die Wendung mit dem Schofar bestimmt ganz besonders gefallen, aber die kommt bei Aarnheimer gar nicht vor, die stammt von mir. Aarnheimer selbst hat sich in Sachen Herzschmerz an einer andern Stelle seiner Geschichte ins Zeug gelegt, und genau diese Passage war es dann auch, die Vater damals, in Prag, im Sommer des Jahres 1951, so sehr durcheinanderbrachte. Ich meine, Doktor, jene so wunderbare wie gespenstische Szene, in welcher der SS-Mann im Tierasyl den todtraurigen Bruno entdeckt und so lange mit sanfter, fast weiblicher Stimme tröstet und beschwört, bis der Schäferhund zu neuem Leben erwacht, bis er fröhlich zu jaulen und unterwürfig das braune Fell an den Lackstiefeln seines neuen Herrn zu reiben beginnt. Der SS-Mann, der schöne und große und freundliche SS-Mann, spricht natürlich deutsch mit dem Hund, er kniet über ihm, er krault ihn hinter den Ohren, er fährt ihm kräftig über die Flanken, er streichelt seinen Bauch, er säuselt und raunt und wispert, er ist nun mal in der Sprache der Lager und des Todes zuhause, und er sagt also lachend zu Bruno auf deutsch: »Tschüs, Hündchen, wie hieß denn dein Jude? Muneles oder Tzitzes oder Isidor?«
Ja, Doktor, da ist es endlich, Vaters verhaßtes Hundewort. Sie sind überrascht? Sie finden das alles gar nicht so wild und tragisch und traumatisierend? Dann geht es Ihnen genauso wie mir, und wenn ich außerdem daran denke, daß Jankel Aarnheimer damals, lange vor seiner und unserer Emigration, gar kein Deutsch konnte, weshalb er fälschlicherweise das Hundewort an den Anfang des Satzes, als Begrüßungs-, statt als Abschiedsformel setzte, dann finde ich die ganze Angelegenheit endgültig vollkommen absurd. »Tschüs, Hündchen, wie hieß denn dein Jude?« ist zwar – vielleicht gerade wegen des Fehlers – ein sehr starker, sehr

317

harter Satz, aber trotzdem kann er allein meinen Vater einst nicht in die Krise seines Lebens gestürzt haben. Oder etwa doch?

Früher, ich gebe es zu, habe ich tatsächlich immer angenommen, Vater habe den Hundewort-Satz samt Aarnheimers Novelle so sehr verinnerlicht, daß für ihn die darin vorkommende Vokabel »tschüs« zum allesverdichtenden Synonym für den Holocaust und damit auch sein eigenes Schicksal wurde. Aber das, heute weiß ich es, war von mir natürlich viel zu einfach gedacht, das konnte doch gar nicht sein, so mächtig ist die Literatur nicht, und ein solcher atavistischer, tabuversessener Kitschheide ist nicht einmal mein Karpatenvater. Und deshalb, Doktor, muß ich gestehen: Ich habe schlicht und ergreifend keine Ahnung, warum Vater das Hundewort so verzweifelt und krankhaft haßt, und das einzige, was ich mit Bestimmtheit weiß, betrifft allein mich selbst. Sie wollen es trotzdem hören? Na gut. Ich habe Aarnheimers Geschichte schon als Kind in Prag gekannt, und mich hat es damals aber an einer ganz andern Stelle als Vater erwischt, nämlich da, wo Aarnheimer beschreibt, wie sich die Juden Prags eines Morgens – einen Tag, nachdem der Befehl an sie ergangen war – mit ihren Hunden und Katzen, Papageien und Meerschweinchen auf den Weg machten, wie sie sich langsam, schleppend, jämmerlich, in einer Art melodramatischem Sternmarsch, auf die zentrale Sammelstelle im Vergnügungspark Troja zubewegten, um dort stumm und widerspruchslos ihre Haustiere an die deutschen Besatzer abzuliefern, genauso passiv und gottergeben, wie sie einige Monate später dann selbst die Züge nach Osten besteigen würden. Ich weiß genau, wie ich bei dieser Szene plötzlich heulen mußte, und ich erinnere mich auch, wie ich sie schließlich, als ich mich beruhigt hatte, in meinen Kindergedanken mit der Arche-Noah-Geschichte verglich, wütend auf Hitler ebenso wie auf Gott, weil beide so tun durften, als hätten sie über alle Menschen und Tiere ganz allein das Sagen.

*

Wie bitte? Sie meinen, ich hätte etwas ausgelassen? Ja, ich weiß, Doktor, natürlich gibt es noch einige weitere Punkte in Vaters Lebenslauf, die zu prüfen wären: Merkwürdige Vorkommnisse und biografische Ungereimtheiten, die vielleicht im Zusammenhang mit seiner lächerlichen Verletzung stehen, vielleicht aber auch nicht, und ich will sie, wenn es denn sein muß, noch schnell der Vollständigkeit halber erwähnen – obwohl ich denke, daß uns dies kein bißchen weiterbringt.
Da wäre zunächst also der Tag, an dem Vater damals, in Chust, es geschafft hatte, den deutschen Soldaten, die das Familienversteck entdeckten, weiszumachen, er selbst sei kein Jude, sondern ein verschleppter Ruthene, worauf sie ihn laufenließen, während die andern, die Mutter und seine drei Brüder, mit Benzin übergossen und verbrannt wurden. Da wäre das darauffolgende Vierteljahr, in dem Vater mit einer Truppe rachsüchtiger, betrunkener Banderisten herumzog, ein Jagdmesser und einen Revolver aus dem Ersten Weltkrieg im Gürtel, jederzeit bereit, notfalls das Leben eines andern Juden zu opfern, bloß um sein eigenes zu retten. Da wären die letzten Monate des Jahres 1944, die Vater – nachdem er von den Partisanen weggerannt war, um geradewegs in die Arme der Deutschen zu laufen – im Lager von Plwno verbrachte, wobei aus seinen mürrisch vorgetragenen Erzählungen nie ersichtlich wurde, ob er dort als Häftling, als Blockältester oder womöglich als etwas noch viel Schlimmeres die schrecklichste aller schrecklichen Zeiten überstand. Da wäre, was die ersten Jahre nach dem Krieg anbetrifft, natürlich vor allem Vaters Verhältnis zu Aarnheimer, das immer etwas unerklärlich Vertrautes, Ergebenes besaß,

und da wäre darum auch Jankel Aarnheimer selbst, der in Prag während der Slánský-Prozesse um ein Haar in den Strudel der stalinistischen Selbstvernichtung geraten wäre, hätte Vater ihm nicht in allerletzter Sekunde, als bereits klar war, daß der Schriftsteller verhaftet werden sollte, auf wundersame Weise geholfen – eine wirklich undurchsichtige Angelegenheit, wenn man das enge, allesverschlingende Terrorsystem der kommunistischen Geheimpolizei bedenkt. Da wäre ebenso Vaters Entschluß, es in Deutschland gar nicht erst mit dem Übersetzen neu zu versuchen, der insofern merkwürdig schien, weil Vater seinen Beruf, der ihm einst aufgezwungen worden war, so liebte wie nichts anderes auf der Welt, und weil außerdem diese für ihn so untypische Selbstaufgabe ganz offenbar damit zusammenhing, daß ausgerechnet Aarnheimer (er hatte zwei Jahre vor uns die Tschechoslowakei verlassen) es gewesen war, der Vater vorschlug, mit ihm gemeinsam eine Im- und Export-Firma zu gründen, ja, ganz genau, Jankel Aarnheimer, der Schöngeist, der Intellektuelle, der sich bis auf den heutigen Tag um das Geschäft nicht kümmert, der damals nur das Geld gab und sonst nach wie vor, inzwischen natürlich auf deutsch, an seinen Büchern und Artikeln schreibt. Da wäre, desweiteren, der seltsame Umstand, daß wir 1970, gleich nach unserer Ankunft in Deutschland, unseren alten jüdischen Namen annahmen, den Vater kurz nach dem Krieg (wie viele der tschechischen, slowakischen und karpato-russischen Juden) aufgegeben hatte, so daß wir plötzlich nicht mehr Novák hießen, sondern wieder Perelman. Und da wäre vor allem aber dieses eine, von einem fast dröhnenden Schweigen umgebene Familiengeheimnis, das ich vorhin bereits erwähnt habe und von dem ich wirklich nur weiß, daß es – außer mit Geld und Tod – irgendwie auch mit Deutschland zusammenhängt, mit diesem Land, in dem man nicht einmal als Deutscher selbst, glaube ich, glücklich sein kann.

Und nun? Nun, Doktor, könnte ich, wenn ich wollte, wenn ich ein Schriftsteller wie Jankel Aarnheimer wäre, aus all diesen Mosaiksteinchen, aus all diesen Vermutungen, Gerüchten und biografischen Versatzstücken auf dichterischhellsichtige Art etwas zusammenbasteln, das einen Sinn ergäbe und mir so vielleicht auch eine Lösung meines ganzen Vater-Rätsels brächte. Und wie gern würde ich das tun, in der Tat, wie gern würde ich die heutige Sitzung mit einer solchen Szene ausklingen lassen, die ich eigens für Sie und mehr noch für mich, Doktor, erfinden würde, mit einer alles auflösenden Szene, ergreifender, als Manès Sperber und Giorgio Bassani sie schreiben könnten, einer Szene, worin alles zusammenginge, worin Vaters Biografie, das Leid der Juden, die Ratlosigkeit der Deutschen, das Gestern und Heute, Hitler und seine Enkel, der Wahnsinn dieses ganzen Jahrhunderts und der Wahnsinn und Unsinn meines eigenen Lebens kulminieren würden, und zwar genau dann, wenn – ich weiß ja nicht einmal, von wem gesprochen – in einem großen, wahrhaftigen, alles verdichtenden Schlüsselmoment Vaters Hundewort fiele.

Ja, wie gern würde ich, auch um Sie zu besänftigen, Doktor, nun eine solche Szene meiner Phantasie entlocken – aber ich bin eben kein Schriftsteller, so gern ich es wäre, und das, was ich hier erzähle, ist nunmal die Wahrheit, nichts als die Wahrheit, und deshalb viel widersprüchlicher, verworrener als jede Literatur. Denn das Leben, Doktor, flüsterten mir einst die Raben, ist so schwer und so einfach wie jedes Geheimnis, das man nicht löst.

2.

Hamburg, im August

Doktor! Ich schreibe Ihnen, weil ich denke, daß es so für mich einfacher ist. Sie werden gleich verstehen, wie ich das meine. Es tut mir leid, daß ich letzte Woche nicht gekommen bin, ich weiß, ich hätte zumindest absagen sollen. Aber ich habe es plötzlich, nach all den Jahren, nicht mehr ausgehalten. Ich bin, Sie werden es sich ohnehin schon gedacht haben, zu ihm gefahren. Seit Mutter nicht mehr da ist, gibt es doch nur noch ihn.

Wollen Sie wissen, wie es war?

Ich habe vorher nicht angerufen, ich bin vom Bahnhof, vom Dammtor, zu Fuß zu unserer alten Wohnung am Harvestehuder Weg gegangen, aber als ich davorstand, bekam ich plötzlich Angst vor der eigenen Courage. Ich drehte mich um, ich schaute hinüber, auf die andere Seite der Alster, zu den gelben und blauen Häusern von Winterhude. Über dem schwarzen Wasser lag, mitten im Sommer, ein schneeweißer Dunst, und ich konnte weit und breit kein einziges Segelboot entdecken. Die Passanten, die an mir vorbeigingen, blickten mich alle erschreckt an und sahen ganz schnell wieder zur Seite, und obwohl ich das schon gewohnt bin, hatte ich irgendwann trotzdem von ihren Blicken genug, und so bin ich dann schließlich hinaufgegangen. Ich habe an unserer Tür geklingelt, zuerst nur kurz und zaghaft, und weil ich dachte, er könne das Läuten überhört haben, gleich noch einmal, ganz lang, ich habe gar nicht mehr aufgehört zu läuten, meine Hand lag auf der Klingel, und ich fühlte mich so, als sei ich ganz aus Stein. Er hat nicht sofort aufgemacht, natürlich nicht, er hat eine Weile stumm durch den Türspion geschaut, und ich schätze, er hat sich dabei seinen kleinen alten Kopf zermartert, hat verzweifelt überlegt, was er denn nun um Himmels willen tun soll. Aber ich habe mich nicht abschrecken lassen, ich habe ihn regelrecht belagert, ich schob mein Gesicht ans Guckloch heran und ließ die Glocke immer weiter schellen, und so stand ich bestimmt mehr als fünf Minuten da, ich stand in unserem alten Treppenhaus, ich sog den süßen, kühlen Geruch ein, den ich vorhin gleich wiedererkannt hatte, ich dachte an früher, als wir hier noch zu dritt gelebt hatten, als fast nichts mehr klar war und die Liebe nur noch eine seltene Stimmung, und dann machte Vater mir endlich auf, er sagte kurz und trocken, ich solle die Hand von der Klingel nehmen, und er sagte auch: »Wo warst du so lange?« Aber ich wurde trotzdem nicht wütend, obwohl doch er damals – nachdem Maminka von uns gegangen war und meine Schwierigkeiten anfingen – aufgehört hatte, mit mir zu sprechen und nicht ich mit ihm.

Es gab keinen Kuß, keine Umarmung, wir standen eine Weile schweigend im Flur, und erst später, in der Küche, in Maminkas Küche, wo Vater seit ihrem Tod nichts verändert hat, legte er mir einmal kurz den Arm auf die Schulter, bevor wir uns setzten. Wir tranken heißen Tee mit Sahne und viel Zucker, dazu gab es Butterkekse und dicke russische Johannisbeer-Konfitüre, und wenn ich nicht gerade in Vaters hellbraune Greisenaugen schaute, blickte ich um mich, ich betrachtete Maminkas dunkelleuchtende Prag-Bilder, die hier nach wie vor an ihrem alten Platz neben der Tür hingen, ich betrachtete ihre alten tschechischen Töpfe in den Regalen, ich betrachtete die Matrjoschkas und Vasen und slowakischen Strohpantoffeln, die sie gesammelt hatte, und dann erzählte ich Vater von Frankfurt, ich erzählte ihm von meinem neuen Appartement in der Nordweststadt, ich erzählte ihm von dem Polamidon-Programm und auch von Ihnen, Doktor, ich erzählte ihm, daß ich ab und zu in die Gemeinde zum Essen gehe und mich einmal sogar schon, trotz meiner Angst vor allzuvielen Menschen, zu einer Lesung ins Kulturzentrum in der Savignystraße getraut habe. Ich war ehrlich und froh, doch dann, als er mich fragte, womit ich zur Zeit mein Geld verdiene, habe ich ihm nicht die Wahrheit gesagt, ich habe ihm die Sache mit der Unterstützung vom Sozialamt verschwiegen, und ich habe ihm erst recht nicht

erzählt, daß ich noch immer in den teuren Geschäften in der Goethestraße Kleidung klaue, um sie weiterzuverkaufen. Statt dessen murmelte ich etwas von einem Gelegenheitsjob in einem Secondhand-Laden im Nordend, aber das war eine Antwort, die er nicht mochte, denn er erwiderte nichts darauf. Er hob seinen Teebecher und nahm einen schrecklich langen Schluck, und als er mich endlich wieder ansah, legte ich die Wangen in beide Hände, ich schob das Kinn vor und drückte meine Ellbogen gegen die Tischplatte mit der weißen Decke, so fest, als wünschte ich, daß sie dort für immer festwachsen. Verzweifelt wälzte ich die Gedanken in meinem Kopf, ich wollte ihn doch nicht schon wieder enttäuschen, aber was sollte ich bloß tun, was sollte ich nur sagen, und als ich schon bereit war, aufzugeben, fiel mir plötzlich doch noch etwas ein. Ich preßte die Ellbogen erneut gegen den Tisch und die Hände gegen mein Gesicht, aber im nächsten Moment war alles gut, ich senkte die Arme, ich lächelte und erklärte laut und bestimmt, den Job im Kleidergeschäft hätte ich natürlich nur wegen des Geldes angenommen. »Ich habe«, sagte ich dann, nach einer Kunstpause, noch lauter und noch überzeugter, »ich habe, Vater, mit dem Schreiben angefangen.«
Er war nicht erstaunt, nicht überrascht, und offenbar mochte er meine Lüge. Ich versuchte mich zu erinnern, was er früher immer dazu gesagt hatte, wenn ich verkündete, ich wolle Schriftsteller werden, doch ich wußte es nicht mehr. Er stellte den Becher ab und konzentrierte sich wieder auf mich und auf unser Gespräch. »Und woran arbeitest du gerade?« sagte er ernst, ohne Spott.
Ich sah ihn an, die Augen weit aufgerissen.
»Woran du arbeitest . . .«
»Ja, also . . .« Ich suchte nach einer Antwort. »Ich . . . An der Geschichte deines Lebens«, sagte ich schließlich ganz schnell, weil es das einzige war, was mir in diesem Moment

einfiel. Ich hielt mir nun wieder die Hände gegen das Gesicht, meine Wangen glühten, und plötzlich fand ich, daß das vielleicht wirklich eine gute Idee sein könnte: die Biografie meines Vaters zu schreiben.

»Du befaßt dich tatsächlich mit der Geschichte meines Lebens, du Verrückter?«

»Ja.«

»Etwas Interessanteres fiel dir nicht ein?«

»Nein, Vater.«

»Aber du weißt doch fast gar nichts über mich«, platzte es plötzlich aus ihm heraus, er klang grob und hochmütig, doch im nächsten Moment wurde ihm die volle Bedeutung seiner Worte bewußt, und er fragte mich, so als wolle er sich entschuldigen, ungewohnt sanft: »Und was hast du über mich geschrieben?«

»Daß du ein harter, gemeiner Mann bist, der nur einmal, kurz, in Prag, glücklich gewesen ist.«

»Was hast du geschrieben?!«

»Ich habe geschrieben, daß du ein harter, gemeiner Mann bist, der nur einmal, kurz, in Prag, glücklich gewesen ist«, wiederholte ich stur.

»Was noch?«

Ich überlegte eine Sekunde, und dann fiel mir wieder etwas ein, und ich sagte: »Daß du früher ein überzeugter und aufrichtiger Kommunist warst und daß du heute vor Geld stinkst, während dein eigener Sohn betteln gehen muß.«

Er musterte mich kalt und verwundert.

»Und«, fuhr ich wie aufgezogen fort, »daß Maminka dir fehlt und ich vielleicht auch.«

»Ist das alles?« sagte er, und ich spürte, wie wütend er wurde, und das machte mich wütend, ich dachte an seine Worte von vorhin, ich dachte daran, wie er gesagt hatte, ich wisse doch ohnehin nichts über ihn, und deshalb konnte ich nun nicht mehr an mich halten, und ich sagte triumphierend:

»Außerdem habe ich geschrieben, daß es ein schreckliches Geheimnis in unserer Familie gibt!«

Er blinzelte mit den Lidern, aber das war kein lustiges, kein absichtliches Blinzeln, es war ein verräterischer Reflex, und da begriff ich, wie günstig die Gelegenheit plötzlich war, so günstig wie noch nie. »Ein Geheimnis, das endlich gelöst werden muß«, sagte ich.

»Ein so wichtiges, so schreckliches Geheimnis ist das?« gab er höhnisch zurück.

»Lach nicht, Vater. Bitte. Es ist sehr wichtig. Ich weiß es genau. Ein Geheimnis, das mir alles über uns offenbart. Über dich, über mich . . .«

»Bist du sicher?«

»Nein, nicht wirklich.«

»Wie kommst du dann darauf?«

Ich schwieg. Ich verriet ihm natürlich nicht, daß Sie es sind, der so denkt, Doktor.

»Hast du sonst noch etwas Überflüssiges geschrieben?« fragte er.

»Ich habe geschrieben, daß es ein Wort gibt, das du haßt. Und daß ich absolut nicht weiß, warum . . . Das Hundewort«, sagte ich, »du weißt schon.«

Vater sah mich verblüfft an. »Daran erinnerst du dich noch?« sagte er. »Du erinnerst dich tatsächlich an das Theater, das ich früher deswegen immer gemacht habe?« Und da lächelte er plötzlich, und es schien, als sei seine Wut wieder verflogen. Aber etwas war dennoch nicht in Ordnung, ich bemerkte, daß sein Lächeln starr blieb, er klappte die Zähne zwei-, dreimal stumm gegeneinander, und seine Augenlider zuckten erneut. »Hör mal, Schriftsteller« – er verzog beinah angewidert das Gesicht – »wen soll das, bitte, interessieren?«

»Meine Leser, dachte ich.«

»Deine Leser?«

»Ja.«

»Seine Leser«, sagte er plötzlich viel zu laut, wie an ein unsichtbares Publikum gerichtet, und da passierte es dann, da geschah, wovor ich mich die ganze Zeit über insgeheim gefürchtet hatte.

Nein, es geschah nur fast.

Das hölzerne Grinsen verschwand aus seinem Gesicht, alles darin – Wangen, Augen, Mund – ergraute für Sekunden wie bei einem nach Luft ringenden Säugling, er atmete schnell und unregelmäßig, in seiner Brust rumpelte es, die Augäpfel mit den hellbraunen Pupillen traten leicht hervor, und ich dachte: O nein, bitte nicht, keinen Hundewort-Anfall jetzt, nein, wirklich nicht.

Ich schätze, er wird in diesem Augenblick dasselbe gedacht haben, denn er bekam die Atmung rasch wieder unter Kontrolle, er fuhr sich – wie zur Beruhigung – mit der Zunge über die aufgeplatzten Lippen, und dann sagte er gelassen, in einem heiter-sarkastischen Ton: »Du hast also schon Leser, ja? Und ausgerechnet die soll einer wie ich etwas angehen?«

»Die vielleicht nicht – aber mich ganz bestimmt.«

»Dich?«

»Ja, genau.«

Er erhob sich, langsam, mit Bedacht. Er stand jetzt stumm vor mir, und ich war mir sicher, er würde mich auf der Stelle hinauswerfen, für immer und auf alle Zeiten. Aber er rührte sich nicht und sagte noch immer kein Wort. Dann lief er aus der Küche, ich hörte seine Schritte am andern Ende der Wohnung, es wurde still, ganz still, und schließlich kam er zurück und setzte sich, so als sei nichts gewesen, den Atem ruhig, die Augen klar, zu mir an den Tisch. »Und – wie sieht es aus, Sherlock?« sagte er. »Hast du schon eine Lösung? Hast du sie...? Nein, hast du nicht. Kennst du denn das schreckliche Geheimnis...? Nein, du kennst es nicht. Und weißt du, was mich so aufregt am Hundewort –«

»Nein, weiß ich nicht«, unterbrach ich ihn.

»Nein, weißt du nicht«, sagte er. »Das solltest du aber, denn sonst wäre deine ganze Arbeit völlig umsonst – so denkst du doch, nicht wahr?«

»So denke ich.«

»Was?«

»Ja, ich glaube, daß ich so denke.«

Er lachte nicht, er war ohne Zorn, und nichts deutete darauf hin, daß nun tatsächlich ein Hundewort-Anfall drohte. »Er glaubt ...«, sagte Vater statt dessen fröhlich, mit dem gespieltem Nachdruck eines Besserwissers, und das hörte sich so an, als würde er sich erneut an sein unsichtbares Publikum wenden. In Wahrheit aber sprach er mit sich selbst, er wiegte den Kopf hin und her, er murmelte noch einige Male leise vor sich hin »er glaubt, er glaubt«, und plötzlich sagte er etwas, was ich zunächst nicht verstand. Ich bemerkte nur einen ganz neuen Ausdruck in seinen Augen, ein goldener Schatten war jetzt in Vaters kleinem braunen Gesicht, und erst als er den Satz wiederholte, begriff ich, daß dies der Moment war, auf den offenbar auch er selbst so lange gewartet hatte. »Das große Geheimnis«, sagte er leise, »soll keines mehr sein.« Und dann sagte er: »Ich will deiner Schriftstellerkarriere nicht im Wege stehen.« Und er sagte auch: »Ich will noch viel, viel mehr ...«

Er stand wieder auf und ging ins Arbeitszimmer, und ich hörte, wie er die Schublade seines Schreibtischs aufschloß, die – daran erinnerte ich mich sofort – auch früher immer abgesperrt gewesen war. Er kramte eine Weile in irgendwelchen Papieren herum, und weil er das, was er suchte, scheinbar nicht gleich finden konnte, begann er leise zu schimpfen. Dann hörte er auf zu schimpfen, er drückte die Schublade wieder zu, er verschloß das Fach, und als er zurückkam, hielt er ein langes braunes Couvert in der Hand. Im Couvert befand sich ein Brief von meinem Großvater, den ich nie kennengelernt habe, weil er lange vor meiner

Geburt gestorben war. »Hier«, sagte Vater, »hier steht alles drin, was du wissen willst.«

Er reichte mir den Umschlag, und ich betrachtete eine Weile die israelische Briefmarke darauf, die einen weißhaarigen Mann mit einer kleinen dunklen Hornbrille zeigte, ich las den Stempel »Tel-Aviv – 2. 9. 1949«, ich zog zwei locker beschriebene Blätter heraus, ich fuhr mit den Fingerkuppen über das pergamentartige Papier, es war gelb angelaufen und leicht transparent und trotzdem ganz fest und nicht zerknittert, was ich sehr schön fand, weil die schwarzen Tuschestriche darin wie eingebrannt wirkten. Ich fixierte einen Augenblick lang selbstvergessen die vielgliedrigen hebräischen Buchstaben, und da ich aber Jiddisch weder sprechen noch lesen kann, sagte ich schließlich zu Vater: »Du mußt ihn mir vorlesen . . . Oder nein, erzähl mir lieber.«

Und so, Doktor, habe ich dann von ihm alles erfahren. Ich habe erfahren, wie Großvater nach dem Krieg in Deutschland geblieben war, weil er dachte, er könne dort gerade als Jude besonders gute Geschäfte machen. Im Frühling 1944 war er nach Bayern gekommen – in jenem Jahr hatte die Wehrmacht das vorher ungarisch besetzte Ruthenien okkupiert, und Großvater, der als einziger in der Familie falsche Papiere besaß, war gleich am ersten Tag des Einmarschs beim Einkaufen aufgegriffen und kurz darauf als angeblicher ukrainischer Fremdarbeiter auf einen Hof in der Nähe von Landshut verschleppt worden. Als der Krieg endlich aus war, mochte er an eine Rückkehr in die Wälder und Berge der Karpaten nicht einmal mehr denken, denn er hatte erfahren, daß seine Frau und seine Söhne in Chust in ihrem Versteck verbrannt waren. In Palästina war ständig Krieg, in Amerika sprachen sie alle nur englisch, Australien war so weit weg wie der Mond, und weil ihm nichts Besseres einfiel, flüchtete sich Großvater aus der deutschen Vernichtungs-Vergangenheit ausgerechnet in die deutsche Wiederaufbau-

Gegenwart. Er fuhr eine Weile durch niederbayerische Kleinstädte, wo er gegen Schmuck und Uhren alte Leute mit Nahrungsmitteln versorgte, danach machte er in Wolfratshausen eine kleine Fabrik auf, in der er aus alten Autoreifen Schuhe herstellen ließ, und schließlich ging er nach Berlin und zog in die Wohnung eines ehemaligen Gestapo-Mannes in der Clausewitzstraße. Zum ersten Mal lebte er nun in einer Großstadt, es ging ihm sehr gut, alles schien wie vergessen, er führte ein aufregendes, schnelles Leben in den Bars und Cafés um den Kurfürstendamm, er hatte deutsche Frauen und jüdische Freunde, und der Schwarzmarkt am Olivaer Platz war für ihn nicht nur der Ort, wo er sich seinen Lebensunterhalt verdiente – dort war sein Zuhause, dort redete und stritt und lachte er mit all denen, die genauso gestimmt waren wie er.

Schließlich, als er bereits jegliche Hoffnung aufgegeben hatte, erfuhr er eines Tages über den HIAS, daß einer seiner Söhne – mein Vater – doch überlebt hatte und inzwischen in Prag wohnte. Großvater wollte ihn natürlich sofort zu sich nach Deutschland holen, und es war ihm egal, wie schwer es dabei werden würde, die mittlerweile fast undurchdringbare Ost-West-Grenze zu überwinden. Er sandte Vater Briefe, Telegramme und – als Köder, als Versprechen – immer wieder über einen befreundeten tschechischen Diplomaten sehr viel Geld. Zweimal gelang es ihm sogar, nach Prag telefonisch durchzukommen, aber Vater blieb hart, er weigerte sich, Großvater ausgerechnet dorthin zu folgen, wo alles einst begann. Doch Großvater gab nicht nach, und so beschloß Vater, ein für allemal einen Schlußstrich zu ziehen. Nein, er schickte Großvater nicht etwa all seine Dollars zurück, er schickte ihm einen Brief, und darin schrieb er, es sei ihm inzwischen völlig egal, daß Großvater ihn nicht verstehen könne, er schrieb (ganz der Kommunist, der er doch nicht mehr sein durfte), wie unerträglich dumm er es finde, daß Großvater einfach nicht einsehen wolle, daß die Mörder sich längst wieder zu einer neuen Attacke formiert hätten, weil doch der Kapitalismus immer nur die bürgerliche Vorstufe zum Faschismus sei, er beschimpfte Großvater als Kollaborateur und Jud Süß, und zum Schluß wurde er dann – absichtlich, aus Berechnung – richtig grob, und die Worte, deren er sich bediente, waren respektlos und gemein.

Danach hörte Vater von Großvater nichts mehr. Erst ein Jahr später kam ein Brief aus Israel – der Brief, Doktor, den ich nun in den Händen hielt. Es war sein letzter, und Großvater, dem es inzwischen sehr schlechtging, hatte ihn jemandem diktiert. Mit keiner Silbe erwähnte er darin den alten Streit, statt dessen erklärte er scheinbar zusammenhanglos, er sei nun mal immer schon ein alter Tembel gewesen, Vater aber der Zaddik der Familie, er gab zu, daß die Sache mit der Alijah für ihn selbst am überraschendsten gekommen war, und dann also erzählte er die ganze Geschichte – er erzählte genau, wie es gewesen war, als er ausgerechnet am 1. Mai des Jahres 1949 am Olivaer Platz in eine amerikanische Razzia geriet, wie die Militärpolizisten ihn und die andern Juden den Kurfürstendamm hoch bis zum Halensee jagten und wie er, der kleine, drahtige Gutsulengreis, schneller als ein Hase vor ihnen hergerannt war, immer wieder einen rettenden Haken schlagend, er erzählte, wie sie ihn dann trotzdem erwischten, wie sie ihn, als sei er ein Schuljunge, am Kragen packten – und nach einem kurzen, nachlässigen und teilweise auf Jiddisch geführten Verhör – lachend und augenzwinkernd zwei jungen Berliner Schupos übergaben.

Die Schupos lachten dann um so weniger, und Jiddisch sprachen sie – im Gegensatz zu den beiden MPs aus New Wark, New Jersey – auch nicht. Sie sprachen, um genau zu sein, kein einziges Wort, und sie prügelten Großvater, noch auf dem Weg zur Wache, in einer Hausruine in der Witzlebenstraße kräftig durch. Danach setzten sie ihn ohne Haftbefehl im Polizeirevier am Kaiserdamm fest, sie gaben ihm nichts zu essen und nichts zu trinken, er hatte kein Licht in der Zelle, er konnte sich nicht waschen und mußte seine Notdurft auf den Boden verrichten. Ab und zu holten sie ihn raus, sie schleppten ihn in einen abgelegenen Kellerraum, wo sie mit Drahtbügeln und Holzbrettern auf ihn einschlugen, sie bearbeiteten seinen Rücken und seinen Bauch, aber niemals das Gesicht, damit man nicht sehen konnte, was sie mit ihm anstellten. Die beiden sprachen nie mit Großvater, er aber fragte sie immer wieder, was sie von ihm wollten, doch sie schwiegen, sie schwiegen fast eine ganze Woche lang, und als er sich kaum mehr rühren konnte, hielten sie ihm stumm einen Stift und ein Formular vors Gesicht. Bei dem Formular, auf dem bereits sein Name eingetragen war, handelte es sich um einen *Sochnut*-Antrag für die Einreise nach Israel. Ohne zu zögern setzte Großvater seine Unterschrift auf das Papier, eine Stunde später brachten sie ihn, noch immer schweigend, zum Bahnhof, sie kauften ihm eine Fahrkarte nach Neapel und gaben ihm Geld für die Schiffspassage von dort nach Jaffo, sie steckten ihm ein Paket mit Broten und Obst zu, und zum Schluß führten sie ihn zum Zug und setzten ihn ins Abteil. Als dann vom Bahnsteig der Pfiff kam, beugte sich einer der beiden vor, er berührte mit dem Mund Großvaters Ohr, Großvater spürte seinen Atem, er spürte die Wärme und die Feuchtigkeit, er hörte die Zunge des jungen Polizisten schnalzen, und endlich also sprach einer von ihnen mit ihm, und er flüsterte ihm zum Abschied einen einzigen Satz zu. Dieser Satz stand in Großvaters letztem Brief nicht auf Jiddisch geschrieben, er stand dort auf deutsch, und er lautete: »Tschüs, Jüdlein – und gute Fahrt nach Palästina!«

Vater verstummte.

Dann sagte er: »Da hast du es, Schriftsteller, da hast du das große Familiengeheimnis.«

Ich sah auf den Brief in meinen Händen. Die Blätter schienen mit einem Mal ganz zerknittert und braun, und die schwarzen Buchstaben waren wie verblaßt.

»Und Großvater?« sagte ich.

»Es war ein Wunder, wie er es in seiner Verfassung nach Tel Aviv geschafft hatte. Er starb kurz nach seiner Ankunft.«

»Warst du traurig?«

»Natürlich war ich traurig! Aber vor allem war ich wütend. Was hatte er bloß bei den Deutschen gewollt? Dachte er, er müsse sich die Wiedergutmachung ganz allein zusammenverdienen?«

Ich überlegte, was ich ihm, ausgerechnet ihm, darauf antworten sollte, als ich plötzlich ein quälendes Geräusch vernahm – es war ein Winseln, ein stilles, kaum hörbares Winseln. Schließlich verstummte es wieder, und Vater sagte leise, lächelnd: »Tschüs, Hündchen, wie hieß denn dein Jude? Muneles oder Tzitzes oder Isidor? Oder Novák vielleicht? Oder Perelman?« Dann nahm er mir Großvaters Brief aus der Hand, er faltete ihn zusammen und riß ihn langsam in kleine, winzige Stücke.

»Wußte Jankel von dem Brief?« sagte ich.

»Ich habe ihm den Brief erst gezeigt«, sagte Vater, »als ich es bei ihm entdeckt hatte.«

»Es war also Zufall?«

»Ja, ein verrückter Zufall.«

»Und was hat er gesagt?«

»Nichts. Wir haben drei Wochen lang gesoffen. Und ab da wurden wir Freunde. Die besten, die es jemals gab.«

»Hast du ihm Zweiundfünfzig, während der Säuberung, mit Großvaters Geld geholfen?«

»Ja, natürlich.«

»Und deshalb schenkte er dir dann in Deutschland die Firma?«

Vater sagte nichts, und ich sagte auch nichts, ich war traurig und zufrieden zugleich. Ich hatte nun fast schon alle Antworten bekommen, und ich überlegte, ob ich trotzdem weitermachen sollte, ob ich ihn also noch nach der Sache in Chust fragen sollte, nach seiner Zeit bei den Banderisten und auch nach den Vorkommnissen in Plwno. Aber das war mir plötzlich völlig egal – es war mir egal, denn ich hatte in diesem Moment endlich begriffen, daß wirklich nur jene die schrecklichste aller schrecklichen Zeiten überstehen konnten, die immer richtig fühlten und dachten, aber niemals aufrecht handelten.

Nein – etwas war mir dann doch nicht egal.

»Warum sind wir nach Deutschland gegangen?« sagte ich.
»Warum haben wir unseren Namen geändert? Warum bist du ein dummer, verlogener Geschäftsmann geworden, *tati*, ein dreckiger Shylock? Und warum hast du nie mehr übersetzt?«

»Aus Haß, aus Berechnung, aus Rache, aus Haß«, sagte Vater langsam.

Und dann, Doktor, fragte auch er mich etwas, doch ich sagte nein. »Nein«, sagte ich, »du hast mich für immer verloren.«

Eine Liebe im Vorkrieg

Auch am letzten Tag trug die kleine Ethel ihren weißen Badeanzug. Er war durchsichtig, an der Brust und im Schritt, aber das schien ihr nichts auszumachen, sie wußte nicht, daß man sie ansah, und ihr Lachen und Lächeln galt wieder einmal nur ihr selbst.

Moischewitz wandte den Blick von ihr ab, er ließ die *Jerusalem Post* fallen, die Zeitung wölbte sich auf seinem Schoß wie ein Zelt, und der Schriftsteller war verdutzt und ergriffen zugleich, weil ihm so etwas lange nicht mehr passiert war. Jeden Tag kam er ins Strandcafé, seit einer Woche schon, er sah zum Wasser hinaus, aß Honigmelone und Humus und gebratene Sardinen, trank heißen Minztee nach Beduinenart und wartete auf Ethel. Wenn sie dann, meistens am frühen Nachmittag erst, endlich auftauchte, redeten sie nicht miteinander, sie sahen sich nur manchmal an, und das war in Ordnung so, denn was gab es schon zwischen einem Teenager und einem vierzigjährigen Mann zu besprechen.

Ethel war nie allein unterwegs, ihre Freunde sprangen ständig um sie herum, und wann immer ein Neuer zur Gruppe stieß, wurde er mit einem Kuß begrüßt. Dann saß die ganze Bande stundenlang auf der Brüstung des Cafés, ab und zu liefen sie über den heißen Sand zum Meer, sie schrien und lachten und warfen die Beine wie Fohlen in die Höhe, und wenn sie vom Baden zurückkamen, schüttelten sie ihre nassen Köpfe und spritzten sich an. Die meisten fanden das lustig, nur Ethel verzog ab und zu das Gesicht, und ihr Blick verdunkelte sich.

Als Moischewitz am nächsten Morgen abreiste, traf er Ethel

in der Hotelhalle, und nachdem er den Taxifahrer auf Hebräisch gebeten hatte, seine Sachen einzuladen, drehte er sich zu ihr um. Sie war weitergegangen, doch dann blieb sie stehen, ihr Kopf flog herum, das dunkle Haar wirbelte durch die Luft, und sie sagte: »Auf Wiedersehen in Frankfurt!« Und plötzlich mußte Moischewitz lachen, und sein Lachen war eingebildet und gemein.

*

Er sah sie erst drei Monate später wieder, in *Spiegel-TV*. Ethel saß mit einem andern Mädchen auf der Treppe vor der Westendsynagoge und redete über Politik. Sie trug eine zerrissene Jeans und eine eng geschnittene, cremefarbene Jacke mit großen goldenen Knöpfen, die sie wohl aus dem Schrank ihrer Mutter geklaut hatte. Immer wieder fuhr sie sich mit den Händen durchs Haar, ihre silbernen Armreifen rutschten dabei jedesmal herunter, und es war dieses beinah melodische Klimpern von Metall, das ihre ruhige Altstimme noch etwas tiefer klingen ließ. Sie hatte sich verändert, ihre lange Indianernase, die schwarzen Augen, der helle Mund, das alles saß plötzlich auf seinem Platz, das Zufällige und Unregelmäßige war aus ihrem Kindergesicht verschwunden, wie herausretuschiert, und Moischewitz wußte jetzt, wie Ethel als Frau aussehen würde.

An diesem Abend hatte er wie immer alle drei Fernseher eingeschaltet. Sie standen im Arbeitszimmer, übereinander, auf der andern Seite des Schreibtischs, und als Moischewitz Ethel auf dem untersten Bildschirm entdeckt hatte, machte er sofort die beiden anderen Apparate aus. Er sprang auf und versuchte, mit seinem Blick Ethels Blick aufzufangen, aber sie sah nie direkt in die Kamera, und nachdem sie fertig war und das andere Mädchen begonnen hatte, über die Ausschreitungen der letzten Monate zu sprechen, schaute Ethel zur Seite. Schließlich hob sie den Kopf, sie richtete ihre Augen in die Ferne, ihre Mundwinkel gingen für einen Augenblick hoch, weil sie lachen mußte, aber sie bekam sie schnell wieder unter Kontrolle, und dann war sie abermals an der Reihe, und sie sagte: »Ich will nur noch die Schule zu Ende machen – danach kann ich endlich weg von hier!« Sie sah plötzlich direkt ins Objektiv, Moischewitz hechtete nach links, er landete auf dem Boden, sein Gesicht war nur wenige Zentimeter vom Bildschirm entfernt, doch da wurde Ethel erneut durch etwas abgelenkt, ihr Blick verflüchtigte sich, und Moischewitz stierte in die blinde Mattscheibe.

Später schaltete er die beiden anderen Fernseher wieder ein und schrieb, wie so oft in der letzten Zeit, bis spät in die Nacht jedes Wort mit, das die Politiker, Kommentatoren und Generäle in den Nachrichtensendungen von sich gaben, und ein dumpfes Unheilgefühl wärmte seine Brust.

*

Kurz vor Weihnachten sah er sie in der Innenstadt. Ethel stieg am Opernplatz aus der Straßenbahn aus und ging die Goethestraße hinunter. Sie hatte einen wunderbaren, verrückten Gang, ihre Schritte waren mal unregelmäßig und schnell, dann verlangsamte sie plötzlich wieder das Tempo, und man hatte ständig den Eindruck, sie würde jeden Moment über ihre eigenen Beine straucheln. Wie ein Jojo tanzte die große Kleine über den Bürgersteig, sie federte von einem Schaufenster zum andern, Moischewitz ging in ein paar Metern Abstand hinter ihr her, und als sie schließlich in einem Modegeschäft verschwand, blieb auch er stehen. Er lehnte seinen schweren Oberkörper gegen eine Straßenlaterne, schlug den Mantelkragen hoch und drückte die Schirmmütze noch tiefer in seine Stirn. Natürlich wußte er, daß dies nicht gerade die unauffälligste Art war, jemanden zu beobachten, aber er hatte an diesem Tag gute Laune, er war selbstvergessen und zuversichtlich, und so stand er nun also da und lächelte in sich hinein, und als er schließlich den Blick vom Ladeninneren abwandte, wo Ethel schon seit einer halben Stunde Röcke und Blusen anprobierte, fiel ihm auf, daß es inzwischen fast dunkel geworden war.

Es ging auf fünf Uhr zu, draußen war ein graues, dunstiges Licht, und plötzlich, von einer Sekunde auf die andere, verschwand das Grau, der Himmel schwärzte sich, und nicht einmal die Wolkenkratzer mit ihren Aberhunderten von erleuchteten Fenstern konnten ihn jetzt noch aufhellen. Doch das Schwarz hier unten, auf der Straße, war nicht unangenehm, es war ein schönes dichtes Schwarz, und überall dazwischen funkelten Lichter, sie umschwirrten wie Glühwürmchen Autos und Fensterscheiben, Schneehaufen und Vitrinen, und Moischewitz mußte plötzlich an einen alten amerikanischen Weihnachtsfilm denken. Er schloß die Augen und malmte mit dem Unterkiefer, wie es seine Art war, wenn er sich an etwas sehr Naheliegendes zu erinnern versuchte. *Mein Freund Harvey,* sagte er dann leise vor sich hin, er machte die Augen auf und sah, wie Ethel, die immer noch im Geschäft war, sich mit dem Rücken zur Verkäuferin drehte und schnell einen schwarzen kurzen Rock in ihre Handtasche steckte. Sie warf sich ihren Mantel über, ihren langen, hellen Kamelhaarmantel, sie nickte der Verkäuferin zu, wischte entschuldigend mit den Händen durch die Luft und ging, betont langsam, hinaus. Auf der Straße beschleunigte sie sofort das Tempo, ihre Bewegungen waren nun wieder herrlich unkoordiniert und aufgeregt, und Moischewitz, der immer noch wie Nick Knatterton an seiner Laterne stand, blickte ihr erschrocken hinterher.

Erst zuhause fiel ihm dann ein, daß die Straßen Frankfurts an diesem Tag beinah menschenleer gewesen waren. Hatte die abendliche Stadt, so kurz vor den Feiertagen, nicht viel zu ernst gewirkt? Hatten sich nicht die wenigen Passanten, denen er begegnet war, mit dem unsicheren Gang von Statisten vorwärts bewegt? Moischewitz beugte sich über sein Vorkriegsprotokoll, er beschloß, noch schnell die Seiten vom letzten Abend durchzusehen und zu paginieren, und als er dann, zur Beruhigung, an das schöne Schwarz und an das herrliche Funkeln zu denken versuchte, in das seine Stadt heute getaucht gewesen war und das er so gemocht hatte, schüttelte er bloß wütend den Kopf, und er sah nun ganz andere Städte vor seinem inneren Auge, er sah sie durch die Linse einer Infrarotkamera, er sah sie bei Nacht, und die Nacht war grün, und durch die Nacht sprühten lange, todesbringende Funken.

*

Es war einige Tage später, im jüdischen Gemeindezentrum in der Savignystraße, nach der Podiumsdiskussion, zu der auch Moischewitz eingeladen gewesen war. Die Polizei hatte den Schutzring ums Haus noch nicht gelockert, von draußen hörte man Sprechchöre und Schüsse, und während die Zuschauer, die den ganzen Abend sehr still gewesen waren, nun einzeln von den israelischen Sicherheitsleuten zu ihren Autos hinausgeleitet wurden, hockte Ethel mit einem Jungen, den Moischewitz nicht kannte, oben auf der Treppe. Der Junge hatte ein intelligentes, häßliches Gesicht, seine Augen waren zu groß, die Ohren zu lang, und die Art und Weise, wie er seine Sätze und Silben dehnte und hervorhob, kam Moischewitz sehr bekannt vor: Wenn man klüger war als die andern, mußte man eben um jedes Wort dreifach kämpfen.
Moischewitz stand hinten, bei der Saaltür. Er beugte sich übers Geländer, rauchte eine Zigarette nach der andern und machte sich gar nicht erst die Mühe, so zu tun, als blicke er woanders hin. Ethel bekam sofort mit, daß er ihnen zuhörte,

und auch sie schien keine Lust zu haben, sich zu verstellen. Ihr Blick wurde unruhig, sie konzentrierte sich kurz auf ihren jungen Freund, dann wandte sie sich wieder ab von ihm, und Moischewitz bemerkte, wie sie ihr helles Gesicht fragend in seine Richtung drehte. Er wartete noch einige Augenblicke, um schließlich seinen Platz zu verlassen und sich neben die beiden auf die Treppe zu setzen.

»Störe ich?« sagte er und blickte dabei Ethel an.

»Glauben Sie wirklich, daß bald alles zu Ende ist?« fragte sie.

»Habe ich das in der Diskussion wirklich so gesagt?«

»›Diesmal erwischt es mit uns Juden auch den Rest der Welt‹«, zitierte ihn der Junge. Er las den Satz von dem Block ab, der auf seinen Knien lag.

»So habe ich es wirklich gesagt?«

»Ja«, erklärte der Junge, »wortwörtlich.«

»Dann habe ich es auch so gemeint.«

»Warum machen Sie den Menschen Angst?« sagte Ethel.

»Weil ich selbst Angst habe.«

»Ich glaube ihm nicht«, sagte der Junge zu Ethel.

»Ich glaube Ihnen auch nicht«, sagte Ethel und sah Moischewitz an.

Moischewitz schwieg. Er steckte sich eine neue Zigarette an, und später, nachdem sich die Lage draußen beruhigt hatte, fuhr er den Jungen und Ethel mit dem Taxi nach Hause. Der Junge, der als erster ausstieg, gab Ethel zum Abschied einen Kuß, und als sie dann vor dem Haus ihrer Eltern standen, sprang Ethel aus dem Taxi, ohne sich nach Moischewitz umzudrehen oder auch nur danke zu sagen.

*

Im Februar kam für ein paar Tage der Frühling. Moischewitz unterbrach sofort seine Arbeit, er fühlte sich klar und von allen Zweifeln befreit. Er ging wie jeden Morgen zum Frühstück ins *Laumer*, und danach lief er stundenlang mit seiner Kamera durch die Stadt. Beim Fotografieren achtete er immer darauf, daß er eine lange Belichtungszeit eingestellt hatte, auch bei starkem Sonnenlicht. Er liebte es, wenn auf seinen Bildern Menschen und Fahrzeuge nur halbverwischte Spuren hinterließen, manchmal überriß er den Apparat sogar, und das wirkte dann so, als würde der Betrachter in einen grellen Strudel aus Tönen und Farben mitgerissen.

Moischewitz brachte die Filme noch am Nachmittag ins Schnellabor. Danach trieb er sich in Bockenheim herum, er lief von einem Antiquariat zum andern, und die Bücher, die er kaufte, stellte er zuhause neben das Bett. Er zog den Pyjama an, schob sich das Kissen in den Nacken, nahm den ersten Band vom Stapel und schlief, das Buch auf dem Bauch, sofort ein. Als er aufwachte, war es Abend. Auf dem Anrufbeantworter waren mehrere Nachrichten, aber Moischewitz rief niemanden zurück, er kleidete sich wieder an, aß in der Küche im Stehen ein Schinkenbrot und trank Milchkaffee dazu. Er umklammerte mit beiden Händen den heißen Becher, die Wärme zog in seine Glieder, und im nächsten Moment hatte Moischewitz schon seine Schuhe an, den Mantel und die Mütze, er lief die Treppe hinunter und riß die Haustür auf. Er ging bestimmt, aber ohne Hast, den Reuterweg hinunter, und alles war, wie es sein sollte.

Das Foto, das er von Ethel machen wollte, hatte Moischewitz schon lange im Kopf: Sie saß mit angewinkelten Beinen auf seinem Bett und lehnte mit dem Rücken gegen die Wand. Die Ellbogen stützte sie auf die Knie, sie lachte in die Kamera, sie war natürlich nackt, man sah auf dem Bild jede Stelle ihres entblößten Körpers, und Ethels weißes Indianergesicht war dem Betrachter ebenso direkt zugewandt wie ihr schöner schwarzer Unterleib.

*

Die Zeit verging, und Moischewitz arbeitete schon seit Wochen ohne Unterlaß. Das Manuskript war mittlerweile auf über dreitausend Seiten angewachsen, und jedesmal, wenn er am Telefon seinem Verleger oder Lektor davon erzählte, senkten sie ihre Stimmen und sagten, man müsse sehen, was sich später damit anfangen ließe. Doch Moischewitz war von seiner Sache so überzeugt, daß es ihm nicht einmal einfiel, beleidigt zu sein.

Ganz besonders stolz war er auf die Karte, die als eine Art Prolog seinen Notaten vorangestellt werden sollte. Er hatte sie aus einem Atlas herauskopiert, sie umfaßte das gesamte Gebiet der Alten Welt, und jeden Abend, wenn die Schreibarbeit getan war und Moischewitz die Fernseher endlich ausstellen konnte, überschlug er im Kopf die Lage, und dann nahm er einen roten Stift und trug der Entwicklung des vergangenen Tages Rechnung, indem er auf der Karte die neu dazugekommenen potentiellen Konfliktgebiete kennzeichnete sowie jene, an denen ab heute gekämpft wurde. Ein Kreuz stand für territoriale Streitereien, ein Kreis markierte wirtschaftliche oder ideologische Auseinandersetzungen, und dort, wo der Schriftsteller ein ganzes Feld durchschraffiert hatte, war in diesen Stunden der Kampf mit dem Sieg einer Partei gerade zu Ende gegangen. Die vielen kleinen Zeichen und Symbole, mit denen die Karte übersät war und die auch schon einige Teile Osteuropas bedeckten, wurden, noch, von einer dicken, energisch von Nordosten nach Südwesten gezogenen Linie dominiert: Sie ging von Kasachstan über Aserbeidschan zur Türkei hinüber und von dort bis nach Ägypten und Mauretanien, sie verlief entlang der Grenze zwischen Orient und Okzident, und Israel war das einzige Land, das sie in zwei Teile durchschnitt.

Sie würden sein Protokoll drucken, davon war Moischewitz überzeugt. Sie würden – wenn es dann nicht zu spät wäre – schon noch einsehen, daß er sich nicht mit irgendwelchem

Unsinn die Zeit vertrieb. Seit Jahr und Tag sammelte er nun seine Indizien und Beweise, und das Bild, das er sich von der Zukunft machte, wurde immer deutlicher. Er saß doch nicht zum Spaß Nacht für Nacht vor seinen drei Fernsehern wie Pandora vor ihrer Büchse, achtete auf jeden Zwischenton und jeden nervösen Versprecher in Diskussionen und Pressekonferenzen, in Parlamentsdebatten und Interviews. Kalt und aufmerksam wie ein Gerichtsdiener schrieb Moischewitz alles mit, und immer dann, wenn einer der Politiker oder Generäle erklärte, Gewalt verhelfe niemals der Wahrheit zum Sieg, nickte Moischewitz zweimal, dreimal mit dem Kopf, aber nicht bestätigend, sondern besserwisserisch und voller Triumph: Je häufiger, je ergriffener nämlich von Frieden gesprochen wurde, desto klarer war Moischewitz, daß schon bald der große Krieg kommen würde, der letzte Krieg überhaupt.

Moischewitz strich über das Manuskript und stand langsam auf. Es war spät, kurz nach drei, er hatte in dieser Nacht länger gebraucht als sonst, weil er diesmal auch noch auf CNN die Larry-King-Show mitgeschrieben hatte, und bis dann alles redigiert und gekürzt war, brauchte es jedesmal seine Zeit. Er ging ins Bad, zog sich aus, setzte sich nackt auf die Toilette und putzte sich dabei die Zähne. Nachdem er gespült und seine Hände gewaschen und abgetrocknet hatte, machte er die Balkontür auf, und weil die Luft trocken war und nicht wirklich kalt, stand er noch einige Minuten draußen. Er konzentrierte sich auf die Stille, er wurde ruhiger, und die Worte, die er in dieser Nacht notiert hatte, wirbelten immer langsamer durch seinen Kopf.

*

Es sollte der erste richtig warme Tag des Jahres werden. Über dem Grüneburgpark flirrte die schnell aufsteigende Junisonne, und während unten noch die Erde und das Gras vor Feuchtigkeit dunkel glänzten, war oben, in den Baumkronen und im Himmel darüber, alles nur blau und weiß. Moischewitz und Ethel saßen auf einer Bank vor dem Parkcafé, dessen Tische und Stühle zusammengeklappt und aneinandergekettet an der Kioskmauer lehnten. Sie sahen beide in dieselbe Richtung, sie überblickten von hier aus die Liegewiese, die so früh am Morgen noch leer war, und dahinter dann die lange Reihe mit den Linden und Kastanienbäumen entlang des Parkwegs. Ethel saß, die Beine hochgeschlagen, ganz dicht neben Moischewitz, er hielt sie in den Armen, drückte sie fest an sich, und sie strich ihm dabei mit den Händen über den Nacken.

Sie hatten die ganze Nacht nicht geschlafen, und die Müdigkeit, die beide spürten, war etwas Fremdes und ganz Besonderes. Am Abend zuvor hatten sie zuerst bei *Mikuni* gegessen, danach waren sie zu Fuß zum Main hinuntergegangen, und nachdem sie von der Schlachthofbrücke aus, den grell erleuchteten Portikus im Rücken, eine Weile in die roten und violetten Lichter des Osthafens hineingestarrt hatten, berührten sie sich und küßten sich auf den Mund. Moischewitz hielt mit beiden Händen Ethels weiße Wangen, er preßte sie leicht zusammen und strich über ihre Indianernase, und als er Ethel schließlich fragte, wohin sie gehen möchte, wollte sie überall hin, bloß nicht nach Hause, aber auch nicht zu ihm. So liefen sie stundenlang kreuz und quer durch die Stadt, und zum Schluß landeten sie beim Türken in der Augsburger Straße, wo sie heißen Tee tranken und Baklawa und Griespudding mit Pistazien aßen. Sie redeten kaum, doch dann fing Moischewitz an, von seiner Arbeit zu sprechen, und er hatte das Gefühl, daß Ethel alles ganz genau verstand.

Es war hell, als er sie schließlich in der Unterlindau absetzte. Sie hatte noch nicht den Schlüssel ins Schloß gesteckt, da drehte sie sich wieder um und lief dem Taxi hinterher. Danach gingen sie in den Park, dort blieben sie aber auch nicht lange, und weil es ihnen dann in der Sonne zu heiß geworden war, machten sie sich auf den Weg zu ihm.

*

»Das ist so, als wäre nichts auf seinem Platz«, sagte Ethel.
»Ja, das könnte sein«, sagte Moischewitz.
Sie lagen in seinem Bett und sahen die Fotos durch, die er im Winter gemacht hatte.
»Gib zu – du kannst es nicht richtig«, sagte sie. »Du hast die Bilder einfach verwackelt.«
»Und wenn ich dich fotografieren würde?« sagte Moischewitz.
»Dann müßtest du stillhalten.«
Moischewitz nahm die Schachtel und legte die Bilder, die im ganzen Bett verstreut waren, wieder hinein. Die Schachtel schob er auf den Fußboden, aber er machte sie nicht zu, und als er sich über Ethels Gesicht neigte, mußte er an die Fotografie denken, die ganz oben gelegen hatte. Sie zeigte den Fußgängerübergang an der Hauptwache, zwischen Biebergasse und Zeil. Die Häuser, die Straßen- und Geschäftsschilder waren alle gut zu erkennen gewesen und an ihrem Platz, die Menschen aber, die er in Bewegung hatte aufnehmen wollen, waren hier gar nicht mehr zu sehen, nicht einmal als flüchtige Striche oder Schatten.
Moischewitz knöpfte Ethels Bluse auf und küßte ihre Brüste. Lachend zog sie den Körper von ihm weg, aber dann streckte sie sich ihm wieder entgegen. Er tastete mit seinem Atem ihren Nacken ab und dabei spürte er, wie ihre Hände langsam an seinem Rücken hinunterrutschten. Ethel hielt seine Pobacken fest, sie bewegte die Finger unmerklich und kratzte ihn ganz leicht, sie preßte ihre Beine gegen die seinen,

und jedesmal, wenn er den Körper anhob und sie unten berührte, lachte sie, und das Lachen galt nur ihm allein. Sie
küßten sich, sie küßten sich lange und ernst, und dann setzte
sich Ethel auf und beugte sich über Moischewitz. Sie hockte
auf ihm und hielt eine Weile seine Arme fest, so daß er sich
nicht bewegen konnte, und während er, die Augen geschlossen, den Kopf hob und ihre Lippen suchte, sprach sie
mit ihm, und die Worte, die sie sagte, klangen ganz anders als
jene, die ihm in den letzten Monaten durch den Kopf ge-
wirbelt waren.

Schließlich schliefen sie miteinander, und weil Ethel noch
scheu war, hörten sie irgendwann einfach auf. Moischewitz
machte es sich später selbst, und hinterher strich er eine
Weile durch die Wohnung, und seine Gedanken waren gut
und vollkommen klar. Als er dann neben der schlafenden
Ethel lag, zählte er die Sekunden, die sie brauchte, um ein-
und auszuatmen, er versuchte, sich auf ihren Rhythmus ein-
zustellen, kam aber immer wieder aus dem Takt, und kurz
bevor Moischewitz selbst einschlief, dachte er, wie über-
fordert all jene sind, die meinen, daß alles immer so bleibt,
wie es ist.

Ich bin's, George

Ferenc, mein Lieber, so schlecht geht es dir also? So gemein sind deine Gedanken, so groß deine Zweifel, daß du dich plötzlich wieder meiner erinnerst und schreibst? Vierzig Jahre hast du nichts von dir hören lassen, vierzig lange Jahre warst du wie vom Erdboden verschwunden, und zur Strafe ist deine Hand jetzt so schwach, daß du den Brief an mich einem andern diktieren mußt. Ich habe doch recht, nicht wahr? Deine eigene Schrift kenne ich nämlich noch genau, bei dir sprangen die Buchstaben wie ungezogene Kinder auf dem Papier herum, sie strebten in alle Himmelsrichtungen, um sich gleich wieder wie verängstigte Schafe aneinander zu reiben, sie waren auf einer Seite turmgroß und auf der nächsten ganz klein und zerdrückt, und jedes Blatt starrte vor Tintenflecken. Aber mich legst du nicht herein, Feri, ich habe sofort gewußt, daß nicht du selbst diese gleichmäßigen, schnurgeraden Zeilen gezogen hast, und es dauerte auch nicht viel länger, bis ich begriff, daß du nur deshalb plötzlich wieder nach mir rufst, weil auf dich schon die Grube wartet. Aber nicht mit mir, du alter Bandit! Und erst recht nicht so!
Ich soll von mir berichten, meinst du, aber ich weiß nicht, was. Denn nun, da die Zeit immer schneller vergeht, da sich die Dinge so flugs drehen und verändern, daß man sie kaum noch wiedererkennt, denke ich oft, es ist ohnehin alles egal, alles, was war und was sein wird. Darum weiß ich heute auch gar nicht mehr so genau, wer von uns beiden damals das Richtige getan und wer sich falsch entschieden hat, ich weiß

wirklich nicht, was besser gewesen war, wegzugehen oder dazubleiben – und schon gar nicht weiß ich, ob das überhaupt noch eine Rolle spielt. Doch freu dich bloß nicht zu früh, denn recht werde ich dir trotzdem nicht geben! Und wie soll ich auch, mein Kleiner, überleg nur, denk mit mir nach: Vielleicht müßte dir jetzt niemand meinen Brief vorlesen, vielleicht könntest du dich selbst waschen und du wärst kräftig genug, allein zu essen und spazierenzugehen; vielleicht würdest du weiter Karten spielen und trinken, nicht mehr so oft und ausgiebig wie früher, aber noch immer mit demselben Genuß; ja, vielleicht wärst du jetzt eben nicht dieser dahinsiechende Jammerlappen, dieser wehmütige, nachtragende Klappergreis, wenn du dich damals getraut hättest, mit mir zu kommen, wenn du einmal in deinem Leben einen Schritt nach vorne getan hättest, statt wie immer auf der Stelle zu treten. Schrei und stöhn jetzt nicht, und denk lieber nach!

Denk nach, Feri, denn du hast deine Chance schließlich mehr als einmal gehabt – du hattest sie im Herbst 1941, als für uns beide schon alles vorbereitet gewesen war, falsche Papiere und Fahrkarten und Geld, und du hast sie gleich nach dem Krieg noch einmal bekommen, als ich allein deinetwegen nach Budapest zurückkam, um dich zum Weggehen zu überreden. Weißt du noch? Wir saßen tagelang im Café *Dozsa* an unserem alten Tisch gleich hinter Zoltáns Flügel, wir saßen da und tranken Rotwein aus Badazcony und wäßrigen Kaffee, wir erzählten uns abwechselnd eine Geschichte aus dem Krieg und dann eine von der Liebe, und alle zehn Minuten stießen wir auf die Freiheit an und auf die Frauen. Aber jedesmal, wenn ich dich fragte, ob du mit mir nach Amerika gehst, wenn ich dir von meinem Laden in Atlanta erzählte, an dem ich dich beteiligen wollte, wurdest du ganz ängstlich und verlorst all deinen Humor. Ja, Lieber, du warst störrisch und stumm, und dann hast du mir erklärt, du seist nun mal ein Baum, den man nicht mehr verpflanzen könne. Und dasselbe hast du bestimmt ein Jahrzehnt später, als halb Ungarn das Land verließ, noch einmal gesagt, aber diesmal allein zu dir selbst.

Verflucht, Ferenc, Sechsundfünfzig ist doch wirklich ein gutes Auswanderungsjahr gewesen, eine prächtige Gelegenheit für den Neuanfang, und die Flucht war so leicht wie ein Fingerschnippen. Doch was erzähle ich dir, deine beiden Söhne hatten das sofort kapiert, noch bevor Nagy verhaftet wurde, machten sie sich ja schon auf und davon. Du aber konntest dich von deiner Arbeit im Institut natürlich nicht trennen, du hast weiter geglaubt, ohne eure Kraftwerke würde der Kommunismus untergehen, du dachtest tatsächlich, daß die bolschewistischen Herren alles für euch täten und nichts für sich, du warst ein braver Parteisoldat und Marschierer, und du hast nicht einmal dann richtig hingesehen, als diese gojischen Halunken Jagd auf unsere eigenen Leute machten.

Ich weiß, Ferenc, was du jetzt sagen wirst: Du hättest deine Söhne ziehen lassen, und das sei mehr als genug. Ach, hör doch auf – du hattest einfach keine Kraft, sie zurückzuhalten, du bist viel zu sehr mit dir selbst beschäftigt gewesen, und schon gar nicht hast du dir vorstellen können, daß es ihnen im Westen bessergehen würde als bei euch. Die Gebrüder Schnaider, mein Lieber, wären in Ungarn bestenfalls die katzbuckelnden Sekretäre und Kassenwarte des Autorenverbands geworden, die sich für ein gutes Essen im Schriftstellerklub auch noch nach dem krummsten Gedanken gekrümmt hätten. József und Karoly Schnaider! Weißt du, wie man sie hier einmal in einer Zeitung genannt hat? Die jüdischen Balzac-Zwillinge, die Propheten einer vergangenen Zeit. Ich habe, natürlich, ihre Bücher gelesen, ihre Romane und Erzählungen aus dem alten Budapest. Ich kenne ihre Geschichten über den Telekiplatz und den ganzen Achten Bezirk, ich habe alles Absatz für Absatz, Seite für Seite kontrolliert, und mein Urteil ist klar: Sie können wirklich gut schreiben, deine Jungen, sie benutzen schöne Worte und ausgefallene Ausdrücke, sie haben sich in Italien gemacht, und trotzdem verbergen sie nie ihre Herkunft und ihre Liebe zu der alten, balbatischen Jüdischkeit. Allerdings ist dies, ich muß es leider sagen, auch ihr Problem. Willst du wissen, warum? Ich verrate es dir: József und Karoly waren zu jung, sie können nicht wissen, wie es wirklich gewesen ist. Den Schmutz und Kitsch unseres kleinen Schtetls inmitten von Budapest, in der dunklen, lauten Zeile zwischen Volkstheater und Kerepesi-Friedhof, beschreiben sie gewissenhaft, aber mit Wehmut! Und das ist ein Gefühl, das jedem, der mindestens einmal im Achten an Gott, Herzl oder Rákosi gezweifelt hat, fremd und falsch vorkommen muß. Wir wollten, das weißt du doch auch, einfach nur durchs Leben kommen, und um Glauben und Folklore scherten wir uns in Wahrheit einen einzigen Dreck.

Ich schweife ab, das alles wollte ich gar nicht schreiben, aber so ist das eben, wenn sich die Gedanken plötzlich selbständig machen, wenn man auf einmal die Dinge zu verwechseln beginnt – wie in einem Schneesturm kommt man sich dann vor, hin und her geschubst und umhergetrieben, und hat man endgültig die Richtung verloren, will man am liebsten nur noch in einer Wehe versinken und einschlafen. Siehst du, schon wieder. Schon wieder komme ich durcheinander und schweife ab, und dabei willst du bestimmt endlich erfahren, wie es mir geht und was ich tue, seit ich aus Amerika nach Europa zurückgekehrt bin – zumindest stand das so in deinem Kassiber. Eine Frage, auf die ich, wenn ich will, mit einem einzigen Satz antworten kann: Es geht mir gut, denn ich betrüge und belüge die Menschen, wo ich nur kann. Klingt großartig, nicht wahr, und deshalb erzähle ich dir darüber gleich noch viel mehr, damit du siehst, was einer von unserem Schlag alles anstellen kann, wenn er sich nicht wie du Jammerlappen ständig nur in den Kissen seiner verwirrten Erinnerungen verkriecht. O ja, ich sehe dich ganz genau, wie du röchelst und stöhnst, während dir die Schwester meinen Brief vorliest! Wenn sie dann fertig ist, blickst du stumm zu ihr hoch, sie zieht dir die Decke bis an dein eingefallenes, unrasiertes Greisenkinn, du nickst zum Dank, und kaum hat sie die Tür hinter sich geschlossen, kommen dir auch schon die Tränen, sie sammeln sich wie zwei Perlen in deinen Augenwinkeln, sie zerplatzen langsam und fließen über deine Wangen und deinen Hals. Selber schuld, sage ich nur, hier, in Henrys Bar, ist es gerade herrlich dunkel und still, und nur in dem langen, getönten Spiegel hinterm Tresen tanzen ein paar verirrte Sonnenstrahlen, sie fahren über die Gläser und Flaschen, sie durchschneiden wie Spinnweben den ganzen Raum, und manchmal schießen sie auch in meine Pupillen. Daß ich dann für eine Weile nichts sehe, spielt keine Rolle, der Arzt hat beim letzten Test gesagt, ich hätte Augen wie ein Luchs, es sei in meinem Alter normal, daß sie ab und zu komische Sachen machten – wenn es nicht so wäre, dann hätten wir ein Problem. Ich bin, mußt du wissen, selten allein, nur spät nachts und morgens, wenn alle weg sind und das Lokal für ein paar Stunden geschlossen ist. Auch jetzt ist noch keiner da, es sieht mich niemand, ich sitze, von Zoltáns Flügel halb verdeckt, an meinem Tisch, ich döse und lese und träume vor mich hin, ich plane neue Geschäfte oder bilanziere die alten, und zwischendurch erinnere ich mich an früher und erzähle dir von mir.

Weißt du, Ferenc, den ganzen amerikanischen Mist, diese verdammte *success story,* wie sie dort sagen, lasse ich lieber aus, das würde dich nur zu sehr aufregen. Daß ich am Ende so viel Pech mit meinem Kompagnon hatte, ist eine Sache, die jedem passieren kann, man darf sich eben nie mit Schwarzen einlassen, merk dir das. Merk dir aber auch etwas anderes: Wichtig ist, daß du dich von deinem Feind nicht einmal dann unterkriegen läßt, wenn er dich längst besiegt hat, und das gilt für Hitler, Kadar oder McCarthy genauso wie für deinen eigenen Schitev, nachdem er dir zuerst das Geschäft weggenommen hat, dann die Frau und am Ende sogar die eigenen Kinder. Ich gebe dir ein Beispiel: Vorhin habe ich mich, wie fast jeden Tag, wieder mit diesem Kerl gestritten, der mittags immer zum Saubermachen kommt. Er heißt Alek, er ist Pole, und vielleicht grinst er deshalb ständig so frech und eingebildet vor sich hin. Geld ist das einzige, was ihn interessiert, er hat drei Jobs gleichzeitig, er lebt mit seiner Familie in einer billigen Hausmeisterwohnung in Bogenhausen, dem besten Stadtteil Münchens, in seiner Freizeit trainiert er seinen Sohn, damit aus ihm einmal ein Tennisstar wird, und ich weiß genau, daß er vorhat, schon bald in seine Heimat zurückzugehen und das Warschauer Königsschloß aufzukaufen. Das Geld hat er bereits und die Pläne für den Hotelkomplex, den er an seiner Stelle bauen will, auch. Es fehlt ihm nur noch die Abrißgenehmigung. Eine delikate Sache, Ferenc, die unter uns bleiben muß . . .

Wo war ich? Paß auf. Jeden Tag kommt dieser Alek, jeden Tag weckt er mich damit auf, daß er süßliche polnische Liedchen pfeift und unter der Bank, auf der ich schlafe, besonders lange und ausgiebig wischt – zuerst mit einem von diesen modernen Gelenkbesen, die bei jeder Bewegung knacken, dann noch einmal mit einem trockenen Lappen. Dabei kriecht er auf dem Boden herum, er stützt sich mit der Schulter direkt neben mir ab, er keucht mir vor Anstrengung ins Ohr, und manchmal stößt er mir sogar seinen Ellbogen in den Rücken.

Seit acht Jahren lebe ich in Henrys Bar, und so lange geht das schon so mit Alek. Ich weiß selbst nicht, was das soll, was dieser Narr damit bezweckt, und da es keinen Sinn hätte, ihn zurechtzuweisen oder mich bei Henry über ihn

zu beschweren, habe ich mir für ihn etwas ganz Besonderes ausgedacht. Ich tue nämlich neuerdings so, als ob ich ihn für einen Tschechen hielte. Ach, es ist großartig, wenn ich wütend »seinen« Havel verfluche oder »seinen« Dvořák zum Teufel schicke und Alek, der, wie jeder Pole alle Tschechen haßt, mich lautstark zu korrigieren versucht. Doch ich achte nicht auf ihn, ich werde immer zorniger und wilder, ich fauche und schnaube und schimpfe, und zum Schluß rufe ich dann aus: »Und überhaupt seid ihr Tschechen die schlimmsten von allen, ihr seid von Geld genauso besessen wie die Franzosen von der Liebe, ihr könnt nur raffen und fressen und lügen, und gegen die Deutschen habt ihr Arschkriecher euch erst zwei Tage vor Kriegsende aufgelehnt!« Jedes meiner Worte trifft ihn mitten ins Herz, das weiß ich genau, und vor Verzweiflung beginnt er zu winseln und zu klagen, aber das interessiert mich nicht, ich drehe mich mit dem Rücken zu ihm, ich ziehe mir die karierte englische Wolldecke, die Henry für mich gekauft hat, über den Kopf und murmele noch einmal leise: »Geh scheißen, du böhmischer Pfeffersack, du Hurensohn von Opportunist!«
Alek brüllt dann noch eine Weile herum, und weil ich nicht antworte, wird er allmählich stiller, doch das bekomme ich gar nicht mehr richtig mit, denn nachdem ich ihn mir derart zur Brust genommen habe, schlafe ich regelmäßig wieder ein, und es ist Henry, der zwei, drei Stunden später auf dem Weg in die Küche an meiner Schulter rüttelt und sagt, es sei Zeit aufzustehen, gleich kämen die ersten Gäste. Dann setze ich mich sofort auf, ich räume mein Kissen und die Decke weg, ich hole mir aus Henrys Büro ein frisches Hemd, und während Henry Kartoffeln schält, Bohnen wäscht und das Roastbeef in den Ofen schiebt, rasiere ich mich in der Küche über dem großen Spülbecken. Hinterher macht er mir einen Milchkaffee und gibt mir mein Hörnchen, und kurz darauf kommen die Kellner, ich setze mich an die Bar, ich kriege ein

Glas und meine Flasche, und der Châteauneuf-du-Pape, den ich trinke, schmeckt genauso weich und erfrischend wie der Rotwein, den es damals in Budapest gab.

Später, wenn es voll wird, wenn Gelächter und Geschrei unerträglich werden und man wegen des Rauchs keine Luft mehr bekommt, gehe ich wieder zurück in die Küche. Ich schiebe mich langsam durch die Bar, vorbei an Henrys Bande, an seinen aufgekratzten Freunden und Bekannten und Stammgästen, an Kunsthändlern und Mannequins, Bankleuten, Malern, Studentinnen. Ich gehe schleppend, in der Linken halte ich mein Glas, während ich mit der Rechten (ich lasse sie absichtlich zittern) meine Schiebermütze immer wieder zurechtrücke oder am Revers meiner Tweedjacke zupfe. Ich will so erschöpft, so wacklig wie möglich erscheinen, und zugleich tue ich so, als versuchte ich mit aller mir noch verbleibenden Kraft jede körperliche Unsicherheit zu überspielen, denn das erweckt natürlich besonders viel Mitleid. Ich stiere, glasig und heldenhaft, vor mich hin, ich sehe niemanden an, und ich höre aber genau, wie die Leute um mich herum plötzlich zu flüstern anfangen, wie sie sagen, das ist doch Henrys berühmter Pflegefall, ich höre, wie sie sich darüber unterhalten, ob es tatsächlich stimmt, daß ich Jude bin, ein aus Amerika zurückgekehrter Emigrant, und ob es denn auch wirklich wahr ist, daß ich in Lodz den Getto-Aufstand angeführt, in der Bukowina das Arbeitslager überstanden, in Dora-Mittelbau geschuftet, mich in einer fränkischen Kapelle versteckt und mit den Alliierten Deutschland besetzt habe. Ich höre ihnen erstaunt zu, sie reden und flüstern und feixen, und ich wundere mich, von wem sie das wissen, ich begreife nicht, wie die Kunde von meinem wechselvollen Leben diese wildfremden Menschen erreichen konnte, aber andererseits wissen sie ja noch lange nicht alles, sie wissen zum Beispiel nicht, daß ich in Drohobycz auf der Straße niedergeschossen wurde, daß ich in

Treblinka in den elektrischen Zaun lief, daß ich nach dem Krieg in Wien Eintänzer in einem Nachtlokal war, daß ich von Harvard relegiert worden bin, weil ich mir die Arbeiten schreiben ließ, und sie wissen auch nicht, daß ich in Atlanta beinah in meinem Laden verbrannt wäre, hätte mir Hippolit, dieses Schwein, dieser Dieb und Brandstifter, zum Schluß nicht doch noch die Tür aufgemacht. Nein, das alles wissen sie nicht, aber ich denke nun wieder daran, während ich ihnen lausche, und plötzlich vernehme ich eine tiefe Frauenstimme, sie klingt wie das ferne Rauschen in einer Seemuschel, und sie sagt »Wie geht es George überhaupt? Er sieht immer schlechter aus. Er wird es nicht mehr lange machen, oder? Wer bliebe gesund an seiner Stelle? Wer wohl?«

Ich bin natürlich, kleiner Feri, im Gegensatz zu dir, vollkommen gesund. Was soll ich jetzt über unregelmäßigen Stuhlgang oder Schlaflosigkeit oder die Verhärtungen in meinen Armen und Beinen erzählen, über das Stöhnen der Gelenke, das Stechen im Hintern und das sonderbare Gefühl, wenn ich merke, daß ich den Urin nicht mehr halten kann. Das würde dich doch bloß langweilen, denn du kennst diese Dinge viel besser als ich. Der Unterschied zwischen uns beiden ist nur, daß du das alles deinem Wachpersonal gegenüber herunterzuspielen versuchst, während ich immer noch etwas dazu erfinde. Warum, fragst du dich jetzt bestimmt, und das will ich dir auch gleich sagen: Nach acht Jahren in Henrys Bar zieht meine Flüchtlingsgeschichte nämlich nicht mehr, die Zeiten sind schwer geworden für den Überlebenden von Drohobycz, Treblinka und Atlanta, und manchmal denke ich, ich hätte nur deshalb hier meinen Kredit verspielt, weil die Deutschen nun ihren Staat wiederhaben. Wie auch immer, eines Tages begannen Henrys Freunde und Gäste, den Respekt vor mir zu verlieren, sie sahen mich nicht, sie grüßten mich nicht, sie hörten auf, sich für mein Leben zu interessieren, und sie wollten mir nicht einmal mehr etwas von der Ware abkaufen, die ich dann und wann von den russischen Händlern aus Újpest beziehe. Zum Schluß wurde auch Henry ungeduldig, und eines Nachmittags fing er davon an, daß es für mich an der Zeit sei, mir eine eigene Wohnung zu suchen, ich könnte doch nicht bis an mein Ende auf seine Kosten in der Bar leben, essen und schlafen. Daß er mich einst selbst eingeladen hatte, zu ihm zu ziehen, hat er nicht gesagt, und erst recht erwähnte er mit keinem einzigen Wort, wie stolz er damals darauf gewesen war, einen Abenteurer und Gentleman wie mich als Faktotum in seinem Lokal zu haben, einen echten, lebendigen Vorkriegsjuden.

Als ich begriff, daß Henry, dieser Scheißkerl, mich tatsächlich raushaben wollte, tischte ich ihm sofort eine ganz neue, eine besonders dramatische Version meiner Flucht vor den Nazis auf. Ich erzählte ihm, wie ich in letzter Sekunde, schon halbtot, auf Kastners Eichmann-Liste kam. Aber er lächelte nur und sagte väterlich – er könnte mein Enkel sein, dieser Bastard –, er sagte ganz spöttisch und von oben herab: »Ich dachte, du bist damals im Kofferraum einer Schweizer Diplomaten-Limousine abgehauen, George, so hast du es letztes Mal erzählt . . .«

Ja, Feri, sie sagen hier alle George zu mir, weil ich keine Lust habe, ihnen immer und immer wieder zu erklären, wie man György richtig ausspricht. Außerdem paßt George sowieso viel besser zu mir, ich bin doch jetzt Amerikaner, ein richtiger, echter Amerikaner, denn ich habe Seite an Seite mit Eisenhowers Männern gegen die Deutschen gekämpft, ich habe in Los Angeles Filme produziert, in New Mexico illegale Einwanderer eingeschleust, in Berkeley über Lukács promoviert, mehr kann man nicht tun, ich habe sogar in Manhattan Eis und Hot Dogs verkauft und dann Versicherungen und Aktien und schließlich, um ein Haar, an die Mafia mein eigenes Leben, oder nein, das ist, glaube ich, schon vorher gewesen, warte, das war doch nach dem Ende des Achten Bezirks, in Ungarn, auf der Flucht vor den Pfeilkreuzlern und den Deutschen . . . Mein Gott, ich mache lieber eine kurze Pause, es ist wieder so ein Durcheinander in meinem Kopf!

Ich weiß, Ferenc, du Besserwisser, was du jetzt denkst – ich verliere eben ab und zu den Faden, na und? Aber meine Briefe schreibe ich zumindest noch selbst, während du alter Kacker sie deinen Kapos diktieren mußt, und wer kann schon beurteilen, ob sie all das, was du ihnen sagst, auch genauso hinschreiben? Egal, weiter, ich habe nicht viel Zeit, gleich kommen die andern, Henry, die Kellner, die Gäste, und dann muß ich wieder wie ein Hund meinen Platz räumen, weiter, bloß weiter, denn es gibt noch so viel zu erzählen von den letzten Tagen und Jahren, von der ganzen Münchener Zeit . . .

Ich überging Henrys ironischen Angriff, ich starrte ihn schweigend an, und auch als er mich dann grinsend fragte, ob ich damals, nach meiner Flucht, denn nun in Nordafrika oder auf Guam oder vielleicht doch beim letzten Apolloflug zur amerikanischen Armee gestoßen bin, blieb ich stumm, weil ich mich in diesem Augenblick tatsächlich nicht daran erinnern konnte, wie es gewesen war. Ich wußte meinen Rang und die Kompanie nicht mehr, die Erinnerung an alle Kämpfe und Kameraden war wie weggewischt, und plötzlich war ich mir nicht einmal mehr sicher, ob ich jemals wirklich bei den Amerikanern gedient hatte. Ich habe ja in meinem Leben viel erlebt und viel erzählt, und vielleicht könntest du mir, lieber George, in deinem nächsten Brief – aber nur, wenn er nicht wieder von deinen sadistischen Pester Nazischwestern verfälscht wird! – mitteilen, falls du es noch weißt, wie und warum ich seinerzeit nach Budapest zurückgekehrt bin. Ich kam doch nicht mit den Russen, mein Freund? Ich war doch nicht Kommunist?!

Henry grinste wieder, er warf die Bratkartoffeln, die besten und goldensten Bratkartoffeln der Stadt, in der riesigen schwarzen Pfanne herum, er strich sich durch die Haare und verzog dabei sein fränkisches Bauernjungengesicht, dann machte er das Feuer aus, und nachdem er die fettigen Hände an seiner durchlöcherten Schürze abgewischt hatte, sagte er höhnisch: »Mit *Apollo 17* befreit Rabbi George Budapest!«

Und nun endlich durchbrach ich mein Schweigen, und ich gab es dem frechen Kerl gleich doppelt und dreifach zurück. »Ich war beim Arzt, Henry«, flüsterte ich mit zaghafter, absterbender Stimme . . .

Ich sage dir, Feri, das hat genügt, um Henry sein eingebildetes Grinsen auf einen Schlag auszutreiben, und als er mich nun entsetzt und besorgt ansah, als er in meine tränenden Augen blickte, führte ich mein gemeines Mitleiderweckungsspiel gnadenlos zu Ende. »Eine tödliche Grippe, Henry«, jammerte ich, »du bist mich sowieso bald los . . .«

Seitdem, mein lieber George, ist alles vergessen. Henry schickt mich nicht mehr weg, nie mehr. Ich bin jetzt wieder die Nummer Eins in seinem Lokal, seit Wochen geistere ich wie ein Scheintoter zwischen Tresen und Küche hin und her, äußerlich ein Wrack, in Wahrheit aber natürlich quicklebendig, und genieße die Anteilnahme der anderen. Ja, Henrys Gäste haben mich wiederentdeckt, sie sind so aufmerksam zu mir wie lange nicht mehr, sie grüßen mich, sie fragen, wie es geht, sie lauschen meinen Geschichten, und überhaupt ist alles wie früher. Sie haben sogar Geld für mich gesammelt, und weil sie wissen, wie unangenehm mir das wäre, wenn sie es mir wie einem Tunichtgut zusteckten, machen wir jetzt wieder miteinander Geschäfte. Jede Woche gehe ich auf den Flohmarkt nach Újpest, wo ich ein paar alte Schrauben und Nägel, zerbrochene Gläser und Tassen besorge, und dann mache ich hinten, in Henrys Büro, meinen eigenen kleinen

Basar. Ich lege die Ware auf seinem Schreibtisch aus, und sie kaufen mir natürlich alles ab, diese klugen und schönen Kindsköpfe, sie kaufen meine ganze Auslage leer, und daß sie dabei immer so traurig und kleinlaut sind, erschreckt mich nicht, ganz und gar nicht. Sogar Alek, dieser böhmische Hurensohn, hat letztens bei mir etwas erstanden, ein schmutziges, eingerissenes Zigeunertuch, das ich im Matsch der Kerepesi-Straße gefunden habe. Er sagte, es sei aus einem besonders schönen, wertvollen Material gewirkt, und dabei hatte er diesen niedlichen, gütigen Tonfall, in dem man sonst nur mit Kindern und Idioten spricht. Das war mir aber ganz egal, ich habe so getan, als sei es tatsächlich aus Seide, denn solche Geizhälse wie er verdienen ohnehin kein Mitleid, und so habe ich ihm am Ende immerhin noch zwanzig Forint dafür abgeknöpft.

Um die Zukunft brauche ich mir also keine Sorgen zu machen, wie du siehst. Ich bin mein eigener Herr, ich habe finanziell alles unter Kontrolle, und wenn ich abends ab und zu merke, daß meine Kräfte nachlassen, daß ich nur noch mit Mühe den Weg von der Küche zur Bar schaffe, mitten durch das Getümmel meiner Freunde, dann lege ich mich eben zwischen sie auf eine leere Bank und ruhe mich aus, und am nächsten Morgen fühle ich mich dann wieder gesund und stark . . .

Ach, György, alter Junge, begreifst du denn nicht? Es kann alles so gut sein, egal wie schnell die Zeit vergeht, egal wie sehr sich die Dinge drehen und verändern – es kann alles so gut sein, wenn man nur will. Man muß eben das Komplizierte denken, aber sich das Einfache wünschen, man muß immer die richtigen Entscheidungen treffen und nie zögerlich sein . . . Ob du es übrigens glaubst oder nicht, ich habe hier sogar einen Fernseher, den ich nachts, wenn alle weg sind, heimlich einschalte. Ich sehe Nachrichten und Musiksendungen und alte Filme, und manchmal macht es mir Spaß, einfach nur in das weißgraue Flimmern nach Sendeschluß hineinzuschauen. Herrlich, was? Wenn ich jetzt daran denke, wie es dir geht, in deinem Gefängnis, in deiner Budapester Folterkammer, muß ich mich schütteln vor Abscheu und Angst, und ich sage zu mir: bloß nicht dran denken! Bestimmt gibt es bei euch nur Ungeziefer und Kot zum Essen, kein Roastbeef und keine aufgebackenen Hörnchen, da ist kein Radio, kein Fernseher, da sind nur die Kommandos der Wärterinnen, im Winter ist es kalt und feucht, und im Sommer bringt euch die Hitze fast um. Alles ist so eingerichtet, damit ihr schneller verschwindet und sterbt, und mit Sex ist natürlich auch nichts, wie denn auch, woher sollten in dieser Gestapohöhle all die schönen reichen Frauen mit den großen und jungen Brüsten herkommen, wie ich sie in meiner Bar jeden Abend zu sehen kriege?

Aber George! Verstehst du denn noch immer nicht? Wenn du willst, geht alles! Du mußt einfach nur die Decke zur Seite werfen und aufstehen, du mußt dich anziehen und der Aufseherin in den Hintern treten, und dann gehst du hinaus, auf die Dohany Straße, du läufst an der Großen Synagoge und am Busbahnhof vorbei, du marschierst hinunter zur Donau, immer am Wasser entlang, quer durch das alte Diplomatenviertel zum Parlament. Da warte ich dann auf dich, ich sitze am Portal und blicke zum Attila-Denkmal herüber, ich warte auf dich, denn ich will heute mit dir feiern gehen, und ich weiß auch schon, wo. Oben, in Buda, erinnerst du dich, unter der Burg, gibt es immer noch Lazis Weinlokal, dort sitzen oft die russischen Schwarzhändler vom Újpest-Markt, und dort wollen wir uns betrinken. Und wenn wir genug haben, nehmen wir uns eine Droschke, wir fahren in den Achten Bezirk und gesellen uns im Park zu den Schachspielern und Zockern, zu den alten Männern und Faulpelzen und Gangstern vom Telekiplatz . . .

Ich weiß, ich bin wieder abgekommen, du alter Wirrkopf,

aber das ist jetzt auch schon egal, ich muß nämlich Schluß machen, und darum erzähle ich dir von den Dingen, die ich sonst so treibe, im nächsten Brief. Die Zeit drängt, weil um mich herum bereits die ersten Gäste an den Tischen Platz nehmen, ich muß endlich aufhören und mich auf meinen Auftritt vorbereiten. Aber ich gebe zu, es ist nicht nur das, ich muß den Stift auch deshalb zur Seite legen, weil ich plötzlich gar nicht mehr so genau weiß, was ich dir überhaupt schreiben wollte, und so werde ich nun statt dessen, zitternd und stoisch und wie in Zeitlupe, zur Küche wanken, quer durch die ganze Bar, denn sie sollen mich alle sehen, ich werde mir von Henry mein Frühstück geben lassen und ihm dabei zuschauen, wie er für die andern das Abendessen vorbereitet, ich werde versuchen, ihm zu helfen, obwohl er es gar nicht will, ich werde eine Zwiebel schneiden und hinterher zwei, drei Teller abtrocknen, und dann erzähle ich ihm und seinen beiden Schriftsteller-Söhnen ein paar Geschichten aus unserem Schtetl, damit sie später wieder daraus ihre kleinen, netten Judenschnulzen basteln können. Ich erzähle von Adi, dem Horthy-Spitzel, von der schwachsinnigen Eda und ihrem Freund, dem deutschen Unteroffizier, von Edas Mutter, die unter den Kommunisten mit ihrem Gemüsestand Millionärin wurde, von Gyula und Erwin Moser, die sich gegenseitig beim Staatssicherheitsdienst denunzierten und am selben Tag abgeholt wurden, und zum Schluß erzähle ich die Geschichte von Rabbi Majer, der – weißt du noch? – immer nur Mädchen in seine Jeschiwa ließ, weil er meinte, sie hätten die allerschönsten Schläfenlocken . . . Habe ich etwas vergessen? Habe ich auf die Schnelle die Dinge vielleicht durcheinandergebracht? Ach, jetzt weiß ich, du meinst, ich soll Ihnen auch von uns beiden erzählen, von den zwei schönen, fröhlichen Jungen, die immer nur an sich selbst glaubten und nie an ihre Freundschaft, nicht wahr.
Du weißt, was ich jetzt denke, denn ich habe es immer ge-

dacht: Wärst du damals bloß ein wenig mutiger gewesen, mein Alter, wärst du nicht so stolz und idealistisch gewesen – hättest du doch, statt dich in der großen Revolution zu vergessen, mir und meinem Geld vertraut . . .

Warte, sag nichts, ich muß plötzlich lachen. Ich stelle mir gerade vor, wie wir zusammen sind, du und ich in Henrys Bar. Jeder liegt auf seiner schmalen Bank, Nacht für Nacht, unter einer karierten englischen Decke, wir schlafen und reden und sehen fern, und wenn dann mittags Havel zum Putzen kommt, sagen wir ihm ordentlich die Meinung, und später trinken wir unseren Badazcony-Wein und unterhalten Henrys fröhliche Bande.

Oder hättest du etwas dagegen, mit mir hier zu sein? Es ist so wundervoll in dieser Stadt, mein Freund, die Leute sind gut und naiv, und für jemanden wie dich und mich würden sie alles tun. Es gibt zwar Schlägerbanden, die auf unsereins Jagd machen, aber das, glaube mir, hört bald wieder auf. Im allgemeinen ist die Stimmung heiter und leicht, man sitzt viel draußen, ißt und lacht, der Himmel ist hoch, fast ohne Wolken, und die Straßen tragen dieselben Namen wie in Budapest. Überhaupt sieht es hier genauso aus wie zuhause, da ist in der Mitte ein mächtiger, schwarzer Fluß, da sind alte Quartiere und breite Alleen, im Sommer weht der bulligheiße griechische Wind herüber, und als ich letztens vom Café *Dozsa* bis zum Telekiplatz gelaufen bin, war ich so glücklich wie lange nicht mehr, und dem Polizisten, der mich dann in die Bar zurückbrachte, schenkte ich später eine Dose mit Schrauben.

Warte also, bis ich mich auskuriert habe, bis ich nicht mehr so müde und kaputt bin wie so oft in der letzten Zeit, und wenn dann diese furchtbare Grippe durchgestanden ist, springe ich auf, ich renne die Attila-Allee hinunter, ich stürme dein Gefängnis und bringe dir persönlich diesen Brief. Bis dahin aber lasse ich ihn liegen, denn vielleicht

schreibe ich ja noch etwas dazu oder bringe Rechtschreibung
und Grammatik ein wenig in Ordnung.
Bis bald also, bis bald. Ich küsse dich und umarme dich, mein
lieber George . . .

Der Anfang der Geschichte

1.

Ein paar Monate nachdem ich aus Deutschland weggegangen war, entdeckte ich in meinem Schreibtisch einen alten Film. Ich lebte nun wieder in Prag, das ich als Kind verlassen hatte, und plötzlich, da alles vorbei war, erschienen mir die Jahre in der Emigration wie eine vergeudete, abhanden gekommene Zeit. Ich war in Deutschland zur Schule gegangen und hatte dort studiert, mein Deutsch war das eines Deutschen gewesen und ich hatte auf deutsch geträumt. Ich kannte jeden Winkel, jede Straße von Frankfurt, München und Köln, ich hatte deutsche Frauen und Mädchen verführt, hatte ihnen ewige Treue und schöne, kluge Kinder versprochen, und ich weiß noch genau, wie ich einmal, als ich mit dem Zug am Rhein entlangfuhr, plötzlich vom kreideweißen Herbsthimmel auf das dunkle Flußwasser herunterblickte, und alles war so, als würde es niemals anders sein. An Prag dachte ich in meinen deutschen Tagen nur selten – von Beginn an hatte ich sämtliche Erinnerungen an früher aus dem Gedächtnis gestrichen, ich war traurig gewesen und wütend, weil die Flucht von meinen Eltern ganz allein beschlossen worden war, und die selbstverordnete Amnesie funktionierte so gut, daß ich schon bald jedes Gefühl, jeden Sinn für mein altes Zuhause verlor. Ich ahnte, daß es einst etwas anderes gegeben hatte, ein Leben mit anderen Speisen, Stimmungen und Gerüchen, und daß ich einmal zu ihnen zurückkehren würde, kam mir niemals in den Sinn. Und plötzlich also war ich wieder da, ich saß in unserem alten Prager Wohnzimmer, an dem langen Olivetti-Schreibtisch, den ich aus München mitgebracht hatte, ich mühte mich mit einer Filmkritik ab, die noch heute mittag in den Satz mußte, und zwischendurch sah ich ab und zu aus dem Fenster auf das ockerfarbene Krumtorad-Haus gegenüber, auf dessen Hofeinfahrt ein kleiner Atlas thronte, dem, seit ich denken konnte, der viel zu große Globus aus den Händen zu rutschen drohte. Ich lächelte, und als mir dann einfiel, wie ich früher immer diese schwere graue Gipskugel stundenlang mit dem Fußball zu treffen versucht hatte, ständig auf der Hut vor Erwachsenen, lächelte ich gleich noch einmal.

Der Film, den ich im Schreibtisch gefunden hatte, war hinter die Schachtel mit meinem alten deutschen Briefpapier gerutscht. Es war ein Kodak-T-Max, schwarzweiß, vierhundert Asa, die gelbe Metallhülse war schon ganz zerbeult und zerkratzt, und ich wußte sofort, woher und von wann der Film stammte. Ich hatte im Sommer vor meiner Abreise auf der Treppe vor der Münchener Kunstakademie ein Fest gemacht, Hunderte von Leuten waren eingeladen, die Party sollte der allerletzte Versuch sein, die Zeit zurückzudrehen, doch am Ende erschienen, so wie ich es in Wahrheit kaum anders erwartet hatte, nur ein paar wenige. Wir saßen unter den beiden Reiterstandbildern, die den Aufgang zur Akademie flankierten, tranken Wodka und Mineralwasser und aßen Salzgurken dazu, und ein paar Stufen über uns steckten zwischen den Ritzen der großen Steinplatten zwei brennende Fackeln. Später, als schon alle ziemlich betrunken waren, holte ich meine Kamera heraus, und wir fingen an, uns gegenseitig zu fotografieren. Der Blitz tauchte die nächtliche Szenerie jedesmal für Zehntelsekunden in silbriges Licht, wir rissen uns die Kamera aus den Händen, jeder wollte ein Bild von dem andern machen, und gerade als ich endlich den Apparat selbst wieder zu fassen kriegte, kamen zwei neue, mir unbekannte Gäste mit lauten Schritten die Treppe herauf. Ich richtete das Objektiv wie einen Scheinwerfer auf sie und drückte ab, es blitzte, und da erst erkannte ich ihre grünen Jacken, schweren Schuhe und rasierten Köpfe.

Ich öffnete die Augen. Nein, es war alles in Ordnung, ich saß an meinem Schreibtisch, in Prag, am Palach-Ufer, in dem Haus, in dem ich einst groß geworden war. Das Fenster zur Platnéřská war am unteren Rand völlig beschlagen, es hatte den ganzen Vormittag lang geregnet, jetzt kletterte die Sonne die Dächer der Kleinseite herauf, die Stadt heizte sich schnell wieder auf, und während ganz oben, über den Spitzen des Veitsdoms, der erste Regenbogen dieses Sommers aufging, schien es, als würde die Burg daneben in dem diesigen, rosa eingefärbten Sommerlicht erzittern. Mein Schreibtisch stand direkt neben dem Fenster, in diesem leicht erhöhten Erker, wohin ich mich früher immer zum Lesen verkrochen hatte, und plötzlich fiel mir ein, daß genau dies auch die Stelle war, wo wir – meine Eltern und ich – an jenem Tag, als Jan Palach von der halben Stadt zu Grabe getragen worden war, auf einer hohen, knarrenden Holzbank gesessen und den vorbeiziehenden Menschenzug beobachtet hatten. Ich war, erinnerte ich mich auf einmal wieder, damals schnell müde geworden, und nachdem ich den zweihundertsten Demonstranten gezählt hatte, schlief ich in Vaters Armen ein, und später waren wir dann zum Chinesen gegangen, und ich aß zum ersten Mal in meinem Leben süßsaures Hühnerfleisch.

Als ich auf die Uhr sah, war es schon kurz nach zwölf. Die Zeit rannte mir davon, und so beugte ich mich wieder über das Manuskript, ich machte mit dem Bleistift nur noch einige kleine Korrekturen und eine größere Umstellung, ich trug alle Änderungen in den Computer ein, und während der Drucker lief, zog ich mir Schuhe an und ein neues Hemd. Ich stand schon in der Tür, in der einen Hand die Mappe mit dem Artikel, in der andern den Schlüssel, als ich noch einmal in die Wohnung zurückkehrte, den Schreibtisch öffnete und den Film herausnahm, den ich vorhin in der hintersten Ecke der Schublade wieder verstaut hatte. Ich drehte ihn zwischen den Fingern hin und her, dann ließ ich ihn in meine Hosentasche gleiten.

2.

Seit dem Tag, an dem ich zurückgekehrt war, hatte ich kein einziges Wort Deutsch mehr geschrieben. Ich vergaß die Sprache so schnell, wie ich sie einst gelernt hatte, und es tat mir überhaupt nicht leid darum. Es war wirklich nur eine Frage von Wochen gewesen, bis mir das Gefühl für die deutsche Grammatik verlorenzugehen begann, ich war mir plötzlich bei Präpositionen nicht sicher, ich stolperte über die einfachsten Satzstellungen, und wenn ich einmal keinen Fehler machte, fiel mir das auch nicht mehr auf. Am merkwürdigsten wurde es, wenn ich mir deutsche Worte so lange laut vorsagte, bis sie überhaupt keine Bedeutung zu haben schienen und nur noch eine rätselhafte, sinnlose Kombination von Buchstaben ergaben. Das Deutsche entglitt mir wie die Erinnerung an eine unromantische, belanglose Situation, diese Sprache hatte offenbar niemals Wurzeln in mir geschlagen, und ich hatte auch gar keine Kraft, um sie zu kämpfen. Ich begann wie von selbst wieder tschechisch zu schreiben, und obwohl ich am Anfang Angst davor gehabt hatte, fiel es mir doch ganz leicht. Ich arbeitete inzwischen für *Respekt*, vor ein paar Wochen hatte ich in *Literární noviny* eine eigene Filmkolumne bekommen, und manchmal traute ich mich auch schon an eine Buchbesprechung heran. Schon bald, das wußte ich, würde ich meine erste Erzählung auf tschechisch schreiben, und dann würde alles so sein, als wäre ich niemals fortgewesen.

Natürlich, manchmal kamen mir die Dinge noch ziemlich unlogisch vor, oft fühlte ich mich wie von Kulissen umgeben. Ich zögerte und zauderte, ich sah mein Gesicht minutenlang im Spiegel an, ich lief durch Prag und spürte den Boden unter den Füßen nicht, und ab und zu fragte ich mich auch, ob es nicht falsch gewesen war, nach Böhmen zurückzukehren. Die meisten meiner Freunde hatten für ihre Ausreise Israel oder Amerika gewählt, und natürlich erschien es auch tausendmal vernünftiger, dieses verrückte, selbstmörderische Europa so weit wie möglich hinter sich zu lassen. Ich aber war wie erstarrt gewesen, ich schaffte es nicht, für immer auf Wiedersehen zu sagen, außerdem spukten seit Ewigkeiten in meinem Kopf die Bilder von all den jämmerlichen alten Jeckes herum, die in ihren jämmerlichen Altersheimen von Washington Heights und Rischon Le Zion über ihren jämmerlichen Emigrantenzeitungen saßen und einer vergeudeten, abhanden gekommenen Zeit nachtrauerten. So wollte ich nicht enden, nein, ich wollte um keinen Preis der Verwalter der eigenen Erinnerungen werden, ein selbsternannter Held eines in der Mitte abgebrochenen Lebens, und das einzige Land, in dem ich keine Angst hatte, zugrunde zu gehen, lag nun mal nur ein paar hundert Kilometer östlich von dort, von wo ich gerade weggegangen war.

Zum Glück bekam ich unsere alte Wohnung zurück, die in all den Jahren leergestanden hatte, was angesichts der alten Verhältnisse ein wirkliches Wunder war. Meine Eltern hatten immer gedacht, man habe sie gleich 1969 jemandem von der Partei oder vom Innenministerium gegeben, und an diese Eindringlinge hatte ich später oft gedacht. Ich stellte sie mir als eine besonders unangenehme, unsympathische Apparatschik-Familie vor, wie sonst, Kinder und Eltern so dick und feist wie Husák und Breschnew zusammen, mit großen slawischen Kartoffelnasen und einem schweren, übelriechenden Atem. Ich sah sie in unserer Küche sitzen, aus unseren Tellern essen, auf unseren Gabeln kauen, und ich weiß nicht, warum, aber ich war mir sicher, daß sie dabei laut grunzten. Ich hatte mich natürlich getäuscht, und wie ich mich ge-

täuscht hatte! Kein einziger Fremder schien die Räume während unserer Abwesenheit aufgesucht zu haben, sogar der alte Schlüssel paßte noch, den ich von meinen Eltern bekommen hatte, und als ich dann zum ersten Mal wieder diesen engen, zur Straßenseite hin leicht abfallenden Flur durchschritt, als ich jedes einzelne der von grauem, rußigen Staub überzogenen Zimmer betrat und mit schüchternem, ungeduldigen Blick inspizierte, war deshalb alles zunächst so erstaunlich, weil ich absolut nichts wiedererkannte, kein Möbelstück, kein Bild, keinen Geruch. Erst nachdem ich mich im Wohnzimmer auf das lange, schmale Biedermeiersofa gesetzt hatte, spürte ich etwas sehr Vertrautes, doch ich begriff einfach nicht, was es war. Ich sah mich um, ich tastete die Polster ab, ich horchte auf die Geräusche im Stockwerk über mir, ich klatschte in die Hände und achtete auf den Hall, der von den Wänden zurückkam, aber ich blieb weiter ratlos. Ich wollte bereits aufgeben, da entdeckte ich endlich auf der gegenüberliegenden Wand ein strahlendes Sonnenmuster. Natürlich – das war es, dieses weißgelbe Dreieck, das früher auch schon jeden Nachmittag an dieser Stelle für ein paar wenige Minuten aufgetaucht war. Ich hatte es damals immer ganz lange angestarrt, um es auf meine Netzhaut zu bannen, und wenn es dann verschwand, schloß ich die Augen und ließ einen rotweißen Triangel auf meinen Innenlidern tanzen.
Und genauso machte ich es nun auch.

3.

Das Schnellabor in der Týnska brauchte zum Entwickeln und Vergrößern nur zwei Stunden. Ich hatte den Film auf dem Weg in die Redaktion dort abgegeben und vor dem Mittagessen wieder abgeholt. Ich fühlte die Bilder in meiner Tasche, ich strich von außen mehrmals über sie, einmal blieb ich auch kurz stehen, ich hielt den Umschlag schon in den Händen, aber dann steckte ich ihn ungeöffnet wieder zurück. Ich überquerte gerade den Altstädter Platz, der neuerdings, seit die Deutschen nicht mehr reisen durften, zu fast jeder Tageszeit leer und friedlich dalag. Ich sah im Vorbeigehen mechanisch zur Rathausuhr hinauf, die wir früher, in den glorreichen Tagen des Prager Frühlings, unseren vielen Besuchern aus dem Ausland immer gleich zu Beginn der Stadtrundgänge gezeigt hatten, dann bog ich in die Celetná ein, wo ich wie fast jeden Tag vor der Vitrine der Kunsthandlung *Tatarka* stehenblieb. Am Anfang, als ich noch etwas deutsches Geld gehabt hatte, konnte ich mir dort ab und zu etwas kaufen, aber mit Kronen waren die Zeichnungen von Čapek, Hofman und Zrzavý nicht mehr zu bezahlen. Seit einigen Wochen hing hier nun eine vergilbte Bleistiftskizze von Jan Štursa, dem Bildhauer, der in den zwanziger Jahren sehr jung gestorben war. Es war das Bild einer Frau, sie saß nackt auf einem Hocker, den entblößten Rücken dem Betrachter halb zugewandt, sie hatte schöne gerade Hüften, einen kräftigen Oberkörper, ihr Kopf ruhte dagegen um so leichter in ihren Händen. Ganz besonders mochte ich die Seitenansicht ihrer großen, leicht hängenden Brust, denn sie erinnerte mich so sehr an die Frau, die ich in München hatte zurücklassen müssen. Ich stand zehn, fünfzehn Minuten vor dem Schaufenster und starrte die Zeichnung an, und als dann mein Blick auf den Preis fiel, drehte ich mich um und ging schnell davon ...

Das Mittagessen im *Slovanský dům* war, wie immer, billig und gut: Es gab eine schwere Pansensuppe, Sauerbraten und zum Nachtisch Aprikosenknödel. Ich hatte wegen der Hitze ein Bier bestellt, das ich noch vor dem ersten Gang auf einen Zug ausgetrunken hatte, und hinterher ließ ich mir gleich noch ein zweites kommen. Nun saß ich leicht betäubt da und blickte durchs Lokal. Ich mochte die Stille, die den großen

Saal ausfüllte, der kühle Sommerhauch, der um meine Wangen strich, machte mich melancholisch, der Wind roch nach Ferien und Wasser, und weil alle Fenster, bis auf eines, mit schweren braunen Gardinen zugehängt waren, war der ganze Raum in ein schönes, gedämpftes Licht getaucht. Ich war der einzige Gast, hinter der Theke standen die beiden Kellner und tuschelten, und plötzlich zeigte einer von ihnen abfällig in meine Richtung und machte eine Bemerkung, die ich auf die Entfernung nicht verstand. Es war ihm egal, daß ich ihn beobachtete, doch ich hatte keine Lust, mich über sein Benehmen zu ärgern, und so hob ich das Glas, trank es leer und lehnte mich genießerisch, die Hände über dem vollen Bauch gefaltet, in meinen Stuhl zurück.

Die beiden Männer, die damals mitten in der Nacht die Treppe der Münchener Kunstakademie heraufgekommen waren, begleiteten einen alten Freund von mir. Ich hatte ihn in der Dunkelheit zunächst gar nicht gesehen, sie hatten ihn mit ihren großen Körpern verdeckt, und erst nachdem ich vor Schreck noch ein zweites und drittes Mal auf den Auslöser meiner Kamera gedrückt hatte, erkannte ich im Blitzlicht sein schönes, braunes, alemannisches Gesicht. Er kam direkt auf mich zu und gab mir die Hand, und bevor er sich neben mich auf die Stufen setzte, schickte er seine Leute weg, damit sie unten auf ihn warteten. Ich hatte ihn nicht eingeladen, natürlich nicht, denn ich war mir absolut sicher gewesen, daß er zu meinem Fest nicht kommen würde. Wir kannten uns schon lange, sehr lange sogar, wir hatten uns früher gegenseitig bewundert und geliebt, und vielleicht waren wir sogar die besten Freunde der Welt gewesen. Es hatte eine Zeit gegeben, da verbrachten wir fast jeden Tag zusammen, wir fuhren auf unseren Fahrrädern durch Schwabing, wir saßen stundenlang im *Venezia,* wir kannten alle Antiquariate und Modegeschäfte von München, und wir hatten gemeinsam studiert. Wir waren in denselben Seminaren gewesen, wir verehrten dieselben Professoren, wir liebten dieselben Studentinnen – doch während ich einen Schein nach dem andern machte und mich schließlich für die Magisterprüfung anmeldete, saß er noch immer an seinen ersten Arbeiten, er verlängerte die Abgabetermine ein ums andere Mal, und allmählich wurde es zur Gewißheit, daß er niemals fertig werden würde. Er scheiterte, das begriff ich erst viel später, an seiner überbordenden und zugleich so temperamentlosen Provinz-Intelligenz, er dachte, ganz erschrocken, alles gleichzeitig, er konnte nicht so wie ich Dinge oberflächlich anschauen und schnell bewerten, er differenzierte sie so lange, bis sie keine Bedeutung mehr hatten, und wohl deshalb entschied er sich später aus lauter Erschöpfung für das genaue Gegenteil, für das so eindeutige, unverrückbare Weltbild seiner Partei. Während ich nach dem Studium sofort mit dem Schreiben begonnen hatte, blieb er eine Weile an der Universität, er ging nach wie vor zu den zwei, drei Professoren, die er mochte, und wenn wir uns trafen, was nicht mehr so häufig geschah, erzählte er mir, daß er es eines Tages bestimmt noch schaffen würde, Dozent zu werden. In dieser Zeit rief ich ihn immer seltener an, um ihm am Telefon die Anfänge meiner Artikel und Erzählungen vorzulesen, eine Gewohnheit, die sich in den langen Jahren unserer Freundschaft eingebürgert hatte. Seine Urteile hatten mir früher, wenn ich mir bei einer Passage unsicher war, sehr geholfen, doch wurden die Kommentare von Mal zu Mal ungeduldiger, er schien plötzlich furchtbar wütend auf mich zu sein, und irgendwann hörten wir einfach auf, miteinander zu sprechen, wir trafen uns nicht mehr, auch nicht zufällig, und ein paar Jahre später sah ich ihn auf Wahlplakaten und im Fernsehen.

Nun saß er also wieder neben mir, er hielt die Wodkaflasche in seiner Hand und führte sie immer wieder mit einer übertriebenen, ruckenden Bewegung zum Mund, und er wirkte erschöpft und traurig dabei. Alle anderen waren nach dem Auftritt der neuen Gäste sofort aufgestanden und still weggegangen, und so hockte ich nun ganz allein mit ihm hier, unter dem blauen Münchener Nachthimmel, unten hörte man die Stimmen seiner Begleiter, sie redeten leise miteinander, und manchmal erklang ein noch leiseres Lachen. Wir dagegen sprachen nicht, wir saßen einfach nur da und blickten aneinander vorbei in die Dunkelheit. Schließlich hielt ich das Schweigen nicht mehr aus, und obwohl ich mich vor Angst kaum rühren konnte und lieber stumm geblieben wäre, fragte ich ihn unsicher, warum er gekommen war. Er antwortete nicht, ein leiser, bedrohlicher Ruck ging durch seinen Körper, er streckte sich still, fast unmerklich. »Um dich zu warnen«, sagte er dann plötzlich ganz schnell, und er sagte auch: »Und um dich nicht zu vergessen.« Danach schwiegen wir wieder, wir reichten einander nur ab und zu wortlos die Flasche, und nachdem zunächst noch jeder von uns vor dem Trinken den Flaschenhals mit dem Ärmel abgewischt hatte, ließen wir es irgendwann sein, wir setzten übergangslos an, nahmen einen großen Schluck und gaben die Flasche sofort an den andern weiter, die Flasche ging immer schneller zwischen uns hin und her, und kaum war sie leer, fingen wir an zu lachen, doch es war ein dummes, ein ängstliches Lachen. Wie auf ein Kommando wurden wir wieder still, und schließlich sagte er, er müsse jetzt gehen. Er stand auf, reichte mir die Hand, und ich merkte, daß nicht nur die Hand, sondern daß sein ganzer Körper zitterte, und als er nach fünf, zehn endlosen Sekunden loslassen wollte, hielt ich ihn weiter fest. Er verharrte still, nicht ungeduldig und erst recht nicht mehr bedrohlich, und so konnte ich nun ruhig und langsam aufstehen, ich stellte mich neben ihn, dann nahm ich meine Kamera und postierte sie auf dem Mauervorsprung, ich stellte den Selbstauslöser ein, drehte seinen Kopf zum Objektiv und legte den Arm auf seine

Schulter, und im nächsten Moment explodierte der Blitz. »Damit auch ich dich nicht vergesse«, sagte ich. »Aber du hast mich vorhin doch schon fotografiert«, sagte er leise, »und von früher hast du bestimmt auch noch Bilder.« »Das ist nicht das gleiche«, erwiderte ich, und ich merkte, daß ich keine Angst mehr vor ihm hatte, und vielleicht merkte er es auch, und dann drehte er sich um und lief schnell die Treppe hinab...

»*Tady máte účet*«, sagte einer der beiden Kellner ungeduldig, während sein Kollege uns vom Tresen aus still und ernst beobachtete. Ich sah nicht auf die Rechnung, die er mir unaufgefordert hinhielt, ich legte einen Geldschein auf das kleine braune Tablett und marschierte hinaus. Ich kämpfte mich zwischen den viel zu eng beieinanderstehenden Tischen und Stühlen hindurch, ich stieß überall an, mir war plötzlich ganz eng und stickig in dem großen Lokal, ich wollte fort, so schnell wie möglich, doch als ich endlich die Tür erreicht hatte, blieb ich stehen, ich drehte mich noch einmal um und rief ins Restaurant, zu den Kellnern, sie sollten in Zukunft zu ihren Gästen etwas höflicher sein. Auf der Straße fand ich mein eigenes Benehmen dann furchtbar unangenehm, doch meine Laune besserte sich sofort, und ich wurde wieder ganz ruhig. Die Häuser und Ladenvitrinen lagen wie unberührt in diesem ährengelben Prager Nachmittagslicht, und die Menschen flanierten langsam und fröhlich über die Příkopy.

4.

Hatte ich wirklich alle diese Bücher geschrieben? Ich stand neben dem Regal im Wohnzimmer, genau dort, wo früher Vaters Wörterbücher und Lexika ihren Platz gehabt hatten, und betrachtete die Titel auf den Rücken meiner deutschen Bücher. Ich zog die Bände einzeln heraus, ich blätterte in ihnen wie jemand, der sich in der Buchhandlung noch nicht entscheiden kann, ich las hier einen Dialog und dort eine Szene, und plötzlich fiel mir etwas auf, dessen ich mir früher niemals bewußt geworden war: Der harte Ton, die fast aufdringliche Direktheit meines Schreibens, dieses ständige Verhöhnen und Tönen – das alles war so überspannt und absonderlich, daß ich mich heute wunderte, wieso sie mich überhaupt gedruckt und gelesen haben. Ich war wie jemand gewesen, der sich ununterbrochen rechtfertigen und beweisen mußte, und daß am Ende meine eigenen Leute bei mir noch viel mehr abbekommen hatten als die Deutschen, das war es dann wohl auch gewesen: das Geheimnis meines Erfolgs.

Meine Eltern hatten mich nie gerügt, sie waren einfach nur stolz auf mich und froh, daß ich meinen Weg machte, und erst jetzt, im nachhinein, fiel mir plötzlich ihre Zurückhaltung auf, wenn es darum gegangen war, über meine Arbeit zu sprechen. Dachte ich ganz genau nach, so konnte ich mich nicht erinnern, daß sie auch nur ein einziges Mal zu meinen Erzählungen wirklich etwas gesagt hätten. Hatte ich sie vielleicht ebenfalls verletzt und beleidigt? Und hatten sie trotzdem geschwiegen? Der Gedanke daran ekelte mich, ich atmete auf einmal furchtbar schwer, mein ganzer Leib begann zu schmerzen, und schließlich wurde besonders der Druck in den Beinen unerträglich. Ich lief den Flur auf und ab, ohne auch nur einen Augenblick innezuhalten, ich machte große, ausladende Schritte, ich marschierte und rannte, keuchte und fluchte, aber kaum hatte ich diesen einen Gedanken vertrieben, kam schon ein anderer. Ich hatte doch Vater und Mutter gewarnt! Ich hatte wochenlang auf sie eingeredet, ich hatte ihnen erklärt, daß wir uns vorsehen müßten, aber sie waren immer nur ganz ruhig und heiter geblieben und hatten gesagt, noch einmal hätten sie keine Kraft, neu zu beginnen.

Ich blieb stehen. Ich lehnte mich gegen die Tür, die zu ihrem früheren Schlafzimmer führte. Damals, als Kind, war es immer meine Aufgabe gewesen, ihr großes Bett zu machen, und manchmal brauchte ich einen ganzen Nachmittag dafür, bis ich endlich, kurz bevor sie von der Arbeit kamen, vom Fernseher aufsprang, um die beiden Kissen und die breite Decke aufzuschütteln, ordentlich hinzulegen und mit dem riesigen weinroten Brokatbezug zuzudecken. Einige Male fand ich dabei zwischen den Betten winzige runde Plastikschachteln, meistens dunkelblau oder gelb, und wenn ich meine Eltern fragte, wofür die kleinen aufblasbaren Luftballons waren, die in ihnen aufbewahrt wurden, bekam ich nie eine Antwort, ich begriff es erst viel später, und als ich ihnen dann davon erzählte, blieben sie genauso stumm.

Ich brauchte ziemlich lange, bis ich endlich eingeschlafen war. Als ich aufwachte, wurde es draußen dunkel. Ich lag auf dem Rücken, mein Mund stand offen, ich hatte die Arme weit von mir gestreckt und klammerte mich mit den Händen an den Kanten des Bettes fest. Ich blieb noch eine ganze Weile so, dann sprang ich auf, ich ging ins Badezimmer herüber, dessen schwarze Kacheln mir so vertraut waren, ich zog das Hemd aus, beugte mich über die Badewanne und spritzte meinen Oberkörper mit kaltem Wasser ab. Beim Abtrocknen tat ich mir mit dem Handtuch fast weh, so stark rieb ich. Als ich fertig war, warf ich einen Blick in den Spiegel, und ich sah ein noch immer junges, ernstes Gesicht.

Danach ging ich ins Wohnzimmer, ich setzte mich an den Schreibtisch und machte den Computer an. Ich öffnete die Schublade und holte den Umschlag mit den Fotos heraus. Ich sah sie – so als würde ich sie bereits kennen – ganz schnell durch, und als ich endlich das Foto fand, das ich gesucht hatte, legte ich den ganzen Stapel wieder zurück in die Schublade. Ich fuhr mit dem Handrücken ein paarmal über das Bild, und schließlich lehnte ich es, damit ich es beim Arbeiten immer sehen konnte, gegen die Schreibtischlampe. Ich senkte den Blick, hob ihn und legte die Finger auf die Tastatur.

Die beiden Männer auf dem Foto weinen, dachte ich auf tschechisch, und mit diesem Satz begann ich dann auch.

Aus dem Tschechischen von David Goren

MAXIM BILLER
WENN ICH EINMAL REICH UND TOT BIN
Erzählungen

Gebunden

Maxim Biller führt uns in seinen Erzählungen eine Welt vor
Augen, von der wir nichts wissen. Die Welt der 30.000 in
Deutschland lebenden Juden, für uns bislang ebenso
exotisch und entfernt wie vor kurzem noch Isaac Bashevis
Singers jüdisches Lodz, Warschau oder New York. Eine ver-
wickelte, in sich geschlossene Welt, die mit ihren Leidenschaften und Tabus, Schmerzen und Freuden zuerst eine
jüdische ist – dann aber, vielmehr noch, das kompakte, kon-
densierte Modell des menschlichen Mit- und Gegeneinan-
ders überhaupt.

KIEPENHEUER & WITSCH

Ein bißchen hektisch geht es schon zu –

Maxim Biller:
Die Tempojahre

dtv

dtv 11427 / DM 16,80

in den ›Tempojahren‹ von Maxim Biller. Mit schöner Leichtfüßigkeit, entwaffnender Selbstironie und gesunder Arroganz nimmt er sich darin all die Unwahrheiten und Bluffs, all die Schein-Phänomene und falschen Idole vor, ohne die – wie er selbst sagt – unser modernes Medien-Zeitalter gar nicht denkbar wäre. Und er schont wirklich niemanden: Politiker und Popstars seziert und veralbert er ebenso gewissenhaft wie Stehitaliener-Yuppies, bornierte Feuilleton-Kollegen und Leute, die das Wort »Zeitgeist« immer nur für den Namen eines Ikea-Regals gehalten haben. Prominente wie Marcel Reich-Ranicki, Lea Rosh, Harald Juhnke und Elfriede Jelinek führt er nach allen Regeln der Kunst vor, um, mit derselben Leidenschaft, Außenseiter wie Fritz Raddatz oder Ibrahim Böhme zu den neuen, einzig legitimen Heiligen unserer Tempojahre auszurufen.